LA NOVELA

Planeta Internacional

EMILY HENRY

LA NOVELA DEL VERANO

Traducción de Anna Valor Blanquer

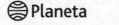 Planeta

Obra editada en colaboración con Editorial Planeta – España

Título original: *Beach Read*

© 2020, Emily Henry
Publicado de acuerdo con Baror International INC., Armonk, New York, U.S.A.

© 2022, Traducción: Anna Valor Blanquer

© 2022, Editorial Planeta S.A. – Barcelona, España

Derechos reservados

© 2022, Editorial Planeta Mexicana, S.A. de C.V.
Bajo el sello editorial PLANETA M.R.
Avenida Presidente Masarik núm. 111,
Piso 2, Polanco V Sección, Miguel Hidalgo
C.P. 11560, Ciudad de México
www.planetadelibros.com.mx

Canciones del interior:
Páginas 24, 349, 382: © June in January, 1993 UMG Recordings, INC.,
compuesta por Leo Robin y Ralph Rainger e interpretada por Dean Martin.

Primera edición impresa en España: junio de 2022
ISBN: 978-84-08-25819-3

Primera edición en formato epub en México: septiembre de 2022
ISBN: 978-607-07-9310-3

Primera edición impresa en esta presentación: octubre de 2022
ISBN: 978-607-07-9331-8

Impreso en los talleres de Litográfica Ingramex, S.A. de C.V.
Centeno núm. 162-1, colonia Granjas Esmeralda, Ciudad de México
Impreso en México –*Printed in Mexico*

A Joey:
se te da genial ser mi persona favorita

1
LA CASA

Tengo un defecto fatídico.

Me gusta pensar que todos lo tenemos. O, por lo menos, me resulta más fácil escribir si creo a mis protagonistas a partir de ese rasgo de autosabotaje y hago que todo lo que les ocurre gire en torno a esa característica concreta: aquello que aprendieron a hacer para protegerse y que ahora no pueden dejar de hacer, aunque ya no les sirva.

Tal vez, por ejemplo, alguien no pudiera controlar mucho su vida en la infancia. De modo que, para evitar las decepciones, aprendió a no preguntarse nunca qué era lo que quería de verdad. Y eso le funcionó durante mucho tiempo. Pero, ahora que se ha dado cuenta de que no tiene lo que no sabía que quería, va cuesta abajo y sin frenos por la carretera de la crisis de los treinta con una maleta llena de dinero y un hombre llamado Stan encerrado en la cajuela.

Puede que su defecto fatídico sea que no pone las intermitentes.

O puede que, como yo, alguien sea un romántico empedernido. No puede parar de contarse una historia, la que trata de su propia vida, rematada por una banda sonora melodramática y la luz dorada que entra por las ventanillas del coche.

Yo empecé a los doce años. Mis padres me sentaron para darme la noticia. Fue la primera vez que le detectaron a mi madre unas células sospechosas en el pecho izquierdo, y me dijo tantas veces que no me preocupara que pensé que me castigaría si me sorprendía preocupándome. Mi madre era una mujer de acción, risueña, optimista, no era de las que se preocupaban, pero vi que estaba aterrada, así que yo me sentí igual, inmovilizada en el sofá, sin saber qué decir para no empeorar las cosas. Pero, entonces, mi padre, que era un hombre hogareño y amante de los libros, hizo algo inesperado. Se puso de pie, nos tomó de la mano a mi madre y a mí, y dijo:

—¿Saben lo que necesitamos para quitarnos este malestar? ¡Salir a bailar!

En nuestra zona residencial no había discotecas ni pubs, solo un asador mediocre en el que tocaba un grupo de covers los viernes por la noche, pero a mi madre se le iluminó la cara como si la acabaran de invitar a subirse a un *jet* privado para ir al Copacabana.

Se puso el vestido amarillo mantequilla y unos pendientes de metal martillado que refulgían cuando se movía. Mi padre pidió un whisky escocés de veinte años para ellos y un Shirley Temple para mí, y los tres dimos vueltas y nos bamboleamos hasta marearnos, riendo y tropezando con todo. Reímos hasta no poder casi mantenernos en pie, y mi padre, al que todo el mundo conocía como un hombre reservado, cantó *Brown Eyed Girl* como si no nos estuviera mirando toda la sala.

Cuando la fiesta terminó nos apiñamos agotados en el coche y volvimos a casa por calles tranquilas. Mamá y papá iban tomados de la mano, aferrándose el uno al otro. Yo apoyé la cabeza en la ventanilla del coche y, viendo cómo pasaban parpadeando las luces de las farolas por el cristal, pensé: «Todo irá bien. Siempre estaremos bien».

Fue entonces cuando me di cuenta: cuando el mundo parecía oscuro y aterrador, el amor podía hacerte salir a bailar, la risa podía llevarse una parte del dolor, y la belleza podía erosionar el miedo. En aquel momento decidí que mi vida estaría llena de esas tres cosas. No solo por mi bien, sino por el de mi madre y el del resto de las personas que me rodeaban. Habría intención. Habría belleza. Habría luz de velas y canciones de Fleetwood Mac sonando de fondo.

Es decir, empecé a contarme a mí misma una bonita historia sobre mi vida, sobre el destino y sobre la forma en la que suceden las cosas. Y, a los veintiocho, mi historia era perfecta.

Tenía unos padres perfectos (sin cáncer) que me llamaban varias veces por semana, alegres por el vino o por la compañía del otro; un novio perfecto (políglota y que medía uno noventa) que trabajaba en urgencias y sabía cocinar *coq au vin*; un departamento perfecto, bohemio pero *chic*, en Queens, Nueva York; un trabajo perfecto escribiendo novelas románticas —inspiradas por los padres perfectos y el novio perfecto— para Sandy Lowe Books.

Una vida perfecta.

Pero solo era algo que yo me contaba y, cuando surgió un gran fallo argumental, todo se vino abajo. Así funcionan las historias.

Ahora, a los veintinueve, estaba abatida, sin dinero, medio en la calle, solterísima y estacionando el coche delante de una casa a la orilla de un lago cuya existencia me provocaba náuseas. Romantizar mi vida a lo grande ya no me servía, pero mi defecto fatídico seguía de copiloto en mi deslucido Kia Soul, narrando las cosas a medida que ocurrían: «January Andrews miró por la ventanilla el lago turbulento que golpeaba la orilla en el atardecer. Intentó convencerse de que aquel viaje no había sido un error».

Estaba claro que había sido un error, pero no tenía otra opción. Una no puede renunciar al alojamiento gratis cuando está sin dinero.

Me estacioné en la calle y levanté la mirada hacia la fachada de aquella casita del lago sobredimensionada, con sus ventanas centelleantes, el porche de cuento de hadas y los tallos del barrón descuidado que bailaban con la brisa cálida.

Cotejé la dirección del GPS con la que estaba escrita en el llavero. Y sí, era esa.

Me entretuve un momento, como si un asteroide apocalíptico pudiera acabar conmigo antes de que me viera obligada a entrar. Luego respiré hondo, salí del coche y saqué con dificultad del asiento trasero la maleta abarrotada y una caja de cartón llena de botellas de ginebra de las de un litro setenta y cinco. Me aparté un mechón de pelo oscuro de los ojos para observar las tejas azul aciano y las molduras blancas como la nieve.

«Haz como si fuera un Airbnb».

Al momento, me vino a la cabeza un anuncio imaginario de Airbnb: «Casita con mucho encanto a la orilla del lago. Tres habitaciones y tres baños. Prueba de que tu padre era un cabrón y tu vida ha sido una mentira».

Empecé a subir los escalones que se habían levantado aprovechando la ladera de la colina cubierta de hierba, sintiendo la sangre en los oídos como si fuera a presión por una manguera, y las piernas temblorosas, anticipando el momento en el que se abrirían las puertas del infierno y el suelo cedería bajo mis pies.

«Eso ya ocurrió. El año pasado. Y no te mató, así que esto tampoco».

En el porche, cada una de las sensaciones de mi cuerpo se agudizó. El cosquilleo en la cara, el nudo en la garganta, la transpiración del cuello. Me apoyé la caja de ginebra en la cadera y metí la llave en la cerradura mientras una parte de mí deseaba que no entrase, que todo aquello resultara ser una broma enrevesada que mi padre había preparado antes de morir.

O, aún mejor, que no estuviera muerto. Que saliera de un salto de detrás de los arbustos gritando: «¡Has caído en la trampa! No te habrás creído en serio que tenía una vida secreta, ¿no?

¿De verdad pensabas que tenía otra casa con una mujer que no es tu madre?».

La llave giró sin dificultad. La puerta se abrió hacia dentro.

La casa estaba en silencio.

Sentí una puñalada de dolor. El mismo dolor que sentía por lo menos una vez al día desde que mi madre me llamó para decirme lo del ictus y la oí decir aquellas palabras entre sollozos: «Se ha muerto, Janie».

No tenía padre. Ni allí ni en ningún sitio. Y luego otro dolor, el que era como si alguien retorciera el cuchillo: «En realidad, el padre al que tú conociste nunca existió».

Nunca lo tuve. Como tampoco tuve nunca a mi ex, Jacques, ni a su *coq au vin*.

Solo era una historia que me había estado contando a mí misma. A partir de ese momento, sería la cruda realidad o nada. Me armé de valor y entré.

Lo primero que pensé fue que la verdad no era tan fea. El nidito de amor de mi padre era diáfano: una sala de estar que desembocaba en una cocina de estilo desenfadado con azulejos azules y un rincón acogedor para desayunar y, justo detrás, una pared acristalada que daba a la terraza con suelo de madera teñida de oscuro.

Si aquella casa hubiera sido de mi madre, todo habría sido de una mezcla de tonos neutros y apaciguadores, pero la sala bohemia en la que acababa de entrar habría encajado más en el departamento en el que vivía con Jacques que en casa de mis padres. Sentí que se me revolvía el estómago al imaginar a mi padre allí, entre aquellas cosas que mi madre nunca habría elegido: la mesa de desayuno rústica pintada a mano, las estanterías de madera oscura, el sofá hundido y cubierto de cojines disparejos.

No había ni rastro de la versión de él que yo había conocido.

Sonó el celular en mi bolsillo y dejé la caja en la repisa de granito para contestar.

—¿Diga? —La voz me salió débil y áspera.

—¿Cómo es? —dijo enseguida la voz al otro lado del teléfono—. ¿Tiene una mazmorra para practicar oscuras perversiones?

—¿Shadi? —adiviné.

Me coloqué el teléfono entre la oreja y el hombro para destapar una de las botellas de ginebra y di un trago para tomar fuerzas.

—Me preocupa de verdad que pueda ser la única persona que te llame para preguntártelo —respondió Shadi.

—Eres la única que sabe siquiera de la existencia del nidito de amor —señalé.

—No soy la única que lo sabe —me discutió ella.

Técnicamente tenía razón. Aunque yo me había enterado de que mi padre tenía una casa secreta en el lago en su funeral el año anterior, mi madre lo sabía desde hacía más tiempo.

—Vale —repuse—, eres la única a quien le he hablado de ella. Bueno, dame un momento, que acabo de llegar.

—¿Ahora mismo?

Shadi respiraba con fuerza, lo cual quería decir que iba de camino al restaurante a trabajar. Como teníamos horarios tan diferentes, la mayoría de nuestras conversaciones telefónicas tenían lugar mientras ella iba al trabajo.

—Es una forma de hablar —dije—. Llevo aquí diez minutos, pero ahora acabo de sentir que he llegado.

—Sabias palabras —indicó Shadi—, muy profundas.

—Chisss. Lo estoy asimilando.

—¡Busca la mazmorra de las perversiones! —exclamó Shadi deprisa, como si fuera a colgarle.

No pensaba hacerlo. Simplemente estaba allí, con el teléfono en la oreja, aguantando la respiración e intentando que el corazón acelerado no se me saliera del pecho mientras examinaba con la mirada la segunda vida de mi padre.

Y, entonces, justo cuando estaba a punto de convencerme de que era imposible que mi padre hubiera estado allí, reparé en algo enmarcado en la pared. Un recorte de la lista de bestsellers de *The New York Times* de hacía tres años, el mismo que había colocado sobre la chimenea de casa. Ahí estaba yo, en el número quince, en el último puesto. Y ahí, tres puestos más arriba —por un retorcido capricho del destino—, estaba mi rival de la universidad, Gus (aunque ahora se hacía llamar Augustus, porque era un Hombre Serio), y su primera y sesuda novela, *Las revelaciones*. Se había mantenido en la lista cinco semanas (aunque tampoco es que me fijara demasiado; bueno sí, sí que me fijé, y mucho).

—¿Qué? —me apremió Shadi—. ¿Qué te parece?

Yo me di la vuelta y me quedé mirando el tapiz de un mandala que había colgado encima del sofá.

—Hace que me pregunte si mi padre fumaba mota.

Me volví hacia las ventanas del lado de la casa, que estaban alineadas casi a la perfección con las de los vecinos, un fallo de diseño que mi madre nunca habría pasado por alto al ir a visitar la casa para comprarla.

Pero aquella no era su casa y yo no podía tener mejores vistas de las estanterías que cubrían de arriba abajo las paredes del despacho del vecino.

—¡Ay, madre, a ver si no es un nidito de amor y usaba la casa para plantar hierba! —Shadi parecía encantada—. Tendrías que haber leído la carta, January. Todo ha sido un malentendido. Tu padre te está dejando el negocio familiar. Esa Mujer es su socia, no su amante.

¿Sería muy horrible desear que tuviera razón?

Fuera como fuese, tenía toda la intención de leer la carta. Solo había estado esperando el momento adecuado, deseando que se aplacara la rabia que tenía y que aquellas últimas palabras de mi padre fueran reconfortantes. Sin embargo, había pasado un año entero y el terror que sentía al pensar en abrir el sobre iba creciendo día a día. Era tan injusto que él pudiera tener la última palabra y yo no tuviera forma de contestarle. De gritar o llorar o pedirle más respuestas. Una vez que lo hubiera abierto, no podría volver atrás. Eso sería todo. El último adiós. Así que, hasta nuevo aviso, la carta vivía feliz (aunque solitaria) en el fondo de la caja de ginebra que me había traído de Queens.

—No la usaba para plantar hierba —informé a Shadi y abrí la puerta corrediza para salir a la terraza—. A no ser que la plantación esté en el sótano.

—Imposible —respondió—. Ahí está la mazmorra.

—Dejemos de hablar de lo triste que es mi vida —dije—. ¿Qué me cuentas tú?

—¿Del Sombrero Encantado? —dijo Shadi.

Si no compartiera un departamento minúsculo con cuatro personas en Chicago, tal vez yo me habría quedado en su casa. Aunque no era capaz de trabajar demasiado cuando estaba con Shadi y mi situación económica era demasiado nefasta para no trabajar. Tenía que terminar mi próximo libro en aquel infierno de casa en el que no tenía que pagar alquiler. Y, entonces, tal vez, podría permitirme pagar un departamento sin Jacques.

—Si de lo que quieres hablar es del Sombrero Encantado —le dije—, pues sí. Suéltalo todo.

—Todavía no me ha hablado —repuso Shadi con un susurro melancólico—, pero es como que noto que me mira cuando estamos en la cocina. Tenemos una conexión.

—¿No te preocupa que la conexión no sea con el hombre que lleva un sombrero *vintage* de ala estrecha, sino, tal vez, con el fantasma del primer dueño del sombrero? ¿Qué harías si te dieras cuenta de que te has enamorado de un fantasma?

—Pues... —dijo Shadi, y se quedó pensando un momento—. Supongo que tendría que actualizar el perfil de Tinder.

Llegó una brisa desde el agua que había al pie de la colina y me esparció las ondas de color castaño del cabello por los hombros. El sol del atardecer proyectó rayos dorados sobre todas las cosas que veía, tan brillantes y cálidos que tuve que entrecerrar los ojos para observar los tintes anaranjados y amarillos con los que pintaba la playa. Si aquella fuera solo una casa que había alquilado, sería el lugar perfecto para escribir la historia de amor cuqui que llevaba meses prometiéndole a Sandy Lowe Books. Me di cuenta de que Shadi había estado hablando. Me estaba contando más cosas sobre el Sombrero Encantado. Se llamaba Ricky, pero nunca lo llamábamos así. Siempre hablábamos de la vida amorosa de Shadi en clave. Estaba el hombre algo mayor que regentaba aquella marisquería fantástica (el Señor de los Peces), también había un chico al que llamábamos Mark porque se parecía a otro Mark famoso, y ahora estaba este compañero de trabajo nuevo, un camarero que llevaba todos los días un sombrero que Shadi detestaba y al que, sin embargo, no se podía resistir.

Volví a prestarle atención a la conversación cuando Shadi decía:

—... el finde del Cuatro de Julio. ¿Puedo ir a visitarte ese finde?

—Para eso falta más de un mes.

Quería decirle que, para entonces, ni siquiera estaría allí, pero sabía que no era cierto. Me llevaría por lo menos todo el verano escribir un libro, vaciar la casa y vender las dos cosas para poder volver a vivir con cierta comodidad (o eso esperaba). No en Nueva York, tal vez en un lugar un poco menos caro.

Suponía que Duluth, al noroeste de Minnesota, sería asequible. Mi madre nunca iría allí a visitarme, pero, de todas formas, no nos habíamos visto mucho ese último año, aparte de la visita de tres días que le había hecho por Navidad. Me había llevado a rastras a cuatro clases de yoga, a tres bares atestados en los que

15

preparaban jugos y a una representación de *El cascanueces* con un chico desconocido en el papel protagonista, como si, por quedarnos solas un segundo, mi padre fuera a salir a colación y fuéramos a arder por combustión espontánea.

Toda mi vida, mis amigas habían estado celosas de la relación que tenía con ella, de lo a menudo que hablábamos, de la sinceridad con la que lo hacíamos (o eso creía yo) y de lo bien que lo pasábamos. Y, ahora, nuestra relación era la partida menos competitiva del mundo de escondidillas telefónico.

Yo había pasado de tener dos padres que me querían y un novio con el que vivía a, básicamente, tener solo a Shadi, mi mejor amiga a (larga) distancia. Lo único bueno de mudarme de Nueva York a North Bear Shores, Michigan, era que estaba más cerca de Chicago y de su casa.

—Falta demasiado para el Cuatro de Julio —me quejé—. Estás solo a tres horas de aquí.

—Ya, y no sé conducir.

—Entonces lo mejor será que devuelvas la licencia de conducir —respondí.

—Créeme, estoy esperando a que caduque. Me sentiré muy libre. No aguanto que la gente crea que sé conducir por el mero hecho de que, legalmente, pueda hacerlo. —A Shadi se le daba fatal conducir. Gritaba cada vez que giraba a la izquierda—. Además, ya sabes lo mal que está lo de cambiar turnos en los hoteles. Tengo suerte de que mi jefe me haya dejado tomar el Cuatro de Julio. No me extrañaría que ahora esperase una mamada.

—Ni hablar, las mamadas son para las fiestas importantes. Por darte fiesta el Cuatro de Julio basta con una chaqueta con los pies de las de toda la vida.

Tomé otro trago de ginebra, me di la vuelta donde acababa la terraza de madera y casi suelto un grito. En la terraza que había tres metros a la derecha de la mía, asomaba por encima

16

del respaldo de una tumbona la parte de atrás de una cabeza de pelo castaño y rizado. Recé para mis adentros porque aquel hombre estuviera dormido y por no tener que pasarme todo el verano viviendo al lado de alguien que me había oído gritar «una chaqueta con los pies de las de toda la vida».

Como si me hubiera leído la mente, se incorporó y agarró la botella de cerveza de la mesa de jardín, dio un trago y se volvió a recostar.

—Tienes toda la razón. Ni siquiera tendré que quitarme los Crocs —me dijo Shadi—. Bueno, acabo de llegar al trabajo, pero mantenme informada de si lo del sótano son drogas o látigos.

Le di la espalda a la terraza del vecino.

—No voy a comprobarlo hasta que vengas a verme.

—Qué mala —dijo Shadi.

—Así tendrás que venir —respondí—. Te quiero. Adiós.

—Y yo a ti más —insistió ella antes de colgar—. Adiós.

Me volví hacia la cabeza rizada, medio esperando a que me saludara él, medio debatiendo si la que debía presentarse era yo.

No conocía bien a ninguno de mis vecinos de Nueva York, pero aquello era Michigan y, por las historias que contaba mi padre de haberse criado en North Bear Shores, estaba segura de que, en algún momento, ese hombre vendría a pedirme azúcar (nota: comprar azúcar).

Carraspeé y me forcé a dibujar mi mejor intento de sonrisa amable. El hombre volvió a incorporarse para dar otro trago a la cerveza y yo grité desde mi terraza:

—¡Perdón por molestar!

Él hizo un gesto vago con la mano y pasó la página del libro que tenía sobre el regazo.

—¿A quién pueden molestarle las chaquetas con los pies como moneda de cambio? —dijo arrastrando las palabras, con una voz ronca y aburrida.

Yo hice una mueca mientras buscaba una respuesta... La que fuera. La antigua January habría sabido qué decir, pero yo tenía la mente tan en blanco como cuando abría el Word para escribir. Vale, tal vez me había vuelto un poco ermitaña ese último año. Tal vez no sabía muy bien qué había hecho todo ese año, porque no había sido ni visitar a mi madre ni escribir ni tampoco ganarme a los vecinos.

—Bueno —grité—, ahora vivo aquí.

Como si me hubiera leído el pensamiento, volvió a agitar la mano con desinterés y refunfuñó:

—Avísame si necesitas azúcar.

Pero consiguió que sonara más bien a «No me hables nunca más a no ser que veas que mi casa está en llamas e, incluso entonces, primero párate a escuchar si oyes sirenas».

Pues igual los del Medio Oeste no eran tan hospitalarios como decían. Por lo menos en Nueva York, nuestras vecinas nos trajeron galletas cuando nos mudamos allí. (Eran de las que no llevan gluten, pero sí LSD espolvoreado por encima, pero la intención es lo que cuenta).

—O si quieres saber dónde encontrar el Leroy Fetich más cercano —añadió el Gruñón.

Sentí el calor de una ola de vergüenza y rabia subiéndome a las mejillas. Las palabras me salieron antes de que tuviera tiempo de pensar:

—Solo tengo que esperar a que te subas al coche y seguirte.

—Él soltó una carcajada áspera de sorpresa, pero siguió sin dignarse a mirarme—. Encantadísima de conocerte —añadí con rabia, y me di la vuelta para entrar deprisa por las puertas correadizas de vidrio y volver a la seguridad de la casa, donde era muy probable que tuviera que esconderme todo el verano.

—Mentirosa —oí que murmuraba antes de que yo cerrara la puerta.

2
EL FUNERAL

No estaba preparada para inspeccionar el resto de la casa, así que me senté a la mesa para escribir. Como de costumbre, el documento en blanco me miraba, acusatorio, y se negaba a llenarse solo de palabras o personajes, por más que yo le devolviera la mirada.

Un secreto sobre escribir historias con final feliz: ayuda creer en los finales felices.

Y uno sobre mí: yo creí en los finales felices hasta el día del funeral de mi padre.

Mis padres, mi familia, habían pasado por muchas cosas. Y, de algún modo, siempre conseguíamos salir de todas ellas más fuertes, con más amor y más risas que antes. Hubo una breve separación cuando yo era pequeña y mi madre empezó a sentir que había perdido la identidad, empezó a quedarse mirando por la ventana como si fuese a verse allá afuera viviendo la vida y así a descubrir qué tenía que hacer a partir de ese momento. Después hubo bailes en la cocina, manos entrelazadas y besos en la frente cuando mi padre volvió a casa. El primer diagnóstico de mi madre y la cena de celebración carísima cuando lo superó, en la que comimos como si fuéramos millonarios, riendo hasta que nos salió por la nariz el vino carísimo (a ellos) y el refresco italiano (a mí), como si pudiéramos permitirnos derrocharlo, como si las deudas médicas no existieran. Y luego el segundo cáncer y las ganas renovadas de vivir tras la mastectomía: las clases de cerámica, de bailes de salón, de yoga y de cocina marroquí con las que mis padres llenaron sus agendas, como si estuvieran decididos a embutir toda la vida que pudieran en el menor tiempo posible. Viajes de fin de semana largo para visitarnos a Jacques y a mí en Nueva York, trayectos en el metro en los que mi madre me suplicaba que dejara de contarle anécdotas de nuestras vecinas mariguanas Sharyn y Karyn (que no eran familia y que nos pasaban panfletos terraplanistas por debajo de la puerta con cierta regularidad) porque tenía miedo de mearse encima mientras mi padre le desmentía a Jacques la teoría terraplanista en voz baja.

Vicisitudes. Final feliz. Complicaciones. Final feliz. Quimio. Final feliz.

Y, entonces, justo en medio del final más feliz que habíamos tenido hasta entonces, mi padre se fue.

Yo estaba ahí plantada, en medio del vestíbulo de la iglesia episcopal de mis padres, en un mar de gente de luto susurrando palabras inútiles, sintiéndome como si hubiera llegado allí sonámbula, apenas capaz de recordar el vuelo, el trayecto al aeropuerto, el momento de hacer la maleta. Acordándome por millonésima vez en los últimos tres días de que se había ido de verdad.

Mi madre se había escabullido al baño y yo estaba sola cuando la vi: la única mujer a la que no reconocí. Con un vestido gris y sandalias de piel, un chal de croché sobre los hombros atado en el pecho y el pelo blanco revuelto por el viento. Me miraba fijamente.

Un segundo después, vino hacia mí y, por alguna razón, se me heló la sangre. Fue como si mi cuerpo supiera que las cosas estaban a punto de cambiar. La presencia de aquella desconocida en el funeral iba a hacer descarrilar mi vida tanto como la muerte de mi padre.

Sonrió con indecisión y se detuvo delante de mí. Olía a vainilla y cítricos.

—Hola, January —dijo con un hilo de voz, y sus dedos jugaban nerviosos con los flecos del chal—. He oído hablar mucho de ti.

Tras ella, la puerta del baño se abrió y salió mi madre. Se paró de golpe, helada, con una expresión que yo no había visto nunca. ¿La conocía? ¿Le tenía miedo?

No quería que habláramos. ¿Por qué?

—Soy una vieja amiga de tu padre —me explicó la mujer—. Es... Era alguien muy importante para mí. Se podría decir que lo conozco de toda la vida. Durante un tiempo fuimos como uña y carne y... no dejaba de hablar de ti. —Intentó soltar una risa despreocupada y no lo consiguió ni de lejos—. Lo siento —dijo con la voz ronca—, prometí que no lloraría, pero...

Yo me sentía como si me hubieran tirado de un edificio y la caída nunca fuera a terminar.

«Una vieja amiga». Eso había dicho. No «la amante» ni «la otra». Pero yo lo sabía, por la forma en que lloraba, una especie de espejo deformado de las lágrimas de mi madre durante el funeral. Reconocí la expresión de su cara como la misma que había visto en el espejo aquella mañana mientras me ponía corrector en las ojeras. La muerte de mi padre le había hecho un daño irreparable.

Se sacó algo del bolsillo. Un sobre con mi nombre escrito a mano y una llave encima. De la llave colgaba un llavero con una dirección garabateada con la misma letra inconfundible del sobre. La de mi padre.

—Él quería que tuvieras esto —aclaró—. Es tuyo.

Me puso el sobre en la mano y dejó la suya allí un segundo.

—Es una casa preciosa, al lado del lago Michigan —soltó de pronto—. Te encantará. Él siempre decía que te encantaría. Y la carta es para tu cumpleaños. Puedes abrirla entonces o... cuando quieras.

Mi cumpleaños. Mi cumpleaños no era hasta dentro de siete meses. Mi padre no estaría para mi cumpleaños. Mi padre se había ido.

Detrás de la mujer, mi madre consiguió volver a moverse y vino hacia nosotras con un gesto asesino.

—Sonya —siseó.

Entonces supe lo que me faltaba por saber.

Que yo no me había enterado de nada, pero mi madre sí.

Cerré el documento de Word como si, al clicar en la X de la esquina, cerrase también mis recuerdos. Buscando una distracción, repasé la bandeja de entrada hasta el correo de mi agente, Anya.

Había llegado hacía dos días, antes de que me fuera de Nueva York, y yo había encontrado excusas cada vez más descabelladas para ir posponiendo la apertura del sobre. Hacer la maleta. Guardar mis cosas en un trastero. Conducir. Intentar beber toda el agua posible mientras hacía pis. «Escribir», énfasis en las comillas. Emborracharme. Comer. Respirar.

Anya tenía fama de ser dura, un bulldog en lo que a las editoriales se refería, pero con los escritores era como la señorita Honey, la dulce profesora de *Matilda*, mezclada con una bruja sexy. Siempre querías complacerla a toda costa, tanto porque te daba la sensación de que nadie te había querido y admirado con tanta pureza, como porque sospechabas que podía hacer que te persiguiera una colonia de pitones si quería.

Apuré el tercer gin-tonic de la noche, abrí el mensaje y leí:

Hola, medusa preciosa y milagrosa, artista angelical, maquinita de dinero mía:

Sé que últimamente tu vida está siendo una locura, pero Sandy me ha vuelto a escribir y está muy interesada en saber cómo va el manuscrito y si estará listo para finales de verano como dijimos. Como siempre, estoy más que encantada de ponerme al teléfono (o hablar por mensaje o subirme al lomo de Pegaso) para ayudarte a hacer una lluvia de ideas/debatir los detalles de la trama/HACER LO QUE SEA para ayudarte a traer al mundo más de esas palabras preciosas e historias maravillosas sin igual. Escribir cinco libros en cinco años sería un reto para cualquiera (hasta para alguien con tu increíble talento), pero creo que hemos llegado al límite con SLB y es hora de apretar los dientes y dar a luz un bonito libro, si puede ser.

Besos y abrazos,

Anya

«Apretar los dientes y dar a luz». Sospechaba que sería más fácil sacar a un bebé humano completamente formado de mi útero a finales de verano que escribir y vender un libro.

Decidí que, si me iba a dormir en ese momento, podría levantarme temprano y escribir unas miles de palabras. Vacilé ante la puerta de la habitación de la planta baja. No había forma de estar segura de qué cama habían compartido mi padre y Esa Mujer.

Estaba en una casa del terror del adulterio geriátrico. Podría haber sido gracioso si ese último año no hubiera perdido la capacidad de encontrarle la gracia a todo mientras escribía comedias románticas que terminaban con un conductor de autobús que se dormía y todos los personajes caían por un precipicio.

«ES SUPERINTERESANTE —decía Anya en mis constantes fantasías en las que le mandaba uno de mis borradores—. A ver, que yo me leería tu lista de la compra y reiría y lloraría leyéndola, pero no es un libro para Sandy Lowe. De momento, necesita más encanto y menos catastrofismo, bombón».

Iba a necesitar ayuda para dormir allí. Me serví otro gin-tonic y cerré la computadora. El ambiente en la casa era cálido y sofocante, así que me quedé en ropa interior y di una vuelta por la planta baja abriendo ventanas antes de apurar el vaso y estirarme en el sofá.

Era aún más cómodo de lo que parecía. Me cagué en Esa Mujer y en sus gustos preciosos y eclécticos. También decidí que era demasiado bajo para que un hombre con la espalda mal fuera sentándose y levantándose, por lo que supuse que no lo habrían usado para «hacer sus cosas».

Aunque mi padre no siempre había estado mal de la espalda. Cuando yo era niña, me llevaba en su barco casi todos los fines de semana que estaba en casa y, por lo que vi, navegar era un noventa por ciento agacharse a atar y desatar nudos, y un diez por ciento quedarse mirando al sol, con los brazos abiertos para que el viento hiciera ondear el cortavientos y...

El dolor me creció con fuerza en el pecho.

Aquellas mañanas en que nos levantábamos temprano e íbamos al lago artificial que había a media hora de casa siempre habían sido algo nuestro, casi siempre el día después de que él volviese de un viaje. A veces yo ni siquiera sabía que ya estaba en casa. Me despertaba en mi cuarto, todavía a oscuras, porque mi padre estaba haciéndome cosquillas en la nariz mientras cantaba en un susurro la canción de Dean Martin por la que me había puesto mi nombre: *It's June in January, because I'm in love*. Yo me levantaba de un salto, con el corazón acelerado, sabiendo que aquello quería decir que íbamos a pasar el día en el barco, solos.

Ahora me preguntaba si todas aquellas frías mañanas tan bonitas habían sido fruto de la culpa, si eran momentos de readaptación a la vida con mi madre después de un fin de semana con Esa Mujer.

Debería guardarme lo de contar historias para mi manuscrito. Me lo saqué todo de la cabeza y me tapé la cara con un cojín del sofá. El sueño me engulló como una ballena bíblica.

Cuando me desperté de golpe, la sala estaba a oscuras y retumbaba por la música.

Me levanté y me dirigí poco a poco, aturdida y en una neblina de ginebra, hacia el portacuchillos que había en la cocina. No había oído hablar de ningún asesino en serie que empezara los crímenes despertando a la víctima con *Everybody Hurts* de R.E.M., pero no podía descartar esa posibilidad.

A medida que me acercaba a la cocina, el volumen de la música fue bajando y me di cuenta de que venía del otro lado de la casa. De la casa del Gruñón.

Miré los números que brillaban encima del horno. Las doce y media de la noche y mi vecino estaba poniendo a todo volumen la canción que más se oía en viejas tragicomedias en las que el protagonista volvía a casa solo y encorvado, luchando contra la lluvia.

Fui a grandes pasos hasta la ventana y saqué el torso. Las ventanas del Gruñón también estaban abiertas y pude ver una hilera de gente en la cocina, con vasos y tazas y botellas en la mano, apoyando las cabezas cansadas en los hombros de otros o pasándoles el brazo por los hombros mientras cantaban con fervor.

Era una fiesta loca. Parecía que el Gruñón no detestaba a todo el mundo, solo a mí. Me puse las manos alrededor de la boca a modo de megáfono y grité por la ventana:

—¡DISCULPEN!

Lo intenté dos veces más sin respuesta, cerré la ventana de golpe y recorrí la planta baja y fui cerrando las demás. Cuando terminé, seguía pareciendo que R.E.M., estaba dando un concierto en mi mesita de café.

Y, entonces, por un precioso instante, la canción paró y los sonidos de la fiesta, las risas y las conversaciones y los tintineos de las botellas bajaron y se convirtieron en un murmullo constante. Y luego volvió a empezar.

La misma canción. A más volumen todavía. Dios. Mientras me volvía a poner los pants, consideré los pros y los contras de llamar a la policía para quejarme del ruido. Por un lado, podría negar con cierta credibilidad ante mi vecino que la que había llamado era yo. (¡Señor, no fui yo quien llamó al agente! ¡No soy más que una jovencita de veintinueve años, no una vieja solterona malhumorada que detesta la risa, la diversión, el cante y la danza!). Pero, por el otro, desde que mi padre había muerto, llevaba muy mal lo de perdonar pequeñas ofensas.

Me puse la sudadera con una pizza estampada, salí de la casa hecha una furia y subí, marcando los pasos, la escalera del vecino. Antes de tener tiempo de pensármelo dos veces, ya había tocado el timbre.

Sonó por encima de la música con el mismo tono grave que un reloj de pie, pero la gente no dejó de cantar. Conté hasta diez y volví a tocar. Dentro, las voces ni siquiera vacilaron. Si los invitados a la fiesta oían el timbre, lo estaban ignorando.

Toqué con el puño durante unos segundos antes de aceptar que no iba a salir nadie y me di la vuelta para volver dando zancadas por donde había venido. «A la una», decidí. Les daría hasta la una y entonces llamaría a la policía.

Dentro de casa la música sonaba todavía más fuerte de lo que recordaba y, en los pocos minutos que habían pasado desde que había cerrado las ventanas, la temperatura había subido y ahora hacía un calor sofocante. Sin nada mejor que hacer, saqué un libro de la maleta y fui hacia la terraza, buscando a tientas los interruptores de la luz al lado de las puertas corredizas.

Los pulsé con los dedos, pero no pasó nada. Los focos de fuera estaban fundidos. ¡Pues, hala, a leer con la luz del celular a la una de la madrugada en la terraza de la segunda casa de mi padre! Salí. Un escalofrío me recorrió la piel por el frío que traía la brisa que subía del agua.

La terraza del Gruñón también estaba a oscuras, excepto por un solitario foco fluorescente rodeado de torpes polillas. Y, por eso, casi grité cuando algo se movió entre las sombras.

Y con *casi grité* quiero decir que grité de lo lindo.

—¡Coño! —dijo la sombra oscura con voz entrecortada y se levantó de la tumbona.

Y con *sombra oscura* quiero decir, cómo no, «el hombre que había estado descansando tranquilo en la oscuridad hasta que yo le había dado un susto de muerte».

—¿Qué? ¿Qué? —preguntó como si esperase que le dijese que estaba cubierto de escorpiones.

Si hubiera sido así, aquello habría sido menos incómodo.

—¡Nada! —dije todavía recuperando el aliento por la sorpresa—. ¡No te había visto!

—¿No me habías visto? —repitió. Soltó una risa ronca, poco convencido—. ¿En serio? ¿No me habías visto en mi terraza?

Técnicamente, ahora tampoco lo veía. La luz de la terraza estaba un metro por detrás de él y más arriba, por lo que lo convertía en poco más que una silueta alta con forma humanoide con un halo de luz alrededor del pelo oscuro y despeinado. Y, en realidad, llegados a ese punto, seguramente lo mejor sería pasarme el verano sin tener que mirarlo a la cara.

—¿También gritas cuando los coches pasan por la calle o cuando ves gente al otro lado de la ventana de un restaurante? ¿Quieres que tapemos todas las ventanas perfectamente alineadas para no verme de repente con un cuchillo o una maquinilla de afeitar en la mano?

Yo me crucé de brazos con agresividad. O lo intenté. La ginebra todavía me tenía un poco confusa y patosa.

Lo que quería decir —lo que la antigua January habría dicho— era «Perdona, ¿podrías bajar la música un poquito?». De hecho, lo más probable era que la antigua January se hubiera rebozado en maquillaje, se hubiera puesto sus mocasines de terciopelo favoritos y se hubiera presentado en la puerta del Gruñón con una botella de champán, decidida a ganarse su simpatía.

Pero, hasta el momento, ese era el tercer peor día de mi vida y la antigua January debía de estar enterrada donde fuera que hubieran metido a la antigua Taylor Swift, así que lo que dije fue:

—¿Puedes apagar esa banda sonora de adolescente angustiado?

La silueta se rio y se apoyó en la barandilla de la terraza, con el botellín de cerveza colgándole de la mano.

—¿Te parece que soy el que pone la música?

—No, me parece que eres el que está sentado a oscuras en su propia fiesta —le dije—, pero, cuando he tocado el timbre para pedirles a tus amiguitos de la fraternidad que bajaran el volumen, estaban demasiado ocupados con sus chupitos de gelatina, así que te lo pido a ti.

Me observó en la oscuridad durante un instante o, por lo menos, eso supuse, ya que ninguno de los dos podía ver al otro.

Por fin, dijo:

—Mira, nadie se alegrará más que yo cuando esta noche termine y todo el mundo se vaya de mi casa, pero la verdad es que es sábado por la noche, es verano y estamos en una calle llena de casas de vacaciones. A no ser que el barrio entero haya despegado de North Bear Shores y haya aterrizado en el pueblecito de *Footloose*, no me parece una locura poner música a estas horas. Y, tal vez, solo tal vez, la vecina recién llegada que hablaba sobre hacer chaquetas con los pies gritando tanto que los pájaros salían volando pueda permitirse ser indulgente si una triste fiesta termina más tarde de lo que a ella le gustaría.

Ahora me tocaba a mí observar a aquella figura amorfa en la oscuridad. Si es que tenía razón. Era un gruñón, pero yo también. Las fiestas de la estafa piramidal de venta de vitaminas en polvo de Karyn y Sharyn terminaban todavía más tarde y eran entre semana, muchas veces cuando Jacques tenía turno en urgencias a la mañana siguiente. Y yo, a veces, hasta me unía a la fiesta. ¿Y ahora no podía soportar un karaoke un sábado por la noche? Y lo peor de todo: antes de que pudiera pensar algo que decir, la casa del Gruñón se quedó milagrosamente en silencio. A través de las puertas de atrás vi que la multitud se disipaba, la gente se abrazaba y se despedía, dejaba el vaso y se ponía la chaqueta.

Había discutido con él por nada y ahora tenía que vivir a su lado durante meses. Si necesitaba azúcar, me tocaría joderme.

Quería disculparme por el comentario del adolescente angustiado o, por lo menos, por los pants que llevaba. Últimamente mis reacciones siempre parecían exageradas y no había una forma fácil de explicarlas cuando algún desconocido tenía la mala suerte de presenciarlas.

«Perdona —me imaginaba diciendo—. No quería transformarme en una abuela malhumorada. Es que mi padre murió y luego me enteré de que tenía una amante y una segunda casa y de que mi madre lo sabía, pero nunca me lo había dicho y sigue sin querer hablar conmigo sobre nada de eso y, al final, cuando me derrumbé, mi novio decidió que ya no me quería y mi carrera profesional está estancada y mi mejor amiga vive demasiado lejos, ah, y, por cierto, el picadero de mi padre que he mencionado es esta casa, y antes me gustaban las fiestas, pero hace un tiempo que no hay nada que me guste, así que, por favor, disculpa mi comportamiento y disfruta de la noche. Gracias y buenas noches».

En lugar de eso, sentí en el estómago ese dolor, como si retorcieran un cuchillo que tenía clavado, las lágrimas hicieron que me escociera la nariz y me salió un chillido patético cuando dije, sin hablarle a nadie en concreto:

—Estoy muy cansada.

Aunque solo podía ver su silueta, me di cuenta de que se ponía tenso. Había aprendido que no era algo raro en la gente cuando intuían que una mujer estaba al borde del colapso emocional. Durante las últimas semanas de nuestra relación, Jacques era como una de esas serpientes que sienten cuándo habrá un terremoto. Se inquietaba cada vez que mis emociones asomaban y, entonces, decidía que nos hacía falta algo de la tienda de la esquina y salía corriendo por la puerta.

Mi vecino no dijo nada, pero tampoco se fue corriendo. Se quedó ahí, incómodo, mirándome fijamente en la oscuridad. Estuvimos así cinco segundos, esperando a ver qué pasaba antes: que yo empezara a llorar o que él saliera corriendo.

Y entonces la música empezó a retumbar de nuevo. Era un temazo de Carly Rae Jepsen que, en otros tiempos, me había encantado, y el Gruñón se sobresaltó. Miró hacia las puertas corredizas y luego otra vez hacia mí.

—Voy a echarlos —dijo enseguida, se dio la vuelta y entró en la casa.

La gente de la cocina gritó «¡EVERETT!» al unísono cuando lo vieron. Parecía que en cualquier momento iban a ponerlo cabeza abajo y hacerlo beber de un barril de cerveza, pero lo vi inclinándose hacia una chica rubia para gritarle algo y, un momento después, la música paró definitivamente.

Bueno. La próxima vez que quisiera quedar bien, quizá el plato de galletas de LSD fuera mejor idea.

3
EL PRIMER ENCUENTRO

Me desperté y la cabeza me palpitaba. Vi en el celular un mensaje de Anya:

¡Hola, bombón! Quería asegurarme
de que recibiste mi correo sobre
la mente maravillosa que tienes
y la fecha de entrega de este verano
de la que hablamos.

Ese punto final me resonó por el cráneo como un toque de difuntos.

Había vivido mi primera resaca a los veinticuatro años, la mañana después de que Anya le vendiera mi primer libro, *Deseos y besos de esos*, a Sandy Lowe. (Jacques había comprado su champán francés preferido para celebrarlo y bebimos de la botella mientras cruzábamos el puente de Brooklyn esperando a que saliera el sol, porque nos parecía muy romántico). Más tarde, tirada en el suelo del cuarto de baño, juré que me lanzaría sobre un cuchillo afilado antes de volver a sentir el cerebro como si fuera un huevo friéndose en una roca bajo el sol de Cancún.

Pero ahí estaba, hundiendo la cara en un cojín adornado con abalorios con el cerebro crepitando en la sartén que era mi cráneo. Corrí al baño de la planta baja. No tenía ganas de vomitar, pero esperaba que, si hacía como si las tuviera, mi cuerpo caería en la trampa y sacaría el veneno que llevaba en la barriga.

Me dejé caer de rodillas delante del excusado y levanté la mirada hacia la foto enmarcada que colgaba de un lazo en la pared. Mi padre y Esa Mujer estaban en una playa. Llevaban cortavientos. Él la rodeaba por los hombros y el viento tiraba del pelo rubio de ella, que aún no era canoso, y le aplastaba a él los rizos que empezaban llenarse de canas contra la frente. Los dos sonreían.

Y luego, en una broma más sutil pero igualmente graciosa del universo, vi el revistero al lado del excusado, que contenía justo tres regalos.

Un ejemplar de hacía dos años de la revista de Oprah. Un ejemplar de mi tercer libro, *Luz del norte*. Y el dichoso *Las revelaciones*, de tapa dura, con una de esas estampas que decían EJEMPLAR FIRMADO, ni más ni menos.

Abrí la boca y vomité con fuerza en la taza. Luego me puse de pie, me enjuagué y le di la vuelta al marco para que quedara de cara a la pared.

—Nunca más —dije en voz alta.

¿El primer paso para una vida sin resacas? Seguramente, no mudarse a una casa que te lleva a la bebida habría sido un buen comienzo. Iba a tener que encontrar otras formas de afrontar la situación. Como... la naturaleza.

Volví a la sala de estar, saqué el cepillo de dientes de la maleta y me lavé los dientes en el fregadero. El siguiente paso fundamental para poder seguir con mi existencia era café de urgencia.

Cuando estaba escribiendo el borrador de un libro, vivía prácticamente con mis ilustres pants más viejos, así que, aparte de una serie de pants igual de feos, iba ligera de equipaje. Hasta había visto unos cuantos videos de *vloggers* de moda sobre fondos de armario minimalistas en un intento de conseguir el máximo número de *looks* de unos jeans cortados muy cortos (que me ponía, sobre todo, cuando estaba limpiando para calmar el estrés) y una colección de camisetas con caras de famosos, vestigios de una fase por la que pasé cuando tenía veintipocos años.

Me puse una que tenía estampada la cara sombría y en blanco y negro de Joni Mitchell, embutí el cuerpo hinchado por el alcohol en los jeans cortos y me calcé mis botines con bordados de flores.

Me encantaban los zapatos, desde los más baratos y corrientes hasta los más caros y espectaculares. Y resultaba que eso no era compatible con el concepto del fondo de armario minimalista. Solo me había traído cuatro pares y dudaba que nadie fuera a considerar que los tenis multicolores que me compré en el súper o las botas hasta el muslo de Stuart Weitzman en las que me había dejado el dinero por un capricho fueran «un básico».

Tomé las llaves del coche e iba a salir a la luz cegadora del sol del verano cuando oí que el celular vibraba entre los cojines del sofá. Era un mensaje de Shadi:

Me he liado con el Sombrero Encantado.

Seguido por un montón de calaveras.
Mientras volvía a salir tropezando, le contesté:

BUSCA UN EXORCISTA, PERO YA.

Intenté no pensar demasiado en la humillante disputa de la noche anterior con el vecino mientras bajaba los escalones trotando hacia el Kia, pero eso me liberó la mente y volví a pensar en el tema que menos me gustaba.

Mi padre. La última vez que habíamos salido con el barco, habíamos ido al lago artificial con el Kia y me había dicho que iba a dármelo. También fue el día que me dijo que me arriesgara, que me fuera a vivir a Nueva York. Jacques ya estaba allí estudiando Medicina y teníamos una relación a distancia para que yo pudiera estar con mi madre. Mi padre tenía que viajar mucho por «trabajo» y, aunque en el fondo me creyera mi propia historia (que nuestra vida al final siempre iría bien), una gran parte de mí tenía todavía demasiado miedo de dejar a mi madre sola, como si mi ausencia fuera a darle al cáncer espacio para volver por tercera vez.

—Tu madre está bien —me había asegurado mi padre cuando estábamos sentados en el estacionamiento frío y oscuro.

—Podría volver —repliqué. No quería perderme ni un segundo con ella.

—Podría pasar cualquier cosa, January. —Eso fue lo que me dijo—. Podría pasarnos cualquier cosa a mí, a tu madre o incluso a ti en cualquier momento. Pero, ahora mismo, no pasa nada. Haz algo por ti misma por una vez, hija.

Puede que pensara que el hecho de que yo me fuera a Nueva York a vivir con mi novio equivalía, básicamente, a que él se comprase una segunda casa para esconderse con su amante. Yo había decidido dejar de estudiar y no hacer un máster para ayudar a cuidar a mi madre durante el segundo tratamiento de quimio, había puesto hasta el último centavo que tenía para ayudar con las facturas médicas, y ¿dónde había estado él? ¿Con un cortavientos, bebiendo pinot noir en la playa con Esa Mujer?

Alejé ese pensamiento mientras me metía en el coche. Sentí el cuero caliente en los muslos y arranqué mientras iba bajando la ventanilla.

Al final de la callé, giré a la izquierda, alejándome del agua en dirección al centro. La ensenada que corría por el lado derecho de la carretera lanzaba rayos de luz hacia la ventanilla del coche y el viento cálido me rugía en los oídos. Durante un instante, fue como si la vida hubiera dejado de existir a mi alrededor. Simplemente flotaba, pasaba al lado de hordas de adolescentes con poca ropa que rodeaban el puesto de perritos calientes a la izquierda, familias haciendo cola delante de la heladería a la derecha y manadas de ciclistas que iban en dirección contraria, hacia la playa.

A medida que avanzaba por la calle principal, los edificios iban acercándose más unos a otros hasta quedar hombro con hombro: un restaurante italiano diminuto con balcones cubiertos de enredaderas pegado a una tienda de patines apretada contra el pub irlandés de al lado, al que seguía una tienda de chucherías de toda la vida y, por fin, una cafetería llamada Pete's Coffee (que no Peet's Coffee, la famosa marca de cafés y cafeterías, aunque, en realidad, parecía que el letrero estaba hecho para que se confundiera con Peet's).

Estacioné el coche en un sitio libre y me zambullí en el delicioso fresco del aire acondicionado del Pete's (que no Peet's) Coffee. El piso de madera estaba pintado de blanco y las paredes de azul oscuro, con estrellas plateadas que se arremolinaban entre mesa y mesa y que eran interrumpidas de vez en cuando por alguna buena reseña atribuida a Anónimo. La sala daba directamente a una librería bien iluminada con las palabras PETE'S BOOKS escritas encima de la puerta con la misma pintura plateada. Había una pareja mayor con chalecos polares sentada en los sillones medio hundidos del rincón del fondo. Aparte de la mujer de cincuenta y muchos que estaba en la caja y de mí, eran las únicas personas que había allí.

—Supongo que ha salido un día demasiado bueno para no pasarlo al aire libre —dijo la camarera como si me leyera la mente.

Tenía la voz ronca a juego con el pelo corto al estilo militar, y los pendientes de aro pequeñitos que llevaba parpadearon con la luz tenue cuando me indicó que me acercase con un gesto. Tenía las uñas de un rosa pálido.

—No seas tímida, aquí en Pete's estamos en familia.

Sonreí.

—Dios, espero que no.

Ella dio una palmada en la barra y rio.

—Sí, la familia es complicada —coincidió—. Bueno, ¿qué te pongo?

—Combustible de avión.

Asintió con cara de entenderme bien.

—O sea, eres una de esas. ¿De dónde eres, cielo?

—De Nueva York hasta hace poco. Antes, de Ohio.

—Ah, pues tenemos familia en Nueva York. En el estado, no en la ciudad. Pero tú hablas de la ciudad, ¿no?

—De Queens —confirmé.

—Nunca he ido —dijo ella—. ¿Quieres leche? ¿Azúcar?

—Un poco de leche no estaría mal —contesté.

—¿Entera? ¿Semi? ¿Con una decimosexta parte de la grasa?

—Sorpréndeme. No soy muy quisquillosa con las fracciones.

Echó la cabeza para atrás y volvió a reír mientras se movía sin prisa entre las máquinas.

—¿Quién tiene tiempo para eso? De verdad que hasta North Bear Shores va demasiado deprisa para mí algunos días. A lo mejor si me pusiera a beber el combustible de avión este que bebes tú sería otro cantar.

Que la camarera que te prepara el café no tome café no era lo ideal, pero me caía bien aquella mujer con sus aritos diminutos en las orejas. Lo cierto era que me caía tan bien que sentí un pinchazo de nostalgia.

Por la antigua January. A la que le encantaba ir de cabeza a las fiestas y coordinar disfraces de grupo, la que no podía ir a la gasolinera o estar en la cola de correos sin terminar haciendo planes para ir a tomar un café o a la inauguración de una exposición con alguien que acababa de conocer. Tenía el teléfono lleno de contactos como «Sarah, del bar del ancla» o «Mike, el que lleva la tienda *vintage*». A Shadi la había conocido en el baño de una pizzería cuando salió del cubículo con las mejores botas Frye que había visto nunca. Echaba de menos sentir esa curiosidad profunda por la gente, esa chispa de emoción al darme cuenta de que tenía algo en común con otra persona o la admiración de descubrir un talento o una cualidad escondida.

A veces, echaba de menos llevarme bien con la gente.

Pero con aquella camarera era muy fácil llevarse bien. Aunque el café fuera malo, sabía que volvería. Le puso la tapa de plástico al vaso y me lo puso delante.

—Los clientes nuevos no pagan nada —me dijo—. Solo te pido que vuelvas.

Sonreí, le prometí que volvería y metí el último billete de un dólar que me quedaba en el bote de las propinas mientras ella volvía a su tarea de limpiar la barra. Yendo hacia la puerta, me paralicé al oír la voz de Anya en mi cabeza: «¡Eeeeeeeeh, bomboncito! TE JURO que no estoy intentando entrometerme, pero ya sabes que los clubs de lectura son tu mejor mercado. Si estás a dos pasos de la librería de un pueblecito, ¡deberías asomarte a saludar!».

Sabía que aquella Anya imaginaria tenía razón. En ese momento, todas y cada una de las ventas eran importantes.

Forcé una sonrisa y crucé la puerta que daba a la librería. Ojalá pudiera volver atrás en el tiempo y ponerme cualquier otra ropa que no fuera aquel disfraz de extra de un videoclip de Jessica Simpson rodado en 2002.

La librería era pequeña, tenía estanterías de roble contra las paredes y un laberinto de estanterías más bajas que iba y venía sin orden alguno en el centro de la sala. No había nadie en el mostrador y, mientras esperaba, eché un vistazo al trío de preadolescentes con aparatos en los dientes que había en la sección de romántica para asegurarme de que no estaban soltando esas risitas por uno de mis libros. Las cuatro quedaríamos traumatizadas de forma irreversible si el librero me llevaba hacia allí para firmar algunos libros y la pelirroja tenía *Calidez del sur* en las manos. Las niñas suspiraron y soltaron risitas nerviosas cuando la pelirroja se apretó el libro contra el pecho y reveló la cubierta: los bustos de un hombre y una mujer desnudos abrazados y envueltos en llamas. Vale, no era uno de los míos.

Tomé un sorbo del café con leche y lo devolví de inmediato al vaso. Sabía a barro.

—Perdona por hacerte esperar, cielo —dijo una voz rasposa detrás de mí. Me di la vuelta y vi que se acercaba una mujer zigzagueando para esquivar las estanterías—. Las rodillas ya no me funcionan como antes.

Al principio pensé que debía de ser la hermana gemela de la camarera y que las dos habían abierto el negocio juntas, pero entonces me di cuenta de que estaba deshaciendo el nudo de la cintura del delantal gris en el que ponía PETE'S mientras se acercaba al mostrador.

—¿Te puedes creer que yo ganaba competiciones de *roller derby*? —me dijo mientras dejaba caer el delantal hecho una bola en el mostrador—. Bueno, lo creas o no, es cierto.

—Ahora mismo ya no me sorprendería que fueras la alcaldesa de North Bear Shores.

Soltó una estruendosa carcajada.

—Pues no, ¡no puedo decir que lo sea! Aunque la verdad es que, si me dejaran, le pondría las pilas a este pueblo. Es un reducto progresista aquí en Michigan, pero la gente que controla el dinero siguen siendo golfistas delicados que se escandalizan por todo.

Intenté no sonreír. Era algo que habría podido decir mi padre perfectamente... El dolor me atravesó como si me hubieran marcado con un hierro al rojo vivo.

—En fin, ¿qué más daremos mis opinioncitas y yo? —dijo levantando las pobladas cejas de color rubio ceniza—. Solo soy una pobre autónoma. ¿En qué puedo ayudarte, cielo?

—Solo quería presentarme —reconocí—. La verdad es que soy escritora, publico con Sandy Lowe Books y pasaré aquí el verano, así que había pensado que podría venir a saludar y firmar algunos libros si tienes de los míos.

—¡Ooooh, otra escritora en el pueblo! —exclamó—. ¡Qué emoción! North Bear Shores atrae a un montón de artistas. Yo creo que es por nuestro estilo de vida. Y por la universidad. Tenemos un montón de librepensadores. Es una pequeña comunidad muy bonita. Te encantará vivir aquí...

La forma en la que bajó el tono sugería que esperaba que yo añadiera mi nombre al final de la frase.

—January —dije—. Andrews.

—Pete —se presentó ella dándome la mano con el vigor de un boina verde que acabara de decir: «¡A ver ese apretón de mano, muchacho!».

—¿Pete? —repetí yo—. ¿La de la famosa cafetería Pete's Coffee?

—Esa misma. Mi nombre en el registro es Posy. ¿Qué clase de nombre es ese? —Hizo ver que le daba una arcada—. En serio, ¿a ti te parece que tengo cara de Posy? ¿Alguien en el mundo tiene cara de Posy?

Negué con la cabeza.

—Puede que un bebé con un disfraz barato de florecilla.

—En cuanto empecé a hablar dejé bien claro cómo quería que me llamaran. En fin, January Andrews. —Pete se acercó a la computadora y tecleó mi nombre—. Veamos si tenemos tu libro. Nunca corregía a la gente cuando decían *libro* en lugar de *libros*, pero, a veces, esa suposición me molestaba. Me daba la impresión de que la gente pensaba que mi carrera profesional era fruto de la suerte. Como si hubiera estornudado y me hubiera salido una novela romántica de la nariz.

Y luego estaba la gente que hacía como si supiera mi secreto cuando, después de una conversación sobre arte o política, descubrían que escribía literatura femenina: «Bueno, para pagar las facturas, ¿no?», decían casi suplicándome que les confirmase que, en realidad, no quería escribir libros sobre mujeres o sobre el amor.

—Parece que no tenemos ninguno —dijo Pete levantando la mirada de la pantalla—. Pero voy a pedirlos, mira lo que te digo.

—¡Qué bien! —exclamé—. Tal vez podríamos hacer un taller más adelante.

Pete ahogó un grito y me agarró del brazo.

—¡Tengo una idea, January Andrews! Deberías venir a nuestro club de lectura. Nos encantaría que vinieras. Es una buena forma de involucrarse en la comunidad. Es los lunes. ¿Te va bien el lunes? ¿Mañana?

En mi cabeza, Anya dijo: «¿Sabes lo que hizo que triunfara *La chica del tren*? Los clubs de lectura».

Eso era exagerar un poco, pero Pete me caía bien.

—El lunes me va bien.

—¡Genial! Te mandaré mi dirección. A las siete de la tarde hay mucha bebida, siempre es la bomba. —Tomó una tarjeta de visita y me la pasó por encima del mostrador—. Usas el correo electrónico, ¿no?

—A todas horas.

La sonrisa de Pete se ensanchó.

—Bueno, pues mándame un correo y lo prepararemos todo para que vengas mañana.

Le prometí que se lo mandaría, me di la vuelta para marcharme y casi choqué con un estante. Me quedé mirando cómo temblaba la pirámide de libros y, mientras estaba ahí parada, esperando a ver si caían, me di cuenta de que estaba toda formada por el mismo libro, y cada ejemplar estaba marcado con la pegatina de EJEMPLAR FIRMADO.

Un escalofrío inquietante me subió por la espalda.

Ahí, en la cubierta abstracta en blanco y negro, en letras cuadradas y rojas debajo de *Las revelaciones*, estaba su nombre. Fui atando cabos. Fui encadenando deducciones una detrás de otra como piezas de dominó que iban cayendo. No quería decirlo en voz alta, pero puede que lo hiciera.

Porque la campana que había encima de la puerta de la librería sonó y, cuando levanté la mirada, ahí estaba. Piel aceitunada. Unos pómulos tan afilados que podían cortar. Boca torcida y una voz hosca que nunca podré olvidar. Pelo oscuro y despeinado que enseguida pude imaginar con un halo de luz fluorescente.

Augustus Everett. Gus, como yo lo conocía en la universidad.

—¡Everett! —lo llamó Pete con cariño desde detrás del mostrador.

Mi vecino, el Gruñón.

Hice lo que habría hecho cualquier mujer adulta sensata al encontrarse con su antiguo rival de la universidad convertido en vecino de al lado: me escondí detrás de la estantería más cercana.

4
LA BOCA

¿Lo peor de ser la rival de la universidad de Gus Everett? Que no estaba segura de que él supiera que lo era. Tenía tres años más que yo. Había dejado la preparatoria y había aprobado el examen de acceso a la universidad tras unos años trabajando de enterrador. Yo sabía todo aquello porque todas las redacciones que entregó el primer trimestre formaban parte de una colección centrada en el cementerio en el que había trabajado.

Los demás alumnos de Escritura Creativa íbamos rascando material de donde podíamos (sobre todo, de la infancia: partidos de futbol que habíamos ganado en el último segundo, peleas con nuestros padres, viajes con amigos) y Gus Everett escribía sobre los ocho tipos de viudas que había, analizaba los epitafios más comunes, los más graciosos, los que revelaban con sutileza una relación truncada entre el fallecido y la persona que pagaba la lápida...

Como yo, Gus pudo ir a la universidad gracias a un montón de becas, pero no estaba muy claro cómo las había conseguido, porque no practicaba deportes ni se había graduado de la preparatoria, técnicamente. La única explicación era que fuera buenísimo escribiendo.

Para rematarlo todo, Gus Everett era absurda y exasperantemente atractivo. Y no el tipo de guapo universal que casi no llama la atención con una belleza objetiva. Más bien emanaba magnetismo. Vale, solo era un poco más alto que la media y tenía los músculos marcados de alguien que no deja de moverse, pero que tampoco hace ejercicio —de esa gente que está en forma gracias a la genética y a la inquietud en vez de a los buenos hábitos—, pero era mucho más que eso.

Era su forma de hablar y de moverse, de mirar las cosas. No hablo de su forma de ver el mundo, sino, literalmente, de su forma de mirar las cosas. Parecía que los ojos se le oscurecían y agrandaban cuando se fijaba en algo, y se le fruncía el ceño sobre la nariz algo aguileña.

Por no hablar de su boca torcida, que tendría que estar prohibida.

Antes de dejar la universidad para irse de *au pair* (una ocupación que abandonó pronto), Shadi me pedía todas las noches a la hora de cenar noticias de Gus el Malo Sexy, a veces abreviado como GMS. Yo estaba un pelín colada por él y por su prosa.

Hasta que por fin hablamos en clase por primera vez. Yo repartía mi último relato para que lo valorasen los demás y, cuando llegué a él, me miró fijamente a los ojos —con la cabeza algo inclinada con curiosidad— y dijo: «Déjame adivinarlo: todos viven felices para siempre. Otra vez».

Yo todavía no escribía nada romántico —ni siquiera me di cuenta de cuánto me gustaba leer novelas románticas hasta el segundo diagnóstico de mi madre dos años después, cuando necesité una buena distracción—, pero lo cierto es que sí que escribía de forma romántica sobre un mundo bueno en el que las cosas pasaban por algo y en el que el amor y la conexión humana eran lo único que importaba de verdad.

Y Gus Everett me había mirado con esos ojos, que se volvían profundos y oscuros como si estuvieran absorbiendo toda la información posible sobre mí, y había decidido que yo era una burbuja que debía pinchar.

«Déjame adivinarlo: todos viven felices para siempre. Otra vez».

Nos pasamos los siguientes cuatro años ganando por turnos los premios y concursos de escritura de la facultad, pero conseguimos no hablar apenas, excepto en los talleres, en los cuales casi nunca valoraba ningún relato excepto los míos y casi siempre llegaba tarde sin el material y me pedía que le prestara una pluma. Y hubo una noche loca, en la fiesta de una fraternidad, que... no es que habláramos, pero, desde luego, interactuamos.

La verdad era que nos encontrábamos por todos lados, en parte porque salió con dos compañeras de habitación mías y con muchas otras chicas del piso de la residencia (aunque digo «salir» en sentido poco estricto). Gus era conocido por tener una fecha de caducidad de entre dos y cuatro semanas y, aunque la primera compañera de habitación había empezado a quedar con él esperando ser la excepción, la segunda y muchas otras lo hicieron plenamente consciente de que Gus Everett era solo alguien con quien pasarlo bien hasta un máximo de treinta y un días.

Si no escribías relatos con finales felices. En ese caso, lo más probable era que pasaras cuatro años siendo su rival, luego seis más buscándolo en Google para comparar sus carreras profesionales y luego te lo encontraras vestido con la ropa que llevaría una animadora adolescente para recaudar dinero lavando coches.

Es decir, ahí, en ese momento. Entrando en Pete's Books.

Mientras caminaba a grandes zancadas por un lateral de la librería con la cabeza gacha y la cara vuelta hacia las estanterías como si estuviera echándoles un vistazo a los libros (mientras iba casi corriendo, lo más normal del mundo), ya estaba pensando en el mensaje que iba a mandarle a Shadi.

—January —me llamó Pete—. January, ¿dónde estás? Quiero que conozcas a alguien.

No me enorgullece admitir que, cuando me paré en seco, estaba mirando a la puerta, valorando si podía escaparme sin responder.

Es importante señalar que sabía de sobra que había una campana sobre la puerta y, aun así, no fui capaz de tomar una decisión inmediata.

Al final respiré hondo, me obligué a sonreír y salí de detrás de las estanterías aferrándome a aquel café con leche asqueroso como si fuera una pistola.

—Holaaaaaaaaaa —dije, y saludé con la mano de forma marcadamente robótica.

Tuve que obligarme a mirarlo. Estaba igual que en la foto que salía en sus libros: con los pómulos afilados, los ojos oscuros a rabiar y los brazos fibrados de un enterrador convertido en novelista. Llevaba una camiseta azul (o negra desteñida) arrugada y unos pantalones azules (o negros desteñidos) arrugados y empezaban a salirle canas en el pelo y en la barba de poco más de un día que le rodeaba la boca torcida.

—Esta es January Andrews —anunció Pete—. Es... escritora. Se acaba de mudar aquí.

Casi podía verle en la cara cómo se daba cuenta de lo mismo que me había dado cuenta yo. Tenía los ojos puestos en mí mientras relacionaba conmigo lo poco que había visto de mí la noche anterior.

—Ya nos conocemos, de hecho —indicó.

El fuego de mil soles se me agolpó en la cara y en el pecho y en las piernas y en el resto de las partes del cuerpo que estaban expuestas.

—¿Sí? —preguntó Pete encantada—. ¿Y eso?

Se me abrió la boca, pero no emitió ningún sonido. La palabra *universidad* se las arregló para huir de mi cabeza mientras mis ojos se volvían hacia Gus.

—Somos vecinos —dijo él—. ¿No?

Dios... ¿Era posible que no se acordase de mí? Coño, que me llamo January. Que no es Rebecca o Christy/Christina/Christine. Intenté no darle demasiadas vueltas al hecho de que Gus se hubiera olvidado de mí, porque, si pensaba demasiado en ello, solo conseguiría que mi piel pasara del tono langosta demasiado hecha a berenjena.

—Sí —creo que dije.

El teléfono al lado de la caja empezó a sonar y Pete levantó un dedo para disculparse mientras se volvía para contestar, dejándonos solos.

—Bueno —dijo Gus por fin.

—Bueno —repetí como un loro.

—Y ¿qué escribes, January Andrews?

Me esforcé por no mirar con el rabillo del ojo el monumento hecho de *Las revelaciones* colocadas en espiral en el expositor que tenía al lado.

—Romántica, sobre todo.

Gus levantó una ceja.

—Ah.

—¿Ah, qué? —pregunté yo, ya a la defensiva.

Él se encogió de hombros.

—Solo *ah*.

Me crucé de brazos.

—Sabes muy bien lo que querías decir con ese «solo *ah*».

Se apoyó en el mostrador, también se cruzó de brazos y frunció el ceño.

—Pues qué rápido —dijo.

—¿El qué?

—Te he ofendido. Con una sílaba. *Ah*. Impresionante.

—¿Ofendido? Esta no es mi cara de ofendida. Tengo esta cara porque estoy cansada. El rarito de mi vecino estuvo toda la noche poniendo su música para llorar a todo volumen.

47

Asintió pensativo.

—Sí, y seguro que también era «la música» lo que hacía que te costara caminar tanto anoche. Oye, si tienes un problema con «la música», que no te dé vergüenza pedir ayuda.

—En fin —dije, todavía luchando por no sonrojarme—. No me has dicho qué escribes tú, Everett. Seguro que es algo muy rompedor e importante. Muy nuevo y fresco. Como una historia sobre un hombre blanco desilusionado que vaga por el mundo incomprendido y cachondo pero distante.

Le salió una carcajada como un ladrido.

—¿«Cachondo pero distante»? Por oposición a las proclividades sexuales tan artísticas del género que escribes tú, ¿no? Dime, ¿qué te parece más fascinante escribir sobre piratas que se enamoran o sobre hombres lobo que se enamoran?

Yo volvía a estar hecha una furia.

—Lo que importa no es lo que a mí me gusta, sino lo que quieren las lectoras. ¿Cómo es lo de escribir *fan fiction* para cuatro señores que se masturban en grupo pensando en Hemingway? ¿Los conoces a los cuatro?

Había algo liberador en la nueva January.

La cabeza de Gus se inclinó de una forma que me era muy familiar, y frunció el ceño mientras sus ojos me estudiaban con tanta intensidad que se me erizó la piel. Separó los labios carnosos como si fuera a hablar, pero, justo en ese momento, Pete colgó el teléfono, vino a nuestro lado y no lo dejó hablar.

—Qué casualidad, ¿no? —preguntó, y dio un aplauso—. ¡Dos escritores con libros publicados viviendo en la misma calle de North Bear Shores! Seguro que se pasan el verano dándole a la lengua. Ya te había dicho que el pueblo está lleno de artistas, January. ¿Qué te parece? —Rio entusiasmada—. ¡En cuanto lo he dicho ha entrado Everett! Parece que hoy tengo al universo de mi parte.

El sonido del celular sonándome en el bolsillo me salvó de tener que responder. Para variar, corrí a contestar la llamada, impaciente por escapar de aquella conversación. Esperaba que fuera Shadi, pero en la pantalla ponía ANYA y se me heló la sangre.

Levanté la mirada y me encontré con los ojos oscuros de Gus clavados en mí. Tuvo un efecto intimidatorio. Aparté la mirada hacia Pete.

—Lo siento... tengo que contestar. Pero encantada de conocerte.

—¡Lo mismo digo! —me aseguró Pete mientras yo me retiraba entre el laberinto de estanterías—. ¡No te olvides de mandarme un correo!

—Te veo en casa —se despidió Gus cuando ya le daba la espalda.

Yo contesté la llamada de Anya y salí.

5
LOS LABRADORES

—Júrame que puedes hacerlo, January —me decía Anya mientras yo me alejaba del centro a toda velocidad—. Si le prometo a Sandy un libro para el 1 de septiembre, tengo que tener un libro el 1 de septiembre.

—He escrito libros en la mitad de tiempo —grité para que me oyera por encima del viento.

—No, si eso ya lo sé, pero estamos hablando de este manuscrito. Estamos hablando de uno en concreto que te ha llevado, hasta la fecha, quince meses. ¿Cuánto has adelantado?

El corazón me iba a mil por hora. Sabría que le mentía.

—No está escrito —reconocí—. Pero está pensado. Solo necesito algo de tiempo para sacarlo adelante sin distracciones.

—Se me da bien no distraer. Puedo ser la persona que menos te distraiga del mundo, pero, por favor... Por favor, por favor, por favor, no me mientas. Si necesitas descansar...

—No quiero descansar —dije. Y no podía permitírmelo. Tenía que hacer lo que fuera. Vaciar la casa de la playa para venderla. Escribir una novela romántica a pesar de haber perdido hacía poco casi toda la fe en el amor y la humanidad—. De hecho, está yendo muy bien.

Anya fingió estar satisfecha y yo fingí creer que ella estaba satisfecha. Estábamos a 2 de junio y tenía poco menos de tres meses para escribir algo que se pareciera a un libro.

Así que, cómo no, en lugar de irme directa a casa a trabajar, fui hacia el supermercado. Había tomado dos sorbos del café de Pete y me sobraban los dos. Tiré el café en el basurero de camino al súper y lo remplacé por un americano con hielo enorme del Starbucks que había en el centro comercial antes de abastecerme de comida para escribir (macarrones, cereales y cualquier cosa que no costara demasiado preparar) suficiente para un par de semanas.

Cuando llegué a casa, el sol estaba alto y hacía un calor denso y pegajoso, pero al menos el café con hielo había mitigado el martilleo que sentía en el cráneo. Cuando terminé de sacar la compra de las bolsas, me llevé la computadora a la terraza, pero me di cuenta de que había dejado que se le acabase la batería la noche anterior. Volví dentro para enchufarlo a la luz y me encontré con el teléfono vibrando encima de la mesa. Era un mensaje de Shadi:

¿QUÉ DICES? ¿Gus, el Malo Sexy?
¿Ha preguntado por mí? Dile
que lo echo de menos.

Yo le respondí:

Sigue sexy. Sigue MALO. Y NO le diré nada
porque NO pienso volver a hablarle
mientras viva. No se acordaba de mí.

Shadi contestó enseguida:

Hmmmm, es IMPOSIBLE que sea verdad.
Eres su princesa de cuento. Eres su yo
malvado. O él es tu yo malvado. O algo así.

Se refería a otra situación humillante con Gus que yo había intentado olvidar. Él había acabado yendo a clase de Matemáticas Básicas con Shadi y le había dicho que había visto que éramos amigas. Cuando ella se lo confirmó, él le preguntó «de qué iba yo». Cuando Shadi le pidió que le explicara mejor qué coño quería decir eso, él se encogió de hombros y murmuró algo sobre que yo me comportaba como una princesa de cuento a la que habían criado las criaturas del bosque.

Shadi le dijo que en realidad era una emperatriz a la que habían criado dos espías muy sexis.

> Verlo en persona después de todo este tiempo ha sido horrible. Estoy traumatizada. Por favor, ven a cuidarme para que recupere la salud.

Pronto, *habibati*.

Yo tenía el objetivo de escribir mil quinientas palabras ese día. Solo conseguí cuatrocientas, pero, pensando en positivo, también gané veintiocho partidas consecutivas del Solitario Spider antes de parar y hacerme unas verduras salteadas para la cena. Después de comer, me quedé sentada a oscuras, hecha un ovillo delante de la mesa de la cocina, con una copa de vino tinto que reflejaba el brillo de la pantalla del portátil. Solo necesitaba un primer borrador malo. Había escrito decenas, me salían más deprisa de lo que era capaz de teclear, y luego, durante los meses siguientes, los reescribía a conciencia.

Entonces ¿por qué no era capaz de obligarme a escribir ese libro malo?

Cuánto echaba de menos la época en la que las palabras me salían a borbotones, cuando escribir finales felices, besos bajo la lluvia y escenas de pedida de mano en las que la música iba *in crescendo* era la mejor parte del día.

Entonces el amor verdadero me parecía el premio gordo, lo único que podía capear cualquier tormenta y salvar a cualquiera tanto de la monotonía como del miedo, y sentía que escribir sobre él era lo mejor que podía darle al mundo.

Y, aunque esa parte de mi forma de ver la vida se estaba tomando un año sabático, tenía que ser cierto que, a veces, las mujeres con el corazón roto encontraban su final feliz, sus momentos bajo la lluvia de música *in crescendo* y felicidad en estado puro.

La computadora me avisó de que me había llegado un correo. Empecé a sentir un nudo en el estómago que no desapareció hasta que hube confirmado que solo era la respuesta de Pete con la dirección del club de lectura y un mensaje de una sola frase:

Trae tu bebida favorita, aunque no hace falta que traigas nada 😊

Sonreí. Tal vez una versión de Pete terminaría apareciendo en el libro.

—Paso a paso —dije en voz alta.

Agarré el vino y fui hacia la puerta de atrás.

Ahuequé las manos, me las puse a los lados de los ojos para que el cristal no deslumbrara y miré hacia la terraza de Gus. Antes había estado saliendo humo del brasero, pero ahora ya no, estaba desierta.

Decidí abrir la puerta y salir. El mundo solo se veía en tonos de azul y plateado, y el suave murmullo de las olas rompiendo contra la arena se volvía más fuerte por el silencio de todo lo demás. Una racha de viento hizo que se movieran las copas de los árboles y que yo me estremeciera. Me apreté más la bata, apuré la copa y me volví para entrar en casa.

Al principio, pensé que el brillo azulado que había visto provenía de mi portátil, pero la luz no salía de mi casa. Brillaba por las ventanas, por lo demás oscuras, de la casa de Gus, con intensidad suficiente para que lo viera paseándose delante de la mesa. Se detuvo de pronto y se agachó un momento para escribir, después agarrró la botella de cerveza de la mesa y empezó a pasearse otra vez mientras se pasaba la mano por el pelo.

Reconocí a la perfección esa coreografía. Podía burlarse de mí con sus historias de piratas y hombres lobo enamorados tanto como quisiera, pero, a la hora de la verdad, Augustus Everett seguía yendo de un lado para otro en la oscuridad para ver si se le ocurría algo, igual que los demás.

Pete vivía en una casa victoriana pintada de rosa a las afueras del campus universitario. Hasta con la tormenta eléctrica que llegaba por el lago aquel lunes por la tarde, su casa parecía una casita de muñecas monísima.

Me estacioné delante de su casa y levanté la mirada para observar las ventanas invadidas por la hiedra y las torrecillas encantadoras. El sol no se había puesto del todo, pero las nubes de color gris claro que llenaban el cielo difuminaban la luz y la convertían en un resplandor verdoso y apagado, y el jardín que se extendía desde el porche de Pete hasta la valla blanca de madera parecía exuberante y mágico bajo el velo de bruma. Era la forma perfecta de huir de la cueva de escritora en la que me había estado escondiendo todo el día.

Tomé la bolsa de tela llena de marcapáginas firmados y pines con citas de *Calidez del sur* del asiento del copiloto y salí del coche. Me puse la capucha para correr bajo la lluvia y abrí la puerta de la valla para colarme por el camino de piedras.

El jardín de Pete era, seguramente, el lugar más pintoresco en el que había estado, pero creo que lo mejor fue que, por encima del estruendo de los truenos, sonaba *Another Brick in the Wall*, de Pink Floyd, a tal volumen que noté en los pies el temblor del porche.

Antes de que pudiera llamar, se abrió la puerta y Pete, con una copa de plástico azul muy llena en la mano, dijo cantando:

—¡Jaaaaaaaaaaaaaanuary Andrews!

En algún lugar tras ella, un coro de voces contestó:

—¡January Annnnnndrews!

—Peeeeete —canté yo a modo de respuesta levantando la botella de chardonnay que había comprado al pasar por una tienda de camino allí—. Muchas gracias por invitarme.

—Ohhhh.

Aceptó la botella de vino, entrecerró los ojos mientras examinaba la etiqueta y soltó una risita. El vino se llamaba POSY, pero yo lo había tachado y había escrito PETE.

—¡Parece francés! —dijo riendo—. Que es como decimos *elegante* los holandeses de Michigan. —Me hizo un gesto para que la siguiera por el pasillo—. Pasa y conocerás a las chicas.

Había un montón de zapatos, sobre todo sandalias y botas de montaña, bien colocados en una alfombra al lado de la puerta, de modo que me quité con los pies las botas de agua verdes con tacón que llevaba y seguí el camino que Pete marcaba con los pies descalzos por el pasillo. Tenía las uñas de los pies pintadas de color lavanda a juego con la manicura recién hecha y, con aquellos jeans desteñidos y la camisa de lino que llevaba, tenía un aspecto más afable que en la cafetería.

Pasamos al lado de una cocina con las superficies de granito abarrotadas de botellas de alcohol y entramos en la sala de estar que quedaba al fondo de la casa.

—Normalmente, lo hacemos en el jardín, pero, por lo general, no tenemos a Dios jugando a los bolos en la planta de arriba, así que hoy tendremos que conformarnos con esto. Tú eres la penúltima en llegar.

La sala era lo bastante pequeña para parecer llena de gente con solo cinco personas dentro. Aunque los tres labradores negros echándose la siesta en el sofá (dos de ellos) y en el sillón (el tercero) no ayudaban. Habían traído a la habitación sillas de madera de un verde vivo, al parecer para que se sentaran los humanos, y las habían colocado formando un pequeño semicírculo. Uno de los perros saltó del sofá y se paseó moviendo la cola entre el mar de piernas para saludarme.

—Chicas —dijo Pete poniéndome una mano en la espalda—, esta es January. ¡Ha traído vino!

—¡Vino, qué bien! —exclamó una mujer con el pelo largo y rubio que se acercó para darme un abrazo y un beso.

Cuando la rubia se apartó, Pete le dio la botella de vino y rodeó todo lo que había en el centro de la habitación para llegar hasta el equipo de música.

—Yo soy Maggie —se presentó la rubia.

Su gran estatura y su esbeltez estaban acentuadas por el mar de prendas blancas y holgadas que llevaba. Me sonrió desde ahí arriba (pareciéndome a la vez Galadriel, hechicera del Bosque de Oro, y Stevie Nicks, de Fleetwood Mac, pero ya mayor) y los rabillos de los ojos se le arrugaron con ternura.

—Encantada de conocerte, January.

La voz de Pete se oyó con demasiada fuerza cuando la música dejó de sonar por debajo:

—¡Es mi señora!

La sonrisa serena de Maggie parecía su forma de poner los ojos en blanco.

—Maggie a secas está bien. Y esta es Lauren. —Apartó el brazo para que yo tuviera espacio para saludar a la mujer con rastas y un vestido naranja sin mangas—. Y ahí detrás, en el sofá, está Sonya.

Sonya. El nombre me golpeó en la barriga como un martillo. Antes de verla siquiera, se me había secado la boca. Empecé a tener visión de túnel.

—Hola, January —dijo Esa Mujer con voz dócil desde debajo de uno de los labradores que roncaban. Forzó una sonrisa—. Me alegro de verte.

6
EL CLUB DE LECTURA

¿Había una forma digna de toparse con la amante de tu padre muerto? Si la había, me imaginaba que no era soltar «Tengo que ir al baño», arrancarle de las manos a la anfitriona la botella de vino que le había dado y salir corriendo por el pasillo en busca de un baño, pero eso fue lo mejor que se me ocurrió.

Abrí la rosca de la botella de vino y empecé a tragar allí mismo, en aquel baño con decoración náutica. Pensé en irme, pero, por algún motivo, esa me pareció la opción más vergonzosa. Aun así, se me pasó por la cabeza que podía salir por la puerta, meterme en el coche y conducir hasta Ohio sin hacer ninguna parada. No tendría que volver a ver a esa gente nunca más. Podía ponerme a trabajar en el asador La Ponderosa. ¡La vida podía ser maravillosa! O también podía quedarme en aquel baño para siempre. Tenía vino, tenía un excusado, ¿qué más podía necesitar?

Lo cierto es que no fue mi buena actitud ni mi fortaleza de espíritu lo que me sacó del baño. Fue el ruido de pasos y una conversación que se acercaba por el pasillo.

—Vaya, ¿seguro que no puedes quedarte? —decía Pete con un tono que sonaba mucho más a «¿Se puede saber qué pasa, Sonya? ¿Por qué te tiene miedo esa chiquilla?».

—No, de verdad que me gustaría, pero se me había olvidado una llamada de trabajo... Mi jefa no dejará de mandarme correos hasta que esté en el coche con el Bluetooth puesto —le decía Sonya.

—Sí, Bluetooth y *bluetath*... —repuso Pete.

—Eso —le dije yo a la boca de la botella de vino.

El chardonnay me estaba subiendo deprisa. Repasé el día para hacer un recuento de lo que había comido y entender por qué. Lo único que estaba segura de haber comido era el puñado de minimalvaviscos de golosina que había tomado en un muy necesario descanso para ir al baño.

Vaya.

La puerta de la casa se abrió. Oí una despedida por encima del golpeteo de la lluvia contra el tejado. Seguía encerrada en un baño.

Dejé la botella en el lavabo, me miré en el espejo y me apunté con rabia a los pequeños ojos marrones.

—Esta será la noche más complicada que tengas que pasar en todo el verano —susurré.

Era mentira, pero me lo creí. Me arreglé el pelo, me quité la chaqueta, escondí la botella de vino en la bolsa de tela y salí al pasillo.

—Sonya ha tenido que irse —comentó Pete, aunque sonó más a «¿Se puede saber qué pasa, January?».

—¿Ah, sí? —dije—. Qué pena.

Aunque sonó más a «¡Gracias a Dios, al Bluetooth y al *bluetath*!».

—Pues sí —repuso Pete.

La seguí otra vez hasta la sala de estar, donde los labradores se habían recolocado y las mujeres también. Uno de los perros se había apartado a la otra punta del sofá y Maggie había ocupado el sitio que había dejado, mientras que el segundo labrador se había ido al sillón, prácticamente encima del tercero. Lauren estaba sentada en una de las sillas verdes de respaldo alto. Pete miró la hora en el reloj de cuero que llevaba.

—Enseguida llegará. Estará tardando por la tormenta, pero ¡seguro que podemos empezar pronto!

—Genial —dije.

La habitación seguía dando algunas vueltas. Apenas era capaz de mirar hacia donde Sonya había estado instalada en el sofá, grácil y relajada con sus rizos blancos en un moño, todo lo contrario a mi madre, que era bajita y llevaba un flequillo recto. Aproveché la oportunidad para rebuscar los marcapáginas en la bolsa (con cuidado de no derramar el vino).

Alguien llamó a la puerta y Pete se puso de pie de un salto. Se me aceleró el corazón al pensar que tal vez Sonya había cambiado de opinión y había vuelto, pero, entonces, oí una voz grave y áspera que avanzaba por el pasillo. Pete volvió y trajo consigo a un Augustus Everett empapado y desaliñado. Se pasó una mano por el pelo canoso y lo sacudió para secarlo. Daba la impresión de que acababa de levantarse de la cama y había venido andando bajo la tormenta mientras bebía de una botella de licor escondida en una bolsa de papel marrón. Aunque yo tampoco era quién para juzgarlo en aquel momento.

—Chicas —dijo Pete—, creo que todas conocen ya al único e incomparable Augustus Everett.

Gus asintió, saludó con la mano y... ¿sonrió? Es una palabra algo generosa para lo que hizo. Su boca reconoció que había más personas en la misma habitación que él, diría yo, y luego sus ojos se encontraron con los míos y las comisuras de los labios se le encorvaron hacia arriba. Me saludó con la cabeza.

—January.

Mi mente puso en marcha sus débiles engranajes, que patinaban por el vino, para intentar averiguar qué me molestaba tanto de la situación. Sí, estaba el engreído de Gus Everett. Estaba lo de haberme topado con Esa Mujer y haberme encerrado en el baño a beber vino. Y...

La diferencia en las presentaciones de Pete.

«Esta es January» era lo que decía un padre para obligar a dos niños de guardería a hacerse amigos.

«El único e incomparable Augustus Everett» era como se presentaba a un invitado especial en un club de lectura.

—Por favor, siéntate aquí, al lado de January —dijo Pete—. ¿Quieres algo de beber?

Qué mal. Lo había malinterpretado. No estaba ahí como invitada, sino como posible miembro del club de lectura. Había ido a un club de lectura sobre *Las revelaciones*.

—¿Quieres algo de beber? —preguntó Pete volviendo a la cocina.

Gus observó las copas de plástico azules que Lauren y Maggie tenían en la mano.

—¿Qué están tomando ustedes, Pete? —preguntó volviéndose hacia el pasillo.

—Pues la primera ronda del club de lectura siempre es un ruso blanco, pero January ha traído vino, si te apetece más.

A mí me espantaba la idea de que alguien empezara la noche bebiendo un ruso blanco tanto como la posibilidad de tener que pasar la vergüenza de sacar el vino del bolso para dárselo a Gus.

Por la sonrisa en la cara de Pete, vi que a ella nada la divertiría más.

Gus se inclinó hacia delante y apoyó los codos en los muslos. La manga izquierda de la camiseta se le subió y dejó ver un tatuaje negro y fino que llevaba en la parte de atrás del brazo. Era un círculo cerrado, pero retorcido. Una cinta de Moebius, me parecía que se llamaba.

—Un ruso blanco suena muy bien —respondió Gus.

Cómo no.

A la gente le encantaba imaginarse a sus escritores preferidos sentados delante de una máquina de escribir saboreando el whisky más fuerte y hambrientos de conocimiento. A mí no me extrañaría si el hombre desaliñado sentado junto a mí, el que se había reído de mi trabajo, llevase ropa interior sucia a la que le había dado la vuelta y sobreviviese a base de cheetos de queso de marca libre.

Podía aparecer con las fachas del que le vende marihuana a un universitario cuando su dealer habitual se ha ido de vacaciones a la playa y seguirían tomándolo más en serio que a mí con aquel vestido tieso de Michael Kors que llevaba. Ya podía hacerme a mí la foto para la solapa el jefe de fotografía de una prestigiosa revista de negocios, que él, sacándose una foto frunciendo el ceño con la cámara digital de 2002 de su madre en la terraza de su casa, se ganaba más respeto que yo.

Hasta podría haber mandado una fotoverga si hubiera querido. La habrían colocado en la solapa justo encima de la biografía de dos líneas que le habrían dejado vomitar. «Cuanto más corto, más elegante», diría Anya.

Sentí que Gus tenía los ojos puestos en mí. Me imaginé que él, a su vez, había sentido cómo lo ponía a parir en mi cabeza. Y que Lauren y Maggie sentían que aquel encuentro había sido una malísima idea.

Pete volvió con otra copa azul llena de vodka lechoso y Gus le dio las gracias. Respiré hondo mientras Pete se sentaba en una silla.

¿Podía ir peor aquella noche?

El labrador que tenía más cerca se tiró un sonoro pedo.

—¡Bueno pues! —dijo Pete dando una palmada.

Qué coño. Saqué el vino del bolso y di un trago. Maggie soltó una risita y el labrador se echó a un lado y metió la cara entre los cojines del sofá.

—Empieza la sesión del Club de lectura rojo, ruso blanco y azul, y me muero por saber qué les ha parecido el libro.

Maggie y Lauren intercambiaron una mirada mientras bebían un sorbo de ruso blanco. Maggie dejó el suyo en la mesa y se golpeó el muslo con suavidad.

—Pues mira, me ha encantado.

La risa de Pete fue ronca pero cálida.

—A ti te encanta todo, Maggie.

—Pues no. No me ha gustado el espía. El protagonista no, el otro. Era un borde.

¿Espías? ¿Salían espías en *Las revelaciones*? Miré a Gus, que parecía tan desconcertado como yo. Se había quedado boquiabierto con el ruso blanco apoyado en el muslo izquierdo.

—A mí tampoco me ha gustado mucho ese —coincidió Lauren—, sobre todo al principio, aunque hacia el final ya me caía mejor. Cuando se cuenta la historia de los lazos de su madre con la URSS, he empezado a entenderlo.

—Ese detalle es bueno —convino Maggie—. Vale, lo retiro. Al final a mí también me cae bien. Aunque sigue sin gustarme cómo trata a la agente Michelson. Eso no pienso excusarlo.

—No, claro que no —intervino Pete.

Maggie hizo un suave gesto de desdén con la mano.

—Un misógino total.

Lauren asintió.

—Y ¿qué les ha parecido cuando se descubre lo del gemelo?

—La verdad es que a mí me ha aburrido un poco y explicaré por qué —dijo Pete.

Y nos explicó por qué, pero yo casi no escuché nada porque estaba absorta en la gimnasia que hacía la cara de Gus.

Era imposible que el libro del que hablaban fuera el suyo. No parecía horrorizado, sino perplejo, como si pensara que alguien le estaba gastando una broma, pero todavía no estuviera tan seguro como para decirlo en voz alta. Ya había vaciado el vaso de ruso blanco y volvía la cabeza hacia la cocina como si esperase que otro viniera solito.

—¿Alguien más lloró cuando la hija de Mark cantó *Amazing Grace* en el funeral? —preguntó Lauren con las manos en el corazón—. Eso me emocionó, la verdad. ¡Y saben de sobra que tengo el corazón de piedra! Es que Doug G. Hanke es un escritor increíble.

Miré a mi alrededor: el aparador, las estanterías al otro lado de sofá, el revistero debajo de la mesita de café. De repente me fijé en los nombres y títulos de decenas o centenares de libros de bolsillo de colores oscuros.

Operación ejército del aire. El juego de Moscú. Identidad falsa. Bandera roja. Oslo después del ocaso.

Club de lectura rojo, ruso blanco y azul. Los colores de la bandera estadounidense, las referencias a Rusia...

Yo, January Andrews, escritora de novela romántica, y el prodigio literario, Augustus Everett, habíamos ido a parar a un club de lectura en el que traficaban, sobre todo, con novelas de espías. Me costó ahogar la risa y, de hecho, no conseguí hacerlo muy bien.

—January —dijo Pete—. ¿Todo bien?

—Fantástico —contesté—. Creo que he bebido demasiado vino del bolso. Augustus, será mejor que te lo termines tú.

Le tendí la botella. Él levantó una ceja oscura y severa.

Creo que no le sonreí, pero, a pesar de todo, conseguí parecer triunfal mientras esperaba a que aceptara la botella, a la que le faltaban dos tercios del chardonnay.

—Lo he pensado mejor —dijo Maggie animada— y creo que sí que me ha gustado el giro del hermano gemelo.

En algún lugar, un labrador se tiró un pedo.

7
EL TRAYECTO

—Muchííííísimas gracias por invitarnos, Pete —le dije mientras la atraía hacia mí para darle un abrazo en el recibidor.

Ella me dio unas palmaditas en la espalda.

—Vuelve cuando quieras. ¡Sobre todo los lunes! ¿Qué digo? Vuelve todos los lunes. El Club de lectura rojo, ruso blanco y azul necesita savia nueva. Ya ves que aquí las cosas se estancan un poco. A Maggie le gusta consentirme, pero no le va mucho lo de leer ficción, y creo que Lauren viene para socializar. También es mujer de docente.

—¿Mujer de docente?

Pete asintió.

—Maggie trabaja en la universidad con el marido de Lauren —respondió deprisa, y luego añadió—: ¿Cómo te vas a casa, cielo?

La verdad es que el vino no me había subido tanto como me gustaría, pero sabía que lo mejor era no arriesgarme a conducir.

—Yo la llevo —dijo Gus digno, como si no le hiciera ninguna gracia.

—Pediré un Uber —repuse yo.

—¿Un Uber? —repitió Pete—. En North Bear Shores, no lo creo. Tenemos, aproximadamente, uno, ¡y dudo que trabaje después de las diez!

Hice como si mirase el celular.

—Pues está aquí, así que tengo que irme. Gracias otra vez, Pete. En serio, ha sido... interesantísimo.

Me dio unas palmaditas en el brazo y yo salí bajo la lluvia mientras abría la *app* de Uber. Detrás de la cortina de lluvia oí a Gus y Pete despedirse en voz baja en el porche y, entonces, se cerró la puerta y supe que estábamos solos en el jardín.

Por eso empecé a andar muy deprisa, crucé la entrada y recorrí la acera a lo largo de la valla sin apartar la mirada del mapa en blanco de la *app* de Uber. La cerré y la volví a abrir.

—A ver si lo adivino —dijo Gus arrastrando las palabras—. Es justo como te ha dicho la persona que vive aquí: no hay ningún Uber.

—Está a cuatro minutos —mentí.

Él se me quedó mirando. Yo me puse la capucha y le di la espalda.

—¿Qué pasa? —dijo—. ¿Te da miedo que solo haya un paso de subir a mi coche a tirarte por un tobogán desde mi tejado y participar en una de mis famosas competiciones de chupitos de gelatina?

Me crucé de brazos.

—No te conozco.

—No como al conductor de Uber de North Bear Shores, con el que tienes una relación muy cercana.

No dije nada y, poco después, Gus se subió a su coche y el motor empezó a traquetear, pero el coche no se movió. Me hice la ocupada con el celular. ¿Por qué no se iba? Me esforcé por no mirar hacia el coche, aunque cada segundo que pasaba bajo la fría lluvia me parecía más tentador.

Volví a mirar la *app*. Nada.

La ventanilla del copiloto bajó y Gus se inclinó sobre el asiento agachando la cabeza para verme.

—January.

Soltó un suspiro.

—Augustus.

—Ya han pasado cuatro minutos. No va a venir ningún Uber. ¿Puedes subir al coche, por favor?

—Iré andando.

—¿Por qué?

—Porque tengo que hacer ejercicio —dije.

—Y enfermar de neumonía.

—Estamos a dieciocho grados —comenté.

—Veo cómo tiemblas.

—Puede que tiemble por la expectativa de dar un estimulante paseo hasta casa.

—Puede que tu temperatura corporal esté cayendo en picado y la tensión y el pulso estén bajando y el tejido epitelial se esté rompiendo mientras se congela.

—¿Qué dices? El corazón me va a mil. Acabo de asistir a una sesión de tres horas de un club de lectura sobre novelas de espías. Necesito correr para soltar un poco de adrenalina.

Empecé a caminar por la acera.

—Hacia el otro lado —gritó Gus.

Yo di media vuelta y empecé a ir en dirección contraria, pasando al lado del coche de Gus. Él torció la boca en la luz tenue del tablero.

—Sabes que vivimos a once kilómetros de aquí, ¿no? A ese paso, llegarás hacia las... Nunca. Te meterás en un arbusto y es probable que pases ahí el resto de tu vida.

—Pues es justo el tiempo que necesito para que me baje el alcohol —dije yo.

Gus avanzó poco a poco con el coche a mi lado.

—Además —añadí—, no puedo arriesgarme a levantarme mañana con resaca otra vez. Prefiero que me atropellen.

—Sí, pues me temo que te van a atropellar y que, además, te levantarás con resaca. Deja que te lleve a casa.

—Me dormiré borracha. No me agrada.

—Vale, pues no te llevaré a casa hasta que se te haya pasado. Sé el mejor truco para eso en todo North Bear Shores.

Me detuve y me volví hacia él. Él también se detuvo, esperando.

—Por asegurarme —dije—, no te estás refiriendo a algo sexual, ¿no?

Puso una media sonrisa.

—No, January, no me refiero a nada sexual.

—Eso espero. —Abrí la puerta del copiloto, me metí en el coche y apreté los dedos contra las rejillas de la calefacción—. Porque llevo espray de pimienta en el bolso. Y una pistola.

—Pero ¿qué coño? —gritó, y puso punto muerto—. ¿Estás borracha y llevas una pistola dando tumbos en la bolsa del vino?

Me abroché el cinturón.

—Era broma. Lo de la pistola, no lo de matarte si intentas algo. Eso lo digo en serio.

Se rio, pero parecía más impactado que divertido. Hasta en la oscuridad del coche vi que tenía los ojos muy abiertos y la boca torcida tensa. Negó con la cabeza, se secó la lluvia de la frente con el dorso de la mano y volvió a meter la velocidad.

—¿Este es el truco? —pregunté cuando entramos en el estacionamiento.

La lluvia había amainado, pero los charcos en los baches del asfalto agrietado brillaban con el reflejo del cartel de neón que había encima del edificio rectangular y bajo.

—El truco para que se me pase la borrachera son... donas.

Eso era lo único que decía el cartel. A todos los efectos, aquel era el nombre del establecimiento.

—¿Qué te esperabas? —preguntó Gus—. ¿Tendría que hacer como si fuera a tirarnos por un barranco o contratar a alguien para que fingiera secuestrarte? O, espera, ¿el comentario sobre cosas sexuales era sarcástico? ¿En realidad querías que te sedujera?

—No, solo digo que, la próxima vez que quieras convencerme de que me suba a tu coche, ahorrarás un montón de tiempo si me dices lo de las donas desde el principio.

—Espero que no tenga que convencerte para que subas a mi coche muy a menudo —dijo.

—No, no muy a menudo —respondí—. Solo los lunes.

Él dibujó otra sonrisa, apenas visible, como si prefiriese no mostrarla. Enseguida sentí que el coche era demasiado pequeño y que él estaba demasiado cerca. Me esforcé por apartar la mirada y salí del coche. La cabeza se me aclaró al momento. El edificio brillaba como un matamoscas eléctrico y, por las ventanas, se podían ver los sillones de color naranja de los años setenta y una pecera llena de carpas koi.

—Oye, tendrías que plantearte hacerte conductor de Uber —dije.

—¿Sí?

—Sí, la calefacción va de maravilla. Seguro que el aire acondicionado también está más o menos bien. No hueles a Axe y no me has dirigido la palabra en todo el trayecto. Cinco estrellas. Seis estrellas. Mejor que ningún Uber que haya tomado nunca.

—Hmm. —Gus abrió la puerta sucia para que pasara y sonó una campana encima de mí—. Igual la próxima vez que te subas a un Uber puedes anunciar que llevas un arma cargada. Igual te dan mejor servicio.

—Pues sí.

—Y, ahora, no te asustes.

—¿Qué? —le pregunté volviéndome para mirarlo.

—¡Hola! —gritó con fuerza una voz por encima de la canción de los Bee Gees que resonaba algo distorsionada por la sala.

Me di media vuelta y me encontré con un hombre detrás de la vitrina iluminada. La radio estaba sobre el mostrador, y emitía tanto ruido blanco como falsetes disco.

—Hola —respondí.

—Buenas —dijo el hombre con una inclinación de cabeza exagerada.

Tenía, por lo menos, la edad de mis padres, era flaco como un palo y llevaba las gafas gruesas sujetas a la coronilla con una goma amarillo fosforito.

—Hola —repetí.

Tenía el cerebro atrapado en una rueda de hámster, dándole vueltas al mismo pensamiento una y otra vez: aquel señor de edad avanzada iba en ropa interior.

—¡Hola, buenasssss! —canturreó él, al parecer decidido a no perder aquel juego.

Apoyó los codos en el mostrador. La ropa interior, por suerte, incluía una camiseta blanca y, afortunadamente, había optado por unos bóxeres blancos y no por una trusa.

—Hola —dije por última vez.

Gus se interpuso entre mi boca abierta y el mostrador.

—¿Nos pones doce de ayer?

—Claro.

El vendedor de donas en ropa interior fue dando pasos de baile laterales hasta la punta del mostrador y agarró una caja de cartón de la pila que había encima. La llevó hasta la caja registradora *vintage* y apretó un par de números.

—Cinco dólares justos, colega.

—¿Y café? —dijo Gus.

—Por principio, no puedo cobrarte por ese brebaje. —Señaló con la cabeza la jarra de café americano—. Esa cosa lleva ahí recalentándose tres horas largas. ¿Quieres que te prepare otro?

Gus se volvió hacia mí.

—¿Qué? —pregunté.

—Es para ti. ¿Qué prefieres? ¿Gratis y malo o de un dólar y...? —No se animó a decir «bueno», lo que me dio toda la información que necesitaba.

«Esa cosa» siempre estaba ahí, recalentándose.

—Gratis —dije.

—Pues lo acordado, cinco justos —respondió el hombre.

Fui a sacar la cartera, pero Gus se me adelantó y puso cinco billetes de un dólar sobre el mostrador con decisión. Ladeó la cabeza e hizo un gesto para que aceptara el vaso de poliestireno y la caja de donas que me tendía el hombre. Para que cupieran doce en aquella caja, las había compactado hasta convertirlas en una sola masa frita cuadrada. Las agarré y me dejé caer en uno de los sillones.

Gus se sentó delante de mí, se inclinó sobre la mesa y abrió la caja. Se quedó mirando aquella masa de donas machacadas que había entre nosotros.

—Dios, qué mala pinta.

—Por fin —dije—. Por fin estamos de acuerdo en algo.

—Seguro que estamos de acuerdo en muchas cosas.

Sacó de la caja una dona de miel de maple y nueces aplastada y se volvió a incorporar en el sillón, examinándola bajo la luz fluorescente.

—Como ¿por ejemplo?

—Todas las cosas importantes —indicó Gus—. La composición química de la atmósfera de la Tierra, si el mundo de verdad necesita seis películas de *Piratas del Caribe*, que solo habría que beber rusos blancos si ya sabes que vas a vomitar de todas formas.

Consiguió meterse la dona entera en la boca. Y luego, con total seriedad, me miró a los ojos. Yo solté una carcajada.

—¿Gué pafffa? —dijo.

Negué con la cabeza.

—¿Puedo preguntarte algo?

Él masticó y tragó lo suficiente para contestar:

—No, January, no voy a pedirle que baje la música. —Tendió el brazo y tomó otra estampa de donas de la caja—. Pero yo sí que tengo una pregunta para ti, Andrews. ¿Por qué te has mudado aquí?

Puse los ojos en blanco e ignoré su pregunta.

—Si fuera a pedirte que convencieras a ese hombre de hacer un pequeño cambio en sus prácticas empresariales, te aseguro que no sería por el volumen de la radio.

Una amplia sonrisa brotó de los labios de Gus y el corazón me dio un vuelco a traición. No estaba segura de haberlo visto sonreír así nunca y esa sonrisa tenía algo embriagador. Los ojos se le fueron hacia el mostrador y yo seguí su mirada. El hombre ligero de ropa estaba bailando el boogie-woogie entre los hornos. Los ojos de Gus volvieron a centrar toda su atención en los míos.

—¿Vas a decirme por qué te has mudado aquí?

Yo me metí un trozo de dona en la boca y negué con la cabeza.

Él se encogió de hombros a medias.

—Entonces no puedo contestar a tu pregunta.

—Las conversaciones no funcionan así —le dije—. No son intercambios de favores.

—Es justo lo que son —me contradijo él—. Por lo menos cuando no te interesan las chaquetas con los pies.

Me tapé la cara con las manos.

—Fuiste muy desagradable, por cierto —le dije, aunque estaba avergonzada.

Él se quedó en silencio. Me encogí cuando sus dedos ásperos me sujetaron por las muñecas y me apartaron las manos de la cara. La sonrisa burlona se había esfumado y ahora tenía el ceño fruncido y la mirada oscura como la tinta.

—Lo sé. Lo siento. Tenía un mal día.

El corazón me dio otro vuelco. No esperaba que se disculpara. Nunca se había disculpado por el comentario de «todos viven felices para siempre».

—Pues dabas una fiesta —dije rehaciéndome—. Ya me gustaría ver cómo es cuando tienes un buen día.

La comisura del labio le tembló vacilante.

—Si quitaras la fiesta, estarías mucho más cerca. En fin, ¿me perdonas? Dicen que no se me da muy bien lo de causar una buena primera impresión.

Yo me crucé de brazos y, envalentonada por la disculpa o por el vino, le dije:

—Esa no fue mi primera impresión.

Una expresión inescrutable pasó por su cara y desapareció antes de que pudiera descifrarla.

—¿Cuál era tu pregunta? —dijo—. Si contesto, ¿me perdonarás?

—El perdón tampoco funciona así —contesté, y, cuando empezó a frotarse la frente, respondí—: Pero sí.

—Vale. Una pregunta —dijo.

Me incliné sobre la mesa.

—Pensabas que hablarían de tu libro, ¿a que sí?

—¿Quiénes?

Frunció el ceño.

—Las de espías y bebidas frías.

Fingió estar horrorizado.

—¿No te estarás refiriendo al Club de lectura rojo, ruso blanco y azul? Porque ese mote que les has puesto es una afrenta para todos los salones literarios del mundo, por no hablar de una falta de respeto a la libertad y a los Estados Unidos de América.

Sentí cómo se me formaba una sonrisa. Me recosté en el sillón, satisfecha.

—Sí que lo pensabas. Pensabas que estaban leyendo *Las revelaciones*.

—En primer lugar —dijo Gus—, llevo cinco años viviendo aquí y Pete nunca me había invitado a un club de lectura, así que, sí, me pareció una suposición razonable en ese momento. En segundo lugar —continuó, y tomó una dona glaseada de la caja—, igual deberías ir con cuidado, January Andrews. Acabas de confesar que sabes cómo se titula mi libro. ¿Quién sabe qué otros secretos están a punto de escapársete?

—¿Cómo sabes que no lo acabo de buscar en Google? —repliqué—. Puede que nunca hubiera oído hablar de él.

—Y ¿cómo sabes tú que el que me hayas buscado en Google no me resulta todavía más divertido? —dijo Gus.

—¿Cómo sabes que no te estaba buscando en Google porque me daba miedo que tuvieras antecedentes penales?

Gus repuso:

—¿Cómo sabes que no seguiré contestando a tus preguntas con más preguntas hasta que nos muramos?

—Y ¿cómo sabes tú que no me importa una mierda?

Gus negó con la cabeza, sonriendo, y dio otro bocado.

—Uf, esto es horrible.

—¿Las donas o la conversación? —pregunté.

—La conversación, sin duda. Las donas están buenas. Yo también te he buscado en Google, por cierto. Deberías pensar en ponerte un nombre todavía más raro.

—Les transmitiré la sugerencia a los mandamases, pero no puedo prometerte nada —dije—. Habría que hacer un montón de papeleo y estupideces burocráticas.

—*Calidez del sur* parece bastante sexy —apuntó él—. ¿Te van los sureños? ¿Te ponen los overoles y los hombres desdentados?

Puse los ojos en blanco.

—Algo me dice que no has estado en el sur y que es posible que no lo encuentres ni en una brújula. Además, ¿por qué todo el mundo piensa que los libros escritos por mujeres tienen que ser semiautobiográficos? ¿La gente da por hecho que los hombres blancos solitarios...?

—Cachondos pero distantes —añadió Gus.

—¿... cachondos pero distantes sobre los que tú escribes son tú?

Asintió pensativo, con los ojos negros fijos en mí.

—Buena pregunta. ¿Tú crees que yo voy por ahí cachondo pero distante?

—Sin duda.

Eso pareció divertirlos a él y a su boca torcida.

Miré por la ventana.

—Si Pete no pensaba discutir ni tus libros ni los míos, ¿cómo se le pudo olvidar decirnos cuál era el libro que iban a leer? Si quisiera que nos apuntásemos al club, lo normal sería que nos hubiera dado la oportunidad de leerlo.

—Esto no ha sido ningún despiste —comentó Gus—. Ha sido una manipulación deliberada de la verdad. Sabe que, si no, no habría ido ni loco.

—Pfff. Y ¿cuál era el objetivo de este malvado plan? ¿Convertirse en un personaje secundario excéntrico de la próxima novela de Augustus Everett?

—¿Se puede saber qué es lo que tienes en contra de mis libros, que, supuestamente, no has leído? —preguntó.

—¿Qué tienes tú contra los míos —dije yo—, que está claro que no has leído?

—¿Cómo estás tan segura?

—Por la referencia a los piratas. —Tomé una dona con glaseado de fresa cubierta de chispas de colores—. Ese no es el tipo de novela romántica que escribo. De hecho, mis libros no están clasificados como romántica, sino como literatura femenina.

Gus se hundió en el sillón y estiró los brazos esbeltos y aceitunados hacia arriba, girando las muñecas para hacerlas crujir.

—No entiendo por qué tiene que haber un género solo de libros para mujeres.

Yo solté una risa burlona. Ya volvía. Ese enfado que estaba siempre alerta crecía como si hubiera estado esperando una excusa.

—Ya. Pues no eres el único que no lo entiende —le aclaré—. Sé cómo contar una historia, Gus, y sé cómo escribir una frase. Si cambias todas mis Jessicas por Johns, ¿sabes lo que sale? Literatura. Literatura a secas. Apta para cualquiera, pero, no sé cómo, por ser una mujer que escribe sobre mujeres, he eliminado a la mitad de la población de la Tierra de mis posibles lectores y ¿sabes qué? No es algo de lo que me avergüence. De hecho, me enoja. Que la gente como tú dé por sentado que es imposible que mis libros valgan vuestro tiempo, mientras que tú podrías ir a la tele, tirarte un pedo y cagarte encima en directo y *The New York Times* te aplaudiría por tu valiente muestra de humanidad.

Gus me miraba serio, con la cabeza ladeada y una arruga tensa entre las cejas.

—Y, ahora, ¿puedes llevarme a casa? —le pedí—. Estoy más que sobria.

8
LA APUESTA

Gus se levantó y yo agarré la caja de donas y el vaso de «esa cosa» y lo seguí. Había parado de llover, pero ahora había bancos de niebla espesa. Sin mediar palabra, subimos al coche y nos alejamos de Dónuts, con la palabra de color azul reflejada en el retrovisor.

—Son los finales felices —dijo Gus cuando se incorporaba a la calle principal.

—¿Qué?

Se me hizo un nudo en el estómago. «Todos viven felices para siempre. Otra vez».

Gus carraspeó.

—No es que no me tome la novela romántica en serio como género. Y me gusta leer sobre mujeres. Pero me cuestan los finales felices.

Me dirigió una mirada fugaz. Luego siguió mirando la carretera.

—¿Te cuestan? —repetí como si eso fuera a hacer que sus palabras cobraran sentido—. ¿Te cuesta... leer finales felices?

Se pasó la mano por el bíceps, un tic nervioso que no recordaba.

—Supongo que sí.

—¿Por qué? —pregunté más confundida que ofendida.

—La vida es más o menos una serie de momentos buenos y malos hasta el momento en el que morimos —explicó tenso—, que se podría decir que es uno malo. El amor no cambia eso. Me cuesta abandonar mi incredulidad. Además, ¿te viene a la cabeza alguna relación de la vida real que termine como la de la Bridget Jones de los huevotes?

Ahí estaba, el Gus Everett que conocía. El que pensaba que yo era una ingenua total. Y, aunque tenía algunas pruebas que demostraban que tenía razón, no pensaba dejar que echase por tierra algo que había sido todo para mí, el género que me había mantenido a flote cuando le detectaron el cáncer a mi madre por segunda vez y todo el futuro que habíamos imaginado se había desvanecido como humo en la brisa.

—En primer lugar —dije—, «la Bridget Jones de los huevotes» es una serie. Es, literalmente, el peor ejemplo que podrías haber elegido para demostrar que tienes razón. Es la antítesis de un estereotipo simplista y equivocado del género romántico. Hace justo lo que yo quiero hacer: que las lectoras se sientan reconocidas y comprendidas, que sientan que sus historias, las historias de mujeres, importan. Y, en segundo lugar, ¿en serio me estás diciendo que no crees en el amor?

Me sentía un poco desesperada. Sentía que, si dejaba que él ganara esa batalla, sería la gota que colmase el vaso: no habría forma de volver a ser yo, de creer en el amor y en que el mundo y las personas que lo habitaban eran puras y bellas, de volver a disfrutar de escribir.

Gus arrugó el ceño. Sus ojos oscilaban entre la carretera y yo con esa mirada profunda y absorbente que Shadi y yo pasamos tanto tiempo intentando describir.

—A ver, el amor existe —manifestó por fin—. Pero es mejor ser realista para que las cosas no te estallen en la cara sin parar. Y hay muchas más probabilidades de que el amor te estalle en la cara que de que te traiga felicidad eterna. Y si no te hace daño a ti, entonces eres tú la que le está haciendo daño a otra persona.

»Tener una relación es prácticamente sadomasoquista. Sobre todo cuando todo lo que te puede dar una relación romántica también te lo da una amistad sin destrozar la vida de nadie cuando llega el inevitable final.

—¿Todo? —dije yo—. ¿Sexo?

Él arqueó una ceja.

—Para el sexo ni siquiera te hace falta la amistad.

—Y ¿para ti nunca pasa a ser algo más? ¿Puedes mantener las dos cosas separadas?

—Si eres realista, sí —afirmó—. Tienes que tener unas normas. No pasa a ser nada más si solo ocurre una vez.

Vaya. Ahora Gus caducaba todavía antes.

—¿Lo ves? —dije—. Sí que eres cachondo pero distante, Gus.

Me miró con el rabillo del ojo, sonriendo.

—¿Qué?

—Es la segunda vez que me llamas Gus esta noche.

Me sonrojé. Era verdad, parecía que ahora prefería Everett.

—¿Y qué?

—Basta, January.

Volvió a mirar la carretera. Los focos delanteros iluminaban más allá del asfalto y se veían parpadeos de árboles perennes que pasaban por nuestro lado.

—Me acuerdo de ti.

Sus ojos se volvieron a fijar en mí. Sentí el peso de su mirada casi de forma física, como si me estuviera agarrando con las manos.

Yo agradecí la oscuridad, porque sentía el calor en las mejillas.

—¿De qué?

—Vamos, déjalo. No fue hace tanto. Y estuvo aquella noche...

Ay, por favor. No iríamos a hablar de aquella noche, ¿no? Fue la única vez que hablamos fuera de clase. Bueno, no hablamos. Fuimos a la misma fiesta de una fraternidad. La temática, muy imprecisa, era «clásicos».

Gus y su amigo Parker habían ido disfrazados de Ponyboy y Johnny, de *Rebeldes*, la novela de Susan Eloise Hinton, y los chicos borrachos de la fraternidad se pasaron la noche llamándolos *Greased Lightning*. Shadi y yo fuimos de Thelma (ella) y Louise (yo) cuando están en la gasolinería.

La novia del momento de Gus, Tessa, se había ido a casa a pasar el fin de semana. Vivía en la misma residencia que yo y terminábamos coincidiendo en muchas fiestas. Era el motivo por el que Gus y yo habíamos estado encontrándonos esas últimas semanas, pero aquella noche fue diferente.

Estábamos a principios de curso, todavía no había llegado el otoño. Shadi y yo habíamos estado bailando en el sótano de paredes sudorosas y yo había estado ojeando a Gus, algo enojada porque su último relato había sido genial y él era tan atractivo que era absurdo y su crítica de mis relatos seguía siendo cierta y estaba harta de que me pidiera bolígrafos y, para más inri, me había sorprendido mirándolo y, desde ese momento, sentía —o pensaba (¿esperaba?)— que él también me estaba observando.

Lo vi en la barra improvisada de la habitación de al lado. En la mesa de *beer pong* de arriba. Al lado del barril de cerveza de la cocina. Y, de pronto, estaba quieto, de pie entre la multitud de cuerpos que saltaban y bailaban espasmódicamente al ritmo de *Sandstorm* (Shadi había secuestrado el iPod como de costumbre), a tan solo unos metros de mí, y los dos nos mirábamos fijamente y, de algún modo, me sentí resarcida, convencida de que, al fin y al cabo, todo ese tiempo él me había visto como su competencia.

No sabía si yo me había acercado a él, si él se había acercado a mí o si nos habíamos encontrado a medio camino. Solo sabía que habíamos terminado bailando juntos (muy pegados). Había recuerdos fugaces de aquella noche que todavía me hacían estremecer: sus manos en mis caderas, mis manos en su cuello, su cara pegada al mío, sus brazos rodeándome la cintura.

¿Cachondo pero distante? No, aquella noche, Gus Everett había sido todo contacto eléctrico y aliento contra mi piel.

Fuéramos rivales o no, aquella noche fue palpable lo mucho que nos deseábamos. Los dos habíamos estado a punto de cometer un error.

Y, entonces, Shadi me salvó rapándose el pelo en el baño con una maquinilla eléctrica que había encontrado debajo del lavabo y haciendo que nos echasen a las dos y nos prohibiesen volver a cualquier fiesta de aquella fraternidad de por vida. Aunque no habíamos intentado volver en los últimos años y yo sospechaba que las fraternidades tenían una memoria más bien corta. De cuatro años como máximo.

Parecía ser que yo tenía mucha más memoria.

—¿January?

Levanté la vista y me sorprendió la mirada oscura que había estado recordando y que ahora tenía en aquel coche, conmigo. Me había olvidado de la diminuta cicatriz blanca que tenía en el labio, a la derecha del arco de Cupido, y me pregunté cómo había conseguido olvidarla.

Carraspeé.

—Le dijiste a Pete que nos conocimos la otra noche.

—Le dije que éramos vecinos.

Volvió a mirar la carretera. Volvió a mirarme a mí. Esa forma de mirarme y luego apartar la mirada justo un segundo más tarde de la cuenta me pareció un ataque personal. Contrajo la boca.

—No estaba seguro de que te acordaras de mí. —Algo de esa frase me hizo sentir como un lazo al que rascan con unas tijeras para rizarlo—. Pero nadie me llama Gus, excepto la gente que me conoce de antes de publicar —continuó.

—¿Por? —pregunté.

—Porque no quiero que cualquier vecino tarado que haya tenido pueda buscarme en Google y dejarme reseñas crueles —dijo—. O pueda pedirme que le regale libros.

—Bueno, yo no quiero que me regales libros —le aseguré.

—¿Seguro? —se burló—. ¿No quieres añadir otra reliquia a tu altar?

—No vas a distraerme —dije—, no he terminado con esta conversación.

—Joder. De verdad que no quería ofenderte —me prometió—. Otra vez.

—No me has ofendido —repuse sin estar muy segura. Tal vez sí que me había ofendido, pero su disculpa me había vuelto a tomar desprevenida. De hecho, me había dejado desconcertada—. Solo creo que dices tonterías.

Habíamos llegado a casa sin que me diera cuenta y Gus se estacionó en la calle y se volvió hacia mí. Por segunda vez, fui consciente de lo pequeño que era el coche, de lo cerca que estábamos, de cómo parecía que la oscuridad amplificaba la intensidad de sus ojos fijos en los míos.

—January, ¿por qué has venido aquí?

Yo me reí, incómoda.

—¿Al coche al que me has suplicado que me subiera?

Él negó con la cabeza, frustrado.

—Estás diferente.

Sentí cómo la sangre me subía a toda prisa a las mejillas.

—Quieres decir que ya no soy una princesa de cuento.

La confusión se le extendió por el rostro.

—Eso es lo que me llamaste hace años —dije—. Quieres que te diga que tenías razón, que algo me ha sacado de mi ensueño y las cosas no son como en mis libros, ¿no?

Ladeó la cabeza. El músculo de la mandíbula se le contrajo.

—Yo no he dicho eso.

—Es justo lo que has dicho.

Volvió a negar con la cabeza.

—Pues no es lo que quería decir —replicó—. Lo que quería decir... Tú siempre estabas tan... —Resopló—. No lo sé, ahora bebes vino que traes en el bolso. Supongo que hay un motivo.

Era incapaz de abrir la boca y sentí una opresión en el pecho. Gus Everett era la última persona que esperaba que me leyera como un libro abierto.

Miré por la ventana hacia la casa de la playa como si fuera una señal luminosa de salida de emergencia, una forma de escapar de aquella conversación. Oía las olas rompiendo en la orilla detrás de las casas, pero la niebla seguía demasiado espesa para ver nada.

—No te pido que me lo cuentes —dijo Gus al cabo de un segundo—. Solo... No lo sé. Es raro verte así.

Me volví hacia él y subí las piernas al asiento mientras lo observaba, buscando sorna en su expresión, pero tenía la cara seria, los ojos oscuros entrecerrados, el ceño fruncido y la cabeza medio ladeada en ese gesto tan particular que me hacía sentir como si estuviera bajo un microscopio. La mirada mala sexy que sugería que te estaba leyendo la mente.

—No estoy escribiendo nada —dije.

No estaba segura de por qué lo admitía, y menos a Gus, pero era mejor a él que a Anya o a Sandy.

—No tengo un peso y mi editora está desesperadísima por comprarme algo... Y lo único que tengo es un puñado de páginas malas y tres meses para terminar un libro por el que alguien que no sea mi madre quiera pagar dinero. Eso es lo que pasa.

Ahuyenté todos los pensamientos sobre la relación truncada con mi madre y la conversación que habíamos tenido después del funeral para centrarme en lo menos malo de mi situación.

—Es algo que he hecho antes —expliqué—. He escrito cuatro libros sin problemas. Y ya es bastante malo sentirme incapaz de hacer lo único que se me da bien, lo que me hace sentir yo misma, pero, además, está lo de estar sin dinero.

Gus asintió pensativo.

—Siempre cuesta más escribir cuando estás obligado. Es como si... la presión lo convirtiese en un trabajo como cualquier otro y, al mismo precio, podrías estar vendiendo seguros. De repente contar la historia pierde la urgencia.

—Exacto —coincidí.

—Pero lo conseguirás —afirmó con serenidad al momento—. Seguro que tienes un millón de finales felices revoloteándote por la cabeza.

—Vale, a ver... A: no, no los hay —dije—. Y B: no es tan fácil como piensas, Gus. Los finales felices no importan si el trayecto hasta ellos no vale nada. —Apoyé la cabeza en la ventanilla—. La verdad es que, ahora mismo, puede que sea más fácil dejar lo de la literatura femenina optimista y subirme al tren de la novela literaria oscura. Por lo menos me daría una excusa para describir las tetas de alguna nueva forma horrible. Como «bulbos suculentos de carne y músculo». En mis libros nunca puedo decir «bulbos suculentos y carnosos».

Gus se recostó en la puerta del conductor y soltó una carcajada, lo cual me hizo sentir a la vez mal por burlarme de él y toda una triunfadora por haberlo hecho reír otra vez. Estaba claro que yo no era la única que había cambiado.

—Tú nunca podrías escribir así —dijo—. No es tu estilo.

Me crucé de brazos.

—¿No crees que sea capaz?

Gus puso los ojos en blanco.

—Solo digo que tú no eres así.

—No era así —lo corregí—, pero, como tú mismo has señalado, ahora soy diferente.

—He dicho que estabas diferente. Estás pasando por algo —dijo y, de nuevo, sentí un cosquilleo incómodo porque podía ver mi interior como con rayos X, además de una chispa de la vieja llama de competitividad que Gus siempre encendía en mí—, pero me atrevería a decir que es igual de improbable que tú te saques de la manga algo oscuro y deprimente como que yo me ponga en plan *Cuando Harry encontró a Sally*.

—Yo puedo escribir lo que quiera —sostuve—. Aunque entiendo que escribir una historia con final feliz puede ser difícil para alguien cuyos finales felices suelen tener lugar durante un rollo de una noche.

Los ojos de Gus se oscurecieron y, de pronto, esbozó una media sonrisa.

—¿Me estás retando, Andrews?

—Solo digo —lo imité— que tú no eres así.

Gus se rascó el mentón y los ojos se le enturbiaron al abstraerse en sus pensamientos. Dejó caer la mano para apoyarla sobre el volante y se centró de pronto en mí.

—Vale —dijo—, tengo una idea.

—¿La séptima de *Piratas del Caribe*? ¡Es una locura tan grande que podría funcionar!

—En realidad —dijo Gus—, he pensado que podríamos hacer un trato.

—¿Qué tipo de trato, Augustus?

Se estremeció visiblemente ante la mención de su nombre completo y se acercó. Una chispa de expectación —aunque no estaba segura de qué— me recorrió el cuerpo, pero solo fue a abrir la caja que yo tenía en el regazo y agarró una dona. De coco.

Le dio un mordisco.

—Tú intentas escribir una novela literaria oscura, a ver si ahora eres así, si eres capaz de ser esa persona.

Puse los ojos en blanco y le robé el último bocado de dona de la mano. Él continuó, impasible:

—Y yo escribiré una historia con final feliz.

Lo miré a los ojos. Una parte de la luz del porche llegaba ahora a través de la niebla, pasaba con suavidad por la ventanilla del coche y se quedaba en el ángulo marcado de su cara y en el rizo oscuro que le caía sobre la frente.

—Es broma, ¿no?

—No —dijo—. No eres la única que está atascada. No me iría mal descansar de lo que estoy escribiendo...

—Claro, porque escribir romántica será tan fácil como echarte una siesta —lo provoqué.

—Y tú podrás dejarte llevar por tu nueva visión oscura de la vida y ver qué tal te va, ver si esta es la nueva January Andrews. Y, quien venda primero el libro, con un seudónimo, si lo prefieres, gana.

Abrí la boca para decir algo, pero no me salió palabra alguna. La cerré y lo volví a intentar:

—¿Qué gana?

Gus levantó las cejas.

—Bueno, primero, habrás vendido un libro, así que podrás pagar las facturas y mantener el suministro de vino para tu bolso y, segundo... —Se quedó pensando un momento—. El que pierda hará promoción del libro del ganador, escribirá una reseña para la cubierta, lo recomendará en entrevistas, lo elegirá cuando vaya de invitado a un club de lectura y todo eso; hará que se venda. Y, tercero, si ganas, podrás restregármelo por la cara para siempre, cosa que sospecho que consideras casi impagable.

No conseguí ni de lejos esconder la sonrisa que se me estaba formando.

—Cierto.

Todo lo que decía tenía, por lo menos, algo de sentido. En mi cabeza giraban unos engranajes que habían estado fuera de servicio durante aquel último año. Creía que podía escribir el tipo de libro que escribía Gus, que podía imitar la gran novela americana. Las historias de amor eran diferentes. Significaban mucho para mí y había hecho esperar demasiado a mis lectoras para darles algo en lo que no creía de corazón.

Todo empezaba a cobrar sentido. Todo menos un detalle. Entrecerré los ojos. Gus me imitó con un gesto exagerado.

—Y ¿qué ganas tú con todo esto? —le pregunté.

—Pues lo mismo —dijo—. Quiero algo con lo que pueda sentirme superior. Y dinero, el dinero siempre va bien.

—Vaya —dije—. ¿Hay problemas en el paraíso cachondo pero distante?

—Lleva mucho tiempo escribir mis libros —dijo Gus—. He hecho buenos avances, pero, incluso con las becas, me quedan deudas de la universidad y algunas de antes. Y, además, me gasté mucho en esta casa. Si puedo vender algo rápido, me vendría bien.

Yo fingí espanto y me puse las manos en el corazón.

—¿Y te rebajarías a difundir el sueño americano sadomasoquista del amor duradero?

Gus torció el gesto.

—Si no te gusta el plan, olvídalo.

Pero ahora no podía olvidarlo. Ahora tenía que demostrarle a Gus que lo que yo hacía era más difícil de lo que parecía, que era tan capaz como él. Además, que Augustus Everett hiciera promoción de mi libro tenía unas ventajas que no podía permitirme desaprovechar.

—Hagámoslo —acepté.

Clavó los ojos en mí y su sonrisa malvada apareció a un lado de su labio superior.

—¿Estás segura? Podría ser muy humillante.

Me salió una carcajada involuntaria.

—Tranquilo, lo será —dije—, pero te lo pondré un poco más fácil. Te haré un cursillo acelerado de comedia romántica.

—Vale —dijo Gus—. Entonces yo te llevaré conmigo durante el proceso de investigación. Te ayudaré a dejarte llevar por tu nihilismo latente y tú me enseñarás a cantar como si nadie me escuchara, a bailar como si nadie me mirara y a amar como si nunca me hubieran hecho daño.

Su sonrisa, aunque leve y algo engreída, era contagiosa.

—¿En serio crees que puedes? —le pregunté.

Él levantó un hombro.

—¿Y tú?

Le sostuve la mirada mientras pensaba.

—¿Y promocionarás el libro? Si gano y lo vendo, ¿escribirás una cita para ponerla en la cubierta, por muy malo que sea?

Sus ojos volvían a hacerlo, eso tan sexy y malo de expandirse y oscurecerse como si estuviera perdido en sus pensamientos.

—Me acuerdo de cómo escribías con veintidós años —dijo con cuidado—. No será malo.

Me esforcé por no sonrojarme. No entendía cómo podía pasar de ser un maleducado, casi condescendiente, a desarmarme con sus cumplidos.

—Pero sí —añadió inclinándose hacia delante—. Aunque sea la secuela de *Una relación peligrosa* en formato novela, si la vendes, la promocionaré.

Yo me eché hacia atrás para poner algo de distancia entre nosotros.

—Vale, ¿qué te parece si entre semana escribimos y dejamos el fin de semana para la formación?

—Formación —repitió.

—Los viernes iré contigo a hacer la investigación que tú harías, que podría ser... —Hice un gesto para que llenara el espacio en blanco.

Él me dedicó su sonrisa torcida.

—Todo tipo de cosas fascinantes —dijo para acabar la frase—. Y luego, los sábados, investigaremos como lo harías tú: subiremos en globo aerostático, daremos clases de navegación, haremos viajes en moto para dos personas, cenaremos a la luz de las velas en un restaurante con terraza en el que toca un grupo de covers malo y todo el rollo.

El calor me subió por el cuello. Había dado en el clavo, otra vez. A ver, no había hecho lo del viaje en moto para dos personas (no quería matarme), pero sí que había subido en globo para prepararme para mi tercera novela, *Luz del norte*.

Le tembló la comisura de los labios, parecía encantado con mi expresión.

—Entonces ¿trato hecho?

Me tendió la mano.

La cabeza empezó a darme vueltas. Tampoco tenía ninguna otra idea. Tal vez una escritora deprimida solo podía escribir un libro deprimente.

—Vale.

Le di la mano haciendo como si no sintiera las chispas que saltaban de su piel directas a mis venas.

—Solo una cosa más —dijo con sobriedad.

—¿Qué?

—Prométeme que no te enamorarás de mí.

—¡Lo que me faltaba! —Le empujé el hombro y me dejé caer contra el respaldo riendo—. ¿En serio me citas medio mal *Un paseo para recordar*?

Gus sonrió de nuevo.

—Una peli genial —dijo—. Perdón, una gran obra.

Yo puse los ojos en blanco, todavía temblando de la risa.

A él también le salió media carcajada.

—En serio. Creo que una vez toqué una teta en el cine con esa peli.

—Me niego a creer que nadie degradaría la mejor historia de amor jamás contada, con Mandy Moore como protagonista, dejando que Gus Everett de adolescente le tocara una teta.

—En este país eres libre de creer lo que quieras, January Andrews —dijo—. Tom Cruise en *Jack Reacher* se juega la vida a diario para proteger esa libertad.

9
EL MANUSCRITO

Cuando me desperté, no tenía resaca, pero sí un mensaje de Shadi que decía:

¡¡¡Tiene UN PERCHERO ENTERO
lleno de sombreros *vintage*!!!

Le contesté:

Y tú ¿cómo sabes eso?

Me levanté del sofá y fui a la cocina. Aunque no había reunido el valor necesario para subir al piso de arriba ni para empezar a dormir en la habitación de invitados de la planta baja, sí que había empezado a familiarizarme con los armarios de la cocina.

Sabía que la tetera con muchas rosas pequeñitas dibujadas ya estaba en los fogones y que no había cafetera eléctrica, pero sí una de esas francesas de émbolo y un molinillo de café en una bandeja giratoria. Debía suponer que aquella era una de las contribuciones de Sonya, porque a mi padre solo lo había visto beber café de cápsulas de Starbucks que mi madre compraba en cantidades industriales o el té verde que ella le suplicaba que bebiera en lugar del café.

Yo tampoco era una sibarita del café —no me importaba si le ponían jarabes de sabores o nata batida—, pero empezaba casi todas las mañanas con algo lo bastante bebible como para tomarlo solo. Llené la tetera y encendí el fuego. El olor terrenal y cálido del gas cobró vida con la llama. Enchufé el molinillo y miré por la ventana mientras molía. La neblina de la noche anterior seguía allí, cubriendo los árboles que había entre la casa y la playa de azules y grises oscuros. Había refrescado en casa. Sentí un escalofrío y me ceñí más la bata.

Mientras esperaba a que el café infusionara, el celular vibró sobre la repisa. Shadi empezó:

A VER. Unos cuantos salimos por ahí después de trabajar y, COMO SIEMPRE, pasaba de mí a más no poder, PERO cuando no lo miraba, sentía su mirada clavada en mí. Al final se fue al baño y yo también tenía que ir y estaba esperando en el pasillo y, cuando salió, me dijo «hola, Shad» y yo «vaya, te juro que hasta ahora pensaba que no hablabas» y él se encogió de hombros. Y yo le dije «EN FIN, estaba pensando en irme». Y él «joder, ¿sí?». En plan que se notaba que estaba decepcionado, así que le dije «estaba pensando en irme contigo». ¡¡Y se puso supernervioso!! Y contento en plan «¿Sí? Me parece bien. ¿Cuándo quieres irte?». Y yo «pues ahora, ¿cuándo va a ser?». Y, bueno, lo demás ya se sabe.

Escribí:

Vaya. Clásica historia de amor.

Respuesta de Shadi:

Pues sí. Chica conoce a chico. Chico pasa
de ella menos cuando ella no mira. Chica
se va a casa con chico y ve cómo cuelga
el sombrero encantado en un perchero
lleno de sombreros.

Sonó la alarma del temporizador. Prensé el café, lo serví en una taza con forma de orca caricaturizada y me lo llevé junto con la computadora a la terraza. La agradable neblina refrescaba cada centímetro de la piel que llevaba al aire. Me acurruqué en una de las sillas y empecé a preparar una lista de cosas que hacer ese día y el resto del verano.

Antes que nada, tenía que pensar qué iba a hacer con el libro, si descartaba lo del amor veraniego optimista con un padre soltero. Y luego tenía que planear la clase de comedia romántica del sábado con Gus.

Me dio un vuelco el corazón al pensarlo. Había medio esperado levantarme en pánico por nuestro acuerdo, pero estaba ilusionada. Por primera vez desde hacía años iba a escribir un libro que nadie en absoluto esperaba. Y, además, tenía el privilegio de ver a Gus Everett intentar escribir una historia de amor.

O puede que yo hiciera el ridículo y, peor todavía, decepcionara a Anya. Pero no podía quedarme pensando en eso. Había trabajo que hacer.

Además de trabajar en el libro y quedar con el (de verdad) único conductor de Uber para recoger el coche de casa de Pete, decidí que ese día conquistaría el segundo dormitorio de la planta de arriba y separaría lo que hubiera allí dentro en montones para tirar, donar y vender. También me propuse trasladar mis cosas al dormitorio de la planta baja. No había estado mal en el sofá aquellas primeras noches, pero esa mañana me había levantado con unas buenas contracturas en el cuello.

La mirada se me fue hacia el ventanal de la parte trasera de la casa de Gus. En ese preciso momento, entró en la cocina poniéndose una camiseta oscura y arrugada (¡qué sorpresa...!). Me di la vuelta en la silla.

Era imposible que me hubiera visto mirándolo. Aunque, cuanto más lo pensaba, más me preocupaba haberme quedado contemplándolo un par de segundos más de lo debido antes de darme la vuelta. Tenía un recuerdo muy nítido de las curvas de los brazos de Gus al tirar de la camiseta para pasársela por la cabeza, de la extensión plana del vientre enmarcada por los ángulos de las caderas. No estaba tan marcado de los músculos como en la universidad (aunque eso tampoco era muy difícil), pero le sentaba bien. O tal vez a la que le sentaba bien era a mí.

En fin, estaba claro que lo había estado mirando.

Eché un vistazo rápido y me sobresalté. Gus estaba de pie detrás del ventanal. Levantó la taza como haciendo un brindis. Yo levanté la mía en respuesta y él se fue arrastrando los pies.

Si Gus Everett ya se iba a poner a trabajar, yo tenía que ponerme también. Abrí la computadora y me quedé mirando el documento al que había estado dándole vueltas los últimos días. Era un clásico chico conoce a chica. No había de eso en las novelas de Augustus Everett, eso estaba clarísimo.

Y ¿qué había? No había leído ninguna, ni *Rochambeau* ni *Las revelaciones*, pero sí suficientes reseñas para saciar mi curiosidad.

Gente haciendo cosas mal por buenas razones. Gente haciendo cosas bien por malas razones. Gente que solo conseguía lo que quería si al final eso los destruía. Familias retorcidas y llenas de secretos.

¡Oye, de eso sí sabía! El dolor me atravesó. Lo sentí como los primeros segundos de una quemadura, cuando no estás segura de si es calor o frío lo que se te ha metido en la piel, pero sabes que, sea lo que sea, te dejará una herida.

El recuerdo de la discusión con mi madre después del funeral se alzó como un tsunami.

Jacques se había ido al aeropuerto en cuanto hubo terminado la misa para volver al trabajo y se había perdido el cara a cara con Sonya y, cuando ella se marchó a toda prisa, mi madre y yo tampoco nos quedamos mucho más.

Discutimos todo el trayecto hasta casa. No, no era verdad. Discutí yo. Años de sentimientos que había decidido no sentir ahora se veían obligados a salir a la luz por otros tantos años de traición.

—¿Cómo has podido escondérmelo? —le grité mientras conducía.

—¡No tenía que venir! —alegó mi madre, y hundió la cara en las manos—. No puedo hablar de esto —dijo con un sollozo, negando con la cabeza—. No puedo.

A partir de ese momento, cualquier cosa que yo dijera se encontraba con «No puedo hablar de esto. No puedo hablar de esto. No pienso hablar de esto. No puedo».

Tendría que haberlo entendido. Tendría que haberme preocupado más por lo que sentía ella.

Se suponía que aquel tendría que haber sido el momento en el que me convertía en adulta, la abrazaba con fuerza, le prometía que todo iría bien y me hacía cargo de su dolor, pero en la iglesia me había partido por la mitad y todo lo que llevaba dentro había empezado a salir a la luz por primera vez.

97

Cientos de noches en las que había decidido no llorar. Miles de momentos en los que me había preocupado por estar preocupada. Por ponerles las cosas más difíciles a mis padres si me preocupaba. Porque tenía que ser fuerte. Porque tenía que estar feliz para no ser una carga para ellos.

Todos aquellos años en los que me aterraba que mi madre muriese, yo había escondido lo feo para transformar mi vida en un precioso escaparate por ella.

Había hecho reír a mis padres. Había hecho que estuvieran orgullosos. Había traído buenas notas a casa, había luchado con uñas y dientes por estar a la altura de Gus Everett. Me había quedado despierta hasta tarde leyendo con mi padre y me había levantado pronto para fingir que me gustaba hacer yoga con mi madre. Les había contado mi vida y les había preguntado mil cosas sobre la suya para no arrepentirme nunca de haber perdido el tiempo con ellos. Y había escondido los sentimientos complicados que iban de la mano de intentar memorizar a alguien a quien quieres, por si acaso.

Me enamoré con veintidós años, igual que ellos, de un chico que se llamaba Jacques y que era la persona más querida por todo el mundo y más interesante que había conocido. Y había exhibido nuestra felicidad siempre que había tenido la ocasión. Había dejado los estudios para estar cerca de ellos, pero al publicar un libro a los veinticinco años había demostrado que, en realidad, no me había perdido nada.

«¡Miren! ¡Estoy bien! ¡Miren! ¡Tengo todas las cosas bonitas que deseaban que tuviera! ¡Miren! ¡Esto no me ha afectado en absoluto!

»Miren, todos viven felices para siempre. Otra vez».

Había hecho todo lo posible por demostrar que estaba bien, que no estaba preocupada. Lo había dado todo por contar esa historia. Esa en la que los tres éramos indestructibles.

En el trayecto de vuelta a casa desde el funeral, ya no quería estar bien.

Quería ser una niña. Quería chillar, dar portazos, gritar: «Te odio, me estás destrozando la vida», como no había hecho.

Quería que mi madre me castigara y luego se colara en mi habitación y me besara la cabeza y susurrara: «Entiendo que tengas miedo».

En lugar de eso, mi madre se secó las lágrimas, respiró hondo y repitió:

—No pienso hablar de esto.

—Vale —dije derrotada, rota—. Pues no hablaremos de esto.

Cuando volví a Nueva York, todo cambió. Las llamadas de mi madre se volvieron escasas y las pocas que recibía eran como un tornado. Repasaba como un ciclón cada detalle de la semana que había pasado ella y luego me preguntaba cómo me iba y, si vacilaba demasiado, entraba en pánico y se excusaba diciendo que tenía que irse a alguna clase de gimnasia de la que se había olvidado.

Se había pasado años preparándose para su propia muerte sin tener tiempo para prepararse para aquello. Que él nos dejara y que la cruda realidad entrara en su funeral y rasgara todos nuestros bonitos recuerdos por la mitad. Mi madre estaba sufriendo. Y yo lo sabía.

Pero yo también estaba sufriendo, tanto que, por primera vez, no podía reír ni bailar para ahuyentar siquiera una pizca de ese sufrimiento. Ni siquiera era capaz de escribir un final feliz.

No tenía ningunas ganas de sentarme delante del portátil en la terraza de aquella casa llena de secretos y hacerle un exorcismo al recuerdo de mi padre que tenía en el corazón, pero parecía que había encontrado lo único que era capaz de hacer, porque ya había empezado a escribir.

La primera vez que se encontró con el amor de la vida de su padre fue en su funeral.

Mi historia de amor con las novelas románticas había empezado en la sala de espera de la consulta de radiología a la que iba mi madre. No quiso que entrara con ella —insistía en que la hacía sentirse mayor—, por lo que me quedé ahí sentada, leyendo un manido libro de bolsillo de la estantería e intentando distraerme del siniestro tictac del reloj que había colgado encima de la ventanilla de recepción.

Pensé que me quedaría mirando una página durante veinte minutos, atrapada en la rueda de la ansiedad, pero, en lugar de eso, leí ciento cincuenta páginas y me metí el libro en el bolso sin querer cuando fue hora de irse a casa.

Fue la primera vez que sentí alivio en semanas y, a partir de ese momento, leí sin parar todas las novelas románticas con las que pude hacerme. Y luego, sin planearlo, empecé a escribir una, y esa sensación, la sensación de enamorarme perdidamente de una historia y de sus personajes cuando brotaban de mí, no se podía comparar con nada.

La primera vez que le diagnosticaron cáncer a mi madre, aprendí que el amor era una vía de escape, pero fue la segunda vez cuando aprendí que también podía ser un salvavidas cuando te estabas ahogando.

Cuanto más trabajaba en aquella historia de amor, menos impotente me sentía ante el mundo. Puede que tuviera que descartar el plan de seguir estudiando para poder trabajar de profesora, pero todavía podía ayudar a la gente. Podía darles algo bueno, algo divertido y esperanzador.

Y funcionó. Durante años, tuve un propósito, tuve algo bueno en lo que centrarme. Sin embargo, cuando murió mi padre, escribir —lo único que siempre me había tranquilizado, un verbo que a mí me parecía más bien un lugar íntimo, lo que me había liberado de mis momentos más oscuros y me había traído esperanza al pecho cuando sentía el corazón hundido— de pronto me había parecido imposible.

Hasta ese momento.

Y, vale, aquello era más un diario escrito en tercera persona que una novela, pero las palabras me brotaban de las manos y hacía tantísimo que eso no ocurría que hasta me habría alegrado si hubiera visto escrito mil veces «No por mucho madrugar amanece más temprano» en el documento como en *El resplandor*.

Esto tenía que ser mejor (¿no?):

Ella no tenía ni idea de si su padre había querido a Esa Mujer de verdad o no. Tampoco sabía si había querido a su madre. Las tres cosas que sabía sin duda que había querido eran los libros, los barcos y el mes de enero.

Y no era porque yo hubiera nacido en enero. Él siempre había hecho como si yo hubiera nacido en enero precisamente porque era el mejor mes, y no al revés.

En Ohio, yo lo había considerado el peor mes del año. Muchas veces no nevaba hasta febrero, lo cual significaba que enero eran unas semanas grises, frías y apagadas en las que ya no tenías la ilusión de que las fiestas estuvieran al caer.

—En West Michigan es diferente —decía siempre mi padre.

Estaba el lago. Y la superficie se congelaba y quedaba cubierta por una gruesa capa de nieve. Según decía, se podía caminar por encima como si fuera una tundra de Marte. Cuando íbamos a la universidad, Shadi y yo habíamos hecho planes para tomar el coche un fin de semana e ir a verlo, pero a ella la llamaron para comunicarle que su sheltie se había muerto, así que nos pasamos el fin de semana viendo adaptaciones televisivas de clásicos de la literatura inglesa y comiendo galletas con chocolate y nubes de golosina fundidas.

Me puse a teclear otra vez.

Si las cosas hubieran sido de otra forma, quizá habría ido al lago en invierno en lugar de en verano, se habría sentado al lado de la ventana para contemplar los tonos azules cubiertos de blanco y los extraños verdes helados de la playa nevada.

Pero había tenido una sensación extraña, el miedo de encontrarse cara a cara con el fantasma de su padre si se hubiera plantado allí en el momento indicado.

Lo habría visto por todos lados. Me habría preguntado cómo se hubiera sentido él respecto a cada detalle, habría recordado una nevada de su infancia que él me había descrito: «Todos esos orbes diminutos, January, como si el mundo entero estuviera hecho de granos de azúcar. De azúcar puro».

Tenía una forma muy particular de describir las cosas. Cuando mi madre leyó mi primer libro, me dijo que veía el reflejo de mi padre en él. En mi forma de escribir.

Tenía sentido. Al fin y al cabo, había aprendido a apreciar las historias gracias a él.

Antes estaba orgullosa de todas las cosas que tenía en común con él, veía sus similitudes con cariño. Eran personas nocturnas. Desordenadas. Siempre llegaban tarde, siempre con un libro bajo el brazo.

No le dábamos ninguna importancia a ponernos protector solar y éramos adictos a las papas, cocinadas de todas las formas posibles. Nos llenábamos de vida cuando salíamos a navegar, con los brazos abiertos, los cortavientos aleteando, los ojos entornados por el sol.

Ahora le preocupaba que aquellas similitudes sacaran a la luz lo peor de ella. Tal vez ella, como su padre, fuese incapaz del amor que se había pasado la vida persiguiendo.

O tal vez ese amor, simplemente, no existía.

10
LA ENTREVISTA

Había leído por ahí que llevaba diez mil horas convertirse en experto en algo. Escribir era diferente, un algo demasiado vago para que diez mil horas sirvieran para mucho. Puede que estar tumbada diez mil horas en una bañera vacía inmersa en una lluvia de ideas te convirtiera en experto en hacer lluvias de ideas en una bañera vacía. Puede que diez mil horas de pasearle el perro al vecino intentando solucionar un problema de la trama en voz baja te transformaran en un profesional desenredando tramas.

Pero esas cosas eran parte de un todo.

Probablemente había pasado más de diez mil horas tecleando novelas (tanto las publicadas como las que había descartado) y seguía sin ser una experta mecanógrafa, y todavía menos una experta escribiendo libros. Porque, incluso habiendo pasado diez mil horas escribiendo y otras diez mil horas leyendo novelas optimistas, eso no me convertía en experta escribiendo otro tipo de libros.

No sabía lo que estaba haciendo. Ni siquiera estaba segura de estar haciendo algo. Había bastantes probabilidades de que le mandara aquel borrador a Anya y recibiera una respuesta del tipo «¿Por qué me has mandado el menú de una marisquería?».

Pero, tanto si estaba consiguiendo algo con aquel libro como si no, estaba escribiendo. En vaivenes, como si estuviera sincronizada con las olas que rompían en algún punto tras aquel muro de niebla.

No era mi vida, pero se le acercaba bastante. La conversación entre las tres mujeres —Ellie, su madre, y la doble de Sonya, Lucy— podría haber sido la que tuvimos nosotras palabra por palabra, aunque yo sabía que no debía fiarme demasiado de mi memoria en aquellos momentos.

Si mis recuerdos eran precisos, era imposible que mi padre hubiera estado allí, en aquella casa, cuando el cáncer de mi madre volvió. Era imposible, porque, hasta que murió, yo tenía recuerdos de los dos bailando descalzos en la cocina, de él arreglándole el pelo y besándole la cabeza, llevándola al hospital conmigo en el asiento trasero y con la lista de reproducción para cuya creación me había pedido ayuda sonando por los altavoces del coche.

Always on My Mind, de Willie Nelson.

Tenía recuerdos de las manos de mis padres agarradas con fuerza entre los asientos del coche.

También me acordaba de los «viajes de trabajo», claro. De eso se trataba: yo me acordaba de las cosas como pensaba que habían sido, y luego estaba la verdad, Esa Verdad, que había rasgado los recuerdos por la mitad como si fueran fotos.

Dediqué de lleno los tres días siguientes a escribir, limpiar y poco más. Aparte de una caja de papel de regalo, unos cuantos juegos de mesa y un montón de toallas y sábanas de recambio, no había nada remotamente personal en el dormitorio de invitados de la planta de arriba. Podría haber sido cualquier casa de vacaciones del país o, tal vez, una casa piloto, una promesa a medias de que tu vida podría ser también así de bonita y genérica.

La decoración de la planta de arriba me gustaba bastante menos que el rollo acogedor y bohemio de abajo. No sabía si sentirme aliviada o traicionada por ello.

Si antes había más de él o, peor, de ella allí, ella ya se había encargado de que no quedara ni rastro.

El miércoles hice fotos de los muebles y las publiqué en una web de compraventa. El jueves metí las sábanas de sobra, los juegos de mesa y el papel de regalo en cajas para donarlos. El viernes agarré todas las sábanas y las toallas de las estanterías del baño de invitados de arriba, las llevé al cuarto de la lavadora, que estaba en la planta baja, y las puse a lavar antes de sentarme a escribir.

La neblina por fin se había disipado y en la casa volvía a hacer un calor pegajoso, así que abrí las puertas y ventanas y encendí todos los ventiladores.

Había entrevisto a Gus algunas veces aquellos últimos días, pero muy pocas. Al parecer, iba de aquí para allí mientras escribía. Si estaba trabajando en la mesa de la cocina por la mañana, nunca seguía ahí cuando yo iba a ponerme la segunda taza de café. Si no lo veía en todo el día, aparecía de pronto en la terraza por la noche, escribiendo solo con la luz del portátil y con una nube de polillas que se chocaban a su alrededor.

En cuanto lo veía, perdía la concentración. Era demasiado divertido imaginarme lo que podía estar escribiendo, pensar en todas las posibilidades. Deseaba con todas mis fuerzas que fuera sobre vampiros.

La tarde del viernes coincidimos por primera vez, ambos sentados delante de las ventanas enfrentadas.

Él, sentado a la mesa de su cocina, de cara a mi casa.

Yo, sentada a la mesa de mi cocina, de cara a la suya.

Cuando nos dimos cuenta, él levantó la botella de cerveza igual que había levantado la taza de café para brindar conmigo a distancia. Yo levanté el vaso de agua.

Teníamos las ventanas abiertas. Podríamos haber hablado, pero habríamos tenido que gritar.

En lugar de eso, Gus sonrió y tomó el marcador y la libreta que tenía al lado. Garabateó en ella un momento y luego la levantó para que yo pudiera leer:

LA VIDA NO TIENE SENTIDO, JANUARY. ASÓMATE AL ABISMO.

Yo reprimí una carcajada, busqué un rotulador en la mochila, tiré de mi libreta y abrí una página en blanco. En letras grandes y cuadradas, escribí:

ESTO ME RECUERDA A AQUEL VIDEOCLIP DE TAYLOR SWIFT.

Se le formó una sonrisa en la cara. Negó con la cabeza y volvió a centrarse en escribir. Ninguno de los dos dijo nada más y ninguno de los dos se movió del sitio. No hasta que él llamó a la puerta para nuestra primera excursión de investigación, con un vaso de metal para llevar en cada mano.

Miró de arriba abajo el vestido —el mismo vestido negro que había llevado al club de lectura y que hacía que me picara todo— y las botas que llevaba, y negó con la cabeza.

—Así... no vas bien.

—Sí estoy genial —repliqué.

—Estoy de acuerdo. Si fuéramos a ver el American Ballet Theatre, irías perfecta. Pero ya te digo yo, January, que para esta noche no vas bien.

—Volveremos tarde —me avisó Gus.

Íbamos en su coche hacia el norte, en paralelo al lago. El sol estaba bajo y sus últimos rayos febriles lo pintaban todo de modo que parecía algodón de azúcar a contraluz. Cuando le había pedido que me eligiera él la ropa y me ahorrara la molestia, había supuesto que se sentiría incómodo. En lugar de eso, me siguió hasta el dormitorio de invitados de la planta baja, miró las cuatro cosas que tenía colgadas en el armario y escogió los mismos pantalones cortos que llevaba en la librería de Pete y la camiseta de Carly Simon, y nos fuimos.

—No me sabe mal irme a dormir tarde —dije—, excepto si me obligas a escucharte cantar *Everybody Hurts* en bucle.

Me dedicó una leve sonrisa y entrecerró los párpados con sorna.

—Tranquila. Eso fue una ocasión especial en la que me dejé convencer. No volverá a pasar.

Paramos en un semáforo. Gus golpeaba el volante con los dedos, inquieto, y mi mirada bajó por las venas de sus antebrazos y subió por el bíceps hasta donde se encontraba con la manga de la camiseta. Jacques era guapo como un modelo de ropa interior, todo tonificado, con una sonrisa de míster universo y pelo castaño claro que le quedaba todos los días igual de bien. Pero eran todas las pequeñas imperfecciones de Gus —sus cicatrices y arrugas, las líneas torcidas y angulosas de su silueta— y cómo se combinaban lo que siempre había hecho que me resultara tan difícil dejar de mirarlo y que quisiera ver más.

Se inclinó hacia delante para toquetear el regulador de temperatura y volvió los ojos hacia mí. Yo aparté la vista y miré por la ventanilla, intentando vaciar la mente antes de que pudiera leerla.

—¿Quieres que te sorprenda? —dijo.

Al parecer, a mi corazón se le olvidó el siguiente latido.

—¿Qué?

—Con adónde vamos.

Me relajé.

—Mmm. Que me sorprendas con algo lo bastante perturbador para que tú creas que merece estar en un libro... No, gracias.

—Creo que haces bien —coincidió—. Vamos a entrevistar a una mujer cuya hermana estuvo en una secta suicida.

—Estás de broma.

Negó con la cabeza.

—Dios —dije con una carcajada por la impresión.

De pronto la tensión que me había imaginado se disipó.

—Gus, ¿vas a escribir una comedia romántica sobre una secta suicida?

Puso los ojos en blanco.

—Había pactado esta entrevista antes de nuestra apuesta. Además, lo hacemos para que tú aprendas a escribir novela literaria.

—Bueno, sea como sea, lo de asomarse al abismo no iba en broma —dije—. La lección es «todo es una mierda, ahora ponte a escribir sobre ello», ¿no?

Gus sonrió con suficiencia.

—No, listilla. Se trata de aprender sobre los personajes y la atención al detalle.

Yo me hice la sorprendida.

—¡No te lo vas a creer, pero en la literatura femenina también tenemos de eso!

—Oye, eres tú la que empezó con esta parte del plan de dar lecciones al otro —señaló Gus—. Si vas a reírte de mí todo el rato, no tengo ningún problema en dejarte en el primer bar que encuentre por la zona residencial donde hagan micro abierto de monólogos y recogerte cuando vuelva.

—Vale, vale —accedí con un gesto para que siguiera conduciendo—. Personajes y detalles, decías...

Se encogió de hombros.

—Me gusta escribir sobre situaciones improbables, sobre personajes y hechos que parecen demasiado absurdos para ser reales, pero que tienen su lógica. Lo específico ayuda a hacer creíble lo increíble, por eso hago un montón de entrevistas. Es interesante lo que la gente recuerda de una situación. Por ejemplo, si voy a escribir sobre el líder fanático de una secta que cree que es la conciencia de un alien que se ha ido reencarnando durante siglos en todos los líderes mundiales, también necesito saber qué zapatos lleva y qué desayuna.

—¿De verdad lo necesitas saber? —lo provoqué—. ¿Los lectores te lo imploran?

Se rio.

—Oye, igual el motivo por el que no has podido terminar tu libro es que no dejas de preguntarte qué quieren leer los demás en lugar de qué quieres escribir tú.

Me crucé de brazos, irritada.

—Y dime, Gus, ¿cómo vas a darle un giro romántico a tu libro sobre sectas suicidas?

Inclinó la cabeza hacia atrás y sus pómulos afilados le ensombrecieron las mejillas. Se rascó el mentón.

—En primer lugar, ¿en qué momento he dicho que la entrevista sea para la comedia romántica? Podría dejar apartadas todas las notas que he tomado de esto hasta que gane la apuesta y luego volver a escribir mi próxima novela «oficial».

—¿Es eso lo que harás? —le pregunté.

—Aún no lo sé —admitió—. Estoy intentando averiguar si puedo combinar las ideas.

—Puede —dije dudosa—. Cuéntame los detalles, a ver si puedo ayudarte.

—Vale. A ver. —Cambió la posición de las manos en el volante—. La premisa original era, en resumen, que un periodista se entera de que su novia de la preparatoria, una exdrogadicta, se ha unido a una secta, y decide infiltrarse y desarticularla. Pero, cuando se mete, empieza a subir de rango muy deprisa, mucho más que la mujer a la que había ido a salvar. Y, entonces,

111

empieza a ver cosas, pruebas de que el líder tiene razón. En todo. Al final, a la chica le entraría miedo e intentaría salir de allí y convencerlo a él de que se fuera con ella.

—Y supongo —dije— que se van, pasan la luna de miel en París y se instalan en una casita en el sur de Francia. Casi seguro que se hacen vinicultores.

—Pues él iba a asesinarla —repuso Gus impasible—. Para salvar su alma. No había decidido si eso iba a ser lo que por fin hundiría a la secta, lo que haría que detuvieran a todos los líderes y tal, o si él iba a convertirse en el nuevo profeta. Me gustaba la segunda opción, porque me parecía que cerraba el círculo: quería sacarla de la secta y lo hace, quería desarticularla y lo hace. Pero la segunda me parece más cíclica, en cierto sentido. Como si cualquier persona dolida con complejo de salvador pudiera terminar haciendo justo lo que hace el primer líder de la secta. No lo sé. Igual aparece un personaje joven adicto a las drogas al final de todo.

—Muy cuqui todo —comenté.

—Justo lo que pretendía —respondió.

—Y, ¿qué? ¿Alguna idea para la versión no horrible del libro?

—A ver, la propuesta del sur de Francia me ha gustado, es la leche.

—Me alegra que lo veas igual que yo.

—En fin —dijo—, ya veré lo que hago. Creo que una comedia romántica sobre una secta tiene chispa. ¿Y tú? ¿De qué va tu libro?

Hice como si me vomitara encima.

—Muy cuqui también —dijo él haciéndose eco de mis palabras, y me dirigió una sonrisa.

Hablando de chispas, a veces sus ojos parecían reflejar un fuego que no había. Por favor, el coche estaba casi a oscuras. Sus ojos no deberían poder, física o moralmente, brillar así. Sus pupilas les faltaban al respeto a las leyes de la naturaleza. La piel empezó a arderme bajo su mirada.

—No tengo ni idea de sobre qué iba a ir mi libro —dije cuando él por fin volvió a mirar a la carretera—. Y tengo muy poca idea de sobre qué irá ahora. Creo que sobre una chica.

Él esperó unos segundos a que siguiera y luego dijo:

—Rompedor.

—Ya.

Había más. Estaba el padre al que adoraba. Estaba su amante y su casa de la playa en el pueblo en el que se había criado y las citas de radioterapia de su mujer. Pero, aunque la relación entre Gus Everett y yo era más cálida (por culpa de sus ojos), no estaba lista para las preguntas que podían surgir en esa conversación.

—Y ¿por qué te mudaste aquí? —le pregunté después de un largo silencio.

Gus se movió inquieto en el asiento. Estaba claro que había muchas cosas de las que él tampoco quería hablar conmigo.

—Por el libro —dijo—. Leí que había una secta aquí. En los noventa. Tenían un poblado enorme en el bosque y todo, antes de que los encontraran. Hacían todo tipo de cosas ilegales. Llevo aquí unos cinco años, entrevistando a gente, investigando y todo eso.

—¿En serio? ¿Llevas cinco años trabajando en esto?

Volvió la vista hacia mí.

—Requiere mucha investigación. Y una parte de ese tiempo lo pasé terminando mi segundo libro y haciendo la gira de promoción y todo eso. No han sido cinco años seguidos sentado delante de una máquina de escribir con solo una botella de plástico para mear.

—Tu médico se alegrará de oírlo.

Seguimos avanzando por la carretera en un silencio tenso durante un rato hasta que Gus bajó su ventanilla, lo cual me dio permiso para bajar la mía. Las rachas de viento cálido que entraban por las ventanas abiertas disolvieron cualquier incomodidad del silencio en el que habíamos caído. Podíamos haber sido dos desconocidos en la misma playa, en el mismo autobús o en el mismo ferry.

Mientras avanzábamos, el sol iba desapareciendo centímetro a centímetro. Al cabo de un rato, Gus jugueteó con la radio y subió el volumen en una emisora de viejos éxitos en la que estaba sonando Paul Simon.

—Me encanta esta canción —me dijo por encima del ruido del ciclón que se había formado en el coche.

—¿En serio? —respondí sorprendida—. Me imaginaba que me harías escuchar a Elliott Smith o la versión de *Hurt* de Johnny Cash todo el trayecto.

Gus puso los ojos en blanco, pero estaba sonriendo.

—Y yo me imaginaba que traerías una lista de reproducción de Mariah Carey.

—Vaya, ojalá lo hubiera pensado.

La mayor parte de su risa ronca se perdió en el viento, pero oí lo suficiente para sentir calor en las mejillas.

Pasaron dos horas hasta que salimos de la carretera y, luego, treinta minutos más de carreteras secundarias estropeadas por el hielo, iluminadas solo por los faros del coche y las estrellas.

Por fin, salimos de la carretera que serpenteaba por el bosque al aparcamiento de gravilla de un bar que tenía el techo de chapa ondulada. El cartel luminoso decía THE BY-WATER. Aparte de las motos y lo que quedaba de la carrocería de una camioneta Toyota, el solar estaba vacío, pero las ventanas, iluminadas por carteles luminosos de Budweiser y Miller, revelaban que el bar estaba concurrido.

—Dime la verdad —dije—, ¿me has traído aquí para asesinarme?

Gus paró el motor y subió las ventanillas.

—Venga ya. Llevo tres horas conduciendo. Ya tengo un lugar perfecto para asesinar en North Bear Shores.

—¿Todas tus entrevistas son en antros espeluznantes en medio del bosque? —pregunté.

Se encogió de hombros.

—Solo las buenas.

Salimos del coche. Sin el viento a ochenta por hora, hacía un calor pegajoso y cada pocos pasos cruzábamos una nube de mosquitos o luciérnagas. Me pareció oír el sonido del agua a la que remitía el nombre del bar, que venía de la espesura que había detrás. Supuse que no era el lago. Debía de ser un arroyo.

Siempre me ponía algo nerviosa ir a lugares como aquel cuando no era de la zona, pero Gus parecía tranquilo y casi nadie levantó la vista de su cerveza, su mesa de billar o su pareja apoyada en la pared al lado de la vieja máquina de discos. Estaba lleno de gorras de camuflaje y camisetas de tirantes y chaquetas de trabajo de lona de color tostado.

Estaba agradecidísima de que Gus hubiera insistido en que me cambiase de ropa.

—¿Con quién hemos quedado? —pregunté manteniéndome cerca de él, que observaba a la concurrencia.

Levantó la barbilla hacia una mujer sola que estaba sentada a una mesa alta al fondo.

Grace tenía cincuenta y tantos y los hombros caídos de alguien que se había pasado mucho tiempo sentado, pero no necesariamente relajado. Era camionera y tenía cuatro hijos que iban a la preparatoria, pero ninguna pareja en la que apoyarse.

—Aunque eso no importa —dijo dándole un sorbo a su Heineken—. No hemos venido a hablar de eso. Quieren que les hable de Hope.

Hope era su hermana. Hope y Grace, «esperanza y gracia». Gemelas del norte de Michigan, aunque no de la península superior, ya nos lo había dicho.

—Queremos hablar de lo que crea que es relevante —dijo Gus.

Ella quiso asegurarse de que no era para una noticia. Gus negó con la cabeza.

—Es una novela. Ninguno de los personajes se llamará como ustedes ni se les parecerá ni serán ustedes. La secta no será la misma. Esto es para ayudarnos a entender a los personajes. Qué hace que alguien se una a una secta, cuándo se dio cuenta de que algo no iba bien con Hope... Ese tipo de cosas.

Sus ojos se dirigieron hacia la puerta y luego volvieron a mirarnos. Había incertidumbre en su expresión.

Me sentí culpable. Sabía que había venido por voluntad propia, pero aquello no debía de ser fácil, sacar el lodo que le anegaba el corazón y mostrárselo a dos desconocidos.

—No tiene por qué contárnoslo —solté, y sentí toda la fuerza de los ojos de Gus volviéndose hacia mí, pero seguí centrada en Grace, en sus ojos vidriosos y en sus labios medio abiertos—. Y sé que hablar sobre ello no deshará lo que pasó, pero no hablarlo tampoco. Y, si hay algo que necesite decir, puede decirlo. Aunque sea lo que más le gustaba de ella, puede contárnoslo.

Sus ojos se transformaron en dos resquicios afilados de zafiro y su boca, un nudo apretado. Durante un segundo, se quedó inmóvil y sombría, una virgen del Medio Oeste en una piedad de piedra, con algún recuerdo sagrado arropado en el regazo, donde no podíamos verlo bien.

—Su risa —dijo por fin—. Roncaba al reírse.

Las comisuras de mis labios se elevaron, pero un nuevo pesar se me instaló en el pecho.

—Me encanta cuando la gente hace eso —admití—. Mi mejor amiga lo hace. Siempre me parece que se ahoga de vida. En el buen sentido. Como si la vida se le subiera por la nariz, ¿sabe?

Una sonrisa suave y tenue se le formó en los labios.

—En el buen sentido —dijo en voz baja.

Entonces la sonrisa le tembló con tristeza y se rascó la barbilla quemada por el sol. Los hombros caídos le subieron un poco cuando apoyó los antebrazos en la mesa. Carraspeó.

—Y no me di cuenta —masculló—. No me di cuenta de que algo iba mal. ¿Es eso lo que querías saber? —Se le pusieron los ojos llorosos y negó una vez con la cabeza—. No tuve ni idea hasta que ya se había ido.

Gus ladeó la cabeza.

—¿Cómo puede ser?

Las lágrimas se le acumularon en los ojos pese a que se encogió de hombros.

—Porque seguía riendo.

Estuvimos en silencio la mayor parte de la vuelta a casa. Con las ventanillas subidas, la radio apagada y los ojos en la carretera. Gus, imaginaba yo, estaba ordenando mentalmente la información que le había dado Grace.

Yo estaba perdida en los pensamientos sobre mi padre. Me resultaba fácil imaginarme evitando las preguntas que me planteaba sobre él hasta tener la edad de Grace. Hasta que Sonya ya no estuviera y mi madre tampoco, y ya no quedara nadie para darme respuestas, por más que las quisiera.

No estaba dispuesta a pasarme la vida evitando cualquier pensamiento acerca del hombre que me había criado, sintiéndome mal cada vez que me acordara del sobre que había en la caja de encima del refrigerador.

Pero también estaba cansada del dolor en medio de las costillas, del peso que me oprimía las clavículas y el sudor nervioso que brotaba cuando pensaba en la verdad demasiado tiempo.

Cerré los ojos y me apoyé con fuerza contra el reposacabezas mientras el recuerdo subía como la marea. Intenté luchar contra él, pero estaba demasiado cansada, así que ahí lo tenía. El chal de croché, la cara que puso mi madre, la llave en la palma de mi mano.

No tenía ningunas ganas de volver a aquella casa.

El coche se paró y abrí los ojos de golpe.

—Perdona —tartamudeó Gus. Había pisado el freno a fondo para evitar chocar contra un tractor en el stop de un cruce—. No estaba prestando atención.

—¿Perdido en esa mente maravillosa? —me burlé, pero la voz me salió inexpresiva.

Si Gus lo oyó, no dio ninguna señal de ello. La comisura más animada de sus labios estaba torcida hacia abajo en una mueca.

—¿Estás bien? —preguntó.

—Sí.

Se quedó callado un segundo más.

—Ha sido bastante intenso, si quieres hablar del tema...

Volví a pensar en la historia de Grace. Ella había pensado que Hope estaba mejor que nunca cuando había comenzado a salir con sus nuevos amigos. Para empezar, había dejado la heroína, un reto casi insuperable.

—Recuerdo que su piel tenía mejor aspecto —había dicho Grace—. Y sus ojos. No sé muy bien qué era, pero estaban diferentes también. Creía que había recuperado a mi hermana. Cuatro meses después, estaba muerta.

Había muerto por accidente, por una hemorragia interna provocada por los «castigos». El resto del poblado de caravanas

118

que formaba New Eden había ardido en llamas cuando la investigación del FBI estaba a punto de echárseles encima.

Todo lo que nos había contado Grace le vendría de perlas a la trama original de Gus. No dejaba mucho espacio para el chico conoce a chica y el felices para siempre, pero de eso se trataba. La investigación de aquella noche había sido para mí, para llevar a mi cerebro por los caminos que conducían al tipo de libro que tenía que escribir.

No entendía cómo lo hacía la gente. Cómo podía soportar Gus ir por aquellos caminos lúgubres solo para escribir algo. Cómo podía seguir preguntando cuando lo único que quería yo aquella noche era agarrar a Grace y abrazarla fuerte, pedirle perdón por lo que el mundo le había quitado, encontrar alguna manera de que la pérdida le pesara unos gramos menos.

—Tengo que parar a echar gasolina —informó Gus, y salió de la autopista a una gasolinera Shell desierta. No había más que kilómetros y kilómetros de terrenos secos en todas direcciones.

Salí del coche para estirar las piernas mientras Gus repostaba. Al caer la noche se había refrescado el ambiente, pero no demasiado.

—¿Es uno de tus lugares para asesinar? —pregunté rodeando el coche y yendo hacia él.

—Me niego a contestar por si intentas quitármelo.

—Haces bien —respondí.

Tras un momento, no pude guardarme más la pregunta.

—¿No te afecta? Tener que vivir en la tragedia de otros, digo. Cinco años es mucho tiempo para obligarse a pasar por algo así.

Gus volvió a colocar la pistola de la manguera en el surtidor, concentrado en enroscar la tapa del depósito.

—Todo el mundo tiene sus mierdas, January. A veces, pensar en las de los demás es casi un alivio.

119

—Vale —dije—, hagámoslo.

Las cejas de Gus se arquearon y la boca mala y sexy se le aflojó.

—¿Qué?

Me crucé de brazos y apoyé la cadera en la puerta del conductor. Estaba cansada de ser la más delicada. La chica borracha que lleva vino en el bolso, la única que intentaba no temblar mientras otra mujer volcaba su dolor en la mesa de un cuchitril.

—Cuéntame esas mierdas misteriosas tuyas. A ver si de verdad me ayudan a olvidarme de las mías.

Y, ahora, de las de Grace, que me pesaban casi lo mismo en el pecho.

Los ojos oscuros y líquidos de Gus me miraron de arriba abajo en la cara.

—Nah —dijo por fin, y se acercó a la puerta, pero yo me quedé apoyada—. Estás en medio.

—¿Ah, sí?

Alargó la mano hacia la manija de la puerta y yo me moví a un lado para taparla. Su mano se agarró a mi cadera en lugar de a la manija y una chispa cálida me atravesó el cuerpo.

—Todavía más en medio —indicó con una voz grave que hacía que sonase más como «Atrévete a quedarte ahí».

Sentí un cosquilleo en las mejillas. Todavía tenía la mano apoyada en mi cadera como si se le hubiera olvidado que estaba ahí, pero se le movió un dedo sin querer y supe que no se le había olvidado.

—Acabas de llevarme a la cita más deprimente de la historia —dije—. Lo menos que puedes hacer es contarme una sola cosa sobre ti y por qué te importa todo eso de New Eden.

Arqueó las cejas divertido y sus ojos refulgieron como una hoguera.

—No ha sido una cita.

No sé cómo consiguió que sonara guarro.

—Ah, claro, que tú no sales con nadie —repliqué—. ¿Por qué? ¿Es parte de tu pasado oscuro y misterioso?

Su boca mala y sexy se tensó.

—¿Qué me das a cambio?

Se acercó un poco más y fui hiperconsciente de cada molécula de aire que había entre nosotros. No había estado tan cerca de un hombre desde Jacques. Jacques olía a colonia de lujo; Gus olía ahumado y dulce, a incienso y a playa salada. Jacques tenía unos ojos azules cuya mirada me rozaba como una brisa veraniega que hace sonar unas campanillas de viento. La mirada oscura de Gus se me clavaba como un sacacorchos. «¿Qué me das a cambio?».

—¿Una conversación animada? —La voz me salió extrañamente grave.

Negó con un movimiento leve de cabeza.

—Dime por qué te has mudado aquí y te contaré una sola cosa sobre mi pasado oscuro y misterioso.

Consideré la oferta. La recompensa, pensé, bien valía el precio.

—Mi padre murió. Me dejó la casa en la playa.

La verdad, aunque no toda.

Por segunda vez, le cruzó la cara una expresión con la que no estaba familiarizada —¿empatía?, ¿decepción tal vez?— demasiado rápido para analizar qué significaba.

—Te toca —exigí.

—Vale —dijo con voz ágil—, una cosa.

Asentí.

Gus se inclinó hacia mí y me puso la boca al lado de la oreja como si conspirásemos. Su aliento cálido hizo que se me erizara la piel del cuello. Echó una mirada fugaz hacia un lado para verme la cara y su otra mano me tocó la cadera con tanta suavidad que podría haber sido la brisa. El calor que sentía en los labios se extendió por mi centro, enzarzándoseme en los muslos como una enredadera.

Era delirante que aquella noche en la universidad siguiera tan vívida en mi mente que hasta sabía que me había tocado justo así. El primer contacto cuando nos habíamos encontrado en la pista de baile, ligero como una pluma y abrasador como el sol, cuidadoso, deliberado.

Me di cuenta de que estaba aguantando la respiración y, cuando me obligué a respirar, las subidas y bajadas de mi pecho fueron absurdas, como de novela erótica de época.

¿Cómo me estaba haciendo eso? Otra vez.

Después de la noche que acabábamos de pasar, aquella sensación, aquella hambre no tendría que ser posible. Después del año que había pasado, no pensaba que fuera posible.

—Te mentí —me susurró en la oreja—, sí que he leído tus libros.

Sus manos se aferraron a mi cintura y me apartó del coche, abrió la puerta y entró. Y me dejó respirando con dificultad en el súbito frío de la gasolinera.

11
LA NO CITA

El sábado me pasé demasiado tiempo intentando escoger el destino perfecto para la primera incursión de Gus en lo romántico. Aunque estaba sufriendo un bloqueo crónico como escritora, seguía siendo una experta en mi campo y la lista de posibles lugares para su introducción a los chico conoce a chica y los felices para siempre era infinita.

Había conseguido escribir otras mil palabras a primera hora de la mañana, pero, desde entonces, había estado dando vueltas y buscando en Google, intentando encontrar el lugar perfecto. Cuando vi que seguía sin decidirme, tomé el coche, me fui al mercado y me paseé entre los puestos bajo el sol en busca de inspiración. Miré los cubos llenos de flores recién cortadas, echando de menos los días en los que podía permitirme un ramo de margaritas para la cocina y de lirios de agua para la mesita de noche. Eso era, claro, cuando Jacques y yo vivíamos juntos. Si alquilabas un departamento tú sola en Nueva York, no te quedaba mucho dinero para cosas que olían bien una semana y luego se te morían en las narices.

En el puesto de un agricultor de la zona llené la bolsa de tomates maduros, anaranjados y rojos, un poco de albahaca y menta, pepinos y una lechuga trocadero. Si no conseguía decidir qué hacer aquella noche con Gus, tal vez podría preparar una cena.

El estómago me gruñó cuando pensé en una buena comida. No es que me encantara cocinar —llevaba demasiado tiempo, un tiempo que yo nunca parecía tener—, pero sin duda había algo romántico en servirse dos copas de vino tinto y moverse por una cocina limpia, cortando y lavando, removiendo y probando sabores de una cuchara de madera. A Jacques le encantaba cocinar. A mí se me daba bastante bien seguir una receta, pero él tenía un estilo más intuitivo y le gustaba pasarse la noche cocinando. La intuición en la cocina y la paciencia para no comer eran dos cosas que, para mi gran desgracia, yo no tenía.

Pagué las verduras y me levanté las gafas de sol al entrar a la parte cubierta del mercado para buscar algo de pollo o un bistec. Retomé la lluvia de ideas.

Los personajes podían enamorarse en cualquier parte —en un aeropuerto, en un taller de chapa y pintura o en un hospital—, pero yo pensaba que a un antirromántico le haría falta algo un poco más obvio para que las ideas empezaran a surgir. Para mí, las mejores siempre llegaban con lo inesperado, con los errores y los accidentes. No hacía falta mucha inspiración para elaborar el esqueleto de la trama, pero encontrar ese momento —el momento perfecto que definía un libro, que le daba vida y lo convertía en algo más que la suma de sus palabras—, eso requería una alquimia que no se podía falsear.

El último año de mi vida lo demostraba. Podía inventarme todas las historias que quisiera, pero daba igual si al final la historia no me enamoraba, si la historia no tenía la fuerza de un ciclón y me atrapaba. Eso era lo que siempre me había gustado de leer, lo que me había llevado a escribir. Esa sensación de que se estaba tejiendo un mundo nuevo a tu alrededor como una telaraña y tú no te podías mover hasta que se te revelara por completo.

Aunque la entrevista con Grace no me había provocado uno de esos tornados de inspiración acaparadores, sí que había levantado una brisa. Había historias que merecían ser contadas, historias que nunca había tenido en cuenta, y sentía una chispa de emoción al pensar que, tal vez, podría contar una de ellas y disfrutar haciéndolo.

Quería hacer que Gus sintiera lo mismo. Quería que se levantara al día siguiente deseando escribir. Demostrarle lo difícil que era escribir una novela romántica era una cosa, y estaba segura de que lo acabaría viendo, pero conseguir que entendiera lo que tanto me gustaba del género —que leer y escribir era casi tan cautivador y transformativo como enamorarse de verdad— sería otro reto distinto.

Estaba demasiado distraída para escribir cuando llegué a casa, así que me puse a hacer algo útil. Me hice un moño alto, me puse unos pantalones cortos y una camiseta de tirantes de Todd Rundgren y me fui al baño de invitados de la planta de arriba con bolsas de basura y cajas.

Mi padre o Esa Mujer habían dejado el armario lleno de toallas y productos de aseo personal. Los fui amontonando en cajas para donar que luego llevé al recibidor una a una. En el tercer viaje, me detuve delante de la ventana de la cocina, que daba a la casa de Gus. Estaba sentado a la mesa y me mostraba una hoja de papel. Como si me hubiera estado esperando.

Yo apoyé la caja en el canto de la mesa y me sequé las gotas de sudor que se me acumulaban en las sienes mientras leía:

¡OH, JANUARY, JANUARY! ¿POR QUÉ ERES JANUARY?

El mensaje era irónico. Las mariposas que sentí en el pecho no. Empujé la caja para dejarla sobre la mesa, tomé mi libreta y me puse a garabatear. Levanté la nota.

Perdona, he cambiado de teléfono. ¿Quién eres?

Gus se rio y volvió a su computadora. Yo agarré la caja, la llevé al Kia y volví por las demás. La humedad de los últimos días se había marchado y había dejado en su lugar una brisa cálida. Cuando hube terminado de cargar el coche me serví una copa de rosado y me senté en la terraza.

El cielo estaba de un azul vivo. De vez en cuando, pasaba alguna nube de algodón flotando perezosamente y los rayos de sol pintaban las copas de los árboles de un verde pálido. Si cerraba los ojos y me abstraía del paisaje, oía chillidos y risas en la orilla del lago.

En casa de mis padres, el jardín trasero daba al de otra familia, una con tres niños pequeños. Tan pronto como se mudaron allí, mi padre plantó arbustos perennes junto a la valla para darnos un poco de privacidad, pero siempre le encantó, en las noches de verano, cuando nos sentábamos ya tarde alrededor de la hoguera, oír los gritos y risas de los niños jugando a las escondidillas o saltando en la cama elástica o tumbados en una tienda de campaña.

A mi padre le encantaba tener su espacio, pero también decía siempre que le gustaba que le recordasen que había otras personas viviendo su vida. Personas que no lo conocían y a las que no les importaba.

—Sé que lo de sentirse pequeños no les sienta muy bien a algunos —me había dicho un día—, pero a mí me gusta bastante. No sientes tanta presión cuando eres solo una vida entre seis mil millones. Y cuando estás pasando por algo complicado...
—En aquel momento, mi madre estaba con la quimio—. Está bien saber que no eres, ni de lejos, el único.

Yo en aquel momento sentía todo lo contrario. Me guardaba para mí un gran sufrimiento. Por el universo y por el cuerpo de mi madre, que la había vuelto a traicionar. Por la vida que había soñado y que se desvanecía como la niebla. Había visto en Facebook cómo mis compañeros de la Universidad de Michigan hacían un máster y viajaban por todo el mundo (sin saber bien de dónde sacaban el dinero). Había visto sus publicaciones del Día de la Madre desde rincones remotos del mundo. Había oído a los niños que vivían detrás de mis padres chillar y reír jugando al escondite.

Y estaba muy dolida porque el mundo pudiera hacernos aquello otra vez a nosotros, y todavía más porque sabía que, si hablaba de ello, solo conseguiría hacer sentir peor a mi madre.

Y luego superó el cáncer por segunda vez. Y me sentí agradecidísima. Más aliviada de lo que nadie podía sentirse. Nuestra vida volvía a su cauce; los tres, más fuertes que nunca. Estaba segura de que nada podría separarnos.

Pero seguía de luto por aquellos años perdidos en consultas médicas y el pelo que se le había caído a mi madre y el tiempo que pasó ella, que era tan activa, tumbada en el sofá. Yo sabía que esos sentimientos no encajaban con nuestra vida de postal poscáncer —no aportaban nada útil ni bueno—, así que me los volví a guardar.

Cuando me enteré de lo de Sonya, salieron todos de golpe contra mi padre, fermentados, convertidos en rabia con el tiempo, como uno de esos payasos de juguete que sale disparado de una caja.

—Una pregunta.

Levanté la vista y vi a Gus apoyado en la barandilla de su terraza. La camiseta gris que llevaba puesta estaba igual de arrugada que todo lo que le había visto llevar. Dudaba de que su ropa llegara a pasar nunca del cesto de la ropa limpia a los cajones. Y eso dando por hecho que la lavaba. Aunque su pelo revuelto también sugería que tal vez acababa de levantarse de la siesta.

Fui a apoyarme en la barandilla que quedaba a mi lado de los tres metros que nos separaban.

—Espero que sea sobre el sentido de la vida. Eso o cuál es el primer libro de la serie de Bridget Jones.

—Lo segundo, por supuesto —dijo—. Y también si tengo que llevar esmoquin esta noche.

Me esforcé por no sonreír.

—Pagaría cien dólares por ver en qué condiciones está un esmoquin bajo tu régimen de lavandería. Y eso que estoy sin dinero.

Él puso los ojos en blanco.

—A mí me gusta pensar que es más bien una democracia de lavandería.

—Ya, pero es que, si dejas que un ser inanimado vote si quiere que lo laves o no, no te va a responder.

—January, ¿vas a llevarme a una recreación del baile de *La Bella y la Bestia* o no? Estoy intentando prepararme.

Lo observé.

—Vale, te contestaré, pero a condición de que me digas si de verdad tienes un esmoquin.

Me devolvió la mirada. Después de una pausa larga, suspiró y se inclinó por encima de la barandilla. El sol había empezado a ponerse y las venas y los músculos tensos de sus brazos musculosos crearon sombras sobre su piel.

—Vale. Sí. Tengo un esmoquin.

Yo me eché a reír.

—¿En serio? ¿Qué eres, un Kennedy? Nadie tiene un esmoquin en su casa.

—He aceptado contestar a una pregunta. Ahora dime qué tengo que ponerme.

—Teniendo en cuenta que solo te he visto con variaciones casi imperceptibles de la misma ropa, puedes deducir sin miedo a equivocarte que no planificaría algo para lo que necesitaras un esmoquin. Hasta ahora, que ya sé que tienes un esmoquin. Ahora puede pasar cualquier cosa. Pero, esta noche, tu disfraz de camarero cascarrabias está bien.

Él negó con la cabeza y se puso derecho.

—Fantástico —dijo, y entró en casa.

En ese momento supe adónde iba a llevar a Gus Everett.

—¡Vaya! —soltó Gus con ironía.

La «feria» que había encontrado a doce kilómetros de nuestra calle estaba en el estacionamiento que había delante de unos grandes almacenes y cabía ahí con demasiada facilidad.

—Acabo de contar las atracciones —dijo Gus—. Siete.

—Ay, qué orgullosa estoy de que hayas contado hasta siete, yo que pensaba que no sabías hacer la o con un canuto —lo provoqué—. A ver si a la próxima llegas al diez.

—Mira, ojalá tuviera un canuto ahora mismo —refunfuñó Gus.

—Es perfecto —repliqué.

—¿Para qué?

—¿Para qué va a ser? —repuse—. Para enamorarse.

Gus soltó una carcajada y yo me sentí demasiado orgullosa de ello, otra vez.

—Venga.

Sentí una punzada de arrepentimiento cuando di mi tarjeta de crédito en la taquilla a cambio de dos pulseras de pase ilimitado, pero me alivió ver que Gus me interrumpía para insistir en pagar él la suya. Esa era una de las muchas cosas horribles de estar sin dinero: era una mierda tener que pensar en si podías invitar a alguien.

—Eso no ha sido muy romántico por mi parte, supongo —dije mientras nos metíamos entre la muchedumbre que se agolpaba alrededor de un puesto en el que jugaban a meter pelotas en unos cántaros de leche de hojalata.

—Bueno, por suerte para ti, eso de ahí es más o menos mi definición exacta de romanticismo —indicó señalando los excusados portátiles que había a un lado del solar.

Un adolescente con la gorra hacia atrás se abrazaba la barriga y pasaba el peso de una pierna a la otra mientras esperaba a que uno de los baños se quedara vacío y una pareja a su lado se enrollaba con ganas.

—Gus —dije inexpresiva—, esos dos se gustan tanto que se están liando a un metro de un montón de mierda, literalmente. Esa yuxtaposición es, en resumen, la lección entera sobre comedias románticas de esta noche. ¿De verdad no provoca nada en ese corazoncito de hielo tuyo?

—¿En el corazón? No. En el estómago, un poco. Me está entrando diarrea solo de ver a su amigo. ¿Te imaginas pasártelo tan mal con tus amigos que un excusado portátil se convierta en un rayo de esperanza? Algo a lo que aferrarte. Un lugar en el que dejar de preocuparte. Estamos observando a un futuro existencialista. Puede que hasta a un novelista cachondo pero distante.

Puse los ojos en blanco.

—La noche que está pasando ese muchacho fue lo que viví yo en toda la preparatoria y gran parte de la universidad y, de algún modo, sobreviví con el tierno corazón intacto.

—¡Y una mierda! —espetó Gus.

—¿Cómo?

—Te conocía en la universidad, January.

—Me parece que esa es la más grande de la serie de grandes exageraciones que has hecho esta noche.

—Vale, te conocía de vista —rectificó—, pero lo importante es que no eras la chaperona con diarrea. Saliste con mucha gente. Con Marco, ¿no? Ese muchacho del taller de Ficción de segundo. Y ¿no estuviste con ese chico perfecto que estudiaba Medicina? El que era adicto a estudiar en el extranjero y a hacerle de mentor a jóvenes desfavorecidos y, qué sé yo, a escalar sin camiseta.

—Pfff, parece que estabas más enamorado de él que yo.

Una mirada escrutadora y cortante pasó por los ojos de Gus.

—Entonces estabas enamorada de él.

Pues claro. Lo había conocido en una guerra de bolas de nieve improvisada en el campus de la universidad. No se me ocurría nada más romántico que ese momento, cuando me levantó de un banco de nieve en el que había caído, con los ojos azules resplandecientes y ofreciéndome su gorro seco a cambio del mío, empapado por la nieve.

Me costó la friolera de diez minutos, que fue lo que tardó en acompañarme a casa, decidir que era la persona más interesante que había conocido nunca. Se estaba sacando el permiso de piloto y había querido trabajar en urgencias desde que había perdido a su primo en un accidente de coche cuando era pequeño. Se había ido a estudiar varios semestres fuera, a Brasil, Marruecos y Francia (en París, donde vivían sus abuelos paternos), y también había hecho una gran parte del Camino de Santiago él solo.

Cuando le dije que yo nunca había salido del país, me propuso al momento un viaje espontáneo en coche a Canadá. Yo pensé que estaba de broma hasta que paramos en una tienda libre de impuestos al otro lado de la frontera hacia medianoche.

—Vaya —me dijo con su sonrisa de modelo, brillante e ingenua—. A la próxima tenemos que ir a algún sitio en el que te sellen el pasaporte.

Toda esa noche adoptó un tinte difuso y de color de rosa, como si lo estuviéramos soñando todo. Si lo pensaba ahora, en

131

cierto sentido, sí que había sido un sueño: él haciéndose el interesante, yo haciéndome la espontánea y la despreocupada, como siempre. Por fuera éramos muy diferentes, pero, en esencia, los dos queríamos lo mismo: una vida envuelta en un halo de magia, cada momento más espectacular y resplandeciente y sabroso que el anterior.

Durante los seis años siguientes, estuvimos decididos a envolvernos en ese halo mágico por el otro.

Eché a un lado los recuerdos.

—Nunca estuve con Marco —le respondí a Gus—. Fui con él a una fiesta y él se fue con otra. Gracias por recordármelo.

La risa de Gus se convirtió en un *oooh* exagerado y apenado.

—No pasa nada. Seguí adelante.

Gus ladeó la cabeza con los ojos clavados en los míos.

—¿Y el chico perfecto?

—Estuvimos juntos —admití.

Pensaba que me casaría con él. Y luego mi padre murió y todo cambió. Habíamos superado muchas cosas juntos durante la enfermedad de mi madre, pero yo siempre había mantenido la entereza, había encontrado formas de acallar la preocupación y pasármelo bien con él. Sin embargo, cuando murió mi padre fue diferente. Jacques no sabía qué hacer con aquella versión de mí, la que se quedaba en la cama y no podía escribir ni leer sin desmoronarse, la que se paseaba por casa sin hacer nada y dejaba que el montón de ropa sucia creciera y la fealdad entrara en nuestro departamento de ensueño, la que nunca quería dar fiestas ni pasear por el puente de Brooklyn durante la puesta de sol ni planear una escapada de última hora al Parque Nacional de Árboles de Josué.

Él me repetía una y otra vez que yo no era la misma, pero se equivocaba. Era la misma de siempre. Solo había dejado de intentar emitir ese halo de luz en la oscuridad por él y por nadie.

Fue nuestra preciosa vida juntos, las vacaciones increíbles, los grandes gestos y los ramos hechos a mano con flores recién cortadas dispuestos en jarrones, lo que nos había mantenido juntos tanto tiempo.

No fue que quisiera estar con él a todas horas. Ni que fuera el mejor hombre que había conocido. (Pensaba que ese era mi padre, pero ahora era el padre de mi serie preferida de los 2000, *Veronica Mars*). Ni que fuera mi persona favorita. (Esa era Shadi). Ni que me hiciera reír hasta que me saltaban las lágrimas. (Él se reía con facilidad, pero no solía hacer bromas). Ni que, cuando pasaba algo malo, fuera la primera persona a la que quería llamar. (No lo era).

Fue que nos habíamos conocido a la misma edad que mis padres, que la guerra de nieve y el viaje en coche improvisado me habían parecido cosa del destino, que mi madre lo adoraba. Encajaba tan bien en la historia de amor que me había imaginado para mí misma que lo tomé por el amor de mi vida.

Romper fue un asco en todos los sentidos, sí, pero, una vez que el dolor inicial se fue, los recuerdos de nuestra relación empezaron a parecerme escenas de alguna historia que había leído. No soportaba pensarlo. No porque lo echara de menos, sino porque me sentía mal por haberle hecho perder tanto tiempo —y por haberlo perdido yo— intentando ser la chica de sus sueños.

—Estuvimos juntos —repetí—. Hasta el año pasado.

—Anda. —Gus se rio incómodo—. Eso es mucho tiempo. Ahora... me arrepiento de haberme reído de su gusto por la escalada sin camiseta.

—No pasa nada —dije encogiéndome de hombros—. Me dejó en un *jacuzzi*.

Detrás de una cabaña en las montañas de Catskill, tres días antes de que terminara nuestro viaje con su familia. La espontaneidad no siempre es tan sexy como se dice.

—Ya no eres tú misma —me había dicho—. Esto no funciona, January.

Nos fuimos a la mañana siguiente y, en el coche de camino a Nueva York, me dijo que llamaría a sus padres cuando llegáramos para darles la noticia.

—Mi madre llorará —dijo—. Y Brigitte también.

Ya en aquel momento me sentí más devastada por perder a los padres y a la hermana de Jacques —una adolescente peleonera con un estilo setentero impecable— que al propio Jacques.

—¿En un *jacuzzi*? —dijo Gus haciéndose eco de mis palabras—. Joder. En serio, ese muchacho siempre estaba tan pagado de sí mismo que dudo que pensara que había mundo más allá del resplandor que emitía su propio cuerpo.

Yo esbocé una sonrisa.

—Seguro que fue eso.

—Oye —dijo Gus.

—¿Qué?

Gus señaló con la cabeza un puesto de algodón de azúcar.

—Creo que deberíamos comer de eso.

—Por fin —exclamé.

—¿Qué? —preguntó Gus.

—La segunda cosa en la que estamos de acuerdo.

Gus pagó el algodón y yo no se lo discutí.

—No, tranquila —dijo burlón cuando no hice ademán de pagar—. Se queda a deber y no pasa nada. Puedes pagármelo cuando quieras.

—¿Cuánto te ha costado? —pregunté mientras arrancaba un trozo grande y me lo ponía en la boca de forma teatral.

—Tres dólares, pero no pasa nada. Me haces un Bizum luego.

—¿Seguro que no te molesta? —dije—. Puedo firmarte un cheque si quieres.

—¿Sabes dónde hay un banco cerca? —dijo—. Igual me puedes hacer la transferencia desde el cajero.

—¿Qué intereses te debo? —pregunté.

—Mira, dame los tres dólares cuando lleguemos a casa y, si algún día necesito un trasplante de órganos, ya te llamo.

—Vale —coincidí—. Vamos a dejarlo para más adelante.

—Sí, creo que deberíamos consultarlo con nuestros abogados.

—Buena idea —convine—. Mientras tanto, ¿a qué te quieres subir?

—¿Cómo? —soltó Gus—. A nada de nada de lo que hay aquí.

—Vale —dije—. ¿A qué aceptarías subirte?

Habíamos estado andando, hablando y comiendo a una velocidad alarmante y Gus se paró de pronto, ofreciéndome el último bocado de algodón de azúcar.

—A eso —indicó mientras yo comía, y señaló un carrusel de un tamaño patético—. Tiene pinta de que ahí me resultará complicado morir.

—¿Cuánto pesas, Gus? ¿Tres cervezas, unos cuantos huesos y un cigarro? —Y todas esas líneas angulosas y esos músculos marcados que yo, desde luego, no me quedaba mirando embobada—. Cualquiera de los animales del carrusel podría matarte con un estornudo.

—Vaya —dijo—. Primero, puede que solo pese tres cervezas, pero eso ya son tres cervezas más que tu exnovio. Daba la impresión de que para comer solo mordisqueaba cuatro hierbajos entre sesiones de *running*. Yo peso el doble que él fácilmente. Y, segundo, mira quién habla. ¿Qué mides, uno cuarenta?

—Soy altísima, mido uno sesenta y tres, para que lo sepas —dije.

Él entrecerró los ojos y negó con la cabeza mirándome.

—Eres igual de mentirosa que de bajita.

—¿No mucho, entonces?

—El carrusel: es mi última oferta —dijo Gus.

—Es el lugar perfecto para nuestro montaje.

—¿Nuestro qué?

—Nuestro montaje, como en una peli. Mujer joven, preciosa y muy alta para su altura, con zapatillas de deporte brillantes, le enseña a un gruñón miedoso y cascarrabias a disfrutar de la vida —dije—. Habría un montón de escenas en las que yo saldría negando con la cabeza. Un montón más de mí llevándote a rastras de una atracción a otra. De ti sacándonos de la cola para no subir. De mí volviéndonos a meter en la cola. Sería monísimo y, lo más importante, una gran ayuda para tu libro superromántico sobre una secta. Es la parte divertida de la novela, en la que los lectores sonríen de oreja a oreja. Necesitamos un montaje.

Gus se cruzó de brazos y me estudió con los ojos entrecerrados.

—Venga, Gus. —Le di un codazo—. Tú puedes. Sé adorable.

Dirigió una mirada fugaz hacia donde le había dado el codazo y luego volvió a mirarme a la cara y frunció el ceño.

—Creo que no me has entendido bien. He dicho «adorable».

Su expresión malhumorada se esfumó.

—Vale, January, pero no será un montaje. Elige una sola trampa mortal. Si sobrevivo, podrás dormir tranquila esta noche sabiendo que me has llevado un paso más cerca de creer en los finales felices.

—Madre mía —dije—. Si tú escribieras esta escena, ¿moriríamos?

—Si yo escribiera esta escena, no iría sobre nosotros.

—Vaya. En primer lugar, me siento ofendida. En segundo lugar, ¿sobre quién iría?

Él observó la multitud y yo seguí su mirada.

—Sobre ella —manifestó por fin.

—¿Quién?

Se acercó más a mí por detrás, se agachó un poco y puso la cabeza encima de mi hombro derecho sin tocarlo.

—Aquella. Bajo la noria.

—¿La que lleva la camiseta de CÓGEME, SOY IRLANDE-SA? —pregunté.

Sentí su risa cálida y áspera en la oreja. Estar tan cerca de él me traía recuerdos de la noche en la fraternidad en los que prefería no pensar.

—La mujer que maneja la noria —me susurró en la oreja—. Tal vez cometería un error y vería cómo alguien se hacía daño por su culpa. Este trabajo sería, casi seguro, su última oportunidad, el único lugar en el que la habían contratado después de haber cometido un error todavía peor. Puede que en una fábrica. O puede que hubiera violado la ley para proteger a alguien que le importara. Una especie de error casi inocente que puede llevar a otros menos inocentes.

Me di la vuelta para mirarlo.

—O, tal vez, tendría la oportunidad de ser una heroína. Este trabajo es su última oportunidad, pero le encanta y se le da bien. Le permite viajar y, aunque apenas ve algo más que solares, conoce a gente. Y es una mujer sociable. El error no es suyo, la máquina falla, pero ella toma una decisión espontánea y le salva la vida a una niña. Esa niña crece y se convierte en congresista o en cirujana. Sus caminos vuelven a cruzarse al cabo de un tiempo. La maquinista de la noria es demasiado vieja para seguir viajando con la feria. Vive sola y siente que ha desaprovechado la vida. Y, un día, está sola y le da un ataque al corazón. Casi muere, pero consigue llamar a emergencias. La ambulancia la lleva a toda prisa al hospital y resulta que su médica es aquella niña.

»La mujer de la noria no la reconoce, claro, ha crecido mucho. Pero la médica nunca podría olvidar la cara de la mujer de la noria. Se hacen amigas. La mujer de la noria sigue sin poder viajar, pero, dos veces al mes, la médica va a su casa, que es de esas prefabricadas, pero más grande que una caravana, y ven pelis juntas. Películas ambientadas en diferentes países. Ven *Casablanca* y piden comida marroquí. Ven *El rey y yo* y comen comida siamesa, sea lo que sea eso. Y hasta ven *El diario de Bridget Jones*, ¡como lo oyes!, mientras zampan *fish and chips*. Llegan a los veinte países antes de que la mujer de la noria muera y, cuando se muere, la médica se da cuenta de que su vida era un regalo y que había estado a punto de no poder disfrutarlo. Toma algunas de las cenizas de la mujer de la noria, porque el gilipollas desagradecido de su hijo no había ido a recogerlas, y se va de viaje por todo el mundo, agradecida de estar viva. Fin.

Gus se me quedó mirando. Solo uno de los lados de su boca torcida estaba en funcionamiento. Estaba casi segura de que sonreía, pero las arrugas profundas entre sus cejas parecían indicar lo contrario.

—Pues escríbelo —dijo por fin.

—Pues puede que lo haga —respondí.

Se volvió a mirar a la mujer de pelo canoso que manejaba la rueda.

—Esa —comentó—, estoy dispuesto a subirme a esa, pero solo porque tengo fe ciega en la mujer de la rueda.

12
EL PLANTÓN

No hubo montaje. La noche pasó lenta sobre el asfalto cálido, bajo el brillo fluorescente y entre el ruido chirriante del metal de las atracciones baratas. Horas comiendo fritanga y bebiendo cerveza con sabor a limón de latas pegajosas entre visitas a cada una de las siete atracciones. Nada de llevar a nadie a rastras a una cola. Solo paseamos y nos contamos historias.

Gus señaló a una chica embarazada con un tatuaje de alambre de espino.

—Esa se une a la secta.

—Qué va —le discutí.

—Que sí. Pierde al bebé. Es horrible. Lo único que empieza a devolverla a la vida es un *youtuber* al que sigue, que está haciéndose famoso. Conoce New Eden por él, va a un seminario un fin de semana y se queda para siempre.

—Se queda dos años —rebatí—, pero después su hermano pequeño va a buscarla. Ella no quiere verlo y los de seguridad intentan sacarlo de allí, pero, entonces, saca una ecografía. Su novia, May, está embarazada. Es un niño. Sale de cuentas en un mes. Ella no se va con él, pero, esa noche...

—Intenta marcharse —tomó el relevo Gus—. Se lo impiden. La encierran en una sala blanca para descontaminarla. Dicen que, al haberse expuesto a la energía de su hermano, se le ha alterado la química del cerebro. Tiene que completar cinco pasos de purificación. Si, al final, sigue queriendo irse, la dejarán.

—Los completa —dije yo—. El lector cree que la hemos perdido. Que está atrapada. Pero la última frase del libro es una especie de pista. Algo que ella y su hermano solían decir. Una señal de que ha guardado una parte secreta de ella misma y de que el único motivo por el que no se ha marchado todavía es porque hay gente atrapada a la que quiere salvar.

Estuvimos pasándonos la pelota así toda la noche y, cuando paramos, fue solo porque subirme al zigzag me había dejado tan mareada que bajé corriendo para ir al cubo de basura más cercano y vomitar.

A pesar de estar devolviendo el perrito caliente con chile que me acababa de comer, no podía evitar pensar que la noche había sido más o menos un éxito. Al fin y al cabo, Gus me había recogido el pelo y me lo había apartado de la cara mientras vomitaba.

Por lo menos hasta que había refunfuñado: «Joder, no soporto el vómito» y se había ido corriendo con arcadas.

De vuelta a casa, descubrí que *no soporto* era una forma menos vergonzosa de decir *me aterra*.

El nominado al National Book Award Augustus Everett era emetófobo desde que una niña llamada Ashley que iba a su clase le había vomitado en la coronilla cuando tenía diez años.

—No vomito desde hace unos quince años —me dijo—. Y he tenido gastroenteritis dos veces en este tiempo.

Yo luchaba para no reírme mientras conducía. En general, las fobias no me hacían gracia, pero Gus era un enterrador convertido en investigador de sectas. Nada de lo que Grace había dicho en la entrevista lo había hecho siquiera pestañear y, sin embargo, unas atracciones baratas y un poco de vómito casi acaban con él.

—Perdona —dije recuperando el control de mí misma.

Le eché una ojeada. Estaba despatarrado en el asiento del copiloto con un brazo detrás de la cabeza.

—No me puedo creer que mi primera lección sobre historias de amor haya desenterrado varios traumas que tenías. Por lo menos no has terminado tú también..., ya sabes.

No lo dije por si acaso.

Sus ojos se volvieron a mirarme y un lado de la boca se le curvó hacia arriba.

—Me he ido justo a tiempo, créeme. Un segundo más y te habría hecho un Ashley Phillips.

—Toma ya —dije—. Y, aun así, has venido a recogerme el pelo. Qué noble. Qué valiente. Qué generoso.

Lo decía para molestarlo, pero la verdad es que había sido muy amable.

—Sí, bueno, si no tuvieras un pelo tan bonito ni me habría molestado. —Sus ojos volvieron a fijarse en la carretera—. Pero he aprendido la lección. No intentaré hacerme el héroe nunca más.

—Mis padres se conocieron en una feria.

No había querido decirlo, se me había escapado.

Gus me miró con una expresión inescrutable.

—¿Sí?

Asentí. Tenía toda la intención de dejar el tema, pero los últimos días habían aflojado algo que llevaba dentro y las palabras salieron por sí solas.

—El primer año de uni en la Universidad Estatal de Ohio.

—Ay, no, la Universidad Estatal de Ohio no... —bromeó.

La gente de Michigan y la de Ohio tenían una gran rivalidad de la que solía olvidarme debido a mi total ignorancia en materia deportiva. Los hermanos de mi padre lo habían llamado cariñosamente «el Gran Desertor» y él me había llamado con el mismo nombre en broma cuando elegí la Universidad de Michigan.

141

—Pues sí, esa misma —dije siguiéndole el juego.

Nos quedamos en silencio unos segundos.

—Venga —me animó Gus—, cuéntamelo.

—No —respondí con una sonrisa suspicaz—. No te interesa.

—Estoy obligado por ley a escucharte —afirmó—. ¿Cómo, si no, voy a aprender sobre el amor?

Un dolor me atravesó el pecho.

—Pues igual de ellos no. Él le puso los cuernos. Mucho. Cuando ella tenía cáncer.

—Vaya —dijo Gus—. Menuda mierda.

—Dice el hombre que no cree en la pareja.

Se pasó una mano por el pelo, que ya tenía despeinado, dejándolo más desastrado aún. Sus ojos se volvieron hacia mí un instante y luego miró la carretera de nuevo.

—La fidelidad nunca ha sido mi problema.

—Ser fiel durante un periodo de dos semanas no es muy impresionante que digamos —señalé.

—Que sepas que salí con Tessa Armstrong un mes —dijo.

—Y ¿estuviste solo con ella? Porque me parece recordar una noche sórdida en una fraternidad que sugiere lo contrario.

La sorpresa se adueñó de su cara.

—Entonces había cortado con ella.

—Te vi con ella esa mañana —solté.

Tendría que haberme dado vergüenza admitir que me acordaba de todo aquello, pero Gus no pareció reparar en ello. De hecho, parecía algo ofendido por mi observación.

Volvió a revolverse el pelo y dijo irritado:

—Corté con ella en la fiesta.

—No estaba en la fiesta —dije.

—No, pero, como no estábamos en el siglo XVII, tenía un teléfono.

—¿Llamaste a tu novia desde una fiesta y la dejaste? —exclamé—. Pero ¿por qué?

Me miró con los ojos entrecerrados.

—¿Por qué crees tú, January?

Agradecí la oscuridad. De pronto tenía la cara encendida. Sentía como si me cayera lava por las entrañas. ¿Lo estaba entendiendo mal? ¿Debía preguntar? Aquello había pasado hacía casi una década y, aunque las cosas hubieran terminado de otra forma aquella noche, no tendría por qué significar nada ahora.

A pesar de todo, estaba ardiendo.

—Coño —proferí.

No conseguí soltar nada más.

Él se rio.

—En fin, tus padres —dijo—. Seguro que no fue todo malo.

Yo carraspeé. No pudo sonar menos natural. Habría sido lo mismo si hubiese gritado «NO QUIERO HABLAR SOBRE MIS PADRES TRISTES MIENTRAS PIENSO COSAS ERÓTICAS SOBRE TI» y hubiese acabado con aquella situación.

—No lo fue —dije centrándome en la carretera—. O eso creo.

—Y ¿la noche que se conocieron? —insistió.

De nuevo me salieron las palabras a borbotones, como si hubiera necesitado soltarlas todo aquel año. O, tal vez, solo estaba agradecida por tener algo que nos distrajera de la otra conversación.

Fueron a una feria que organizaba una iglesia católica del pueblo —le expliqué—. No fueron juntos, cada uno fue por su lado a la misma feria. Y terminaron uno al lado del otro en la cola de Esmeralda. ¿Sabes cuál? La vidente robot esa.

—Sí, la conozco bien —dijo Gus—. Fue una de las primeras chicas que me gustó.

No había ningún motivo por el que eso tuviera que disparar fuegos artificiales en mis mejillas y, sin embargo, ahí los tenía.

—En fin —continué—. Mi madre era la chaperona de una cita doble descaradísima que habían intentado disfrazar de quedada en grupo. Así que, cuando los demás se fueron al túnel del amor, ella fue a que le leyeran el futuro. Mi padre dice que él se alejó de su grupo cuando vio a una chica pelirroja preciosa con un vestido azul de lunares.

—¿El ama de casa esa que sale en los anuncios de preparados para pasteles? —preguntó Gus.

—Esa es morena, ve a revisarte la vista —dije yo.

Una sonrisa le arqueó los labios.

—Perdón por interrumpir, continúa. Tu padre acababa de ver a tu madre.

Asentí.

—Total, que se pasó todo ese rato en la cola pensando en la forma de empezar una conversación y, al final, cuando ella pagó por su predicción, empezó a soltar groserías como una loca.

Gus se rio.

—Me encanta ver de dónde sacas tus admirables cualidades.

Le saqué el dedo y seguí.

—Se le había quedado la predicción medio encallada en la máquina. Y mi padre apareció para salvarla. Consiguió arrancar la mitad de la hoja, pero el resto seguía en la máquina, así que mi madre no conseguía saber qué decía. Entonces él le dijo que debería quedarse por allí a ver si su fortuna salía con la de él.

—Ah, el viejo truco —dijo Gus sonriendo.

—Siempre funciona —coincidí—. Total, que metió sus cinco centavos y salieron las dos hojas. En la de ella decía: «Te encontrarás con un apuesto desconocido». Y en la de él decía: «Tu historia está a punto de empezar». Todavía las tenían enmarcadas en el salón. O, por lo menos, cuando fui a casa por Navidad seguían ahí.

Ese dolor profundo que ya conocía me volvió a atravesar. Lo sentí como un rallador de queso de metal que habían dejado ahí, a medio rallarme el cuerpo. Pensaba que echar de menos a mi padre sería lo más difícil que haría en la vida, pero resultó que lo peor, lo más difícil, era estar enfadada con alguien con quien no podía hablar las cosas. Alguien a quien quería tanto que necesitaba con desesperación procesar todo aquello y encontrar una nueva normalidad. Mi padre nunca me daría una verdadera explicación. Nunca le pediría perdón a mi madre. Nosotras nunca podríamos llegar a ver las cosas «desde su punto de vista» o decidir no hacerlo. Se había ido y todas las cosas de él a las que habíamos querido aferrarnos habían quedado arrasadas.

—Tres meses después, se habían casado —le conté a Gus—. Unos veinticinco años más tarde, el primer libro de su única hija, *Deseos y besos de esos*, salió a la venta en Sandy Lowe Books con una dedicatoria que decía...

—«A mis padres —recitó Gus—, que son la prueba de la mano fuerte, aunque robótica, del destino».

Me quedé con la boca abierta. Casi se me había olvidado lo que me había dicho en la gasolinera, que había leído mis libros. O tal vez no me había permitido pensar en ello, porque me preocupaba que significara que no le habían gustado y, en cierto modo, seguía compitiendo con él y necesitaba que me viera como su rival y su igual.

—¿Te acuerdas de eso? —La pregunta me salió como un suspiro.

Sus ojos se volvieron hacia mí y el corazón me dio un vuelco.

—Por eso te he preguntado por ellos —dijo—. Me pareció la dedicatoria más amable que he leído.

Hice una mueca. Viniendo de él, puede que aquello no fuera un halago.

—«Amable»...

—Vale, January —reconoció con la voz grave—. Me pareció muy bonita. ¿Es eso lo que quieres que admita?

De nuevo, el corazón me dio un salto.

—Sí.

—Me pareció preciosa —dijo enseguida con sinceridad.

Yo volví la cara hacia la ventanilla.

—Sí, bueno. Resultó ser una mentira, pero supongo que a mi madre le pareció una mentira bastante buena. Sabía que la estaba engañando y siguió con él.

—Lo siento.

Durante unos minutos ninguno de los dos habló. Por fin, Gus carraspeó. Hizo que pareciera muy natural.

—Me preguntaste por qué New Eden. Por qué quería escribir sobre eso.

Asentí, agradecida por el cambio de tema, pero también sorprendida.

—Supongo que... —Se tiró del pelo nervioso—. Bueno, mi madre murió cuando yo era pequeño. No sé si lo sabías.

Yo no sabía cómo se suponía que tenía que saberlo, pero, aunque no lo supiera, cuadraba con la imagen de él que me había hecho en la universidad.

—Creo que no.

—Sí —dijo—. Mi padre era un mierda, pero mi madre... era genial. Y, cuando era pequeño, pensaba: «Vale, somos nosotros contra el mundo. Estamos atrapados en esta situación, pero no será para siempre». Y esperaba que ella lo dejara. Hasta el punto de tener preparada una bolsa con un puñado de cómics y algunos calcetines y unas barritas de cereales. Tenía en la mente la imagen de nosotros subiéndonos de extranjis a un tren y yendo hasta el final de la línea, ¿sabes?

Cuando me dirigió una mirada fugaz, tenía los labios curvados, pero la sonrisa no era de verdad.

Era una expresión que decía: «Qué ridículo, ¿no? Qué tonto». Y yo sabía leerla porque era la sonrisa que llevaba practicando un año: «Madre mía, qué tonta fui, ¿no? No te preocupes, ahora soy más sensata».

Sentí un peso en las entrañas al pensar en aquella imagen: Gus antes de ser el Gus que yo conocía. Un Gus que soñaba despierto con escapar, que creía que alguien lo rescataría.

—¿Adónde pensabas ir? —pregunté. Lo que salió fue poco más que un suspiro.

Sus ojos volvieron a la carretera y el músculo de su mandíbula se tensó un instante y luego se relajó. Volvía a tener la cara serena.

—A un bosque de secuoyas —dijo—. Estoy bastante seguro de que pensaba que podríamos construir una casa en un árbol.

—Una casa en una secuoya —repetí en voz baja, como si fuera una oración, un secreto.

En cierto sentido, lo era. Era una pequeña parte de un Gus que nunca me había imaginado, uno con ideas románticas y esperanza por cosas improbables.

—Pero ¿qué tiene que ver eso con New Eden?

Él se aclaró la voz, miró el retrovisor del copiloto y volvió a fijar la mirada en la carretera.

—Supongo que... hace unos años, me di cuenta de que mi madre no era una niña. —Se encogió de hombros—. Yo pensaba que estábamos esperando el momento perfecto para marcharnos, pero ella nunca iba a marcharse. Nunca me dijo que fuera a hacerlo. Podría habernos sacado de ahí y no lo hizo.

Negué con la cabeza.

—Dudo que fuera tan simple.

—Por eso —murmuró—. Sé que no era tan simple y, cuando hablo de este libro, le digo a la gente que quiero explorar «los motivos por los que la gente se queda, sin importar lo que les

147

cueste», pero la verdad es que quiero entender sus motivos. Sé que no tiene sentido. Lo de la secta no tiene nada que ver con ella.

«Sin importar lo que les cueste». ¿Qué le había costado a la madre de Gus quedarse? ¿Qué le había costado a Gus? El peso en mis entrañas se había propagado y me presionaba el interior del pecho y las manos. Yo había empezado a publicar novelas románticas porque quería seguir viviendo en mis momentos más felices, en el refugio que el amor de mis padres había sido siempre. Me había sentido reconfortada por los libros que me prometían un final feliz y había querido darle a alguien ese mismo regalo.

Gus escribía intentando entender algo horrible que le había pasado. No era de extrañar que lo que escribíamos fuera tan diferente.

—Sí que tiene sentido —dije por fin—. Nadie entiende lo de buscar respuestas parentales *post mortem* tanto como yo. Creo que, si ahora mismo viera *300*, encontraría la forma de pensar que va sobre mi padre.

Me dedicó una sonrisa apenas perceptible.

—Tremenda peli.

Era claramente un «Gracias» y «Pasemos a otro tema». Por muy diferentes que yo creyese que éramos, me parecía como si Gus y yo fuésemos dos extraterrestres que se habían encontrado en la Tierra y habían descubierto que hablaban la misma lengua.

—Deberíamos hacer un cineclub —dije—. Siempre estamos de acuerdo en esto de las pelis.

Se quedó callado un momento, pensativo.

—De verdad que era una dedicatoria preciosa —repitió—. No me pareció una mentira. Puede que sea una verdad complicada, pero no una mentira.

El calor me llenó hasta que me sentí como una tetera esforzándose mucho por no silbar.

Cuando llegué a casa, abrí la computadora portátil y compré un ejemplar de *Las revelaciones*.

Y, entonces, llegó el verdadero montaje. Diseccioné el manuscrito. Lo partí y guardé las partes en documentos distintos. Ellie se convirtió en Eleanor. Pasó de ser una agente inmobiliaria desdichada a una funambulista desdichada con una marca de nacimiento en forma de mariposa en la mejilla (necesitaba detalles absurdamente específicos). Su padre se convirtió en un tragasables y su madre, en una mujer barbuda.

Pasaron del siglo xxi a principios del xx. Iban en un circo ambulante. Aquella era su familia, un grupo muy unido que terminaba todas las noches fumando tabaco de liar alrededor de una hoguera. Era el único mundo que ella conocía.

Estaban juntos a todas horas, pero, de alguna forma, se contaban muy pocas cosas. Con su trabajo no había mucho tiempo para hablar.

Le cambié el nombre al documento, de NOVELA_VERANO.*docx* a SECRETOS_DE_FAMILIA.*docx*.

Quería saber si en algún momento se podía llegar a conocer a alguien. Si saber cómo era —cómo se movía y hablaba, y las caras que ponía y las cosas que intentaba no mirar— significaba conocerlo. O si saber cosas sobre esa persona —dónde había nacido, todas las personas que había sido, a quién quería, los mundos de los que venía— significaba algo.

Le di un secreto a cada uno. Eso fue lo más fácil.

La madre de Eleanor se estaba muriendo, pero no quería que nadie lo supiera. Los payasos que todo el mundo pensaba que eran hermanos eran, en realidad, amantes. El tragasables mandaba cheques a una familia que vivía en Oklahoma.

Se volvieron cada vez más distintos a las personas que yo conocía, pero, de algún modo, sus problemas y secretos se hicieron más personales. No podía plasmar en papel a mi padre o a mi madre, no me saldría bien, pero aquellos personajes llevaban dentro la verdad de las personas a las que yo quería. Sobre todo me gustaba escribir sobre un mecánico llamado Nick. Me encantaba saber que nadie excepto yo reconocería nunca el esqueleto de Augustus Everett alrededor del cual había construido el personaje.

Gus y yo nos acostumbramos a escribir en nuestras respectivas mesas de la cocina hacia mediodía y, casi todos los días, nos turnábamos escribiéndonos notas. Se volvieron cada vez más elaboradas. Era evidente que, aunque algunas eran espontáneas, otras estaban planificadas, escritas esa mañana o incluso la noche anterior. Cuando llegaba la inspiración. Las que escribíamos en el momento se volvían especialmente absurdas cuando llevábamos horas trabajando y la locura se apoderaba de nosotros. A veces me reía tanto que perdía el control muscular de las manos y no podía escribirle más. Nos reíamos hasta que los dos terminábamos con la cabeza en la mesa. A él se le salía el café por la nariz. Yo casi me ahogaba bebiendo el mío.

Todo empezó con clichés como «es mejor haber amado y perdido que jamás haber amado» (yo) y «el universo no parece ni benigno ni hostil, simplemente indiferente» (él), pero solía terminar con cosas como «escribir es una mierda» (yo) y «¿lo dejamos y nos hacemos mineros de carbón?» (él).

Una vez me escribió para decirme que «la vida es como una caja de bombones: no sabes lo que te estás comiendo» y «la leyenda que hay en la tapa para explicar el surtido siempre está mal hecha».

Yo le escribí para decirle que «si eres un pájaro, yo también». Él me hizo saber que «en el espacio, nadie puede oír tus gritos» y yo le respondí que «no toda la gente errante anda perdida». Repasar las cosas de mi padre quedó en segundo plano, pero no me importaba procrastinar. Por primera vez desde hacía meses, no me entraba miedo cada vez que la computadora o el celular me avisaban de que había llegado un mensaje. Estaba avanzando. Vale, una gran parte del avance era investigación, pero, con cada nueva trivialidad que descubría sobre la cultura circense del siglo xx, me parecía que se me encendía una bombilla encima de la cabeza y surgía una nueva subtrama.

Por la noche, Gus y yo nos sentábamos cada uno en su terraza a tomar una copa y mirábamos la puesta de sol sobre el lago. La mayoría de las noches hablábamos de un lado a otro del espacio que nos separaba, sobre todo de lo productivos (o poco productivos) que habíamos sido, de la gente que veíamos desde ahí y las historias que nos imaginábamos sobre ellos. Hablábamos sobre los libros (y películas) que nos gustaban (y que no soportábamos), sobre la gente con la que habíamos ido a clase (tanto juntos en la Universidad de Michigan como antes: Sara Tulane, que me tiraba del pelo en la guardería; Mariah Siogren, que cortó con un Gus de dieciséis años —cuando llevaban ya tres meses de relación, me dijo demasiado orgulloso de sí mismo— porque se fumó un cigarro cuando estaba con ella en el coche y «besar a un fumador es como lamer un cenicero»).

Hablamos sobre los trabajos horribles que habíamos tenido (el mío a media jornada de limpiadora de coches en la prepa, en el que a menudo sufría el acoso sexual de los clientes y en el que tenía que fregar el túnel de lavado antes de poder irme a casa; el suyo como teleoperador en una fábrica de uniformes, en el que le gritaban por errores en los bordados y retrasos en los pedidos). Hablamos sobre los discos más bochornosos que teníamos y los conciertos a los que habíamos ido que más vergüenza nos daban (que no mencionaré, por dignidad).

Y, otras veces, nos quedábamos sentados en silencio, no se podía decir que juntos, pero tampoco solos del todo.

—¿Qué me dices? —le pregunté una noche—. ¿El romanticismo y la felicidad son más complicados de lo que pensabas? Al cabo de un momento, dijo:

—Nunca he dicho que fueran fáciles.

—Lo diste a entender —señalé.

—Di a entender que eran fáciles para ti —repuso—. Para mí, son tan complicados como te estarás imaginando.

La posibilidad flotaba en el aire: en cualquier momento, uno de los dos podía haber invitado al otro a su casa y tanto el uno como la otra habríamos aceptado. Pero ninguno lo hizo y las cosas siguieron como estaban.

El viernes salimos a investigar un poco más temprano que la semana anterior y nos fuimos hacia el este, alejándonos del lago.

—¿Con quién hemos quedado esta vez? —pregunté.

Gus solo respondió:

—Ronald.

—¿McDonald? Me encantan sus hamburguesas.

—Lo creas o no, es otro Ronald —dijo Gus.

Estaba perdido en sus pensamientos, casi no participaba en nuestro pique habitual. Esperé a que dijera algo más, pero no añadió nada.

—¿Gus?

Se volvió hacia mí como si se hubiera olvidado de que estaba allí y mi presencia lo hubiera asustado. Se rascó el mentón. La barba, que solía llevar corta, aunque poco cuidada, le había crecido.

—¿Todo bien? —pregunté.

Sus ojos pasaron de mí a la carretera y volvieron tres veces antes de que asintiera. Casi pude verlo: cómo se tragaba lo que fuera que hubiera sopesado si decirlo o no.

—Ronald formó parte de New Eden —explicó en lugar de eso—. Entonces solo era un niño. Su madre lo sacó de allí pocos meses antes del incendio. Su padre se quedó. Estaba demasiado metido en todo aquello.

—Entonces, su padre...

Gus asintió.

—Murió en el incendio.

Habíamos quedado con Ronald en un Olive Garden, una cadena de restaurantes italianos, y, cuando entramos, Gus me advirtió de que Ronald era exalcohólico.

—Lleva tres años sin beber —dijo Gus mientras esperábamos delante del atril de la recepción—. Le he dicho que no beberíamos nada.

Llegamos antes que Ronald a la mesa y pedimos refrescos. No habíamos tenido ningún problema hablando en el coche, pero lo de estar sentados cara a cara en una mesa del Olive Garden era otra historia.

—¿No te sientes como si tu madre acabara de traernos a cenar antes del baile de fin de curso? —pregunté.

—Nunca fui al baile de fin de curso —replicó.

Yo hice como si tocara con tristeza un violín y, en ese momento, me di cuenta de que no tenía ni la menor idea de cómo se sujetaba un violín.

—Pero ¿qué...? —dijo Gus inexpresivo—. ¿Qué haces?

—Diría que estoy agarrando un violín —respondí.

—No —dijo—. Ya te digo yo que no.

—¿Seguro?

—Segurísimo. ¿Por qué tienes el brazo izquierdo así tendido? ¿Se supone que el violín hace equilibrios encima del brazo? Tienes que poner la mano en el mástil.

—Solo intentas distraerme de la tragedia de que no fueras a ningún baile de fin de curso.

Él rio, puso los ojos en blanco y se inclinó un poco más hacia delante.

—De algún modo, sobreviví con el tierno corazón intacto —dijo él repitiendo las palabras que le había dicho en la feria. Esa vez fui yo la que puso los ojos en blanco. Gus sonrió y me dio un rodillazo por debajo de la mesa. Nos quedamos un momento sonriéndonos por encima de una cestita de palillos a los que invitaba el Olive Garden. Yo sentí como si me hirviera agua en el pecho. De pronto podía sentir sus manos callosas recogiéndome el pelo en la nuca mientras yo iba hacia una papelera de la feria. Lo sentía en las caderas y la cintura, pegándose a mí mientras bailábamos en el sótano sudoroso de la fraternidad. Sentía el lado de su mandíbula rascándome la sien.

Él rompió el contacto visual, miró el teléfono.

—Veinte minutos tarde —dijo sin mirarme—. Le daré diez más antes de llamarlo.

Pero Ronald no respondió a la llamada de Gus. Ni tampoco a los mensajes que le escribió ni al que le dejó en el contestador y, de pronto, llevábamos una hora y veinte comiendo palillos que iba reponiendo Vanessa, nuestra camarera, que había empezado a evitar nuestra mesa a toda costa.

—A veces pasa —dijo Gus—. Se asustan. Cambian de idea. Piensan que están preparados para hablar sobre algo y luego no lo están.

—¿Qué hacemos? —pregunté—. ¿Seguimos esperando?

Gus abrió uno de los menús que había sobre la mesa. Lo hojeó un momento y señaló una foto de una bebida azul granizada con un paraguas rosa encima.

—Esto, creo que lo que tenemos que hacer es beber esto.

—Joder —repuse yo—. Si nos bebemos hoy los granizados azules tendré que pensar de cero el plan para mañana por la noche.

Gus levantó una ceja.

—Vaya, estaba viviendo la vida de escritor de novela romántica sin saberlo.

—¿Lo ves? Naciste para esto, Augustus Everett.

Se estremeció.

—¿Por qué lo haces?

—¿El qué? —dijo.

—Augustus Everett —repetí. Se le levantaron los hombros, aunque, esta vez, con más discreción—. ¡Justo eso!

Gus levantó el menú cuando Vanessa intentaba pasar de largo y ella paró de golpe como el Coyote al borde de un precipicio.

—¿Puedes ponernos dos cosas de estas azules? —preguntó.

Con los ojos hacía eso tan intimidante y sexy de atravesarte como si tuviera rayos X. A ella se le sonrojaron las mejillas al momento. O quizá yo estaba proyectando en ella lo que me pasaba a mí.

—Claro.

Se fue deprisa y Gus volvió a mirar el menú.

—Augustus —dije.

—Coño —profirió mientras volvía a estremecerse.

—No te gusta nada contarles tus cosas a los demás, ¿eh?

—No especialmente —dijo—. Ya sabes lo de la emetofobia. Si te cuento algo más, tendrás que firmar un contrato de confidencialidad.

—Con gusto —contesté.

Gus suspiró y se inclinó hacia delante, apoyando los antebrazos en la mesa. Su rodilla rozó la mía por debajo de la mesa, pero ninguno de los dos se apartó y todo el calor de mi cuerpo pareció concentrarse en ese punto.

—El único que me llamaba así era mi padre. —Se encogió de hombros—. Y solía ser con un tono de desaprobación. O gritando enrabietado.

Sentí un pinchazo en el estómago y un sabor amargo me subió por la garganta mientras pensaba qué le podía decir. No pude evitar buscar en sus pupilas señales de la historia que llevaba días contándome por partes. Su madre se había quedado con su padre «sin importar lo que le costase» y una parte de ese coste había sido que su hijo terminara detestando su propio nombre.

Gus levantó la vista del menú. Parecía tranquilo, serio. Pero era una mirada ensayada, a diferencia de la franqueza cautivadora que a veces se apoderaba de su cara cuando estaba perdido en sus pensamientos, intentando entender una información nueva.

—Lo siento —dije impotente—. Siento que tu padre fuera un mal tipo.

Gus se rio de forma casi imperceptible.

—¿Por qué siempre dice eso la gente? No tienes por qué sentirlo. Es algo del pasado. No te lo he contado para que te sintieras mal.

—Bueno, me lo has contado porque te lo he preguntado, así que, por lo menos, déjame que sienta haber hecho la pregunta.

Se encogió de hombros.

—No pasa nada.

—Gus —dije.

Él volvió a mirarme a los ojos. Sentí que me recorría una sensación cálida de pies a cabeza. Su expresión había cambiado y ahora era curiosa.

—¿Cómo eras tú? —preguntó.

—¿Cómo?

—Tú ya sabes mucho sobre mi infancia. Quiero saber cómo era January de pequeñita.

—Uy, era una intensa.

La vibración de su risa cruzó la mesa y mi interior se volvió efervescente como el champán.

—Lo adivino. Escandalosa. Precoz. Con la habitación llena de libros organizados con un sistema que solo tú entendías. Tenías muy buena relación con tu familia y con un par de amigas cercanas, con las que probablemente sigas hablando con asiduidad, pero te hacías amiga de todo lo que se movía. Querías ser la mejor en todo, aunque nadie supiera que habías ganado. Ah, y te ponías a hacer malabares o bailar claqué para llamar la atención.

—Vaya —repuse algo estupefacta—. Me has descrito tal cual y, a la vez, me has puesto una regañada, aunque las clases de claqué fueron idea de mi madre. Yo solo quería los zapatos. Pero, bueno, se te ha olvidado que durante un breve periodo de tiempo le hice un altar a Sinéad O'Connor porque pensé que me hacía parecer interesante.

Él rio y negó con la cabeza.

—Seguro que eras una rarita monísima.

—La verdad es que sí que era una rarita —dije—. Creo que fue por ser hija única. Mis padres me trataban como una televisión andante. Como si fuera una niña prodigio graciosísima e interesante. Me pasé la mayor parte de mi vida con una confianza en mí misma y en mi futuro delirantes, en serio.

Y con una confianza delirante en que, pasara lo que pasara, mi casa siempre sería el refugio de los tres. Sentí una quemazón en el pecho. Cuando levanté la mirada y me encontré con los ojos de Gus, me acordé de dónde estaba y de con quién estaba hablando y medio esperé que se burlase. La ingenua optimista de los finales felices por fin había aterrizado, y las gafas de color de rosa habían quedado por el suelo hechas añicos.

En lugar de eso, dijo:

—Hay cosas peores que tener una confianza delirante.

Estudié sus ojos oscuros y fijos en los míos, y su boca torcida y relajada: una expresión de sinceridad total. Estaba más convencida que nunca de que yo no era la única que había cambiado desde la universidad y no estaba segura de qué decirle a este nuevo Gus Everett.

En algún momento los cocteles granizados azules habían aparecido en la mesa como por arte de magia. Me aclaré la voz y levanté el vaso:

—Por Ronald.

—Por Ronald —coincidió Gus, y chocó su vaso de plástico con el mío.

—La mayor decepción de la noche hasta ahora es que no han puesto los paraguas de papel —observé.

—Ves —dijo Gus—. Son este tipo de cosas las que me impiden creer en los finales felices. En esta vida nunca te ponen los paraguas de papel que te habían prometido.

—Gus, tú tienes que ser los paraguas de papel que quieres ver en este mundo —repuse.

—Gandhi era un hombre sabio.

—En realidad era una cita de mi poetisa favorita, la famosa cantante de los noventa, Jewel.

Presionó la rodilla contra la mía y el calor se acumuló entre mis piernas. Yo le devolví la presión. Sus dedos ásperos me tocaron la rodilla con vacilación y subieron hasta que se encontraron con mi mano. Despacio, puse la palma hacia arriba y él me dibujó círculos intensos con el pulgar.

Cuando le acerqué más la mano, entrelazó los dedos con los míos y nos quedamos ahí sentados, tomados de la mano debajo de la mesa haciendo como si no. Haciendo como si no estuviéramos actuando como niños de dieciséis años y no estuviéramos un poco obsesionados con el otro.

¿Se podía saber qué estaba pasando? ¿Qué hacía y por qué no podía parar? ¿Qué hacía él?

Cuando nos trajeron la cuenta, Gus retiró la mano de golpe y sacó la cartera.

—Yo pago —dijo sin mirarme.

13
EL SUEÑO

Soñé con Gus Everett y, cuando me desperté, necesité una ducha.

14
LA NORMA

Tenía el sábado planeado desde hacía tres días, lo cual me dejó la mañana libre para trabajar en el libro. Iba lenta, no porque no tuviera ideas, sino porque necesitaba investigar al detalle cada escena para asegurarme de que tenía rigor histórico.

Me había puesto a trabajar a las ocho y había conseguido escribir unas quinientas palabras cuando Gus se sentó a la mesa de su cocina, delante de la mía. Escribió la primera nota del día y la levantó. Yo entrecerré los ojos para leerla.

PERDONA QUE ME PUSIERA RARO ANOCHE.

Yo ya tenía la libreta y el rotulador listos. Como siempre. No sabía a qué se refería exactamente, pero supuse que tenía algo que ver con ser adultos que no estaban saliendo, pero que se daban la mano por debajo de la mesa en el Olive Garden. Luché contra el nudo que se me estaba formando en el estómago. Sí, había sido raro.

Y me había encantado.

De tanto observar la vida amorosa de Shadi había aprendido cómo reaccionaban los relaciónofobos como Gus Everett cuando se rompía la barrera, cuando las cosas pasaban de amistosas a íntimas o de sexuales a románticas. Los hombres como Gus nunca tiraban del freno cuando el tren de la implicación emocional se ponía en marcha y siempre eran los que saltaban y se alejaban de las vías cuando se daban cuenta de que el tren iba a máxima velocidad.

Yo tenía que mantener la cabeza fría, prohibido romantizar. En cuanto las cosas se pusieran complicadas, Gus se marcharía y, en ese momento, me daría cuenta de lo poco lista que estaba para que eso pasara. Era el único amigo que tenía allí. Tenía que conservar nuestra amistad. Y, además, estaba la apuesta, de la cual no podría sacar todo el provecho si Gus me hacía *ghosting* incluso antes de que la ganara.

Le contesté:

NO DIGAS TONTERÍAS, GUS, SIEMPRE HAS SIDO RARO.

Un lado de la boca se le curvó en una sonrisa. Me sostuvo la mirada un segundo más de la cuenta y luego volvió a centrarse en la libreta. Cuando la volvió a levantar, mostraba una serie de números. Reconocí los tres primeros, el prefijo de la zona.

Me dio un vuelco el corazón. Garabateé los números en pequeño en la parte de arriba de la hoja y luego escribí mi número mucho más grande debajo, seguido de...

VOY A SEGUIR ESCRIBIÉNDOTE ESTAS NOTAS IGUAL.

Gus contestó:

BIEN.

Escribí otras quinientas palabras antes de las tres y media de la tarde y, entonces, fui a donar las cajas que había llenado en la habitación de invitados y el baño de arriba a la tienda de segunda mano. Cuando volví, limpié a fondo el baño de arriba y bajé sin prisa a darme una ducha en el baño que había estado usando las últimas dos semanas. La foto de mi padre y Sonya seguía colgada de la pared, al revés.

Me sentía demasiado culpable para destruirla, pero pensaba que solo era cuestión de tiempo reunir el valor de hacerlo. De momento, era un recordatorio lóbrego de que todavía tenía por delante el trabajo más difícil: el sótano, al que ni siquiera le había echado un ojo, y el dormitorio principal, que había evitado a toda cosa.

Todavía no había bajado a la playa, lo que me pareció una pena, así que, después de preparar una olla de macarrones que me sacara del apuro hasta la noche, busqué el camino que pasaba entre los árboles y llevaba al agua. La luz del sol poniente reflejada en las olas era increíble, toda llamaradas de rojos y dorados al fondo del lago. Me quité las zapatillas, fui con ellas en la mano hasta la orilla y solté un taco ahogado cuando el agua helada me alcanzó los pies. Volví hacia atrás como pude, riéndome por lo bajo de la impresión.

El ambiente era cálido, pero ni de lejos hacía tanto calor para que el agua helada resultara agradable. La mayoría de las personas que quedaban en la playa se habían puesto jerséis o se habían enrollado en toallas y mantas. Todo el mundo, todas esas caras cortadas por el viento y quemadas por el sol, todos esos pelos enredados, todos esos ojos entrecerrados estaban vueltos hacia aquella luz intensa. Todos mirando el mismo sol.

Me dolió. De pronto me sentí más sola que nunca. No tenía a un Jacques de pelo suave y lacio esperándome en Queens, nadie que me cocinara una comida de verdad o me alejara de la computadora. Ni llamadas perdidas ni mensajes de «Estaba pensando en Karyn y Sharyn y casi me meo encima otra vez» de mi madre. Ni ninguna posibilidad de mandarle una foto de los rayos de sol cayendo sobre el lago sin abrir la herida de esa casa.

Solo había visto a Shadi dos veces desde el funeral y, con su horario de trabajo, casi todos sus mensajes llegaban mucho después de que yo me fuera a la cama y yo le mandaba casi todas mis respuestas mucho antes de que ella se despertara.

Mis amigas escritoras también habían dejado de preguntarme cómo me iba, como si sintieran que cada correo, cada llamada y cada mensaje suyo eran solo un recordatorio más de lo atrás que me estaba quedando. Cada momento de cada día me hacía tambalearme hacia atrás mientras el resto del mundo seguía avanzando.

La verdad es que hasta echaba de menos a Sharyn y Karyn: sentarme en su alfombra de lanas de colores bebiendo ese asqueroso licor casero del que estaban tan orgullosas mientras pregonaban las bondades de unos aceites esenciales que habían hecho ellas mismas y que olían genial, aunque en realidad no curaran el cáncer.

Mi mundo me parecía vacío. Como si no hubiera nadie en él, excepto Gus, a veces, y como si no hubiese nada en él, excepto el libro y la apuesta. Y, por mucho mejor que fuera aquel libro comparado con todas las versiones que habían existido esos últimos doce meses, no era suficiente.

Estaba en una playa preciosa, en un lugar precioso y estaba sola. O peor, no sabía si algún día dejaría de estar sola. Quería a mi madre y echaba de menos al mentiroso de mi padre.

Me senté en la arena, me acerqué las rodillas al pecho, apoyé la frente en ellas y lloré. Lloré hasta que tuve la cara roja y acalorada y empapada, y habría seguido llorando si una gaviota no se me hubiera cagado en la cabeza, pero la gaviota se me cagó en la cabeza, claro.

Así que me puse en pie y me di la vuelta para volver por el camino, pero me encontré a alguien parado en medio, que al verme llorar puso caras raras como Tom Hanks en *Náufrago*.

Encontrarme a Gus ahí de pie era como algo sacado de una película, pero no había nada romántico ni mágico en aquella situación. Aunque había estado llorando por estar sola, él era una de las últimas personas que hubiera querido que me vieran así. Olvidándome por un momento de la cagada que tenía en la cabeza, me sequé la cara y los ojos intentando parecer más... no sé qué.

—Perdona —dijo Gus, claramente incómodo, y apartó la mirada hacia la extensión de la playa—. Vi que venías aquí y...

—Un pájaro se me ha hecho caca en la cabeza —expliqué llorosa.

Al parecer, no tenía otra cosa más que decir.

Su expresión de empatía angustiosa se rompió con una carcajada silenciosa. Salvó la distancia que nos separaba y me atrajo hacia él con poca delicadeza para abrazarme. Al principio, me pareció que el gesto le resultaba incómodo, si no doloroso, pero, aun así, el abrazo me alivió un poco.

—No tienes por qué contármelo —me dijo—, pero que sepas que puedes.

Enterré la cara en su hombro. Sus manos, que me daban palmaditas torpes en la espalda, decidieron dibujar círculos lentos y suaves antes de dejar de moverse y apretarme la columna, acercándome más a él. Dejé que mi cuerpo se hundiera en él. El llanto paró tan de repente como había empezado. Lo único en lo que podía pensar era en el contacto firme de su pecho y su vientre, en los ángulos afilados de sus caderas y en el olor casi ahumado que desprendía. En el calor de su cuerpo y su aliento.

Era mala idea quedarme ahí con él, tocarlo así, pero también era embriagador. Decidí contar hasta tres y luego soltarlo.

Había llegado a dos cuando su mano se adentró en mi pelo, me acarició la nuca, y luego se apartó de golpe y dio un paso abrupto hacia atrás.

—Jo, cuánta mierda.

Se miró la mano y el líquido que le goteaba.

—Sí, he dicho pájaro, pero la verdad es que puede que haya sido un dinosaurio.

—Ya veo. Supongo que deberíamos ir a lavarnos y salir volando.

Sorbí por la nariz y me sequé las lágrimas que me quedaban en los ojos.

—¿Eso de «salir volando» no será una broma sobre pájaros?

—¡Qué va! —dijo Gus dándose la vuelta para seguir el camino conmigo—. Lo he dicho porque doy por sentado que vamos a sobrevolar el lago en helicóptero.

Me recorrió una tímida carcajada que deshizo el nudo de emoción que aún tenía y me calentó el pecho.

—¿Esa es tu apuesta definitiva?

Él me miró de arriba abajo, como si estuviera valorando mi *look* y comparándolo con el uniforme oficial de las citas en helicóptero.

—Pues sí, creo que sí.

—Caaasiiii.

—¿En serio? —dijo—. Entonces ¿qué es? ¿Sobrevolar el lago en avioneta? ¿Sumergirnos en el lago en un submarino diminuto?

—Tendrás que esperar para descubrirlo.

Nos separamos para ir cada uno a su casa y quedamos en el coche veinte minutos más tarde. Después de lavarme el pelo por segunda vez ese día, me hice un moño y me puse la misma ropa (que no se había manchado de caca). Ya había preparado la mayoría de las cosas para nuestra aventura antes, así que lo único que me quedaba por hacer era tomar lo que aún tenía en el refrigerador y meterlo en la neverita de camping que había encontrado en los armarios inferiores de la cocina.

Eran las siete y media cuando Gus y yo por fin nos pusimos en marcha y las nueve menos veinte cuando nos pusimos a la cola para entrar a La noche de Meg Ryan en el autocine Big Boy Bobby.

—No me lo puedo creer —dijo Gus cuando nos acercamos a la taquilla para entregar las entradas que había comprado por internet—, son tres películas.

Estaba leyendo el cartel luminoso que teníamos a la derecha: *Cuando Harry encontró a Sally*, *Algo para recordar* y *Tienes un e-mail*.

—Pero ¿la mitad no son películas de Navidad?

El recepcionista levantó la barrera y yo entré con el coche.

—La mitad de tres son una y media, así que no, la mitad no son películas de Navidad.

—¿Te he comentado que la cara de Meg Ryan me saca de mis casillas?

Yo me burlé.

—Primero, no. Segundo, eso es imposible. Su cara es monísima y perfecta.

—Igual es eso —comentó Gus—. No sabría decirte por qué y sé que no es lógico, pero... no la soporto.

—Esta noche eso cambiará —le prometí—. Confía en mí. Tienes que abrir el corazón. Si lo consigues, tu mundo será un lugar mucho más bonito. Y, tal vez, hasta consigas tener alguna oportunidad de escribir una comedia romántica vendible.

—January —dijo con solemnidad mientras yo reculaba con el coche para aparcar—, tú imagínate lo que me harías si te llevara a una lectura de seis horas de un libro de Jonathan Franzen.

—Ni puedo ni quiero imaginármelo —contesté—. Y si decides usar uno de nuestros viernes así, no podré hacer nada para impedírtelo, pero es sábado y, por lo tanto, yo soy la capitana de este barco. Ahora ven a ayudarme a buscar dónde podemos comprarnos el helado fantasía de Big Bobby del que hablan en internet. Según la web «¡No te decepcionará!».

—Más vale.

Gus suspiró al salir del Kia para venir conmigo. Mientras proyectaban los anuncios de forma algo tosca en la pantalla, cruzamos el solar y llegamos a los puestos de comida. Yo iba a ponerme en la cola del puesto en el que había un cartel de madera pintado para que pareciera un helado, pero Gus me sujetó del brazo para que no me pusiera en la cola.

—¿Puedes prometerme solo una cosa?

—Gus, no voy a enamorarme de ti.

—Una cosa más —dijo—. Por favor, haz todo lo que puedas para no vomitar.

—Vale, si veo que voy a vomitar, me lo tragaré.

Gus se tapó la boca y tuvo una arcada.

—¡Era broma! No voy a vomitar. Por lo menos hasta que me lleves a esa sesión de lectura de seis horas. Venga, que me he pasado la semana esperando comer algo que no fuera bollería reseca.

—No creo que este vaya a ser el bufé rico en vitaminas y nutrientes que según parece te estás imaginando.

—No necesito vitaminas, necesito nachos con queso y helado con jarabe de chocolate.

—Ah, en ese caso has planeado la noche perfecta.

Como yo había pagado las entradas, Gus pagó las palomitas y los helados fantasía (seis dólares cada uno, sí que nos decepcionaron) e intentó comprar refrescos antes de que yo, de la forma más indiscreta posible, lo cortara esforzándome al máximo para hacerle entender que teníamos otras opciones en el coche.

Cuando volvimos, abrí la cajuela y bajé los asientos de atrás revelando el montaje de cojines y mantas que había preparado antes y la neverita llena de cerveza.

—¿Impresionado? —le pregunté a Gus.

—¿Con lo espacioso que es la cajuela de tu coche? Mucho.

—Ja, ja, ja —dije.

—Ja, ja, ja —respondió Gus.

Entramos por la cajuela abierta y yo encendí la radio del coche y puse la emisora por la que daban el sonido de la película antes de colocarme al lado de Gus justo cuando aparecían los créditos iniciales en la pantalla. A pesar de lo que había dicho sobre el espacio de la cajuela, el Kia no era lo que se dice grande. Tumbados bocabajo con la barbilla apoyada en las manos, estábamos casi tocándonos en varios sitios y nuestros codos se rozaban. Aquella posición no sería cómoda durante mucho rato y recolocarnos con los dos dentro del coche sería un reto. Estar tan cerca de él también.

En cuanto Meg Rayan apareció en la pantalla, se me acercó un poco y susurró:

—¿En serio no te molesta su cara?

—Me parece que tienes que ir al médico —le dije entre dientes—. Esa no es una reacción normal.

Cuando me dieron el adelanto de mi primer libro, compré unas veinte películas de Meg Ryan para Shadi y para mí, para poder verlas juntas a distancia siempre que quisiéramos, poniéndolas en el mismo momento para mandarnos mensajes sobre lo que estaba pasando y parándolas cuando una tenía que ir al baño.

—Tú espera a oír cómo pronuncia *horses* cantando el villancico en el coche —le susurré a Gus—. Te cambiará la vida para siempre.

Gus me echó un vistazo como diciendo que no estaba ayudando.

—Uf, es que parece tan engreída... —dijo.

—Mucha gente me ha dicho que me parezco a ella —afirmé yo.

—No me lo creo.

—Vale, no me lo ha dicho nadie, pero deberían.

—Qué tontería —dijo él—. No te pareces en nada a ella.

—Por una parte, me ofendes. Por otra parte, me alivia que seguramente mi cara no te parezca desagradable.

—No hay nada de tu cara que me pueda parecer desagradable —sostuvo con naturalidad.

—Ni de la cara de Meg Ryan.

—Vale, lo retiro. Me encanta su cara. ¿Estás contenta?

Me volví a mirarlo. Tenía la cabeza apoyada en una mano, el cuerpo vuelto hacia mí y la luz de la pantalla apenas le iluminaba los ojos, dibujando en ellos líneas acuosas de colores. Tenía el pelo oscuro tan revuelto como siempre, pero la barba volvía a estar bajo control y ese olor ahumado seguía pegado a él.

—¿January? —susurró.

Yo me puse de lado, de cara a él, y asentí.

—Muy contenta.

Me empujó la rodilla con la suya. Yo hice lo mismo.

La sombra de una sonrisa pasó por su cara seria, tan deprisa que puede que me lo imaginase.

—Me alegro —dijo.

Nos quedamos así mucho rato, haciendo como que mirábamos la película desde un ángulo desde el que ninguno podía ver más de media pantalla, con las rodillas tocándose.

Cuando uno de los dos se recolocaba, el otro hacía lo mismo. Cuando uno de los dos no podía soportar la incomodidad de una postura, los dos cambiábamos. Pero nunca rompíamos el contacto.

Estábamos en terreno pantanoso.

Hacía años que no me sentía así, que no sentía ese peso casi doloroso del deseo, ese miedo paralizante de que cualquier movimiento equivocado lo echaría todo a perder.

Levanté la vista cuando sentí su mirada sobre mí y él no la apartó. Quise decir algo para rebajar la tensión, pero tenía un vacío brutal en la mente. No me había quedado en blanco como una pantalla con el cursor parpadeando cuando hay que sacar una novela de la nada. Era más bien un vacío como el de cerrar los ojos con fuerza y ver colores que aparecen en la oscuridad. El de haber estado mirando una llama demasiado tiempo.

Un vacío palpitante en el que sientes tanto que eres incapaz de pensar nada.

El duelo de miradas se alargó hasta ser incómodo sin que ninguno de los dos rompiera el contacto visual. Sus ojos parecían casi negros y, cuando les daba la luz de la pantalla, se encendía en ellos la ilusión de unas llamas y luego desaparecía.

En algún lugar profundo de mi mente, el instinto de supervivencia me gritaba «Esos ojos son los de un depredador», pero ese era justo el motivo por el que la naturaleza les daba ojos así, para que los conejitos estúpidos como yo no tuvieran nada que hacer.

«¡No seas una conejita estúpida, January!»

—Tengo que ir al baño —dije de repente.

Gus sonrió.

—Acabas de ir.

—Tengo la vejiga diminuta —repliqué.

—Voy contigo.

—¡No, tranquilo! —exclamé con un tono jovial y, olvidándome de que estaba dentro de un coche, me levanté tan deprisa que me di con la cabeza contra el techo.

—¡Joder! —dijo Gus.

—Pero ¿qué...? —solté entre dientes, confundida.

Él se incorporó deprisa y vino arrastrando las rodillas hacia donde yo me agarraba la cabeza.

—A ver.

173

Me agarró la cara con las manos y me inclinó la cabeza para poder verme la coronilla.

—No te sangra —me dijo, y volvió a levantarme la cara con los dedos enredados con suavidad en mi pelo.

Vagó con la mirada hasta mi boca y separó los labios torcidos.

Mierda.

Era una conejita.

Me incliné hacia él. Sus manos fueron hasta mi cintura y me arrastraron hacia donde él estaba arrodillado para ponerme a horcajadas en su regazo. Su nariz rozó el lado de la mía y yo levanté la boca hacia la de él intentando eliminar el espacio entre nosotros. Sentimos la presión de la respiración lenta del otro en el pecho, él me apretó los costados con las manos y mis piernas reaccionaron pegándose más a él.

«Una vez, una vez, una vez» era lo único que era capaz de pensar. Esa era su norma, ¿no? ¿Tan malo sería que pasara algo entre nosotros solo una vez? Podríamos volver a ser amigos, vecinos que hablaban todos los días. ¿Podía tener algo sin ataduras una sola vez con el chico que me gustaba en la uni y que se convirtió en mi archienemigo, siete años después de aquello? No podía pensar con suficiente claridad para decidirlo. Tenía la respiración acelerada y temblorosa. La suya era imperceptible.

Nos quedamos así un momento, como si ninguno de los dos quisiera tener la culpa.

«¡Tú me tocaste primero!», diría yo.

«¡Tú te acercaste!», me soltaría él.

«¡Y luego tú me pusiste encima de ti!»

«¡Y tú acercaste la boca!»

«¡Y luego...!»

Su aliento cálido me acarició la mandíbula y llegó a mis labios. Me rozó el labio inferior con los dientes y un pequeño gemido apagado de placer me recorrió el cuerpo. La boca se le torció en una sonrisa a pesar de estar hundiéndose, cálida y suave, en la mía, persuadiéndola para abrirse. Sabía a vainilla y canela por el helado fantasía, pero mucho mejor. Su calor se coló en mi boca, en mi cuerpo, hasta inundarme, viajando por mí como la corriente de un río que había calentado el sol. El deseo me recorrió gota a gota y fue llenando todos los recovecos que se formaban entre nuestros cuerpos.

Me aferré a su camiseta, sintiendo el calor de su piel a través de la fina tela. Necesitaba que se acercara, recordar cómo era estar pegada a él, entrelazar nuestros cuerpos. Una de sus manos me subió por el lado del cuello y enredó los dedos en mi pelo. Suspiré contra su boca mientras me volvía a besar, más lento, más profundo, más brusco. Me levantó la barbilla buscándome la boca con avidez y yo le agarré las costillas intentando acercarme más. Me fue empujando hasta que toqué con la espalda un lado del coche y se apretó con fuerza contra mí.

Se me escapó un jadeo estúpido al sentir su pecho firme contra el mío y moví las caderas para rozarme con él. Él apoyó una mano en la ventanilla que había detrás de mí y volvió a atrapar con los dientes mi labio inferior, esta vez con algo más de fuerza. La respiración se me aceleró y se me entrecortó cuando bajó la mano por el cristal de la ventanilla y me recorrió el pecho, sobándome por encima de la camiseta.

Yo le pasé los dedos por el pelo, arqueé la espalda contra su mano y un gruñido grave e involuntario le salió de la garganta. Se incorporó y me tumbó de espaldas, y yo tiré de él con avidez. Me recorrió una ola de placer al sentirlo duro contra mí e intenté acercarnos más de lo que permitía la ropa. Volvió a salir de él ese sonido ronco.

No me acordaba de la última vez que me había puesto tanto.

Bueno, en realidad sí. Hacía siete años en el sótano de una fraternidad.

Me coló una mano debajo de la camiseta y me raspó la cadera con el pulgar, que parecía deshacerse al avanzar. Su boca cálida y húmeda me acarició el cuello de arriba abajo y se hundió con fuerza en mi clavícula. Todo mi cuerpo le suplicaba más sin sutilezas, levantándose hacia él como si fuera un imán. Me sentía como una adolescente y era maravilloso y era horrible y...

Se puso tenso encima de mí cuando nos alcanzó un haz de luz que nos devolvió a la realidad como un jarro de agua fría. Nos separamos de un salto al ver a una mujer de mediana edad malhumorada apuntándonos con una linterna. Tenía un triángulo de pelo gris encrespado y llevaba una chamarra de ropa deportiva con un logo serigrafiado.

Carraspeó.

Gus seguía encima de mí con una mano enredada en el dobladillo de mi camiseta.

—Este es un establecimiento familiar —dijo la mujer entre dientes.

—Y lo hacen muy bien. —La voz de Gus salió pastosa y ronca. Carraspeó y le dedicó a la mujer su mejor sonrisa maligna—. Justo estábamos hablando mi mujer y yo de traer a los niños algún día.

Ella se cruzó de brazos, al parecer inmune a los encantos de la boca de Gus. Qué suerte.

Él se incorporó y se quedó sentado de rodillas y yo me bajé la camiseta.

—Disculpe —dije muerta de vergüenza.

La mujer señaló con el pulgar el pasillo oscuro y cubierto de césped que quedaba entre los coches.

—Fuera —rugió.

—Descuide —dijo Gus deprisa y cerró la cajuela, separándonos de ella.

Yo solté una carcajada histérica por la humillación y Gus se volvió hacia mí con una leve sonrisa, con los labios magullados e hinchados y el pelo hecho un desastre.

—Ha sido muy mala idea —susurré con impotencia.

—Sí.

Su voz había vuelto a su peligrosa aspereza. Se inclinó hacia mí en la oscuridad y me atrapó en un último beso tan lento que dolía y tan excitante que quitaba el sentido, agarrándome la cara con los dedos abiertos.

—No volverá a pasar —me dijo, y todas las chispas que me recorrían las venas se apagaron un poquito.

Una vez. Esa era su norma. Pero ¿esto contaba? Se me retorcieron las entrañas de decepción. No podía ser. No me había satisfecho en absoluto. En todo caso, me había dejado peor que antes y, por la forma en la que Gus me miraba, pensé que debía de sentirse igual.

La mujer golpeó la ventanilla trasera y los dos dimos un brinco.

—Deberíamos irnos —comentó Gus.

Yo pasé con dificultad del asiento trasero al del conductor. Gus salió por la puerta de atrás y entró por la del copiloto.

Conduje hasta casa sintiendo que mi cuerpo era una imagen térmica y todos los lugares donde me había tocado y todos los que había mirado desde el asiento del copiloto eran de un rojo vivo.

Gus no apareció en la mesa de la cocina el domingo a mediodía. Deduje que era mala señal, que lo que había pasado había destruido la única amistad que tenía en aquel pueblo y, en realidad, una de las pocas que tenía en el mundo, ya que había resultado que Jacques y mis amigas no me querían a mí sin aditivos.

Intenté sacarme a Gus de la cabeza, trabajar y centrarme solo en el libro, pero daba un respingo cada vez que vibraba el celular.

Un mensaje de Anya:

> ¡Hola, amor! Solo quería saber cómo va.
> A la editorial le gustaría mucho ver unas
> páginas iniciales para darnos su opinión.

Un correo de Pete:

> ¡Hola! ¡Buenas noticias! Tus libros llegarán mañana. ¿Te vendría bien pasar a firmarlos algún día de esta semana?

Un correo de Sonya, que no abrí, pero cuya primera frase pude ver:

> Por favor, por favor, no dejes de ir al club de lectura por mí. De verdad, no tengo ningún problema con quedarme en casa los lunes por la noche si tú quieres seguir...

Un mensaje de Shadi:

> January. Ayuda. Quiero estar con el
> Sombrero Encantado A TODAS HORAS.
> Ha venido a casa las tres últimas noches
> y anoche dejé QUE SE QUEDARA.

Yo le contesté:

> Ya sabes lo que quiere
> decir eso. ¡¡Te gusta!!

Me respondió:

Odio.enamorarme. ¡¡Echa por tierra
mi reputación de malota!!

Yo le mandé una carita triste.

Ya lo sé, pero debes seguir adelante.
Por el bien del Sombrero Encantado
y para que yo pueda vivir a través de ti.

Recuerdos fugaces de la noche anterior me cruzaron la mente encendidos como fuegos artificiales y las chispas me cayeron y me quemaron en todos los lugares donde me había tocado. Sentí el fantasma de sus dientes en la clavícula y tenía el omóplato algo magullado por el contacto con la puerta del coche. El deseo y la vergüenza me recorrieron entrelazados.

Madre mía, ¿qué había hecho? Tendría que haber sido más sensata. Y también estaba la parte de mí que no podía dejar de pensar: «¿Voy a poder hacerlo otra vez?».

No tenía por qué significar nada. Tal vez ese sería el momento en el que aprendería a tener una relación sin ataduras.

O tal vez se había acabado y nunca en la vida volvería a oír hablar de Gus Everett.

Se me habían acabado los cereales y el ramen, así que, después de haber escrito a duras penas trescientas palabras seguidas, decidí parar para hacer un viaje al súper y, al salir por la puerta, vi que el coche de Gus no estaba donde solía estacionarlo. Me saqué el pensamiento de la cabeza. No tenía por qué significar nada.

En el súper, volví a mirar la cuenta del banco y recorrí los pasillos con la calculadora del celular abierta, sumando el precio de unos cereales con salvado cubiertos de azúcar y varias latas de sopa. Había conseguido reunir una buena compra por dieciséis dólares cuando doblé una esquina para ir a caja y la vi. Pelo blanco y rizado, cuerpo esbelto, el mismo chal de croché. El pánico me corrió por las venas tan deprisa que sentí como si me hubieran inyectado adrenalina en el corazón. Abandoné el carro allí mismo, en medio del pasillo, y, con la cabeza gacha, salí pitando hacia la puerta, pasando por su lado. Si me vio, no dijo nada. O, si dijo algo, el corazón me latía con tanta fuerza que no la oí. Me subí al coche a toda prisa sintiéndome como si acabara de robar un banco y conduje veinte minutos hasta llegar a otro súper, donde estaba tan agitada y paranoica que apenas conseguí comprar nada.

Cuando llegué a casa, seguía temblorosa y no me ayudó que el coche de Gus no hubiera aparecido todavía. Una cosa era tener que evitar a Sonya una vez cada dos semanas cuando hacía la compra, pero, si terminaba teniendo que evitar a mi vecino de al lado, entonces seguro que tendría que poner en marcha el plan B: mudarme a Duluth.

Antes de meterme en la cama esa noche, eché un vistazo por las ventanas delanteras de la casa una vez más, pero el coche de Gus seguía sin aparecer. El miedo se me hinchó en el pecho como el globo más triste del mundo. Por fin había encontrado un amigo, alguien con quien podía hablar, que parecía querer pasar tiempo conmigo tanto como yo quería pasarlo con él, y ahora había desaparecido. Porque nos habíamos besado. La rabia se encabritó en mi interior obligando a la humillación y a la soledad a apartarse de en medio por un momento, hasta que volvieran a salir a la superficie.

Pensé en mandarle un mensaje, pero me pareció el momento más extraño para escribirle, así que me fui a dormir con una bola de angustia en el estómago.

El lunes por la mañana todavía no había vuelto. «Esta noche», pensé. Si su coche no estaba aparcado fuera esa noche, podría escribirle. Eso no sería raro. Me lo saqué de la cabeza y conseguí escribir dos mil palabras. Entonces le mandé un mensaje a Anya:

> Va bien (de verdad, (en serio (¡esta vez es cierto!))), pero me gustaría escribir un poco más antes de que nadie lea el adelanto. Creo que será difícil ver adónde quiero llegar sin leerlo todo y me da miedo que, si me salto alguna parte para resumirlo, pierda el vuelo que he tomado.

Luego le respondí a Pete:

> ¡Qué bien! ¿Qué tal te va el miércoles?

Lo cierto era que podría haber ido el domingo mismo cuando me llegó el correo o el lunes cuando le mandé la respuesta, pero no quería que me volviera a invitar al Club de lectura sangre roja, rusos blancos y jeans azules. Posponer la visita a la librería hasta el miércoles eliminaba la posibilidad de tener que pasar por aquello una semana más sin tener que rechazar la invitación.

Aquella noche, a las once, el coche de Gus todavía no había vuelto y me convencí a mí misma de que era preferible escribirle y luego de que era mejor no escribirle cinco veces. Al final, dejé el celular en el cajón de la mesita de noche, apagué la lámpara y me fui a dormir.

El martes me desperté empapada en sudor. Me había olvidado de poner la alarma y los rayos de sol se colaban entre las

181

láminas de la persiana con toda la fuerza, asándome con su pálida luz. Debían de ser casi las once. Salí de debajo del grueso edredón y me quedé ahí tumbada un minuto más.

Seguía un poco angustiada. Y luego me sentí un poco furiosa por sentirme angustiada. Qué estupidez. Era una mujer adulta. Gus me había dejado claro cómo hacía las cosas, lo que pensaba del amor, y nunca había dicho ni hecho nada que me llevara a pensar que había cambiado de parecer. Sabía que, por muy atraída que me sintiera por él a veces, el único lugar al que me llevaría nuestra relación era a su cama por una puerta giratoria.

O a la parte de atrás de mi viejo coche.

Y, aunque hubiéramos llegado más lejos aquella noche, eso no habría impedido que desapareciera durante días. En teoría, solo había una forma de estar con Gus Everett, y me dejaría la misma angustia que sentía en ese momento en cuanto terminara.

Tenía que sacármelo de la cabeza.

Me di una ducha fría. O, al menos, un segundo de ducha fría durante el que solté groserías sin parar y casi me rompí el tobillo saltando para apartarme del chorro de agua. ¿Cómo podían estar dándose duchas frías a todas horas los personajes de los libros? Volví a poner el agua caliente y eché pestes mientras me lavaba el pelo.

No estaba enfadada con él. No podía estarlo. Estaba furiosa conmigo misma por ir por ese camino. Yo tenía más cabeza. Gus no era Jacques. Los hombres como Jacques querían guerras de nieve y besos en la cima de la torre Eiffel y paseos al amanecer por el puente de Brooklyn. Los hombres como Gus querían discusiones mordaces y sexo sin ataduras encima de su montón de ropa sin doblar.

En la parte de atrás de tu viejo coche en un establecimiento familiar.

Aunque no podía estar segura de que aquello no hubiera sido idea mía.

Era posible que yo me hubiera abalanzado sobre él. No sería la primera vez que veía el mundo a través de esas gafas de color rosa y pensaba que las cosas significaban algo cuando no significaban nada.

Estaba siendo tonta. Después de todo lo de mi padre, debería haber tenido más sentido común. Justo cuando empezaba a curarme las heridas, había corrido a enrollarme de la persona que, de todas todas, iba a confirmar todos mis miedos sobre las relaciones.

Tenía que olvidarlo.

Decidí que escribir sería mi consuelo. Al principio iba lenta, cada palabra era una decisión de no pensar en que Gus se había marchado, pero, al cabo de un rato, agarré ritmo, casi tan bueno como el del día anterior.

El circo de la familia terminaba en Oklahoma, cerca de donde vivía la segunda familia secreta del padre de Eleanor. Una semana, decidí. El grueso del libro tendría lugar en la semana que el circo estaba instalado en la Ciudad por Decidir (¿Tulsa?), Oklahoma. Escribir sobre otra época era un reto nuevo. Me dejaba muchas notas a mí misma como «Descubrir qué bebidas eran populares en aquel momento» o «Insertar insulto con rigor histórico».

Pero lo importante era que tenía una visión de futuro.

Todos aquellos secretos se asomarían, estarían a punto de cambiarlo todo y después se volverían a guardar con cuidado. Así ocurriría en una novela de Augustus Everett, ¿no? Él diría que tenía una bonita cualidad cíclica cuando se lo contara.

(Eso si tenía la oportunidad de contárselo).

Quería que los lectores desearan que la nueva familia de Eleanor dijera la verdad al final, pero que tuvieran miedo de cómo

183

iba a implosionar la situación. Me di cuenta de que alguien tenía que poseer una pistola y un motivo para tener una reacción explosiva. El miedo, claro. La situación tenía que ser como una olla de presión.

Tenía que ir aumentando la presión más y más, y conseguir rebajarla justo a tiempo para que los personajes se fueran a su próximo destino.

El padre de Eleanor le debería dinero a hombres peligrosos en su ciudad natal, lo cual sería, al parecer, el motivo por el que se había marchado de allí, por el que había abandonado a su familia.

La madre de Eleanor sería la que tendría la pistola. Parecía justo darle algo con lo que luchar. Pero, además, tendría que soportar el peso del trastorno de estrés postraumático, recuerdos de un antiguo jefe al que le gustaba ponerse violento con las chicas que trabajaban para él. Tenía que tener la mecha corta, estar a punto de estallar, como yo me había sentido ese último año.

Como quería que estuviera mi madre después de que todas las mentiras de mi padre salieran a la luz.

Eleanor, por su parte, iba a enamorarse de un chico de la ciudad —o, por lo menos, a creer que se había enamorado— la noche de su primera función en Tulsa. A medida que pasaba la semana, estaría más y más cerca de escapar del mundo en el que se había criado, pero tendría una revelación terrible en el último momento: por más que a veces detestara ese mundo, era el único al que pertenecía.

O tal vez se daría cuenta de que la vida que tanto había anhelado, la que había observado desde detrás de las carpas del circo y desde encima de la cuerda floja, iba pasando mientras ella trabajaba; era una ilusión, igual que la vida que ya conocía.

El chico se enamoraría de otra tan deprisa como se había enamorado de ella.

O se iría a la universidad o al ejército.

O sus padres se enterarían de lo suyo con Eleanor y lo convencerían de que era una irresponsabilidad.

Sería una novela antirromántica. Y yo era más que capaz de escribirla.

15
EL PASADO

—¡Ahí está la autora! —gritó Pete cuando entré en la cafetería—. ¿Te pongo un café viernes, cielo?

Pensé que quería decir un café vienés. Fuera como fuera, negué con la cabeza.

—¿Qué más me recomiendas?

—El té verde es bueno para la salud —dijo Pete pensativa.

—Venga, ponme uno.

A mi cuerpo le vendrían bien unos antioxidantes. O lo que fuera que tuviera el té verde que lo hacía «bueno para la salud». Mi madre me lo había explicado, pero en aquel momento lo que quería era hacerla feliz a ella, no purificarme, así que no me acordaba bien.

Pete me tendió el vaso de plástico y esta vez me dejó pagar. Yo ignoré el nudo que se me formó en el estómago. ¿Cuánto dinero me quedaba en la cuenta? ¿Cuánto tiempo me quedaba hasta tener que volver arrastrándome a casa de mi madre con el rabo entre las piernas?

Me recordé a mí misma que SECRETOS_DE_FAMILIA.docx crecía deprisa y se iba convirtiendo en algo parecido a un libro, uno que hasta yo tendría curiosidad de leer. Podía ser que Sandy Lowe terminara rechazándolo, pero seguro que alguien lo querría.

Vale, seguro no, pero esperaba que sí.

Pete se quitó el delantal mientras me llevaba a la librería.

—Igual te iría bien una gabardina de Clark Kent —dije—. Parece menos engorrosa que esos nudos y lazos.

—Sí, y ¿a quién no le gusta pedirle el café a una chica en gabardina? —dijo Pete.

—*Touchée.*

—Pues aquí los tenemos.

Pete se paró delante del expositor de *Las revelaciones*, que ahora solo era media pirámide de *Las revelaciones*. La otra mitad estaba formada de libros de color rosa chicle, amarillo vivo y azul cielo. Pete sonrió de oreja a oreja.

—He pensado que estaría bien hacer este expositor de escritores locales. Mostrar todo el abanico de lo que tenemos por aquí, por North Bear Shores. ¿Qué te parece? Es interesante, por cierto.

Pete ya estaba llevando una pila al mostrador, donde nos esperaban ya un rollo de estampas de EJEMPLAR FIRMADO y un par de rotuladores.

—Genial —le dije, y la seguí con otro montón.

—¿Y Everett? —preguntó ella.

—Genial —respondí mientras agarraba el rotulador sin tapa que me ponía en la mano.

Empezó a abrir los libros por la portada y a pasármelos por el mostrador para que los firmara, uno a uno.

—Parece que han estado pasando mucho tiempo juntos.

Yo vacilé.

—¿Parece?

Pete soltó una carcajada doblándose hacia atrás.

—Bueno, el chico es reservado y tengo que deducir muchas cosas por el contexto de nuestras conversaciones, pero, sí, he reunido las pistas de que han hecho amistad.

Intenté esconder mi sorpresa.

—¿Hablan mucho?

—Debe de contestar más o menos a un tercio de mis llamadas. Y sé que lo saco de sus casillas llamándolo tanto, pero es que me preocupo por él. No tenemos a nadie más de la familia aquí.

—¿Familia?

Levanté la vista para mirarla sin esconder ya mi confusión. Su expresión también fue de sorpresa.

—Pensaba que lo sabías. Nunca sé lo que a él le parece privado y lo que no. Cuenta tantas cosas en sus libros que una diría que se sentiría cómodo quitándose la piel y paseándose por Times Square. Aunque, bueno, puede que yo esté proyectando. Sé cómo sois los artistas. Él insiste en que es ficción y en que debería leerla como tal.

Yo apenas la seguía. Supongo que mi cara lo dejaba claro, porque Pete se explicó:

—Soy su tía. Su madre era mi hermana.

De pronto me sentí mareada. Me pareció que la librería se mecía de un lado a otro. No tenía sentido. Dos semanas y media de comunicación constante (aunque poco tradicional) y Gus ni siquiera me había contado las partes más básicas de su vida.

—Pero lo llamas Everett —dije—. ¿Eres su tía y no lo llamas por su nombre?

Ella se me quedó mirando un momento, confundida.

—¡Ah! Eso. Es una vieja costumbre. Cuando era un niñito, yo entrenaba a su equipo de futbol. No podía mostrar favoritismo, así que lo llamaba por el apellido como a cualquier otro jugador, y se me quedó el hábito. La mitad de las veces se me olvida que tiene un nombre. Lo he presentado como Everett a medio pueblo ya.

Me sentí como si se me hubiera caído una muñeca de madera al suelo y, al ver que dentro había seis más, hubiera descubierto que era una muñeca rusa. Estaba el Gus que conocía: divertido, desastrado, sexy. Y luego estaba el otro Gus, el que desaparecía durante días, el que había jugado al futbol cuando era pequeño y vivía en el mismo pueblo que su tía, el que no contaba más de lo que se veía obligado a contar sobre sí mismo, su familia y su pasado, mientras yo le derramaba encima vino, lágrimas y todo lo que tenía dentro.

Agaché la cabeza y volví a firmar en silencio. Pete siguió pasándome libros por encima del mostrador y amontonando los que estaban firmados en pilas ordenadas. Al cabo de unos segundos, dijo:

—Ten paciencia con él, January. Le gustas mucho.

Yo seguí firmando.

—Creo que te has confun...

—No —negó.

La miré a los ojos azules y feroces, le sostuve la mirada.

—Me contó lo que pasó el día que te mudaste. No fue una primera impresión fantástica. Es un problema recurrente que tiene.

—Eso dicen.

—Pero tienes que dejarle pasar esa —dijo—. Su cumpleaños es un día duro para él desde la ruptura.

—¿Su cumpleaños? —repetí como un loro levantando la vista.

«¿Ruptura?», pensé.

Pete pareció sorprendida y luego insegura.

—Es que ella lo dejó ese día. Y, desde entonces, Markham le hace una fiesta por todo lo alto para intentar que no piense en ello. Son buenos amigos. Y, claro, Gus no aguanta las fiestas, pero no quiere que Markham piense que está enfadado, así que le deja hacer.

—¿Que qué? —solté.

¿Era una broma? Pensé que Pete se había levantado esa mañana y había pensado: «Mira, igual hoy le soltaré cachitos de información chocante sobre Gus a January en orden aleatorio, pero, a la vez, críptico».

—¿Lo dejó en su cumpleaños? —repetí.

—¿No te contó que era eso lo que le rondaba por la cabeza la noche que te mudaste? —preguntó—. Mira, eso sí que me sorprende. Si te hubiera dicho que había estado pensando en su divorcio, habrías entendido por qué fue tan borde contigo.

—Su divorcio —dije. El cuerpo entero se me estaba helando—. Era por su... divorcio.

Gus estaba divorciado.

¡Gus había estado casado!

Sentía el cerebro como un trompo dándome vueltas dentro del cráneo. No tenía sentido. Ningún sentido. Gus no podía haber estado casado. Pero si no salía con nadie. Me pareció que la librería se tambaleaba a mi alrededor.

—No quería disgustarte —me dijo Pete—. Solo he pensado que podía explicar...

—Tranquila, no pasa nada —repuse.

Y, entonces, volvió a pasar: la verborrea. La sensación de que me lo había guardado todo más tiempo del que podía aguantar y ahora no podía elegir cuánto soltaba.

—Supongo que estoy siendo exagerada. Es que... este año ha sido raro. En mi cabeza el matrimonio siempre ha sido algo sagrado, ¿sabes? El paradigma del amor, del tipo de amor que lo supera todo. Y me da rabia cuando la gente piensa que sus malas experiencias justifican que pongan a parir el concepto entero de matrimonio.

Que Gus pusiera a parir el concepto entero de matrimonio. Que dijera que las relaciones eran sadomasoquistas sin contarme siquiera que había estado casado. Que prácticamente me hiciera sentir estúpida por creer en el amor duradero solo porque su intento no había salido bien. Que me hubiera escondido ese intento.

Pero, aun así, ¿qué más me daba lo que él pensara? No tendría que necesitar que nadie creyera en las cosas en las que yo creía o quisiera las cosas que yo quería.

Al fin y al cabo, lo que me molestaba era que una parte de él debía de pensar que era estúpida por seguir creyendo en algo que mi propio padre había demostrado que era falso. Y, sobre todo, estaba molesta conmigo misma por no abandonar esa creencia. Por seguir queriendo ese amor que siempre me había imaginado que tendría.

Y una parte de mí, pequeña y estúpida, estaba molesta porque Gus había querido en secreto a alguien lo suficiente para casarse con ella, pero, al parecer, una breve sesión de cachondeos había bastado para hacer que se mudara a la Antártida sin un mísero «¡Nos vemos!».

—No sé —dije negando con la cabeza—. ¿Tiene sentido?

—Claro que sí.

Pete me dio un apretón en el brazo.

Me daba la sensación de que me habría dicho lo mismo aun si lo que decía no tenía ningún sentido; quizá sabía que era lo que necesitaba oír en ese momento.

16
LOS MUEBLES DEL PORCHE

El jueves al mediodía, Gus había vuelto a la mesita de la cocina con menos pintas de chico sexy y desaliñado, y más de que lo hubiera arrastrado por el suelo un camión de volteo con la puerta trasera rota. Sonrió y me saludó con la mano, y yo le devolví el gesto a pesar de las náuseas que me agitaban el estómago.

Garabateó una nota:

PERDONA QUE HAYA ESTADO DESAPARECIDO EN COMBATE ESTA SEMANA.

Deseé que esa nota no hubiera remplazado las náuseas con el subidón antigravitatorio de montaña rusa que sentí. Miré a mi alrededor: ese día no me había traído la libreta. Entré a la habitación y la tomé. Mientras volvía a la cocina, escribí:

NO TIENES POR QUÉ DISCULPARTE.

Le enseñé la nota. La sonrisa de Gus flaqueó. Asintió y luego dirigió su atención de nuevo a la computadora.

Fue difícil centrarme en escribir ahora que había vuelto, pero hice lo que pude. Llevaba casi un cuarto del libro escrito y tenía que mantener el ritmo.

Hacia las cinco, observé (con discreción, o eso esperaba) cómo Gus se levantaba y se movía por la cocina preparándose algo para comer. Cuando terminó, volvió a sentarse delante de la pantalla. Hacia las ocho y media, me miró y señaló la parte de atrás de la casa. Aquella había sido nuestra señal, lo más parecido a una invitación que nos mandábamos antes de salir sin prisa cada uno a su terraza y (no) pasar la noche juntos.

Ahora aquello me parecía una metáfora muy obvia: él había mantenido una brecha literal entre nosotros y yo iba de buena gana detrás de él cada noche. Normal que estuviera tan confundida. Él había puesto barreras entre nosotros con mucho cuidado y yo las había estado ignorando. Aquello se me daba fatal, no estaba nada preparada para sentirme atraída por alguien que no tenía ningún tipo de implicación emocional.

Negué con la cabeza para rechazar la invitación de Gus y añadí una nota:

LO SIENTO, TENGO DEMASIADO QUE HACER. TENGO A ANYA METIÉNDOME PRISA.

Gus asintió comprensivo. Se puso de pie murmurando algo como «Si cambias de idea...» y luego desapareció de mi vista un momento antes de volver a aparecer en la terraza.

Se fue hasta el punto más alejado y se inclinó sobre la barandilla. La brisa le agitó la camiseta y le levantó la manga izquierda hacia la parte de atrás del brazo. Al principio pensé que se había hecho un tatuaje nuevo —un círculo grande y todo negro por dentro—, pero luego me di cuenta de que justo ahí era donde estaba la cinta de Moebius; se la había tapado por completo desde la última vez que la había visto. Se quedó allí en esa postura hasta que el sol se puso, la noche lo cubrió todo de azules intensos y las luciérnagas empezaron a despertar a su alrededor, un millón de lucecitas encendidas por una mano cósmica.

Él se volvió para mirar las puertas de atrás de mi casa y yo centré la vista en la pantalla mientras escribía: «HACIENDO COMO QUE ESTOY OCUPADA, MUY OCUPADA Y CENTRADA», para completar el engaño.

En realidad, llevaba casi doce horas delante de la computadora y solo había escrito mil palabras. Aunque había conseguido abrir cuatro pestañas en la computadora, entre las cuales había dos de Facebook.

Tenía que salir de casa. Cuando Gus volvió a mirar hacia otro lado, me escabullí de la mesa y salí al porche. El aire estaba cargado de humedad, pero el calor no era incómodo. Me recosté en el sofá de mimbre y observé las casas del otro lado de la calle. No había pasado mucho tiempo allí, porque el agua estaba al otro lado de nuestras casas, pero las casitas que parecían casas de muñecas del otro lado eran monas y coloridas, y cada porche estaba equipado con su propia variación de los típicos muebles de jardín. Ninguna era tan acogedora o ecléctica como la que había elegido Sonya.

Si no tuviera ningún lazo negativo con aquellos muebles, me entristecería tener que venderlos, pero pensé que aquel momento era tan bueno como cualquier otro para hacerlo. Sería algo menos de lo que preocuparme más adelante. Me puse de pie y encendí la luz del porche. Hice fotos a cada mueble y algunas de todo el conjunto y luego abrí la web de compraventa en el celular.

Me quedé mirándola un momento, salí del navegador y abrí el correo. Aún veía las palabras en negrita del último correo de Sonya. No había eliminado ninguno, pero tampoco quería leerlos. Creé un mensaje nuevo y puse su dirección.

ASUNTO: Muebles del porche.
Hola:

Estoy empezando a ordenar la casa. ¿Quieres los muebles del porche o los vendo?

Probé tres despedidas diferentes, pero ninguna me pareció adecuada. Al final opté por poner solo una *J*. Le di al botón de MANDAR.

Ya estaba. Todo el trabajo emocional que tenía fuerzas para hacer ese día. Así que me lavé la cara, me cepillé los dientes y me metí en la cama, donde me quedé viendo *Veronica Mars* hasta que salió el sol.

El viernes, los golpes en la puerta llegaron horas antes de lo que esperaba. Eran las dos y media de la tarde y, como me había dormido a las cinco de la mañana, solo llevaba despierta un par de horas.

Tomé la bata del sofá y me la puse por encima de lo que llevaba (unos bóxeres que le había robado a Jacques y mi camiseta desgastada de David Bowie sin sujetador debajo). Abrí la cortina de lino que cubría el cristal de la puerta y vi a Gus yendo de un lado a otro del porche con las manos entrelazadas detrás de la cabeza, agachándola, como si estuviera estirando el cuello.

Cuando abrí la puerta, se detuvo con los ojos bien abiertos y se volvió hacia mí.

—¿Qué pasa? —pregunté.

En ese momento, vi los genes que compartía con Pete en la forma en la que su expresión pasaba de confusa a sorprendida. Negó con la cabeza al momento.

—Ha venido Ronald.

—¿Ronald? —dije yo—. Ronald el de... ¿Ronald? ¿El famoso Ronald del Olive Garden?

—Desde luego el de McDonald's no es —aclaró Gus—. Me ha llamado hace un momento y me ha dicho que estaba aquí, en el pueblo. Me imagino que ha venido en un arrebato. Lo tengo en casa ahora. ¿Puedes venir?

—¿Ahora? —dije yo como una tonta.

—¡Sí, January! ¡Ahora! ¡Porque lo tengo en casa! ¡Ahora!

—Sí —asentí—. Un momento, que me vista.

Cerré la puerta y corrí a la habitación. Esa semana no había puesto muchas lavadoras. Lo único limpio que me quedaba era el estúpido vestido negro. Así que, por supuesto, me puse una camiseta sucia y unos jeans.

Gus no tenía la llave echada y entré sin pensar. Cuando estuve dentro, me di cuenta. Llevábamos casi un mes siendo amigos y por fin estaba en la casa que había estado mirando con curiosidad la primera noche. Estaba entre las estanterías de madera oscura atestadas de libros, y el olor ahumado a incienso de Gus flotaba en el ambiente. Se notaba que era un espacio habitado, había libros que se habían quedado abiertos en las mesas, pilas de cartas encima de antologías y revistas literarias, alguna taza encima de un posavasos. Pero, en comparación con el nivel habitual de desastre de Gus, la sala estaba ordenada al detalle.

—¿January? —El pasillo estrecho que llevaba directo a la cocina pareció tragarse su voz—. Estamos aquí.

Yo la seguí como si fueran migas de pan que llevaban a algún lugar fantástico. O a una trampa.

Me paré en la cocina, una imagen en espejo de la mía: a la izquierda, el rincón del desayuno, donde estaba la mesa tras la que había visto a Gus tantas veces pegada a la pared bajo la ventana, y la repisa y los armarios a la derecha. Gus me hizo una señal con la mano desde la siguiente habitación, un pequeño despacho.

Yo quería tomarme mi tiempo, examinar cada centímetro de aquella casa llena de secretos, pero Gus me miraba de esa forma tan fija que me hacía pensar que me estaba leyendo la mente, así que entré deprisa al despacho. Había un escritorio minimalista, de estilo escandinavo y sin trastos por encima, pegado a la ventana trasera.

Desde casa de Gus se veían los árboles, pero estos terminaban antes de que la parte derecha del edificio tapara el paisaje y, desde allí, había una vista clara de la playa, de cómo la luz plateada se colaba entre las nubes y rebotaba en la cresta de las olas como piedras que alguien tiraba al lago.

Ronald llevaba una camiseta roja y una gorra con rejilla en la parte de atrás. Tenía bolsas de los ojos, lo que le confería el aspecto de un san bernardo soñoliento. Se quitó la gorra y se puso de pie cuando entré en la habitación, pero no me tendió la mano, lo que me dio la sensación desconcertante de estar en una novela de Jane Austen.

—Hola —saludé—. Soy January.

—Encantado —dijo Ronald con una inclinación de cabeza.

Había una silla de escritorio (con el respaldo vuelto hacia la mesa para que Gus estuviera mirando la pequeña habitación), un sillón metido en un rincón (que Ronald había dejado vacío al levantarse) y una silla de la cocina que era evidente que Gus había traído para aquella ocasión. Ronald se sentó en ella y me hizo un gesto para que yo me quedara con el sillón.

—Gracias. —Me senté incorporándome al triángulo de sillas y rodillas—. Y muchas gracias por hablar con nosotros.

Ronald se volvió a poner la gorra y se recolocó la visera, nervioso.

—El otro día no estaba listo. Perdón por hacerlos perder tanto tiempo yendo a verme. Me siento fatal.

—No te preocupes —lo tranquilizó Gus—. Sabemos que es un tema muy delicado.

Él asintió.

—Y el alcoholismo... Quería estar seguro de que podría sobrellevarlo. Fui a una reunión de Alcohólicos Anónimos aquella noche, cuando quedamos en el Olive Garden. Ahí es donde estaba.

—Totalmente comprensible —dijo Gus—. Esto es solo un libro. Tú eres una persona.

«Solo un libro». La frase me tomó por sorpresa viniendo de Gus. Gus Everett, el de «los libros con finales felices son mentira», el de «se tragan todo lo que les dicen los libros», había pronunciado las palabras «solo un libro» y, por algún motivo, eso me había desarmado un poco.

«Gus ha estado casado».

Me pilló con la mirada fija en él. La aparté.

—Pero es justo eso —continuó Ronald—. Es un libro. Es una oportunidad para contar una historia que puede ayudar a gente como yo.

Los labios de Gus se tensaron en un gesto de incomodidad. Yo todavía no había leído mi ejemplar de *Las revelaciones* —me daba miedo cuánto podría disminuir o exacerbar lo que sentía por él—, pero, por todo lo que me había dicho Gus, sabía que no escribía tanto para salvar vidas como para entender lo que las había destrozado.

La comedia romántica de Gus tenía que ser diferente, pero no me lo imaginaba usando nada de lo que Ronald dijera para contar una historia que empezara con un chico conoce a chica y terminara con un felices para siempre. Los contenidos de su entrevista encajarían mucho más en su próxima obra maestra.

Pero lo cierto era que se trataba de Gus. Cuando habíamos empezado con todo aquello, yo había pensado que iba a escribir chorradas limitándome a imitar lo que había visto hacer a otra gente, pero, en realidad, mi nuevo proyecto tenía tanto de mí

como cualquier otra cosa que hubiera escrito. Tal vez en la novela romántica de Gus sí que cabía un lugar como New Eden como telón de fondo y todo tipo de cosas horribles entre besos y declaraciones de amor.

Tal vez le daría a alguien el final feliz que se merecía en un libro sobre una secta.

O quizá Ronald perdía el tiempo con él.

—Será sincero —le dijo Gus—, pero no será New Eden. No serás tú. Será, espero, un lugar que te puedas imaginar que existe, unos personajes que te puedas imaginar que son reales. —Hizo una pausa, pensativo—. Y, con suerte, a lo mejor podemos ayudar a alguien. A que se sienta reconocido y comprendido. Que sienta que su historia importa.

Gus me lanzó una mirada tan fugaz que casi me la perdí. El corazón me dio una voltereta al darme cuenta de que me estaba citando a mí, que estaba citando algo que le había dicho la noche que hicimos la apuesta. Y no pensé que se estuviera burlando, pensé que lo decía en serio.

—Pero, aunque no sea así —continuó centrándose en Ronald—, puede que solo el hecho de contarlo te ayude.

Ronald tiró de un hilo suelto del agujero que tenía en la rodilla de los jeans.

—Ya lo sé, pero quería asegurarme de que mi madre lo entendiera. Se sigue sintiendo mal. Cree que igual podría haber convencido a mi padre para que se marchase con nosotros. Piensa que seguiría vivo.

—Y tú, ¿qué piensas? —preguntó Gus.

Ronald apretó los labios.

—¿Crees en el destino, Augustus?

Gus escondió la mueca que le inspiró el nombre.

—Creo que algunas cosas son... inevitables.

Ronald se inclinó hacia delante y tiró de la visera de la gorra.

—Cuando era niño, era sonámbulo. Una muy mala costumbre. Daba miedo. Una vez, antes de irnos a New Eden, mi madre me encontró de pie en la orilla de la piscina de nuestro edificio con un cuchillo de untar en la mano. Desnudo. Y yo ni siquiera dormía desnudo.

»Dos semanas antes de unirnos a New Eden, mi madre y yo estábamos en un parque cuando estalló una tormenta. A ella siempre le había gustado la lluvia, así que nos quedamos allí un buen rato. Empezaron los truenos, tan fuertes que daban miedo. Y nos pusimos a correr hacia casa. Alrededor del parque había una valla metálica y, cuando llegamos, me gritó que esperase. No tenía muy claro cómo funcionaban los rayos, pero se imaginó que era mala idea dejar que su hijo de seis años tocara una valla de metal. Se enrolló la mano en la camiseta y abrió la verja para que pasara.

»Llegamos hasta casa y estábamos subiendo por la escalera cuando pasó. Un chasquido como el golpe de un hacha gigantesca alcanzó la Tierra. Lo juro, pensaba que habíamos chocado con el sol. Así de fuerte fue el fogonazo.

—¿Qué fogonazo? —preguntó Gus.

—El del rayo que me alcanzó —dijo Ronald—. No éramos religiosos, Augustus. Y mi padre menos, pero aquello asustó a mi madre. Decidió cambiar. La semana siguiente fuimos a la iglesia, la más estricta que encontró, y, al salir, alguien le dio un folleto. «NEW EDEN —ponía—. Dios te invita a un nuevo comienzo. ¿Acudirás?».

Gus tomaba notas y asentía.

—¿Se lo tomó como una señal?

—Pensaba que Dios me había salvado la vida —explicó Ronald—, solo para llamarle la atención. Una semana más tarde nos estábamos mudando al poblado y mi padre le siguió el juego. No creía en Dios, pero consideraba que la «educación espiritual» de un niño era el deber de su madre. No sé qué le pasó, qué le hizo cambiar de opinión, pero durante los dos años siguientes se involucró mucho más que mi madre. Y, entonces, una noche, mi madre se despertó con una mala sensación. Oía los rugidos de una tormenta y asomó la cabeza a la sala de estar, donde yo dormía, y vio que la cama plegable estaba vacía, solo había unas mantas amontonadas.

»Intentó despertar a mi padre, pero él dormía como un tronco, así que salió bajo la tormenta. Me encontró ahí de pie, completamente desnudo, en medio del bosque y con rayos cayendo a mi alrededor como fuegos artificiales bocabajo. Y ¿saben qué pasó entonces?

Ronald me miró e hizo una pausa.

—Uno cayó en la caravana. Se incendió entera. Ese fue el primer incendio de New Eden, y no fue para tanto, no fue como el que mató a mi padre. Ese lo apagaron antes de que pudiera causar demasiados daños, pero mi madre me sacó de allí al día siguiente.

—¿Lo vio como otra señal? —preguntó Gus para confirmar.

—Pues, verás, es curioso —dijo Ronald—. Mi madre cree en el hado, en el destino, en la mano divina de Dios, pero no tanto como para que no haya posibilidad de culparse a sí misma por lo que le pasó a mi padre. Fue ella la que nos llevó allí. Y fue ella la que me sacó a mí. No se lo dijo porque sabía que estaba demasiado metido en todo aquello. No solo se habría negado a irse, sino que nos habría expiado.

—¿Expiado? —pregunté.

—Es la jerga de New Eden —explicó Ronald—. Es una confesión en nombre de otro. No querían que lo viéramos como una denuncia. Era una expiación. Era hacer el sacrificio altruista de abrir una brecha en tu relación con alguien a cambio de salvarlo del pecado. En el fondo, mi madre sabía que, si le decía a mi padre que quería irse, nos habrían castigado a los dos. A ella le habrían caído, por lo menos, dos semanas de aislamiento. A mí me habrían pegado y luego me habrían dejado con otra familia hasta que «hubieran restaurado su fe vacilante». Decían que no les gustaba la violencia. Que castigarnos era el sacrificio que ellos hacían por amor, pero se notaba a quiénes sí les gustaba.

»Ella sabía todo aquello, así que, fuera cosa del destino o no, mi madre vio el futuro. No podría haberlo salvado a él, pero hizo lo que tenía que hacer para salvarme a mí.

Gus estaba en silencio, pensativo. Así, perdido en sus pensamientos, de pronto parecía más joven, un poco más delicado. Sentí la rabia en el vientre. «¿Por qué nadie te salvó a ti? —pensé—. ¿Por qué nadie te tomó en brazos y salió corriendo por la noche?».

Sabía que era complicado. Sabía que tenía que haber razones, pero eso no evitó que sintiera una punzada de dolor. No era la historia que le habría escrito yo. Para nada.

Gus cerró la puerta detrás de Ronald con un clic silencioso y se volvió para mirarme. Durante un instante no dijimos nada, exhaustos tras las cuatro horas de entrevista. Solo nos miramos.

Él se apoyó en la puerta.

—Hola —dijo por fin.

—Hola —respondí.

Se le coló un atisbo de sonrisa en los labios.

—Me alegro de verte.

—Sí. —Cambié el peso de pierna—. Y yo a ti.

Se incorporó, fue hacia el aparador de nogal que había en el rincón, sacó dos vasos de tubo del armario de abajo y los puso al lado de las botellas de bebidas oscuras dispuestas con cuidado.

—¿Quieres beber algo?

Claro que quería beber algo. Acababa de escuchar la historia desgarradora de un niño al que le pegaban por crímenes imaginarios y, aparte, estaba sola con él por primera vez desde que nos besamos. Estaba en la otra punta de la habitación y el calor de la casa me parecía una metáfora de la tensión entre nosotros, del embrollo espinoso de sentimientos que me había dejado aquel día. Rabia contra todos los padres rotos, pena porque ellos también debieron de sentirse como niños, indefensos, sin saber cómo tomar las decisiones correctas, aterrorizados por si tomaban las erróneas. Sentía angustia por Ronald y por lo que le había pasado, tristeza por mi madre y por lo perdida que sabía que se tendría que estar sintiendo sin mi padre y, aun con todo eso dentro, estar en la misma habitación que Gus me hacía entrar en calor y sentir presión como si, desde la otra punta de la habitación, ejerciera una fuerza física sobre mí.

Sentí el suave tintineo del hielo en los vasos. (¿Tenía hielo en un cubo en la bandeja con los licores? Muy de señor adinerado, ¿no?).

Quería respuestas sobre Pete y sobre los padres de Gus y sobre su matrimonio, pero ese era el tipo de detalles que una persona debía ofrecerse a contar y Gus no lo había hecho. Ni siquiera me había invitado a su casa hasta que uno de los sujetos de su investigación se había presentado allí sin avisar. Lo cierto era que yo tampoco lo había invitado a la mía, pero mi casa no era una parte de mí. De hecho, ni siquiera era mía. Solo era un peso que tenía que soportar. La casa de Gus era su hogar.

Y Ronald había estado allí antes que yo.

Gus se volvió para mirarme con el ceño fruncido.

—Te has hecho un tatuaje. —Fue lo primero que se me ocurrió decir cuando llevábamos demasiado rato en silencio.

Se miró el brazo al instante.

—Sí.

Ya está. Sin explicaciones, sin información sobre dónde había estado. Me podía sentar allí, tomarme algo mientras hablábamos de libros y de recuerdos insignificantes de niñas que nos habían vomitado en la nuca, pero ya está.

Se me cayó el alma a los pies. Yo no quería eso, por lo menos no ahora que había visto que había más. Si quisiera charlas triviales y conversaciones minadas de temas explosivos que no se podían tocar, llamaría a mi madre. Con él quería más. Así era yo.

—¿Whisky escocés? —preguntó Gus.

—Hoy no he adelantado mucho. Debería volver al trabajo.

—Sí. —Empezó a asentir despacio, distraído—. Sí, vale. Pues mañana.

—Mañana —repetí.

Me daba miedo planear nuestro sábado por la noche. Él dejó los vasos en el aparador y fue a abrirme la puerta. Yo salí al porche, pero vacilé al oír el sonido de mi nombre. Cuando me volví para mirar, tenía la sien izquierda apoyada en el marco de la puerta.

Siempre estaba apoyándose en algo, como si no fuera capaz de soportar su propio peso más de uno o dos segundos. Se recostaba, se repantigaba, se encorvaba y se reclinaba. Nunca estaba solo de pie o sentado. Cuando íbamos a la universidad, pensaba que le daba pereza todo menos escribir. Ahora me preguntaba si, simplemente, estaba cansado, si la vida le había dado tantos golpes que lo había dejado encorvado para siempre, si lo había doblado para que nadie pudiera llegar a ese centro más tierno, a ese niño que soñaba con huir en trenes y vivir entre las ramas de una secuoya.

—¿Sí? —dije.

—Me alegro de verte —dijo.

—Ya me lo habías dicho.

—Sí —contestó—. Es verdad.

Yo reprimí una sonrisa, sofoqué un aleteo en el estómago. Una sonrisa y un aleteo no me bastaban. Estaba harta de secretos y mentiras, por muy bonitos que fueran.

—Buenas noches, Gus.

17
EL BAILE

Gus escribió en una nota el sábado:

¿ESTA NOCHE TOCA ESMOQUIN?

Me entraba ansiedad cada vez que pensaba que podría estar a solas en el coche con él, pero también tenía esa noche planeada desde el sábado anterior y no quería romper el trato, no cuando estaba escribiendo por primera vez desde hacía meses. Le respondí:

DESDE LUEGO.

Gus preguntó:

¿EN SERIO?

Le escribí:

NO. ¿TIENES BOTAS DE VAQUERO?

A lo que Gus contestó:

¿TÚ QUÉ CREES? CON TODO LO QUE SABES SOBRE MÍ, INTEN-
TA ADIVINAR SI TENGO BOTAS DE VAQUERO.

Yo me quedé mirando la página en blanco y le solté:

ERES UN HOMBRE CON MUCHOS SECRETOS. PODRÍAS TENER
UN ARMARIO ENTERO LLENO DE SOMBREROS TEXANOS. Y, SI
LOS TIENES, PONTE UNO. A LAS SEIS.

Cuando Gus apareció en mi puerta esa tarde, llevaba puesto el uniforme de costumbre más una camisa negra arrugada. Llevaba el pelo hacia atrás de una forma que sugería que se había estado pasando la mano por el pelo por los nervios mientras escribía.

—¿No traes sombrero? —dije.

—No.

Se sacó una mano de detrás de la espalda. Llevaba dos cantimploras, de esas finas y plegables que se podían esconder bajo la ropa.

—Pero he traído esto por si me llevas a una misa texana.

Me agaché al lado de la puerta para ponerme los botines bordados.

—Y, una vez más, demuestras que sabes mucho más de romance de lo que habías dado a entender.

Al decirlo, sentí un pinchazo en el estómago.

«Gus ha estado casado».

«Gus está divorciado».

Por eso estaba tan convencido de que el amor no podía durar y no me había contado ninguno de esos detalles tan importantes, porque no se había abierto a mí de verdad.

Si mi comentario le trajo a la mente algo de todo eso, no lo dejó entrever.

—Para que lo sepas —dijo—, si en algún momento tengo que llevar un sombrero de vaquero de verdad, es probable que caiga muerto.

—Tienes alergia a los sombreros vaqueros. —Tomé las llaves de la mesa—. Me queda claro, vamos.

Habría sido una cita perfecta si hubiera sido una cita.

El estacionamiento del Black Cat Saloon estaba a reventar y el tosco interior estaba igual de lleno.

—Veo muchas camisas de cuadros —advirtió Gus mientras entrábamos.

—¿Qué esperas ver en la noche de baile country, Gus?

—Es broma, ¿no? —dijo petrificado. Negué con la cabeza—. Tengo una pesadilla recurrente en la que pasa justo esto y ahora me doy cuenta de que, en realidad, era una premonición.

En el escenario de poca altura que había al fondo de aquella sala con aspecto de granero, la banda volvió a tocar y una multitud de cuerpos pasaron por nuestra izquierda y me empujaron hacia él. Él me sujetó por las costillas y me puso derecha mientras la multitud se dirigía a la pista de baile.

—¿Estás bien? —gritó por encima de la música con las manos todavía en mis costillas.

Yo tenía la cara encendida y el corazón me palpitaba a traición.

—Sí, bien.

Él se me acercó para que pudiera oírlo.

—Este ambiente parece peligroso para alguien de tu talla. Tal vez deberíamos marcharnos e ir... a cualquier otro sitio, el que sea.

Cuando se retiró para mirarme, sonreí de oreja a oreja y negué con la cabeza.

—Ni hablar. La clase no empieza hasta dentro de diez minutos.

Sus manos me soltaron y dejaron en mi piel zonas encendidas.

—Bueno, sobreviví a Meg Ryan.

—A duras penas —dije para picarlo.

De pronto me sonrojé al sentir la quemazón de ciertos recuerdos fugaces en la mente. La boca de Gus abriendo la mía. Los dientes de Gus en mi clavícula. Las manos de Gus apretándome las caderas, su pulgar rascándome por debajo de la camiseta.

El momento se alargó. O, más bien, pareció que una tensión tiraba de nosotros y, como no nos acercamos, el ambiente se quedó tenso. La canción estaba terminando y un hombre larguirucho con cara de caballo subió al escenario con un micrófono y llamó a los principiantes para que fueran a la pista para bailar la siguiente canción.

Yo sujeté a Gus por la muñeca y me abrí paso entre la gente hasta la pista de baile. Por una vez, Gus se había sonrojado y le surcaban la frente arrugas de preocupación.

—A cambio de esto tienes que meterme en tu testamento —dijo.

—Igual no es lo mejor hablar mientras dan las instrucciones —respondí señalando con la cabeza al hombre con cara equina, que estaba usando a una voluntaria para enseñarnos algunos pasos básicos mientras hablaba a la velocidad de un subastador—. Me da la sensación de que este hombre no va a repetirse demasiado.

—Acuérdate, January, en tus últimas voluntades —susurró Gus rabioso.

—Y, a Gus Everett —le contesté con un murmullo—, ¡un armario lleno de sombreros texanos!

Su risa crepitó como aceite hirviendo. Me acordé de ese sonido en mi oído aquella noche en la fiesta. No nos habíamos dicho nada mientras bailábamos en aquel sótano mugroso, ni una palabra, pero él se había reído al lado de mi oreja y yo supe, o al menos sospeché, que se reía porque era medio consciente de que tendríamos que haber sentido vergüenza de estar así, tan encima del otro. Tendríamos que haber sentido vergüenza, pero esa noche había cosas más urgentes que sentir. Como en el autocine.

Un calor me inundó el abdomen, pero reprimí el pensamiento.

Encima del escenario, el violinista empezó a tocar y, pronto, toda la banda iba pasando de nota a nota. Los expertos inundaron la pista, llenando los espacios entre los principiantes que esperaban con nerviosismo, de los cuales nosotros éramos por lo menos el veinte por ciento. Gus se me acercó, no queriendo que lo separaran del refugio en el que me había convertido cuando habíamos entrado por esas puertas metálicas de doble hoja. Y el presentador gritó por el micrófono:

—¿Preparados? ¡Allá vamos!

A su primera orden, la muchedumbre empujó hacia la derecha y nos llevaron con ellos. Gus me tomó la mano cuando la masa de botas y tacones fue en dirección contraria. Yo solté un chillido cuando Gus tiró de mí para apartarme del camino de un señor decidido a pasar bailando a nuestro lado, aunque eso supusiera pisarme el pie.

La canción no tenía letra, solo estaban las instrucciones del presentador, con su ritmo extraño de subastador, y el sonido de los zapatos rascando el suelo. Yo solté una carcajada cuando Gus fue hacia delante en lugar de hacia atrás y me gané una mirada desagradable de la mujer rubia con el pelo lleno de spray para peinar con la que se había chocado.

—Lo siento —gritó él por encima de la música, levantando las manos en señal de paz.

Pero se topó con su pecho cubierto por encaje rosa cuando la gente volvió a darse la vuelta.

—Ay, Dios —dijo echándose atrás como podía—. Lo siento, yo...

—¡No metas a Dios en esto! —le espetó la mujer poniendo los brazos en la cintura.

—Disculpe —intercedí tomando a Gus de la mano—. No puedo sacarlo de casa.

—¿A mí? —gritó él medio riendo—. Si tú me has empujado y...

Tiré de él y lo llevé entre el gentío hasta la otra punta de la pista. Cuando eché la vista atrás, la mujer había reanudado su baile con una expresión fría como un témpano de hielo.

—¿Qué? ¿Le doy mi teléfono? —bromeó Gus con la boca cerca de mi oreja.

—Creo que preferiría tus datos del seguro.

—O un retrato policial.

—O una barra de hierro —solté.

—Vale. —La sonrisa de Gus era tan amplia que se le escapó una carcajada—. Ya basta. No haces más que buscar excusas para no bailar.

—¿Que yo busco excusas? —dije—. Tú le has tocado las tetas a esa mujer para que te echaran.

—Pero ¿qué dices?

Negó con la cabeza, me sujetó del brazo y tiró de mí mientras volvía a bailar con torpeza.

—Estoy motivadísimo ya. Ve haciendo hueco en la agenda los sábados desde hoy hasta la eternidad.

Me reí, tropezándome en los pasos como él, pero por dentro me estaba esforzando porque el corazón dejara de darme saltos. No quería sentirme así. Ya no era divertido, ahora sabía cómo acabaría todo: yo encariñada y celosa, y él habiéndome contado sobre su vida lo mismo que le contaría a su peluquero.

Pero luego decía cosas como esa («Ve haciendo hueco en tu agenda los sábados desde hoy hasta la eternidad»). Me sujetaba por la cintura para que no me chocara contra un pilar que no había visto en mi estado de fuga disociativa danzarina. Mientras se reía, me hacía dar vueltas, me acercaba a él y me hacía girar a su alrededor mientras el resto de la gente daba grandes pasos hacia los lados y volvía con los pulgares enganchados a las trabillas reales o imaginarias de los pantalones.

Aquel era un Gus diferente del que yo había visto (¿el que jugaba al futbol?, ¿el Gus que respondía a un tercio de las llamadas de su tía?, ¿el que se había casado y divorciado?) y no sabía muy bien qué pensar de su repentina aparición.

Algo había vuelto a cambiar en él y (queriendo o no) dejaba que se notara. Parecía más ligero que antes, menos cansado. Estaba siendo encantador y tonteaba conmigo, lo cual todavía me frustraba más después de aquella semana.

—Necesitamos un trago —dijo.

—Vale —accedí.

Quizá un traguito me quitaría aquella mala sensación. Esquivamos gente hasta llegar a la barra y él apartó un montón de cacahuetes con cáscara para pedir dos tragos de whisky dobles.

—Brindemos —dijo levantando el suyo.

—¿Por qué? —pregunté.

Él me dedicó una sonrisa de complicidad.

—Por tus finales felices.

Pensaba que éramos amigos, que me respetaba, y ahora sentía que me estaba llamando princesa de cuento otra vez, riéndose por dentro de lo ingenua y estúpida que era mi forma de ver el mundo, con su matrimonio fracasado como as en la manga que demostraba, una vez más, que sabía más que yo. Una bomba de agresividad y rabia me estalló por dentro y me tragué el whisky sin hacer muecas. Gus pareció creer que había sido un descuido. Él aún se estaba bebiendo el suyo cuando volví a la pista. Tenía que admitir que había algo especialmente cómico en bailar country enfadada, pero eso no me impidió hacerlo. Terminamos dos canciones más y nos tomamos dos tragos más.

Cuando volvimos para la cuarta canción —un baile más complejo para que disfrutaran los bailarines avanzados mientras el presentador iba al baño y descansaba las cuerdas vocales—, no teníamos ninguna esperanza de poder seguir la coreografía. No habríamos podido ni aunque no hubiéramos ido algo entonados. En un doble giro a la derecha, tropecé con un tablón del suelo que estaba algo levantado y Gus me sujetó por la cintura para que no cayese. Su risa se extinguió cuando me vio la cara y se apoyó (cómo no) en el pilar, mi enemigo de hacía un rato, tirando de mis caderas hacia él. Su mano me quemaba la piel a través de los jeans y me esforcé por mantener la cabeza fría a pesar del contacto.

—Oye —murmuró bajando la boca a la altura de mi oreja para que pudiera oírlo por encima de la música—. ¿Qué te pasa?

Lo que me pasaba eran sus pulgares dibujando círculos en mis caderas, su aliento de whisky contra la comisura de mis labios y lo estúpida que me sentía porque tuviera aquel efecto sobre mí. Sí que era ingenua.

Siempre había confiado en mis padres, nunca había sentido que faltara nada entre Jacques y yo, y ahora había empezado a encariñarme de alguien que había hecho todo lo posible para convencerme de que no me encariñase.

Me aparté de él. Quería decir: «Creo que debo irme a casa» o «No me encuentro bien».

Pero nunca se me había dado bien esconder lo que sentía y, en el último año, todavía menos.

No dije nada. Solo corrí hacia la puerta.

Salí como una exhalación al aire fresco del aparcamiento y fui directa al Kia. Lo oí gritando mi nombre detrás de mí, pero estaba demasiado avergonzada, frustrada, y no sabía qué más para darme la vuelta.

—January —repitió Gus corriendo hacia mí.

—Estoy bien. —Busqué las llaves en el bolsillo—. Solo... Tengo que irme a casa. No... Es que no... —Se me apagó la voz mientras me peleaba con la llave y la cerradura.

—No podemos irnos a ningún sitio hasta que se nos baje el alcohol —señaló.

—Entonces me quedaré en el coche esperando.

Me temblaban las manos y la llave volvió a resbalar por encima de la cerradura.

—Venga, déjame a mí.

Gus me quitó la llave de la mano, la metió en la cerradura y abrió el coche, pero no se apartó para dejarme abrir la puerta del lado del conductor.

—Gracias —le dije sin mirarlo.

Me estremecí cuando me rozó la cara para apartarme el pelo de la mejilla. Me lo puso detrás de la oreja.

—Sea lo que sea, puedes contármelo.

Entonces sí que levanté la vista. Ignoré el salto que me dio el corazón cuando nos miramos a los ojos.

—¿Por qué?

Arqueó las cejas.

—¿Por qué qué?

—¿Por qué puedo contártelo? —dije—. ¿Por qué iba a contarte nada?

Apretó los labios. Se le tensó el músculo de la mandíbula.

—¿Qué está pasando? ¿Qué he hecho?

—Nada. —Me volví hacia el coche, pero el cuerpo de Gus seguía bloqueando la puerta—. Apártate, Gus.

—No es justo —dijo—. ¿Estás enfadada conmigo y ni siquiera puedo intentar arreglarlo? ¿Qué es lo que puedo haber...?

—Que no estoy enfadada contigo —dije.

—Claro que sí —rebatió él. Volví a intentar abrir la puerta. Esta vez se apartó—. Por favor, dímelo, January.

—No —insistí con la voz temblándome peligrosamente—, no estoy enfadada contigo. No tenemos una relación tan cercana. Ni siquiera somos amigos. Solo soy una conocida.

Dos arrugas paralelas se le formaron entre las cejas y apretó la boca torcida.

—Por favor —dijo casi sin aliento—, no hagas esto.

—¡¿Hacer qué?! —quise saber.

Abrió los brazos con desesperación.

—¡No lo sé! —dijo—. Lo que sea esto.

—¿Te crees que soy tonta?

—Pero ¿qué dices? —preguntó.

—Supongo que no debería sorprenderme que no me cuentes nada —comenté—. Total, no me respetas a mí ni respetas mis opiniones.

—Claro que te respeto.

—Sé que estuviste casado —solté—. Sé que estuviste casado y que se separaron en tu cumpleaños, y no solo no me contaste nada de eso, sino que me escuchaste soltar todo sobre por qué hago lo que hago y qué significa todo eso para mí y... Y hablar sobre mi padre y lo que hizo... Y no dijiste nada, con los humos bien subiditos...

Gus soltó una carcajada exasperada.

—¿Con los humos subidos?

—... pensando que era ingenua o estúpida...

—¿Cómo voy a pensar...?

—... guardando en secreto tu matrimonio fracasado, igual que todo lo demás en tu vida, para poder mirar por encima del hombro a todas las personas clichés como yo que todavía creen...

—Para —dijo de pronto.

—... mientras tú...

—¡Para!

Se apartó de mí con brusquedad, fue hasta la cajuela del coche y luego se volvió con cara de enfado.

—No me conoces, January.

Yo me reí sin ganas.

—Ya lo sé.

—No. —Negó con la cabeza. Volvió dando zancadas y se paró a menos de quince centímetros de mí—. ¿Crees que el matrimonio me parece una broma? Estuve casado dos años. Dos años y luego mi mujer me dejó por el padrino de nuestra boda. ¿Qué tal ese cliché? Conozco peces de colores que han vivido más tiempo. Y yo ni siquiera quería divorciarme. Me habría quedado con ella, incluso después de los cuernos, pero ¿sabes qué, January? No todo el mundo tiene finales felices. No puedes hacer nada para que alguien te siga queriendo.

»Igual no te lo crees, pero no me paso horas escuchándote hablar y juzgándote en silencio. Y si me lleva algo de tiempo contarte cosas como "¿Sabes que mi mujer me dejó por mi compañero de habitación de la universidad?" a lo mejor no tiene nada que ver contigo, ¿vale? A lo mejor es porque no me gusta decir esa frase en voz alta. Tu madre no se marchó cuando tu padre la engañó y mi madre no dejó a mi padre cuando me rompió el puto brazo y, en cambio, yo no pude hacer nada para que mi mujer se quedara conmigo.

Se me cayó el alma a los pies. Se me cerró la garganta. Sentí que el dolor me atravesaba el pecho. De pronto todo tenía sentido: la vacilación y la evasión, la falta de confianza en la gente, el miedo al compromiso.

Nadie había escogido a Gus. Desde que era un niño pequeño, nadie lo había escogido a él y se sentía avergonzado por ello, como si fuera culpa suya. Quería decirle que no, que no era porque él estuviera roto, sino porque lo estaban los demás. Pero no conseguía decir nada. No podía más que mirarlo —ahí plantado, cansado, con el pecho subiendo y bajando con exhalaciones pesadas— y sentir su dolor y odiar un poco al mundo por pisotearlo.

En ese momento no me importaba por qué había desaparecido ni dónde había ido.

El centelleo intenso había desaparecido de sus ojos y agachó la cabeza mientras se frotaba la frente.

Había millones de cosas que quería decirle, pero lo que me salió fue:

—¿Parker?

Él volvió a levantar la cabeza, con los ojos como platos y la boca entreabierta.

—¿Qué?

—Tu compañero de habitación de la universidad —murmuré—. ¿Te refieres a Parker?

Parker, el estudiante de Bellas Artes con ropa excéntrica. Parker, el que se había arrancado casi toda la ceja izquierda. Tenía unos ojos azules bonitos y una extravagancia que mis amigas y yo siempre pensamos que, en la cama, se traduciría en una actitud de golden retriever contento. Y todas estábamos seguras de que se iba a la cama con muchas.

Gus no me miraba. Volvía a frotarse la frente, con el mismo aspecto avergonzado y destrozado que tenía yo hacía treinta segundos.

—En tu cumpleaños. Qué cabrona.

No me di cuenta de que lo había dicho en voz alta hasta que me contestó.

—Bueno, no lo tenía planeado. —Apartó la cara, con la mirada perdida en el estacionamiento—. Se lo sonsaqué yo. Sabía que algo no iba bien y... Bueno.

«Sigue siendo una cabrona», pensé. Negué con la cabeza. No tenía ni idea de qué más decir. Di un paso y lo rodeé con los brazos hundiendo la cara en su cuello y sintiendo en el pecho cuándo tomaba aire. Al cabo de un momento, levantó los brazos y me rodeó con ellos y nos quedamos ahí, donde no llegaba a alcanzarnos el único foco del aparcamiento, aferrándonos el uno al otro.

—Lo siento —le susurré a su piel—. Ella tendría que haberte elegido a ti.

Y lo dije de corazón, aunque no estaba segura de a quién me refería con «ella».

Estrechó el abrazo. Presionó la nariz y la boca contra mi coronilla. Dentro empezó a sonar una versión triste de una canción de Crosby, Stills, Nash & Young y la guitarra sonaba como si las cuerdas estuvieran llorando. Gus me meció.

—Quiero conocerte —le dije.

—Y yo que me conozcas —murmuró en mi pelo.

Nos quedamos así un momento más antes de que él volviera a hablar.

—Es tarde. Deberíamos tomar un café para irnos a casa.

Yo no quería irme. No quería separarme de Gus.

—Vale.

Se apartó de mí, despacio, y sus manos bajaron por mi cuello y se pararon justo antes de llegar a los hombros. Tenía el pulgar áspero justo en el borde de mi clavícula. Negó con la cabeza una sola vez.

—Nunca he creído que fueras estúpida.

Asentí. No sabía muy bien qué decir y, aunque lo supiera, no estaba segura de si la voz me saldría grave y espesa como tenía la sangre o temblorosa y de los nervios como tenía el corazón.

La mirada de Gus cayó hasta mi boca y luego subió a mis ojos.

—Pensaba... Pienso que es valiente creer en el amor. El amor duradero, digo. Buscarlo aunque sepas que puedes hacerte daño.

—¿Y tú qué?

—¿Yo qué? —murmuró.

Quise aclararme la voz, pero no lo hice. Haría demasiado evidente lo que pensaba, cómo me sentía.

—¿Crees que nunca más creerás?

Gus se echó atrás y la gravilla crujió bajo sus zapatos.

—Da igual si creo o no —comentó—. No creer en algo no te impide quererlo. Si no tienes cuidado.

Su mirada desató el calor por mi cuerpo y volví a sentir el frío de golpe en la piel cuando se dio la vuelta para ir hacia el bar.

—Venga —dijo—, vamos a por el café.

«Si no tienes cuidado...». El cuidado era algo con lo que yo no me andaba demasiado cuando se trataba de Gus Everett.

Un buen ejemplo de ello fue la resaca a la mañana siguiente.

Me desperté y vi el primer mensaje que me había mandado al celular.

Solo decía:

Ay.

18
LA EX

No pasamos más noches cada uno en su terraza. El domingo Gus vino a mi casa con pinta de que un compactador de basura había empezado a tragárselo y lo había escupido a medio tragar.

Yo me encontraba por lo menos igual de mal que lo que él aparentaba.

Abatimos las tumbonas de la terraza y nos acostamos con bolsas de hielo en la cabeza, bebiendo de las botellas de bebida isotónica que él había traído.

—¿Has escrito? —me preguntó.

—Cuando pienso en palabras me entran ganas de potar.

A mi lado, a Gus le vino una arcada.

—Esa palabra —dijo.

—Perdona.

—¿Pedimos pizza? —preguntó él.

—¿Es broma? Pero si casi p...

—January —profirió Gus—, no digas esa palabra. Responde a la pregunta y punto.

—Pues claro que pedimos pizza.

El lunes estábamos casi recuperados. Por lo menos lo suficiente para pasarnos el día trabajando cada uno en su mesa (yo conseguí sacar dos mil palabras). Hacia las dos menos cuarto, Gus me mostró la primera nota:

TIENES UN MENSAJE MÍO.

Le respondí:

*ME ACUERDO DE CUANDO ME LO MANDASTE. FUE UN MO-
MENTO HISTÓRICO EN NUESTRA AMISTAD.*

Y dijo:

NO. TE ACABO DE MANDAR UN MENSAJE HACE UN MINUTO.

Yo había dejado el celular cargándose al lado de la cama.
Levanté el índice y me fui deprisa a la habitación a tomarlo. El
mensaje solo decía:

¿Sabes preparar margaritas?

Gus, has usado menos palabras aquí
que en la nota para avisarme de que
me habías mandado un mensaje.

Él respondió enseguida:

Quería hacerte una propuesta seria,
las notas son una forma de comunicación
muy informal.

No sé preparar margaritas.
Pero conozco a alguien que sí.

¿José Cuervo?

Abrí la persiana, me asomé por la ventana y grité hacia la parte de atrás de la casa, que era donde estaban las ventanas de las cocinas:

—¡GOOGLE!

El celular vibró con su respuesta:

Ven a mi casa.

Intenté no darme cuenta de lo que esas palabras provocaban en mi cuerpo, el escalofrío de pies a cabeza, el calor.

Volví a por la computadora y fui hasta su casa descalza. Gus me esperaba en la entrada, apoyado en el marco de la puerta.

—¿Alguna vez te pones derecho? —pregunté.

—No, si puedo evitarlo —respondió, y me guio hasta su cocina. Yo me senté en un taburete delante de la barra mientras él sacaba las limas e iba al salón a por la coctelera, el tequila y el triple seco.

—Por favor, no te molestes en ayudar —dijo con malicia.

—Tranquilo, no pensaba hacerlo.

Cuando acabó de preparar las bebidas, salimos al porche y trabajamos hasta que los últimos rayos de sol desaparecieron en el azul oscuro del cielo de Michigan y las estrellas aparecieron como si fueran agujeritos que alguien iba haciendo, uno a uno. Cuando la barriga empezó a rugirnos, yo volví a mi casa a por las sobras de la pizza y nos la comimos fría con las piernas estiradas y los pies apoyados en la barandilla del porche.

—Mira —dijo Gus, y señaló el azul oscuro del cielo, donde dos hilos de luz plateada pasaban entre las estrellas.

Tenía aquella mirada tan suya en los ojos y yo sentí un aleteo casi doloroso en el pecho. Me encantaba esa expresión vulnerable de cuando acababa de ver algo que le hacía sentir cosas y todavía no había podido esconderlas.

«A veces me mira así a mí».

Me centré en las estrellas fugaces.

—Me siento identificada —dije inexpresiva.

Gus soltó media carcajada.

—Somos igualitos: puro fuego y caídos del cielo.

Se volvió hacia mí con una mirada oscura e intensa que echó por tierra la compostura prudente que había intentado recobrar. Lo recorrí con la mirada y me esforcé por pensar en algo que decir.

—¿A qué viene el tatuaje? —dije, y señalé con la barbilla el tatuaje renovado que llevaba en la parte de atrás del brazo, donde tenía la piel algo más pálida que su color aceitunado habitual.

Pareció confundido hasta que me siguió la mirada.

—Ah —exclamó—, antes era otra cosa.

—Una cinta de Moebius, ya lo sé —dije, puede que demasiado deprisa.

Sus ojos se clavaron en los míos durante unos segundos intimidantes mientras decidía qué decirme.

—Nos las tatuamos Naomi y yo.

Su nombre se quedó suspendido en el aire como la imagen que se te queda en la retina después de que caiga un rayo. «Naomi». La mujer con la que se había casado Gus Everett, supuse. Él no pareció darse cuenta de la impresión que me provocó. Tal vez pensaba que la mencionaba a menudo. Tal vez haberme dicho que existía para él ya era como haberme enseñado sus álbumes de fotos.

—Justo después de la boda.

—Ah —dije como una tonta. Sentí todavía más calor en las mejillas, que me empezaron a picar. Se me daba muy bien lo de sacar temas de los que él no tenía ganas de hablar—. Perdona.

Negó una vez con la cabeza y sus ojos siguieron clavados en mí, intensos.

—Te dije que quería que me conocieras. Puedes preguntarme lo que sea.

A mí me sonó a «¡Ven, ponte encima de mí!».

Yo esperaba estar guapísima, todo lo guapa que puede estar una cuando está roja como un tomate madurísimo.

Dejar el tema era lo más inteligente, pero no podía evitar ponerlo a prueba, ver si yo, January Andrews, de verdad podía preguntarle cualquier cosa a Gus Everett.

Me conformé con:

—¿Qué significaba?

—Parece que muy poca cosa —contestó él.

La decepción por lo rápido que se había deteriorado nuestra norma de sinceridad hizo que se me retorciera el estómago, pero él tomó aire y continuó:

—Si empiezas en un punto de una cinta de Moebius y continúas, cuando has dado una vuelta, no terminas en el sitio en el que has empezado. Terminas justo encima, pero al otro lado de la superficie. Y si luego sigues y das otra vuelta entera, al final terminas donde habías empezado. Es como un camino que se tarda en recorrer el doble de lo que debería. En aquel momento, supongo que pensamos que significaba que la suma de los dos era más grande de lo que éramos por separado.

Levantó un hombro y luego se rascó distraído el círculo negro.

—Cuando se fue, me parecía más bien una broma de mal gusto. Míranos, aquí estamos, atrapados en caras opuestas de la misma superficie, en teoría en el mismo lugar, pero para nada juntos. Unidos por estos tatuajes estúpidos que son mil veces más permanentes que nuestro matrimonio.

—Jolín.

¿Había dicho «jolín»? Parecía una canguro haciendo pompas con el chicle e intentando identificarse con su papá buenorro favorito. Y así era, más o menos, como me sentía.

Gus me dedicó una media sonrisa.

—Pues sí, jolín —coincidió en voz baja.

Nos quedamos mirándonos fijamente un poco más de la cuenta.

—¿Cómo era?

Las palabras se me habían escapado y me recorrió una oleada de pánico por haber hecho una pregunta que no estaba segura de que Gus quisiera contestar y cuya respuesta no estaba segura de querer oír.

Sus ojos oscuros me estudiaron durante varios segundos. Carraspeó.

—Era fuerte —comentó—. Digamos que... impenetrable.

Las bromas se hacían solas, pero no lo interrumpí. Había llegado hasta allí. Ahora tenía que saber qué tipo de mujer podía cautivar a Gus Everett.

—Era una artista visual increíble —dijo—. Así es como nos conocimos. Cuando estaba haciendo el máster vi una de sus exposiciones en una galería y me gustó su obra antes de conocerla a ella. De hecho, incluso cuando estábamos juntos, me sentía como si nunca pudiera llegar a conocerla. Como si siempre estuviera fuera de mi alcance. Por alguna razón, eso me encantaba.

¿Qué tipo de mujer podía cautivar a Gus Everett?

Mi polo opuesto. No el tipo de mujer que era arisca cuando estaba de mal humor, lloraba cuando estaba contenta, triste, agobiada... La que no podía evitar que se le notara todo.

—Pero también pensaba que... —Vaciló—. Pensaba: «Es alguien a quien no puedo romper». No me necesitaba. Y no me trataba con cuidado ni estaba preocupada por salvarme ni por abrirse a mí lo suficiente para que yo la ayudara a aclarar sus problemas. Puede que parezca un capullo, pero nunca me he considerado capaz de cuidar de alguien... blando.

—Ah.

Me ardieron las mejillas y seguí con la vista fija en su brazo en lugar de mirarlo a la cara.

—Lo vi con mis padres, ¿sabes? Él, el agujero negro, y ella, la luz brillante que él siempre intentaba tragarse.

Le miré la cara, las arrugas que se le formaban entre las cejas.

—Gus. No eres un agujero negro. Y tampoco eres tu padre.

—Sí, ya lo sé. —Una sonrisa poco convincente le pasó por un lado de la boca—. Pero tampoco soy una luz brillante.

Vale, no era una luz brillante, pero tampoco era el cínico que yo pensaba. Era un realista que tenía demasiado miedo de esperar que las cosas fueran a mejor en su vida, pero también era buenísimo escuchando a la gente y haciéndolos sentir menos solos sin promesas o tópicos vacíos. A mí. A Ronald. A Grace.

No tenía miedo de que las cosas se pusieran feas, de ver a alguien en su peor momento, y no se mataba por conseguir que dejara de sentir lo que sentía. Solo observaba esos sentimientos y, de algún modo, eso ayudaba a sacarlos del cuerpo tras años de reclusión.

—Puede —le dije—, pero tienes tu propia luz. Y, por si vale de algo, como antigua princesa de cuento y la chica más blanda del mundo, creo que eres muy dulce.

Le vi los ojos tan cálidos e intensos que me convencí de que podía leer todos mis pensamientos, todo lo que sentía por él y todo lo que pensaba sobre él, escrito en mis pupilas. El calor que sentía en la cara se esparció por todo el cuerpo y volví a centrarme en su tatuaje y le di un golpecito.

—Y, también, por si te vale de algo, creo que el tachón negro te pega. No porque seas un agujero negro, sino porque es gracioso y raro.

—Si tú lo crees, entonces no me arrepiento —murmuró.

—Te hiciste un tatuaje —dije, todavía un poco alucinada.

—Tengo varios, pero si quieres ver los otros tendrás que pagarme una cena.

—No, quiero decir que te hiciste un tatuaje de pareja. —Me atreví a mirarlo y me lo encontré con la vista fija en mí, como si esperara una gran revelación sobre lo que quería decir—. Joder, eso ya es nivel Cary Grant de romántico.

—Es humillante.

Fue a rascárselo otra vez, pero encontró mis dedos encima.

—Es impresionante —repliqué.

Su palma callosa pasó por encima de la mía y la tapó. Yo me puse a pensar en esa mano tocándome por debajo de la camiseta, rozándome por la piel de la barriga. Su voz cavernosa me sacó de mi recuerdo:

—Y ¿el chico perfecto?

Yo vacilé.

—¿Jacques?

—Perdona —dijo Gus—, el Jacques perfecto. Seis años es mucho tiempo. Tuviste que pensar que terminarían haciéndose tatuajes juntos y con una manada de niños.

—Pensé...

Se me apagó la voz mientras buscaba las palabras en la sopa de letras que tenía en la cabeza. Los dedos de Gus estaban cálidos y ásperos, cuidadosos y ligeros, sobre los míos y tuve que nadar a contracorriente de pensamientos como «Seguro que los científicos podrían reconstruirlo solo a partir de esta mano» para llegar a cualquier recuerdo de Jacques.

—Era un protagonista, ¿sabes lo que te quiero decir?

—¿Debería saberlo? —bromeó Gus.

—Si te estás tomando en serio nuestro reto, sí —respondí—. Quiero decir que era romántico. Dramático. Iluminaba la habitación en la que entraba y tenía una historia increíble que contar para cada ocasión posible. Y me enamoraba de él en todos los momentos increíbles que compartíamos.

»Pero luego, cuando estábamos juntos sin más, por ejemplo, desayunando en un departamento sucio que sabíamos que tendríamos que limpiar después de un fiestón... No lo sé. Cuando no brillábamos para el otro, sentía como que, bueno, que no estaba mal. Como si fuéramos actores de una película que, cuando se apagaban las cámaras, no tenían mucho de que hablar. Pero queríamos la misma vida, ¿sabes?

Gus asintió pensativo.

—Yo nunca pensé cómo sería mi vida y la de Naomi juntas, pero sabía que serían eso: dos vidas. Tú elegiste a alguien que quería una relación, que era lo que querías.

—Sí, pero no era suficiente. —Negué con la cabeza—. ¿Sabes esa sensación de cuando estás mirando a alguien dormir y sientes que te invade la alegría de que esa persona exista?

Una leve sonrisa apareció en la comisura de sus labios y asintió de forma casi imperceptible.

—Bueno, pues yo quería a Jacques —afirmé—. Y me encantaban su familia y sus platos y que sintiera pasión por su trabajo en urgencias y que leyera mucho no ficción como mi padre y... Bueno, mi madre estaba enferma. ¿Lo sabías?

La boca de Gus se volvió una fina línea apretada y seria, y frunció el ceño.

—Por la clase de No Ficción —dijo—, pero ella estaba en remisión.

Asentí.

—Pero cuando terminé la carrera, volvió. Y yo me convencí a mí misma de que iba a superarlo otra vez, pero a una parte de mí la consolaba pensar que, si se moría, al menos habría conocido al hombre con el que me iba a casar. A ella le parecía que Jacques era guapísimo y maravilloso, y mi padre confiaba en que me daría la vida que yo quería. Y a mí me encantaba todo eso, pero, cuando miraba a Jacques dormir, no sentía nada.

Gus se revolvió algo incómodo en el sofá y bajó la mirada.

—Y, cuando tu padre murió, ¿no quisiste casarte con Jacques? Como tu padre lo conocía...

Respiré hondo. No le había confesado aquello a nadie. Me parecía todo demasiado complicado, demasiado difícil de explicar hasta ese momento.

—En cierta forma, creo que me liberó. Primero, porque mi padre no era quien pensaba que era, así que su opinión sobre Jacques me importaba menos.

»Pero, sobre todo, cuando perdí a mi padre... A ver, era un mentiroso, pero yo lo quería. Lo quería mucho. Tanto que pensar que ya no está en este planeta todavía me parte por la mitad.

Hasta en ese momento sentí la presión del dolor, un peso desolador, aunque familiar, en cada centímetro cuadrado de mi cuerpo.

—Y a Jacques y a mí —continué— nos encantaba la mejor versión del otro en nuestra vida perfecta, pero, cuando las cosas se pusieron feas, solo había... No había nada entre nosotros. No me quería cuando no era la princesa de cuento, ¿sabes? Ni yo lo quería ya a él. Hubo mil veces que pensé: «Es el novio perfecto», pero, cuando mi padre se fue y yo estaba furiosa con él, tampoco podía dejar de echarlo de menos, me di cuenta de que nunca había pensado: «Jacques es mi persona favorita».

Gus asintió.

—No te invadía la alegría cuando lo mirabas dormir.

Ese era el tipo de comentario que, si lo hubiera hecho hacía solo unas semanas, podría habérmelo tomado como una burla, pero ahora lo conocía más. Conocía esa forma de inclinar un poco la cabeza, esa expresión seria que significaba que estaba en proceso de descubrir algo sobre mí.

Se la había visto en la cara en la universidad ese día que había señalado que le daba finales felices a todo el mundo. La había vuelto a ver en la librería de Pete cuando le vacilé diciendo que escribía para señores que se masturban en grupo pensando en Hemingway.

Aquel día, en clase, había estado pensando algo sobre quién era yo y cómo veía el mundo. Y, en la tienda de Pete, se estaba dando cuenta de que lo odiaba.

Quería retirarlo, demostrarle que ahora lo entendía, que confiaba en él. Quería darle algo secreto, como lo que él me había dado cuando había hablado de Naomi. Quería contarle otra historia real en lugar de una mentira preciosa. Así que dije:

—Una vez, por mi cumpleaños, Jacques me llevó a Nueva Orleans. Fuimos a un montón de clubs de jazz y a restaurantes de comida cajún y a tiendas de vudú. Y me pasé todo el viaje mandándole mensajes a Shadi diciéndole cuánto me gustaría estar con ella bebiendo martinis y viendo *Las brujas de Eastwick*.

Gus se rio.

—Shadi —dijo algo avergonzado—. Me acuerdo de ella.

—Ya, pues ella también se acuerda de ti —repliqué.

—O sea, que hablas de mí. —La sonrisa de Gus se ensanchó y le brillaron los ojos—. Con Shadi, tu persona favorita.

—Tú hablas de mí con Pete —lo desafié.

Él asintió una sola vez, confirmándolo.

—Y ¿qué le dices?

—Tú eres el que me ha dicho que puedo preguntar lo que sea —respondí—. ¿Qué le dices tú a Pete?

—Solo lo necesario —contestó—. Creo que lo último que le conté fue que nos sorprendieron besándonos en el autocinema.

Yo reí y lo empujé y luego me tapé la cara encendida con las manos.

—¡Ahora ya no podré pedir nunca más un café viernes!

Gus se rio, me tomó de las muñecas y tiró para apartarme las manos de la cara.

—¿Lo ha vuelto a llamar así?

—¿Tú qué crees?

Negó con la cabeza sonriendo.

—Empiezo a sospechar que el dominio del café no es lo que mantiene en pie el negocio.

Esa noche, cuando por fin nos levantamos para irnos a dormir, Gus no me dio las buenas noches. Dijo:

—Mañana.

Y ese se convirtió en nuestro ritual nocturno.

Algunas veces él venía a mi casa. Otras veces iba yo a la suya. El muro entre él y el resto del mundo no había desaparecido, pero era más bajo, al menos entre nosotros.

El jueves por la noche, cuando estábamos sentados en el sofá de Sonya de la sala de estar esperando a que nos trajeran el *pad thai*, por fin me habló de Pete. No solo me contó que era su tía y que había sido su entrenadora de futbol, deporte en el que afirmaba ser malísimo, sino también que había sido el motivo por el que se había mudado allí cuando Naomi lo había dejado.

—Pete vivía cerca de mí cuando era pequeño, en Ann Arbor. Nunca venía a casa, no se llevaba bien con mi padre, pero siempre formó parte de mi vida. Y, bueno, cuando yo iba al instituto, a Maggie le dieron una plaza de profesora de Geología aquí, en la universidad, así que se mudaron y aquí han estado desde entonces. Pete me suplicó que viniera. Conocía al tipo que vendía la casa y hasta me prestó el adelanto del pago. Me dijo que podía devolvérselo cuando quisiera.

—Qué fuerte —comenté—, yo sigo flipando con que Maggie sea profesora de Geología.

Asintió.

—Nunca menciones una piedra delante de ella. En serio. Nunca.

—Lo intentaré —dije—, pero será complicadísimo, con lo mucho que surge el tema de las piedras en las conversaciones del día a día.

—Te sorprenderías —me prometió—. Te sorprenderías y te horrorizarías y, sobre todo, te aburrirías a más no poder.

—Alguien tendría que inventar una inyección para el aburrimiento.

—Creo que eso es en resumen lo que son las drogas —dijo Gus—. En fin, January, no hablemos más de piedras. Cuéntame por qué te mudaste aquí de verdad.

Las palabras se me enredaron en la garganta. Solo pude sacar un par.

—Mi padre.

Gus asintió, como si eso fuera una explicación suficiente si no conseguía decir nada más.

—¿Murió y tú quisiste alejarte?

Me incliné hacia delante y apoyé los codos en las rodillas.

—Se crio aquí —dije—. Y, cuando murió... Descubrí que había estado viniendo aquí. Mucho.

Gus arrugó las cejas. Se pasó la mano hacia atrás por el pelo, que estaba, como de costumbre, cayéndole despeinado sobre la frente.

—¿Lo descubriste?

—Esta era su casa —expliqué—. Su segunda casa. Con... la mujer.

No me sentí con ganas de pronunciar su nombre. No quería que Gus la conociera, no quería saber si tenía una opinión sobre ella, buena o mala, y el pueblo era lo bastante pequeño para que fuera probable que la conociera.

—Ah. —Volvió a pasarse la mano por el pelo—. La mencionaste, más o menos.

Se recostó en el sofá con la cerveza en la mano, apoyada en la parte interior del muslo.

—¿Lo conociste? —solté antes de decidir siquiera si quería saber la respuesta, y el corazón se me aceleró mientras esperaba a que me contestara—. Llevas cinco años aquí. Lo más seguro es que... los hayas visto.

Gus me observó con ojos acuosos y oscuros, y la frente arrugada. Negó con la cabeza.

—La verdad es que no me va mucho el rollo de los vecinos. La mayoría de las casas de la calle son de alquiler. Si alguna vez lo vi, debí de pensar que estaba de vacaciones. No me acordaría.

Aparté la mirada deprisa y asentí. Por un lado, era un alivio saber que Gus nunca los había visto hacer una barbacoa en la terraza o arrancar las malas hierbas juntos en el jardín o hacer cualquier otra cosa de las que hacían las parejas. Y también me aliviaba que parecía no saber quién era Esa Mujer. Pero, por otro lado, sentí que algo se desmoronaba y me di cuenta de que una parte de mí había esperado todo ese tiempo que Gus lo hubiera conocido, que tuviera alguna historia que contarme que yo nunca hubiera oído, un trozo nuevo de mi padre, y que el triste sobre que se mofaba de mí desde la caja de ginebra no fuera de verdad lo único que me quedara por saber de él.

—January —musitó Gus con dulzura—, lo siento.

Me había puesto a llorar sin darme permiso para hacerlo. Me puse las manos en la cara para esconderlo y Gus se me acercó, me rodeó los hombros con un brazo y me atrajo hacia él. Con cuidado, me subió a su regazo y me abrazó, con una mano enredada en mi pelo, sosteniéndome la nuca, y la otra envolviéndome la cintura.

Una vez que empezaron a caer las lágrimas, no pude pararlas. La rabia y la frustración. La traición y el dolor. La confusión que me había paralizado el cerebro desde que descubrí la verdad. Salió todo a borbotones.

La mano de Gus se movió con suavidad por mi pelo, dibujándome pequeños círculos en la nuca. Me besó la mejilla, la barbilla, el ojo, atrapando las lágrimas mientras caían hasta que, poco a poco, me tranquilicé. O tal vez se me acabaron las lágrimas. Tal vez me di cuenta de que estaba sentada en el regazo de Gus como una niña pequeña y de que me estaba besando para que dejara de llorar. O de que su boca se había detenido, presionada contra mi frente, con los labios algo separados.

Volví la cara hacia su pecho y lo inhalé a él y al olor a su sudor y al incienso que ya sabía que quemaba todos los días cuando empezaba a escribir en su ritual solitario de antes de ponerse a trabajar, y al cigarro ocasional por estrés (aunque, en general, había dejado de fumar). Me estrujó contra él, con los brazos tensos, los dedos enroscados en mi nuca.

Se me calentó todo el cuerpo hasta que sentí que era lava ardiente y líquida. Gus me acercó más a él y yo me amoldé a su cuerpo, me vertí en todos sus resquicios. Cada una de sus respiraciones nos aproximaba más hasta que se incorporó un poco y tiró de mí para que me quedase a horcajadas sobre sus caderas mientras me apretaba contra él con un brazo. Sentirlo debajo de mí hizo que me subiera una nueva ola de calor por los muslos. Me raspó la cintura con la mano mientras nos mirábamos fijamente.

Fue como la noche del autocine multiplicada por diez. Porque ahora sabía cómo era sentirlo encima de mí. Ahora sabía lo que me hacían los rasguños de su mentón en la piel, ahora su lengua exploraría los recovecos entre nuestras bocas, probaría la piel suave de encima de mis pechos. Y estaba celosa de que él hubiera podido probar más de mí que yo de él. Quería besarle la barriga, hundirle los dientes en las caderas y los dedos en la espalda y recorrerlo de arriba abajo. Llevó las manos hasta mi columna y las subió por ella mientras yo me curvaba hacia él. Bajé la nariz rozando la suya. Casi podía sentir el aliento de canela de su boca abierta. Me puso la mano derecha en una mejilla y fue descendiendo, suave, hasta la clavícula y luego subió de nuevo hasta mi boca, donde me presionó con los dedos firmes el labio inferior.

No pensé en ser precavida ni sensata, solo en tenerlo encima de mí, debajo de mí, detrás de mí... En sus manos encendiéndome la piel. Yo respiraba fuerte. Él también.

Con la punta de la lengua le rocé el dedo, que se dobló instintivamente y entró en mi boca y tiró de mí hasta que nuestros labios quedaron separados por solo un centímetro de aire eléctrico y vibrante.

Levantó la barbilla y nuestros labios se rozaron con una ligereza exasperante. Tenía los ojos oscuros como el petróleo y su mirada resbaladiza y cálida caía sobre mí. Sus manos bajaron por mis costados, pasaron por las pantorrillas y luego volvieron a subirme por los muslos para agarrarme el culo.

Solté un suspiro tembloroso cuando sus dedos pasaron por debajo de la costura de los pantalones cortos que llevaba y me quemaron la piel.

—Joder —susurró negando con la cabeza—, qué bueno, January.

Sonó el timbre y todo el impulso que habíamos agarrado chocó contra un muro de realidad.

Nos quedamos mirándonos, inmóviles por un momento. La mirada de Gus cayó por mi cuerpo y volvió a subir, tragó saliva.

—La cena —indicó con voz pastosa.

Me levanté de un salto y la neblina empezó a disiparse en mi cabeza. Me arreglé el pelo y me sequé las lágrimas mientras iba hacia la puerta. Firmé el comprobante, tomé la bolsa llena de empaques de poliestireno y le di las gracias al repartidor con una voz tan espesa y confundida como la de Gus.

Cuando cerré la puerta y me di la vuelta, Gus estaba de pie, intranquilo, con el pelo alborotado y la camiseta pegada al cuerpo donde yo había llorado. Se rascó la coronilla y me lanzó una mirada vacilante.

—Lo siento.

Yo me encogí de hombros.

—No tienes por qué.

—Yo creo que sí —dijo.

Lo dejamos así.

19
LA PLAYA

El viernes tomamos el coche para ir a casa de Ronald y hacerle la segunda parte de la entrevista. La primera había sido tan completa que Gus no tenía previsto hacerle otra, pero Ronald lo llamó esa mañana. Su madre se lo había pensado y tenía cosas que decir sobre New Eden.

La casa era pequeña, de dos plantas. Parecía construida a finales de los sesenta y olía como si alguien hubiera estado fumando dentro sin parar desde entonces. A pesar de eso y de los muebles algo desmejorados, estaba ordenadísima: las mantas dobladas en los brazos de los sofás, las plantas formando una línea recta al lado de la puerta, macetas colgando de ganchos en las paredes y el fregadero como los chorros del oro.

Ronald Schmidt debía de tener más o menos nuestra edad, pero Julie-Ann Schmidt parecía diez años mayor que mi madre o más. Era menuda, tenía la cara redonda y afable y arrugada. Me pregunté si el haber sido tratada toda la vida como si fuera una mujer dulce por su físico y su cara le había concedido el apretón de manos casi oprimente que nos ofreció.

Vivía allí con Ronald.

—La casa es mía, pero él la paga. —Se rio de su propia broma y le dio unas palmaditas en la espalda—. Es un buen chico.

Vi que Gus entrecerraba los ojos valorando la situación. Pensé que estaría buscando señales de violencia en sus inte-

239

racciones, pero Ronald estaba encorvado y sonriendo avergonzado.

—Siempre lo ha sido. Y deberíais escucharlo tocar el piano.

—¿Les traigo algo de beber? —corrió a preguntar Ronald.

—Un vaso de agua estaría genial —respondí, más para darle a Ronald una excusa para esconderse que porque tuviera sed.

Mientras Ronald desaparecía por la puerta de la cocina, yo di una vuelta por la sala, observando todos los marcos de madera de avellano que había colgados en la pared. Era como si Ronald se hubiera quedado congelado a los ocho años, con un chaleco de lana de cuello de pico y una camiseta de color verde apagado. Su padre estaba en casi todas las fotos, pero, hasta en las que no aparecía era fácil imaginárselo detrás de la cámara fotografiando a la mujer menuda sonriente y al bebé que llevaba sobre una cadera o al chiquillo que le tomaba la mano o al niño desgarbado que sacaba la lengua al lado de la jaula de los gorilas del zoo.

El padre de Ronald era larguirucho, castaño, y tenía las cejas pobladas y el mentón hundido. Ronald era igualito a él.

—Tengo entendido que tiene más que contar —empezó a decir Gus—. Cosas que piensa que Ronald no podría decirnos.

—Pues claro.

Julie-Ann se sentó en el sofá de dos plazas a cuadros azules y Gus y yo nos sentamos juntos en otro sofá tapizado con una tela de trama gruesa de color canela.

—Yo tengo una visión completa. Ronald solo vio lo que le dejamos ver y, luego, al irnos como nos fuimos... Me temo que su opinión sobre aquel lugar pasó de un extremo a otro.

Gus y yo nos miramos. Yo me incliné hacia delante, intentando mantener una postura abierta y amistosa para combatir la suya, a la defensiva.

—La verdad es que pareció bastante justo.

Julie-Ann tomó un paquete de tabaco de encima de la mesa y se encendió uno. Nos ofreció la cajetilla. Gus aceptó uno, y yo sabía que era más por hacerla sentir cómoda que porque quisiera uno, lo cual me hizo sonreír. Aunque lo que escribíamos y lo que decíamos que creíamos era tan diferente, empezaba a sentir que podía conocer a Gus, que podía leerlo mejor que a nadie que hubiera conocido. Porque cada día que pasábamos juntos, una sensación peculiar crecía en mi interior: «Eres como yo».

Julie-Ann le encendió el cigarrillo y volvió a recostarse en el sofá con las piernas cruzadas.

—No eran malas personas —dijo—. La mayoría no. Y no podía dejar que se llevaran esa impresión. A veces... A veces las personas buenas o, por lo menos, decentes hacen cosas malas. Y a veces creen de verdad que lo que hacen está bien.

—Y ¿usted no cree que eso es solo una excusa? —preguntó Gus—. No cree que existe algún tipo de brújula moral interior...

Su forma de decirlo parecía indicar que él sí lo creía, lo cual me habría podido sorprender hacía unas semanas, pero ahora me parecía que cuadraba a la perfección.

—Puede que empecemos teniendo algo así —dijo—, pero, si es así, va cambiando con los años. ¿Cómo vas a creer que lo bueno es bueno y lo malo es malo si todas las personas que te rodean dicen lo contrario? ¿Tienes que creerte más listo que todos los demás?

Ronald volvió con tres vasos de agua entre las manos y los fue dando uno a uno. Julie-Ann pareció vacilar ahora que su hijo había regresado a la habitación, pero ni ella ni Gus le sugirieron que se fuera. Supuse que porque Ronald tendría unos treinta años y pagaba aquella casa.

—Muchas de esas personas —prosiguió Julie-Ann— no tenían mucho. Y no hablo solo de dinero, aunque también es cierto. Había muchos huérfanos. Personas que no tenían relación con la familia. Personas que habían perdido a su marido, a su mujer o a sus hijos. Al principio, New Eden me hizo sentir que... Que el motivo por el que todo me había ido mal en la vida hasta entonces era porque no había estado haciendo lo que debía. Era como si tuvieran todas las respuestas y todo el mundo parecía feliz, satisfecho. Y, después de una vida de querer... Y a veces no quería nada en concreto, solo quería, sentía que el mundo no era lo suficientemente grande o lo suficientemente brillante... Pues, después de vivir eso, sentía como si por fin se abriera el telón.

»Tenía mis respuestas. Era como si hubieran resuelto una ecuación científica increíble. Y ¿sabéis qué? En cierto modo funcionaba. Por lo menos un tiempo. Seguías sus normas, hacías sus rituales, llevabas su ropa y comías su comida, y era como si el mundo entero empezara a brillar desde dentro. Nada parecía mundano. Había rezos para todo: para ir al baño, para ducharse, para pagar las facturas. Por primera vez, agradecí estar viva.

»Eso es lo que hacían por ti. Así, cuando empezaban los castigos, cuando empezabas a meter la pata y cometías errores, te daba la sensación de que había una mano gigante en el tapón de la bañera a punto para quitarlo y arrancarte todo lo que tenías. Y mi marido... Era un buen hombre. Era un hombre bueno y perdido.

Le echó una mirada a Ronald y le dio una calada lenta al cigarro.

—Iba a ser arquitecto. A construir estadios y rascacielos. Le encantaba dibujar y se le daba muy bien. Y entonces nos quedamos embarazados en el instituto y él supo que todo aquello no iba a poder ser. Teníamos que ser prácticos. Y no se quejó ni una vez. —Sus ojos señalaron a su hijo—. Claro que no. Éramos afortunados. Mucho. Pero, a veces, cuando la vida te estropea los planes... No sé cómo explicarlo, pero cuando estábamos allí sentía que... Que mi marido se aferraba a lo que podía. Que tener razón importaba menos que... estar bien.

Pensé en mi padre y en Sonya. En mi madre siguiendo con él aun sabiendo lo que había hecho. En su insistencia en pensar que se había acabado.

—Bueno, y ¿por qué tuvo que empezar? —le había preguntado en el coche antes de que comenzara con su mantra: «No puedo hablar de esto, no pienso hablar de esto».

Cuando tenía doce años, mis padres se habían separado. Muy poco tiempo, solo un par de meses, pero él se había ido a casa de unos amigos mientras mi madre esperaba a ver si podían arreglar las cosas. Yo no sabía toda la historia. Nunca habían llegado al punto de ver quién gritaba más al que llegaban la mayoría de los padres divorciados de mis amigas, pero, hasta con doce años, había visto el cambio en mi madre: una melancolía repentina, una tendencia a mirar por la ventana, a irse corriendo al baño y volver con los ojos hinchados.

La noche antes de que mi padre se fuera de casa, yo abrí un resquicio de la puerta de mi habitación y escuché sus voces conversando en la cocina.

—No lo sé —no dejaba de decir mi madre llorosa—. No lo sé. Siento que se ha terminado.

—¿Nuestro matrimonio? —preguntó mi padre después de una pausa larga.

—Mi vida —le respondió ella—. No soy más que tu mujer. La madre de January. No soy nada más y no creo que puedas imaginarte cómo es. Tener cuarenta y dos años y sentir que has hecho todo lo que tenías que hacer.

Yo no conseguí entender aquello en el momento y estaba claro que mi padre tampoco, porque la mañana siguiente se sentaron conmigo en el borde de la cama y me lo explicaron todo y luego vi cómo se alejaba en coche con una maleta en el asiento de atrás.

Creí que la vida tal como la conocía se había terminado.

Luego, de pronto, mi padre volvió a casa. ¡Era la prueba de que todo se podía arreglar! De que el amor puede vencer cualquier desafío, de que todo en la vida acabaría siempre bien. Así que, cuando mi madre me sentó para hablarme del cáncer y toda nuestra vida cambió, yo supe que no sería algo permanente. Solo era otro giro en la trama de nuestra historia.

Después de eso, parecían más enamorados que nunca. Había más bailes. Se tomaban más de la mano. Se iban más fines de semana de escapada romántica. Mi padre decía más cosas como «Tu madre ha sido muchas personas en los veinte años que hace que la conozco y he tenido la oportunidad de enamorarme de cada una de ellas, Janie. Esa es la clave del matrimonio. Hay que seguir enamorándose de cada nueva versión del otro y es la mejor sensación del mundo».

Su amor, pensaba yo, había trascendido el tiempo, la crisis de los cuarenta, el cáncer y todo.

Pero esa separación había ocurrido y, mientras le gritaba a mi madre el día del funeral, me pregunté si aquellos tres meses fueron cuando había empezado todo, cuando mi padre y Sonya se habían rencontrado. Si, cuando mi padre había estado con ella, lo que necesitaba era creer que todo podía volver a estar bien. Si, cuando mi madre había vuelto con él después, había necesitado fingir que todo iba bien.

Julie-Ann negó con la cabeza con suavidad cuando sus ojos buscaron los míos.

—¿Me explico? —preguntó—. Solo necesitaba estar bien y podía hacer cosas malas si el resultado era bueno.

Pensé en Jacques y en nuestra determinación por tener una vida preciosa, mi desesperación por terminar con alguien que mi madre hubiera conocido, alguien que le hubiera gustado. Pensé en el cáncer de mi madre y en la infidelidad de mi padre y en la historia que llevaba contándome a mí misma desde los doce años para no morirme de miedo por lo que podría pasar. Pensé en las novelas románticas que había devorado cuando volvió el cáncer y no pude seguir estudiando y creí que mi vida se desmoronaba otra vez. En las noches que pasé escribiendo hasta que salía el sol y me dolían los riñones porque necesitaba hacer pis, pero no quería dejar de trabajar porque nada me parecía tan importante como el libro, como darles a aquellos personajes ficticios el final que merecían, darles a mis lectoras el final que merecían.

¿Personas aferrándose a la primera cosa estable que se encontraban?

Sí, se explicaba. Se explicaba muy bien.

Cuando nos fuimos de allí por la noche, le mandé un mensaje a mi madre, algo que no hacía desde hacía meses:

> Te quiero. Aunque no puedas volver
> a hablar de él nunca más, te querré igual,
> mamá. Pero espero que puedas.

A los veinte minutos, me respondió:

> Yo también, Janie. Todo lo que has dicho.

El sábado, bajamos a la playa.

—No es muy imaginativo —dije mientras andábamos por el camino lleno de raíces. Gus abrió la boca, pero yo lo corté—. Ni se te ocurra hacer una broma sobre lo poco imaginativo que es el género que escribo.

—Iba a decir que es una tontería que no hayamos bajado más a la playa —respondió Gus.

—Supongo que daba por hecho que la tendrías muy vista.

Gus negó con la cabeza.

—Casi no he venido.

—¿En serio?

—Raíz —me avisó mientras lo miraba a él, y yo levanté los pies con cuidado—. No soy el más playero del mundo.

—Pues claro —dije—, si lo fueras, llevarías el récord escrito en una camiseta o en una gorra.

—Exacto —afirmó—. En fin, es que me gusta más esta playa en invierno.

—¿Sí? Porque, en invierno, a mí lo que me gustaría es estar muerta.

La risa de Gus le resonó en la garganta. Saltó del camino entre los árboles a la arena y me tendió una mano para que yo también saltara la pequeña cornisa.

—Pues es increíble, ¿la has visto en invierno?

Negué con la cabeza.

—Aunque vine a Michigan a la universidad, no lo exploré mucho, casi siempre me quedaba en el campus.

Gus asintió.

—Cuando Pete y Maggie vinieron a vivir aquí, yo venía de visita en las vacaciones de Navidad. Me regalaban un billete de avión o de autobús y pasaba aquí las fiestas.

—Supongo que a tu padre no le importaba.

Una ola de rabia repentina al pensar en Gus de pequeño, solo, sin nadie que lo quisiera me había obligado a soltar aquellas palabras antes de que pudiera retenerlas. Lo miré con curiosidad. Tenía la mandíbula algo tensa, pero, por lo demás, estaba impasible.

Negó con la cabeza. Habíamos empezado a andar por la orilla y me miró de lado y luego volvió a mirar la arena.

—No tienes por qué preocuparte por hablar de él. No fue para tanto.

—Gus. —Me paré y me volví hacia él—. El simple hecho de que tengas que decir eso ya significa que fue peor de lo que tendría que haber sido.

Vaciló un segundo y volvió a ponerse a andar.

—No fue como crees —dijo—. Cuando mi madre murió, pude haberme ido. Pete quería que viniera aquí a vivir con ella y con Maggie. Siempre estaba intentando... que le contara nuestras peleas para poder conseguir mi custodia, pero yo no quise. Tenía un montón de medicamentos del corazón, pastillas que tenía que tomarse a diario, y solo se las tomaba si yo se lo pedía tres veces. Pero, cuidado, que, si se lo pedía una cuarta, nos peleábamos. Físicamente. A veces pensaba... —Se le apagó la voz—. Me preguntaba si quería que lo matara. O si quería alterarse tanto que, al final, se le parase el corazón. Dejé el instituto para trabajar y que él pudiera comprar los medicamentos, pero, cuando yo me iba, dejaba de hacer nada por él mismo. No comía, no se duchaba... Apenas lo mantenía con vida. Igual él pensaba que ese era mi castigo.

—¿Tu castigo? —repetí con dificultad—. ¿Por qué?

Gus se encogió de hombros.

—No lo sé. Puede que por estar siempre de parte de ella.

—¿De tu madre?

Asintió.

—Creo que pensaba que éramos nosotros contra él. Y éramos nosotros contra él. Le echaba la culpa a ella de todo lo que iba mal... De putas tonterías como que a ella se le hubiera olvidado echar gasolina una noche, y él se había dado cuenta de que tenía que parar a ponerla de camino al trabajo y había llegado tarde. O que ella tirara un recibo que él había pensado guardar o unas sobras que había en el refrigerador justo unas horas antes de que él decidiera que, al final, sí que las quería.

»Conmigo también era un cabrón, pero lo mío era más aleatorio. Si sonaba el teléfono y lo despertaba, me pegaba. O si pensaba salir, pero tenía que cancelar los planes porque nevaba, me daba una paliza para quemar la rabia. Yo siempre intentaba descifrar el código secreto, las normas que podía seguir para que no se enfadara. Así es como aprendemos a sobrevivir, ¿no? Prestamos atención a cómo funciona el mundo. Pero él no tenía ningún código secreto. Era como si nuestros actos no tuvieran ninguna relación con sus reacciones hacia nosotros. Actuaba como si yo fuera un vago malcriado y egoísta y como si mi madre se creyera una reina. Como si se limpiase el culo con su dinero. Mi madre se disculpaba a todas horas por nada y luego, cuando él le hacía mucho daño o me lo hacía a mí, era él el que se disculpaba. Y se relajaba unos días.

»Y, a pesar de todo, creo que perderla acabó de romper lo que fuera que todavía tuviera dentro. No lo sé. —Hizo una pausa, pensativo—. Puede que no fuera amor. Puede que tratarla como una mierda lo hiciera sentir poderoso. Y, cuando yo crecí, ya no tenía ese poder sobre mí.

—Obligarte a tener que mantenerlo con vida era la única forma que le quedaba de manipularte —comenté.

—No lo sé —admitió—. Puede ser, pero, si me hubiera ido, se habría muerto antes.

—Y ¿crees que eso habría sido culpa tuya?

—Da igual de quién hubiera sido la culpa. Él estaría muerto y yo sabría que podría haberlo evitado. Además, ella no se marchó. ¿Cómo iba a irme yo sabiendo que no era lo que ella hubiera querido?

—Eso no lo sabes —dije—. Eras un niño.

—Pete dice mucho que nunca fui un niño.

—Eso es lo más triste que he oído nunca.

—No hagas como que doy pena —pidió—. Es cosa del pasado.

248

—¿Sabes cuál es tu problema? —le pregunté y, esta vez, cuando yo me detuve, él también se paró.

—Sí, soy consciente de unos cuantos.

—No sabes diferenciar entre pena y empatía —dije—. No me das pena. Me pone triste pensar que te trataran así. Me da rabia pensar que no tenías las cosas que merecen todos los niños. Y, sí, me pone triste y me da rabia que mucha gente pase por lo mismo por lo que tú pasaste, pero todavía es peor porque eres tú. Y te conozco y me caes bien y quiero que tengas una buena vida. Eso no es que me des pena, es que me importas.

Él se quedó mirándome y luego negó con la cabeza.

—No quiero que pienses así de mí.

—¿Así cómo? —pregunté.

—Como si hubiera sido un felpudo y estuviera roto y cabreado —dijo con una expresión sombría y tensa.

—Es que no pienso así de ti. —Me acerqué un paso buscando las palabras adecuadas—. Para mí solo eres Gus.

Él me observó. Un lado de la boca se le curvó formando una sonrisa poco convincente que se esfumó y lo dejó con expresión cansada.

—Pero es así —afirmó en voz baja—. Estoy enfadado y jodido y, cada vez que intento acercarme a ti, me saltan un montón de alarmas e intento parecer normal, pero no puedo.

Me dio un vuelco el corazón. Intentaba acercarse a mí. Miré el lago mientras trataba de orientarme.

—Pensaba que entendías que no existe ninguna persona normal.

—Puede que no —dijo Gus—, pero sigue habiendo una diferencia entre las personas como yo y las personas como tú, January.

—No me insultes. —Me volví de pronto para mirarlo—. ¿Crees que yo no estoy cabreada? ¿Crees que no me siento un poco rota? Tampoco es que mi vida haya sido perfecta.

—Nunca he pensado que tu vida fuera perfecta —comentó.

—Y una mierda. Me llamaste princesa de cuento.

Él ahogó una risa.

—¡Porque eres una luz brillante! ¿No lo entiendes? —Negó con la cabeza—. No es por lo que ha pasado. Es por la forma que tienes de lidiar con las cosas, por quién eres. Siempre has sido una luz persistente de cojones y, hasta en tu peor momento, cuando estás cabreada y te sientes rota, sigues sabiendo cómo ser una persona, cómo decirle a la gente que... Que la quieres.

—Para —dije. Hizo ademán de irse, pero lo tomé por los codos y lo retuve delante de mí—. No vas a romperme, Gus.

Se quedó quieto, abrió un poco la boca y buscó algo en mi expresión. Ladeó un poco la cabeza y unos surcos partieron de la parte interna de sus cejas.

Esperaba que lo que estuviera comprendiendo en ese instante fuera que yo lo entendía: que no tenía que hacer nada especial ni descifrar ningún código misterioso para dejarme ver sus partes escondidas, que lo único que tenía que hacer era seguir ahí conmigo y dejarme ir descubriéndolo poco a poco como había hecho desde que nos conocíamos.

—No necesito que me digas que te importo —proferí por fin—. Hace dos noches me abrazaste mientras lloraba. Creo que me soné en tu camiseta. No te pido nada, excepto que me devuelvas el favor en el equivalente soso y apacible que tengas tú para los lloros en el regazo.

Soltó una larga exhalación, se me acercó y enterró la cara en un lado de mi cuello como un niño avergonzado, pero su aliento cálido me despertó algo bajo la piel. Mis manos descendieron por la curvatura de los músculos de sus brazos y se entrelazaron con sus dedos ásperos. El sol estaba cerca del horizonte y las capas de nubes estaban manchadas de naranja pálido. Parecían helados de mandarina derretidos flotando por un mar de azul añil. Gus alzó la cara y volvió a mirarme a los ojos. La luz pasaba en grandes haces entre las nubes y lo pintaba de color.

Fue un momento apacible, un silencio cómodo. Una de esas cosas que, si la estuviera escribiendo, habría pensado que podía obviar.

Pero estaría equivocada, porque, en ese instante en el que no estaba pasando nada y nos habíamos quedado sin cosas que decir, supe cuánto me gustaba Gus Everett, lo importante que empezaba a ser para mí. Habíamos sacado muchas cosas a la luz esos últimos tres días y sabía que surgirían más con el tiempo, pero, por primera vez desde hacía un año, no me sentía atestada de emociones y palabras que no dejaba salir.

Me sentía un poco vacía, ligera.

Feliz. No emocionada ni contentísima. Sentía ese nivel bajo y constante de felicidad que, en los mejores momentos de la vida, fluye por debajo de todo lo demás, como un amortiguador entre tú y el mundo por el que caminas.

Estaba feliz de estar ahí, sin hacer nada, con Gus, y, aunque fuera algo temporal, me bastaba para pensar que algún día volvería a estar bien. Puede que no fuera justo como había estado antes de que muriera mi padre —era probable que no—, pero sería diferente y me sentiría casi tan sana y salva como entonces.

También sentía la tristeza, el dolor mortecino con el que me quedaría cuando aquello que teníamos Gus y yo implosionara. Podía imaginarme a la perfección cada una de las sensaciones, en el vientre y las palmas de las manos, las pulsaciones de dolor por la pérdida que me recordarían lo bien que me sentía al estar ahí con él, pero, esta vez, no pensé que alejarme fuera la solución.

Quería aferrarme a él, a aquel momento, al menos un tiempo.

Como si estuviera de acuerdo, Gus me apretó las manos.

—Pero sí —me dijo. Fue casi un susurro, algo tierno y algo tosco como el propio Gus—. Sí que me importas.

—Sí —asentí—. Ya lo sé.

La luz anaranjada se reflejó en sus dientes cuando sonrió e intensificó las sombras en los hoyuelos que tan poco mostraba. Y nos quedamos ahí, dejando que no pasara nada a nuestro alrededor.

20
EL SÓTANO

Tengo malas noticias y malas noticias.

Shadi me mandó un mensaje la mañana siguiente. Le respondí:

¿Cuál es mejor que me digas antes?

Me incorporé poco a poco con cuidado de no despertar a Gus. Decir que nos habíamos quedado dormidos en el sofá sería mentir. Tuve que decidir a conciencia dormirme la noche anterior.

Por primera vez desde que habíamos empezado a pasar tiempo juntos, nos habíamos aventurado en el mundo de los maratones cinematográficos.

—Tú eliges una y luego yo otra —había dicho él.

Así es como habíamos terminado viendo —o hablando mientras se reproducía— *Mientras dormías, Un tranvía llamado Deseo, Piratas del Caribe 3* (como castigo por hacerme ver *Un tranvía llamado Deseo*) y *Glitter*, la película de Mariah Carey (mientras descendíamos ya al reino de la locura). E, incluso después de eso, estaba despejadísima.

Gus había propuesto que pusiéramos *La ventana indiscreta* y, a media película, poco antes de que la primera luz del sol entrase por las ventanas, por fin dejamos de hablar. Nos tumbamos muy quietos en extremos opuestos del sofá con las pantorrillas y los pies enredados en medio y nos fuimos a dormir.

En casa hacía frío, había dejado las ventanas abiertas y se habían empañado cuando la temperatura había empezado a subir poco a poco por la mañana. Gus estaba acurrucado casi en posición fetal enrollado en una manta de sofá y yo le puse por encima las dos mantas que había estado usando yo antes de irme hacia la cocina, intentando no hacer ruido al encender el fogón sobre el que estaba la tetera.

Era una mañana tranquila y azul. Si el sol había salido, estaba atrapado tras una capa de neblina. Haciendo el menor ruido posible, tomé la bolsa de café molido y la cafetera francesa de la bandeja giratoria.

Ya no notaba la misma sensación que la primera mañana con aquel ritual; de algún modo se había vuelto más habitual y, por ello, más hogareño.

En algún momento de la semana anterior, había empezado a sentir que aquella casa era mi casa.

Me vibró el teléfono en la mano. Era Shadi.

Me he enamorado.

Le contesté emocionada:

¿Del Sombrero Encantado?

Shadi siempre era la mejor, pero Shadi enamorada... era inigualable. De alguna forma, era aún más ella misma. Más loca, más divertida, más graciosa, más sensata, más dulce. El amor la hacía brillar y, aunque después todos sus desamores eran devastadores, ella nunca se cerraba. Cada vez que volvía a enamorarse, su alegría parecía desbordarla y empaparme a mí y al mundo en general.

¿Para qué pregunto? Cuéntamelo TODO.

Bueno... Pasamos todas las noches juntos y a su mejor amigo le caigo SUPERBIÉN y él a mí también. Y la otra noche nos quedamos despiertos hasta que salió el sol y cuando él estaba en el baño, su mejor amigo me dijo: «Ten cuidado con él. Está loco por ti» y yo en plan: «y yo por él xd». En resumen, tengo más malas noticias.

Eso me has dicho. Cuéntame.

Quiere que vaya a ver a su familia...

Uy, sí, es terrible. ¿Y si son ADORABLES?
¿¿¿Y si te obligan a jugar al Uno y a beber whisky con cola en el porche???

BUENO... Es que quiere que vaya esta semana. Por el Cuatro de Julio.

Me quedé mirando las palabras sin saber bien qué decir. Por un lado, llevaba viviendo en una isla de Gus Everett desde hacía un mes y no había terminado con fiebre de la pradera ni me había agobiado.

Por otro lado, hacía meses que no veía a Shadi y la echaba de menos. Gus y yo teníamos una amistad embriagadora e intensa que solía reservarse para campamentos de verano y para la semana de orientación de la universidad, pero Shadi y yo llevábamos años siendo amigas. Podíamos hablar de todo sin tener que rebobinar y explicar el contexto. Aunque, a decir verdad, el estilo comunicativo de Gus tampoco requería mucho contexto. Los pedazos de su vida que compartía conmigo iban dándome poco a poco ese contexto. Me hacía una imagen más clara de él cada día y, cuando me iba a dormir por las noches, era con ganas de saber más de él por la mañana.

Pero, aun así..., Shadi continuó:

Sé que es muy mal momento. Pero ya he
hablado con mi jefe y vuelvo a librar en
agosto, por mi cumple, y TE PROMETO que
yo misma iré a meter en cajas lo que haya
en la mazmorra sexual.

La tetera empezó a silbar y yo dejé el teléfono para verter el agua sobre el café molido y tapar la cafetera para que infusionara. El celular se iluminó con otro mensaje y me incliné sobre la repisa para leerlo.

A ver, que no tengo que ir. Pero, en parte,
siento como si tuviera que ir. Pero en
realidad no. Si me necesitas, puedo ir
ahora mismo.

No podía hacerle eso, apartarla de algo que era evidente que la hacía más feliz de lo que la había visto desde hacía meses.

Abriendo las negociaciones, le pregunté:

Si vinieras en agosto,
¿cuántos días te quedarías?

Me llegó un correo a la bandeja de entrada y lo abrí algo agitada. Sonya por fin había respondido a mi pregunta sobre los muebles del porche:

> January:
>
> Me encantaría quedarme con los muebles del porche, pero me temo que no puedo permitirme comprártelos. Así que, si lo que proponías era dármelos, dime cuándo podría ir a recogerlos con una camioneta y algunas amigas. Si estabas ofreciendo vendérmelos, gracias por la oferta, pero no puedo aceptarla.
>
> Sea como sea, ¿podríamos hablar en algún momento? En persona estaría bien, yo...

—Hola.

Cerré el correo y, cuando me di la vuelta, encontré a Gus, que entraba en la cocina arrastrando los pies y frotándose el ojo derecho con la palma de la mano. Tenía el pelo ondulado levantado en un lado de la cabeza y la camiseta arrugada como un trozo de pergamino muy antiguo tras el cristal de un museo, con una de las mangas doblada revelando una parte de su brazo que yo no había visto antes. Sentí un anhelo repentino por sus hombros.

—Vaya —dije—, conque así es Gus Everett antes de adecentarse.

Con los ojos todavía entrecerrados por el sueño, se abrió de brazos.

—¿Qué te parece?

Sentí un aleteo en el corazón.

—Es justo lo que me había imaginado. —Le di la espalda mientras buscaba un par de tazas por los armarios—. Es decir, estás igualito que siempre.

—Voy a tomármelo como un cumplido.

—Estás en tu derecho como ciudadano estadounidense.

Me volví a dar la vuelta esperando parecer más tranquila de lo que me sentía en realidad respecto al hecho de despertarme en la misma casa que él.

Agarraba la barra con las manos, apoyado, como siempre, en ella. Tenía la boca curvada en una sonrisa.

—Alabado sea Jack Reacher.

Yo me santigüé.

—Amén.

—¿Está listo el café?

—Casi.

—¿Porche o terraza? —preguntó.

Intenté imaginarme agobiada de estar con él. Intenté imaginarme que aquello, al final, me cansaba: esa sonrisa, esa ropa arrugada, el idioma que solo Gus y yo hablábamos, las bromas y los llantos y el tocarnos y no tocarnos.

Llegó un mensaje nuevo de Shadi:

Me quedaré POR LO MENOS una semana.

Yo le contesté:

Pues nos vemos en agosto, guapa.
Mantenme informada de cómo de
«encantado» está tu corazón.

Era miércoles y nos habíamos pasado el día escribiendo en mi casa (yo ya llevaba escrito un tercio largo del libro) esperando a que llegara el comprador de los muebles del dormitorio de arriba. No había vendido los del porche ahora que Gus y yo habíamos agarrado la costumbre de usarlo algunas noches. Había

empezado a meter en cajas varios chismes que había por toda la planta baja y los llevaba a la tienda de segunda mano, y hasta había empezado a vender los muebles que no necesitaba de la planta baja. Se habían llevado el sofá de dos plazas y el sillón de la sala de estar y el reloj que había encima de la chimenea, y había donado los salvamanteles, las velas y los cirios.

Tal vez porque empezaba a parecer menos un hogar y más una casa de muñecas, se había convertido en nuestra oficina *de facto* y ese día, cuando acabamos de trabajar, nos trasladamos a casa de Gus.

Él había ido a la cocina por más hielo y yo aproveché la oportunidad para examinar con detenimiento (cotillear) los libros que tenía en las estanterías como había querido hacer desde la noche que me mudé y las vi iluminadas a través de la ventana de la sala de estar. Tenía una buena colección de clásicos y contemporáneos. Toni Morrison, Gabriel García Márquez, William Faulkner, George Saunders, Margaret Atwood, Roxane Gay. En general, los tenía colocados por orden alfabético, pero estaba claro que no había continuado haciéndolo con los últimos que había comprado, que se amontonaban delante y encima de los otros libros con los recibos saliéndoles de debajo de las cubiertas.

Me agaché para poder ver mejor la última balda de la estantería más alejada de la puerta, que estaba toda desordenada, y ahogué un grito al ver un lomo en el que se podía leer INSTITUTO GREGORY L. WARNER.

Abrí el anuario y busqué los apellidos que empezaban por *E*. Se me escapó una carcajada cuando fijé la mirada en la foto en blanco y negro de un Gus desgreñado con un pie a cada lado de unas vías de tren ruinosas.

—Ay, Señor. Gracias, gracias, Dios mío.

—Venga ya —dijo Gus al entrar en la sala de estar—. ¿Es que no respetas nada, January?

Dejó el cubo con hielo en el aparador e intentó quitarme el anuario de las manos.

—Todavía no he terminado —protesté tirando del libro—. De hecho, creo que nunca terminaré. Quiero que sea lo primero que vea cuando me despierte y lo último que vea al irme a dormir.

—Oye, pervertida, quédate con tus catálogos de ropa interior.

Intentó arrancármelo de las manos, pero yo me di la vuelta y me lo apreté contra el pecho obligándolo a rodearme con los brazos.

—¡Puede que me quites la vida —grité evitando sus manos—, puede que me quites la libertad, pero jamás me quitarás este maldito anuario, Gus!

—Preferiría que me lo dieras y ya está —dijo lanzándose otra vez por él.

Tomó un lado del libro con cada mano envolviéndome con los brazos, pero yo seguí sin soltarlo.

—No lo digo en broma. Esta foto es demasiado buena para esconderla, no seas modesto. Tienen que verla en *The New York Times*, en *GQ*. Tienes que presentarla al concurso de hombre más sexy del mundo de *Forbes*.

—Te recuerdo que tengo diecisiete años en la foto —declaró—. Deja de sexualizar a mi yo de diecisiete años.

—A los diecisiete habría estado obsesionada contigo —le dije—. Parece que te hayas puesto un disfraz de adolescente rebelde por Halloween. Y es cierto lo que dicen, hay cosas que no cambian. Te juro que llevas puesta justo la misma ropa que en la foto.

—Eso es del todo falso —repuso, todavía pegado a mi espalda, rodeándome con los brazos y sujetando el libro.

Yo había conseguido tener la página marcada con el dedo y, cuando lo volví a abrir, su agarre se relajó. Se asomó por encima de mi hombro para ver mejor y sus manos me rascaron los brazos y se posaron en mis caderas.

Como si necesitara apoyarse. Como si no quisiera caer por encima de mi hombro.

¿Cuántas veces podíamos terminar en situaciones como esa? ¿Y cuánto tardaría yo en perder el autocontrol que había conseguido mantener?

En cuanto pasara algo concreto entre nosotros, se acabaría. Lo perdería. Se asustaría, tendría miedo de gustarme, de que esperara demasiado de él, de no poder evitar hacerme daño. Y a mí... me gustaría demasiado y no podría evitar que me hiciera daño.

Era demasiado romántica para algo sin ataduras y, aunque no podíamos ser menos compatibles, ya sentía por Gus cosas que iban más allá de la atracción física.

Y parecía que ninguno de los dos era capaz de dejar de traspasar los límites.

Mientras mirábamos el anuario, o hacíamos ver que lo mirábamos, sus manos iban con suavidad hacia delante y hacia atrás, acercándome a él y alejándome. Era una metáfora terriblemente apropiada. Sentía la tirantez de su vientre contra la espalda y decidí centrarme en su foto.

Mi aturdimiento inicial se desvaneció y observé la foto como si la viera por primera vez. Diría que el treinta por ciento de los chicos que aparecían en mi anuario del instituto había elegido el mismo *look* de adolescente depresivo, pero el de Gus era diferente. La línea torcida de su boca estaba seria y tensa. La cicatriz blanca que le dividía el labio superior era más visible, más reciente, y tenía un cerco oscuro alrededor de los ojos. Aunque Gus me sorprendía a todas horas en pequeñas cosas, también sentía que, en cierto modo, lo conocía o lo reconocía de un modo instintivo. En el club de lectura, Gus supo que algo me había

261

cambiado y, contemplando aquella foto, yo supe que algo le había pasado poco antes de que la sacaran.

—¿Esto fue después de que tu madre...? —Fui incapaz de pronunciar las palabras.

Gus asintió y yo sentí la presión de su mentón contra el hombro.

—Ahí estaba en último curso y ella había muerto dos años antes.

—Pensaba que habías dejado la prepa —comenté, y él asintió de nuevo.

—El hermano de mi padre era el encargado de un cementerio enorme. Yo sabía que me contrataría a tiempo completo en cuanto cumpliera los dieciocho, con seguro médico y todo, pero Markham insistió en hacerme la foto y mandarla de todos modos.

—Gracias, Markham —susurré intentando que la conversación fuera alegre a pesar de la tristeza que se me acumulaba en el pecho.

Me pregunté si en ese momento mis ojos tendrían aquel aspecto, perdidos y huecos; si, tras el funeral de mi padre, mi cara se había quedado así de vacía.

—Ojalá te hubiera conocido —dije con impotencia.

No podría haber cambiado nada, pero podría haber estado ahí. Podría haberlo querido.

Puede que mi padre fuera un mentiroso y un mujeriego, y que viajase mucho por negocios, pero yo no tenía ningún recuerdo de haberme sentido realmente sola cuando era pequeña. Mis padres siempre habían estado ahí y mi casa siempre había sido un lugar seguro.

No me extrañaba que le hubiera parecido una princesa de cuento a Gus, dando saltitos por la vida con mis zapatos de purpurina y con plena confianza en el universo y una gran insistencia en que cualquier persona podía ser lo que quisiera, tener lo que quisiera. Me dolía no poder volver atrás y verlo a él con más claridad, ser más paciente. Tendría que haber percibido la soledad en Gus Everett. Tendría que haber dejado de contarme cuentos a mí misma y haber mirado a mi alrededor.

Sus manos seguían moviéndose. Me di cuenta de que me movía con él como si me meciera una ola. Vi que, cuando me atraía hacia él, yo me pegaba a su cuerpo y me arqueaba para sentirlo contra el mío. Sus manos bajaron hasta mis piernas y me agarraron y yo hice todo lo que pude por seguir respirando con normalidad.

Estábamos jugando a un juego: ¿cómo de lejos podíamos llegar sin admitir que estaba pasando algo?

—He tenido una idea —dijo él.

—¡No me digas! —me burlé, aunque mi voz seguía pastosa por todas las emociones contradictorias—. ¿Quieres que vaya por una cámara y lo documente?

Las manos de Gus me empujaron y yo me apoyé en él.

—Muy graciosa —respondió impasible—. Como te decía, he tenido una idea, pero afecta a nuestra investigación.

Ah. La investigación. El recordatorio de que, fuera lo que fuese aquello, teníamos que formularlo en los términos de nuestro acuerdo, de que, al fin y al cabo, aquello seguía siendo una especie de juego.

—Vale, ¿de qué se trata?

Me volví hacia él y sus manos me rozaron la piel mientras me daba la vuelta, pero no me soltó.

—Bueno —dijo, e hizo una mueca—. Les he dicho a Pete y a Maggie que iría a su fiesta del Cuatro de Julio, pero es el viernes.

—Ah.

Di un paso atrás. Había algo que me desorientaba al recordar que existía el resto del mundo cuando tenía sus manos encima.

—Entonces ¿necesitas saltarte una de nuestras noches de investigación?

—Bueno, lo que pasa es que también tengo que ir a ver New Eden pronto si quiero seguir escribiendo el borrador —manifestó—. Así que, como no puedo ir el viernes, había pensado en ir el sábado.

—Vale —dije—, entonces ¿nos saltamos la clase de comedia romántica y hacemos una excursión en la clase de literatura oscura?

Gus negó con la cabeza.

—Tú no tienes por qué ir... Esto puedo hacerlo solo.

Se mordió el labio inferior y la cicatriz que tenía al lado del arco de Cupido se puso más blanca de lo normal.

Suspiré. Otra vez lo mismo. La princesa de cuento no es capaz de soportar este mundo cruel.

—Gus —dije despacio—, si tú vas, yo también. Ese es el trato.

—¿Aunque yo me salte el entrenamiento de novela romántica esta semana?

—Creo que ya has bailado suficiente country este mes —repuse—. Te mereces un descanso e ir a la fiesta del Cuatro de Julio.

—¿Y tú? —preguntó.

—Yo siempre me merezco un descanso —contesté—, pero los míos consisten, sobre todo, en bailar country.

Se aclaró la voz.

—Me refiero al viernes.

—¿Qué pasa con el viernes?

—¿Quieres ir el viernes a casa de Pete?

—Sí —respondí enseguida. Gus me dirigió su clásica sonrisa con la boca cerrada—. Espera. Puede. —Su expresión se apagó y me di prisa por añadir—: Hay alguna forma de... —Pensé y repensé cómo decirlo—. Pete es amiga de la amante de mi padre.

—Oh. —La boca de Gus se abrió de pronto—. Ojalá... me lo hubiera dicho cuando le pregunté si podía invitarte. No le habría dicho que sí si hubiera sabido...

—Puede que no lo sepa, no estoy segura.

—O puede que intentara arrancarme una promesa omitiendo información importante —dijo.

—Bueno, tú deberías ir —concluí—. Yo no estoy segura de poder.

—Lo averiguaré —dijo Gus deprisa—, pero ¿si ella no va...?

—Iré —afirmé—, pero que sepas que voy a sacar el tema de las piedras con Maggie.

—Eres muy retorcida, January Andrews —comentó Gus—. Y eso es lo que me encanta de ti.

El corazón me hizo una pirueta.

—Ah, vale, era eso.

—Bueno —dijo—, esa es una cosa. Me parecía un poco insensible invitarte a la fiesta que da mi tía y luego hablar de tu culo.

Yo solía usar las fiestas como excusa para comprarme ropa que fuera con la temática. O, por lo menos, zapatos nuevos. Sin embargo, incluso después de haber vendido una buena cantidad de muebles, cuando entré en la cuenta del banco el viernes por la mañana, la web prácticamente me miró mal.

Le mandé un mensaje a Gus.

No creo que pueda ir a la fiesta,
porque acabo de descubrir que
no puedo permitirme llevar
ni una ración de ensaladilla.

Vi los puntos suspensivos aparecer en la pantalla mientras él escribía. Paró. Volvió a empezar. Al cabo de un minuto, el símbolo desapareció y yo volví a quedarme mirando la puerta del sótano.

Había pospuesto ordenar el dormitorio y el baño principales, y ya había vaciado casi toda la planta baja (hasta lo que colgaba de las paredes). Eso solo me dejaba el sótano.

Respiré hondo, abrí la puerta y escudriñé lo que había al fondo de la oscura escalera. Vi cemento. Eso era bueno, no me daba motivos para pensar que el sótano estaba terminado y que habría más muebles cuya retirada tendría que organizar. Pulsé el interruptor, pero el foco estaba fundido. No estaba oscuro del todo, ni mucho menos, desde fuera había visto unas ventanas hechas de bloques cuadrados de vidrio que dejaban que entrara algo de luz natural. Blandí el celular como si fuera una linterna y bajé. Había unos cuantos tubos de plástico verdes y rojos apilados contra la pared al lado de una estantería de metal llena de herramientas y un congelador. Me acerqué a la estantería y toqué una caja de focos cubierta de polvo. Mis dedos agarraron la tapa y la abrieron.

Alguien había agarrado ya uno de los focos.

Tal vez el que se había fundido en la escalera.

Tal vez mi padre había bajado allí a hacer otra cosa y se había dado cuenta, como yo, de que el interruptor no funcionaba. Había tomado el foco y había subido la mitad de la escalera, donde podía cambiarlo sin ponerse de puntillas.

Aquella vez, sentí el dolor como un arpón. ¿No se suponía que tenía que mejorar con el tiempo? ¿Cuándo dejaría de sentir un dolor tan fuerte en el pecho que me impedía llenar los pulmones al tocar algo que mi padre había usado? ¿Cuándo dejaría de llenarme de miedo la carta que había en la caja de ginebra?

—¿January?

Me volví hacia la voz esperando que fuera un fantasma, un asesino o un fantasma asesino que llevara escondido en las entrañas de la casa todo aquel tiempo.

En lugar de eso, me encontré a Gus, iluminado desde atrás por la luz del pasillo, que bajaba por la escalera, agachándose para verme por debajo de la pared que tapaba los primeros escalones.

—Coño —exclamé ahogando un grito, aún vibrando por la adrenalina.

—La puerta de la calle no estaba cerrada —dijo descendiendo poco a poco por la escalera—. Me ha dado un poco de miedo ver la puerta del sótano abierta.

—Y a mí oír una voz en el sótano cuando pensaba que estaba sola.

—Disculpa. —Miró a su alrededor—. No hay muchas cosas por aquí.

—No hay ninguna mazmorra sexual.

—¿Era una posibilidad? —preguntó.

—Shadi tenía esperanzas.

—Ya. —Tras un instante de silencio, dijo—: Sabes que no tienes que pasar por esto, ¿no? No tienes que revisar todas estas cosas si no quieres.

—Es un poco raro vender una casa llena de herramientas polvorientas y una sola caja de focos —apunté—. Queda como en una zona gris entre totalmente amueblada y vacía de cojones. Además, necesito el dinero. Tengo que venderlo todo: liquidación total. Y con *liquidación* quiero decir que o lo vendo todo o lleno la casa de agua e intento cobrar el dinero del seguro.

—De eso he venido a hablar —declaró.

Lo miré boquiabierta.

—¿Ibas a sugerirme que inundara la casa para defraudar al seguro?

—Quería hablar de la ensaladilla —dijo—. Tendría que haberte dicho que no hay ninguna necesidad de llevar nada a la fiesta del Cuatro de Julio de Pete y Maggie. De hecho, lo que traigas terminará debajo de la mesa, que ya estará demasiado llena con todo lo que ellas habrán puesto y, al final, harán que te lo vuelvas a llevar a casa. Si intentas dejártelo por educación, te lo encontrarás al cabo de tres días en el bolso, caliente y mohoso.

—¿Ellas lo pondrán todo? —pregunté.

—Todo.

—¿Rusos blancos también? —Gus asintió—. ¿Y piedras? ¿Habrá piedras o debería llevar una de casa? Para romper el hielo.

—Me acabo de acordar de algo —dijo Gus—: ya no estás invitada.

—Ya te digo yo que estoy invitada —repliqué—. No le negarán la entrada a alguien que lleve piedras.

—Vale, en ese caso, me parece que me estoy resfriando. Tendrás que ir sola.

—Tranquilo. —Lo agarré del brazo—. No sacaré el tema de las piedras... muchas veces.

Sonrió burlón y se me acercó negando con la cabeza.

—No puedo ir. Me encuentro muy mal.

—Sobrevivirás.

Tenía todavía la mano en su brazo y su piel ardía bajo mis dedos. Cuando apreté con más fuerza, se aproximó todavía más volviendo a negar con la cabeza. Mi espalda topó con los fríos bordes de la estantería de metal y Gus me recorrió con la mirada de arriba abajo y la piel se me erizó a su paso. Lo atraje más hacia mí y nuestras barrigas se tocaron. Un deseo pesado se me acumuló tras las costillas y el ombligo y en todos los puntos en los que nos estábamos tocando.

Me puso las manos en las caderas con suavidad y las llevó hacia las suyas, y el calor me recorrió como llamas que recorren un reguero de gasolina. Se me entrecortó la respiración. Sentí como si la sangre se me espesara y se me ralentizara en las venas, pero tenía el corazón acelerado al ver el cambio en su expresión. Parecía que se le había quemado la sonrisa en las comisuras de los labios y los ojos se le oscurecieron al centrarse en mí.

Si podía leerme la mente en ese momento, no me importaba. Hasta lo deseaba.

«Una vez, una vez, una vez» me pasó por la cabeza en bucle como una planta rodadora por el desierto.

Y, entonces, Gus se inclinó y su nariz bajó rozando la mía hasta que su aliento se encontró con mis labios, abriéndolos sin tocarlos, y yo le hundí los dedos en la piel cuando su boca buscó la mía con brusquedad. Ese primer beso fue tan intenso, tan caliente y tan lento que sentí como si fuera a derretirme pegada a su cuerpo antes de que hubiera terminado.

Sabía a café y a las últimas caladas de un cigarro, y yo cada vez tenía más ganas de él. Le enredé las manos en el pelo cuando sentí su lengua en mi boca. Me empujó con el cuerpo contra la estantería de las herramientas y me agarró la mandíbula con las manos para levantarme el mentón y darme otro beso, más profundo, como si estuviéramos desesperados por sondar las profundidades del otro.

Cada beso, cada caricia era tosca y cálida, como él. Sus manos descendieron por mi pecho y luego las tuve debajo de la camiseta. Sentí sus dedos ligeros como la nieve al caer, por la cintura, por el sujetador, haciéndome estremecer mientras nuestros cuerpos se rozaban. La estantería chirrió cuando Gus me empujó poco a poco contra ella y él se rio en mi boca, lo que, de alguna forma, me hizo desearlo con más ansia.

Me aferré a su camiseta y su boca se deslizó por mi cuello lenta y hambrienta. Me tomó de la cintura con una mano mientras la otra se metía por debajo del encaje de mi sujetador de media copa dibujando círculos sobre mí. Al principio fue dulce, cada momento era lánguido y deliberado, pero, a medida que me iba arqueando con sus caricias, aumentó la presión y me hizo ahogar un jadeo.

Se apartó respirando fuerte.

—¿Te he hecho daño?

Negué con la cabeza y Gus me puso una mano en la mejilla y me volvió con cuidado la cabeza para besarme una sien y la otra. Yo le agarré el dobladillo de la camiseta y lo alcé por encima de su cabeza. Sentí un aleteo en el pecho al ver sus músculos fibrados y tersos. En cuanto dejé caer la camiseta al suelo, volvió a agarrarme y sus manos callosas me acariciaron los costados mientras iban recogiendo la tela de mi camiseta. La echó a un lado y me observó con intensidad.

—Dios —soltó con la voz grave y áspera.

Me esforcé por no sonreír.

—¿Me estás rezando a mí, Gus?

Su mirada negra como la tinta subió por mi cuerpo hasta encontrarse con la mía. Los músculos de su mandíbula se tensaron y yo me arqueé sobre él mientras sus manos me recorrían la espalda para desabrocharme el sujetador.

—Algo así.

Arrastró uno de los tirantes del sujetador y me lo bajó por el brazo, repasando con los ojos el lento avance de sus dedos por el lado de mi pecho, resiguiendo su curva. Al subir, me pasó la palma áspera por el pecho e hizo que me estremeciera. El contacto seguía siendo tan ligero que me exasperaba, pero su mirada oscura y furiosa parecía penetrarme y yo seguí su movimiento, respondiendo a sus caricias.

Sonrió con un lado de la boca cuando sus ojos volvieron a fijarse en los míos. Soltó el otro tirante y el sujetador cayó. La intensidad de su mirada oscura sobre mi pecho, devorándome con los ojos y tomándose su tiempo para hacerlo me hizo retorcerme como si pudiera rozarme con ella. Se le tensó la mandíbula y me apretó contra él con fuerza.

Habría consecuencias. Aquello no podía ser buena idea.

Se me acercó más, atrapándome contra la estantería, yo le agarré las caderas.

21

LA BARBACOA

Las manos de Gus bajaron por mis costados, por todos los reco-vecos y curvas.

—Eres preciosa, January —susurró, y me besó con más dul-zura—. Joder, eres preciosa. Eres como el sol.

Su boca también me recorrió el cuerpo saboreando todos los lugares donde me había tocado. No era suficiente. Hundí las uñas en su espalda y él se alejó de la estantería y me puso enci-ma del congelador que había al lado, intentando desabrochar-me con torpeza el botón de los pantalones cortos. Yo elevé las caderas para que pudiera quitármelos y, cuando volvió a levan-tarse, sus manos me subieron por las piernas y se metieron por los lados de mi ropa interior para hundirse en mi piel. Yo me arqueé hacia él y me alzó los muslos hasta sus caderas. Su boca se movía con fuerza contra la mía.

—Dios, January —dijo.

El deseo me ahogó la voz y la convirtió en un jadeo cuando intenté responder. Me froté contra él y su agarre se volvió más fuerte.

Dejamos de ser dulces. Yo no podía frenarme lo suficiente para tratarlo con cuidado y tampoco quería que él me tratase con cuidado. Le desabroché los pantalones y se los bajé de un tirón. Metió una mano entre mis muslos y gimió. La otra mano me agarró la cadera mientras su boca descendía por mi vientre.

Me apretó los muslos con las manos y yo me aferré a los lados del congelador cuando bajó entre mis piernas y me probó. La respiración se me fue acelerando a medida que la presión aumentaba en mi interior. Hundió los dedos en mis caderas y su nombre se me escapó de entre los labios. Me agarró las caderas, el culo, con más fuerza. No era suficiente. Lo necesitaba a él. Me di cuenta de que lo había dicho en voz alta cuando él me contestó:

—Y yo a ti, January.

Se incorporó, tiró de mí hasta el borde del congelador y me levantó las caderas hacia él mientras yo apretaba los muslos contra los lados de su cuerpo.

—Gus —dije jadeando. Su mirada subió por mi cuerpo. El calor me palpitaba bajo la piel—. ¿Tienes condones?

Le llevó un momento contestar, como si su cerebro estuviera traduciendo una lengua que no era la suya. Tenía los ojos todavía oscuros y hambrientos, y las manos se aferraban con fuerza a mis muslos.

—¿Aquí? —dijo—. ¿En el sótano de la segunda casa de tu padre?

—Pensaba más bien en los bolsillos de los pantalones —repuse todavía sin aliento.

Su risa sonó como un traqueteo ronco.

—¿Cómo te sentirías si hubiera traído condones para hablarte de lo de la ensaladilla?

—Agradecida —contesté.

—No sabía que iba a pasar esto. —Se pasó una mano por el pelo, angustiado, mientras la otra seguía aferrada a mí casi haciéndome daño—. En casa. Tengo algunos.

Nos miramos un momento y al otro estábamos recogiendo la ropa del suelo y vistiéndonos. Mientras subíamos corriendo por la escalera, Gus me tocó el culo.

274

—Dios —volvió a decir—. Señor, gracias por este día. Y gracias también a Jack Reacher.

No nos entretuvimos poniéndonos los zapatos; salimos corriendo por la puerta y cruzamos el jardín descalzos. Yo llegué a la puerta de su casa primero y me di la vuelta justo cuando Gus subía los escalones. Soltó una risa ronca al verme y negó con la cabeza mientras me sujetaba por las caderas y volvía a besarme, apretándome contra la puerta.

Enredé los dedos en su pelo olvidando dónde estábamos, olvidándolo todo excepto sus manos recorriéndome, metiéndose debajo de mi ropa, su lengua separándome los labios mientras yo le tocaba todo lo que podía. Se me escapó un leve lamento de insatisfacción y él pasó la mano por mi lado para girar el pomo y me hizo entrar en su casa de espaldas.

Apenas habíamos avanzado un metro cuando me quitó la camiseta y yo le volví a quitar la suya. En un instante, estaba sobre su mesa auxiliar, él me desabrochaba los pantalones y me arañaba las caderas y los muslos al bajármelos y dejarlos caer al suelo. Se me acercó entre mis piernas.

Yo me acerqué más a él cuando bajó las manos por mis pechos y me agarró los pezones. Me acarició hasta que toda yo me tensé. Me levantó en brazos de la mesa y se dio la vuelta para ponerme contra la estantería. Sus manos se hundieron en mis muslos y yo me arqueé contra la estantería para mover las caderas contra él.

«No es suficiente. Ni de lejos».

Se desabrochó los pantalones y se los bajó teniéndome encima. Yo le arañé el torso y bajé la mano para tirar de sus calzoncillos con poca efectividad. Él me recolocó contra la estantería y se los bajó.

Fue casi demasiado sentirlo contra mí. Ahogué un jadeo al presionar las caderas contra él. Él me sujetó con una mano abierta y gruñó contra mi piel.

—Joder, January.

El retumbo de su voz me hizo estremecer. Tendió la mano libre hacia el estante a la altura de mi hombro hasta dar con un bote azul que yo podía ver con el rabillo del ojo.

Sacó un condón y yo me reí a pesar de que intenté evitarlo.

—Qué fuerte —le murmuré en la oreja—. ¿Siempre lo haces contra una estantería? ¿Tengo tus libros detrás de mí ahora mismo? ¿Es un tema de ego?

Él se echó atrás con una sonrisa irónica mientras abría el envoltorio con los dientes.

—Es para tenerlos a mano cuando salgo por la puerta, listilla.

Dejó de apretarme con tanta fuerza y se separó unos centímetros de mí.

—Es la primera vez que lo hago así, pero, si no te gusta, siempre podemos esperar a encontrar una buena cueva en una playa un día de lluvia.

Me aferré a él con avidez y le atrapé el labio inferior con los dientes antes de que pudiera alejarse más. Él eliminó el espacio que había entre nosotros y me besó hambriento mientras se ponía el condón. Sus manos volvieron a mi cintura, esta vez dulces y suaves, y me atrajo para darme un beso lento y sensual mientras yo temblaba de anticipación.

La primera embestida fue increíblemente lenta y todo mi cuerpo se tensó a su alrededor mientras se hundía en mí. Me quedé sin respiración y vi estrellitas por la sorpresa de su tamaño y el placer que me atravesó.

—Ay, Dios —solté sin aliento mientras él se movía.

—¿Me estás rezando a mí? —me dijo a la oreja burlón y un escalofrío me bajó por la columna vertebral.

No podía soportar que fuera tan lento. Empecé a moverme deprisa, con ganas, y él igualó mi intensidad.

Me apartó de la estantería y se dio la vuelta para sentarse en el sofá y ponerme encima de él al mismo tiempo que se acostaba. Yo susurré su nombre con voz entrecortada cuando volvió a entrar en mí mientras me sujetaba por las costillas con las manos abiertas. Me incliné sobre él y le puse las manos sobre el pecho intentando no perder el control. Su boca me acarició un pecho y un latido embriagador de calor y deseo me recorrió el cuerpo.

—Te tengo ganas desde hace tanto —confesó entre dientes apretándome el culo con las manos.

Una onda se expandió por mi pecho al oír su voz áspera.

—Y yo a ti —admití en un susurro—, desde aquella noche en el autocine.

—No —dijo con firmeza—. Antes de eso.

Sentí una agitación como si tuviera un ventilador esparciéndome purpurina por dentro y todo lo que sentía en el cuerpo tenso y tembloroso aumentó de intensidad cuando Gus susurró contra mi piel:

—Antes de que abrieras la puerta con ese vestido negro y las botas hasta el muslo y antes de que te viera en el club de lectura con el pelo todo mojado y encrespado.

Me pasó una mano por la cintura y nos dio la vuelta. Yo le rodeé la cadera con una pierna y bajé el otro pie acariciándole la pantorrilla mientras él murmuraba al lado de mi mejilla y su voz ronca me recorría como una corriente eléctrica.

Me besó la mandíbula con suavidad.

—Y antes de la puta fiesta en la fraternidad.

El corazón me dio una voltereta dentro del pecho, e intenté decirle que yo también, pero una de sus manos había terminado detrás de mi cuello y la otra bajaba por mi centro, y me atravesaba los pensamientos como un cuchillo caliente cortando mantequilla. Nos cabalgamos el uno al otro, nos perdimos en el otro y todo lo que nos rodeaba se volvió borroso y prescindible.

—Oh —gemí cuando él embistió con más fuerza, más profundo.

Y, de pronto, perdí el control, una oleada tras otra de placer se expandieron por mi cuerpo mientras yo lo apretaba con fuerza. Él se encogió encima de mí, enterrando la boca en mi cuello mientras nos deshacíamos juntos, con la respiración entrecortada y los músculos temblando.

Cayó a mi lado, aún sin aliento, pero dejó un brazo sobre mí, con los dedos aferrados a mis costillas, y se le escapó una risa leve y ronca mientras se cubría los ojos con el otro brazo y negaba con la cabeza.

—¿Qué? —pregunté todavía recuperando el aliento.

Me puse de lado y Gus hizo lo mismo. Dejó caer la mano que le tapaba la cara y me acarició el lado del muslo y la cadera. Se inclinó y me besó el hombro, que me brillaba por el sudor, y luego enterró la cara en ese lado de mi cuello.

—Me he acordado de lo que has dicho de la estantería —dijo con voz cavernosa—. No puedes dejar de meterte conmigo ni cuando pierdo la cabeza por tu cuerpo.

Me recorrió una sensación cálida: era vergüenza y aturdimiento, y algo más dulce y difícil de nombrar. «Antes de eso», lo oí susurrar en mi mente. Me tumbé de espaldas y recosté la cabeza en un cojín. La mano de Gus fue de mi cadera a mi barriga y abrió los dedos al inclinarse para besarla con suavidad.

Yo tenía las extremidades flojas y exhaustas, pero el corazón todavía acelerado. Aunque había sabido que iba a acabar pasando algo entre Gus y yo, nunca me lo había imaginado así, sin quitarme las manos de encima, con los ojos puestos en mi boca y mi cuerpo y mis ojos, besándome la barriga y riéndose con la boca pegada a mi piel mientras estábamos tumbados, desnudos, abrazados como si hubiésemos hecho aquello mil veces.

«¿Qué significa esto? —pensé, seguido de—: ¡Deja de buscarle un significado a todo!». Pero la presión en mi pecho aumentaba a medida que comprendía la importancia de lo que había pasado. Como ya me imaginaba, me había encantado tocar a Gus, que él me tocara, pero todo lo que había pasado... era inesperado y puede que todavía me hubiera gustado más de lo que pensaba.

Me apoyó la cabeza en el pecho y trazó con la mano un camino por el valle que había entre mis caderas con la suavidad de una pluma. Me besó el espacio entre los pechos, las costillas e, incluso en aquel estado de relajación casi absoluta, me recorrió un escalofrío.

—Me encanta tu cuerpo —dijo, y sentí su voz grave dentro.

—Yo también soy bastante fan del tuyo —repuse. Le toqué con un dedo la cicatriz del labio—. Y de tu boca.

Su sonrisa torcida se ensanchó y él se incorporó un poco apoyándose en el codo, con la otra mano todavía abierta encima de mi ombligo.

—Te juro que no he ido a tu mazmorra sexual a seducirte.

Yo me incorporé.

—¿Cómo sabes que no te he seducido yo?

Su sonrisa torcida se ensanchó.

—Porque no hacía falta.

Sus palabras volvieron a resonar en mí: «Te tengo ganas desde hace tanto. No. Antes de eso». El corazón me dio un salto en el pecho y luego volvió a saltar porque sonó un teléfono.

—Joder —se quejó Gus, y me besó la barriga por última vez antes de levantarse del sofá.

Agarró los pantalones del suelo y sacó el teléfono del bolsillo.

La sonrisa se le fundió al mirarlo y unas arrugas de consternación le brotaron de las cejas oscuras.

—¿Gus?

Una preocupación repentina me corrió por las venas. Cuando levantó la vista parecía algo desestabilizado. Cerró la boca de golpe y volvió a mirar el teléfono.

—Lo siento mucho —se disculpó—. Tengo que contestar.

—Ah.

Me senté en el sofá, muy consciente de pronto de lo desnuda que estaba.

—Vale.

—Joder —dijo, esta vez en voz baja—. Solo me llevará unos minutos. ¿Podemos vernos luego en tu casa?

Yo me quedé mirándolo, luchando contra el dolor que crecía en mi pecho.

¿Qué más daba que me echara de su casa después de acostarnos para contestar una llamada misteriosa?

Estaba bien. Todo tenía que estar bien. Yo tenía que estar bien. Ya me había sacado la espinita y podía olvidarme de él. O así se suponía que funcionaba. Nunca había tenido intención de que nos tumbásemos desnudos mientras él registraba cada parte de mi cuerpo con un beso lento y concienzudo. Y, aun así, se me cayó el alma a los pies al levantarme a recoger la ropa.

—Claro —dije.

Antes de que me hubiera podido poner la camiseta, Gus ya se iba por el pasillo.

—Diga —oí que decía.

Y luego cerró la puerta de un dormitorio y me dejó sola.

Eran las once cuando volví a mi casa. Se suponía que Gus y yo teníamos que salir pronto para ir a la barbacoa. Pete le había dicho a Gus que Sonya no podría ir hasta más tarde, así que, como aquella aventura (y no va con segundas) duraba desde la mañana hasta la noche, lo mejor que podíamos hacer era ir la primera mitad del día y marcharnos mucho antes de que sirvieran el vino dulce y lanzaran los fuegos artificiales. Cuando Gus me lo comentó, le propuse que fuésemos en coches separados para que él pudiera quedarse hasta el amargo final.

—¿Estás de broma? —me había dicho—. Ni te imaginas de cuántos pellizcos en la mejilla me salvas viniendo. No voy a quedarme solo con esa gente más de treinta segundos.

—Y ¿si tengo que ir al baño? —le había preguntado yo.

Gus se había encogido de hombros.

—Huiré y te dejaré atrás si es necesario.

—¿Tú no tenías cuatrocientos años? —había repuesto yo—. Me parece que eres algo mayor tanto para que te pellizquen las mejillas como para tener un miedo tan profundo a que te pellizquen las mejillas.

—Puede que tenga cuatrocientos años, pero ellas me sacan, por lo menos, mil años y tienen unas garras de buitre.

Era raro pensar que esa conversación había tenido lugar doce horas antes de lo que acababa de ocurrir. Un escalofrío me recorrió la columna.

La idea de no volver a estar me produjo un dolor nuevo que me rebotó por el cuerpo y me golpeó en cada uno de los lugares que él había estudiado con los ojos, la boca y las manos. La idea de no volver a verlo así, desnudo y vulnerable y sin su armadura, susurrándome secretos que me calaban hasta los huesos, hacía que se me formara un nudo en el estómago.

Una vez, esa era la norma de Gus. Y esta vez sí que contaría.

«Solo tenía una llamada importante —me dije—. No es por la norma ni por nada». Pero no podía estar segura.

No supe nada de Gus hasta las doce menos cuarto, cuando me mandó un mensaje:

¿Estás lista en 5 minutos?

Lo dudaba. Incluso quemando energía andando de un lado para otro, el recuerdo de lo que había ocurrido y la angustia por lo que iba a pasar seguían retumbándome en la cabeza. Y no esperaba que lo olvidara, que me mandara un mensaje como si no hubiera pasado nada, pero tendría que habérmelo esperado. Suspiré y le respondí:

Claro

Me fui corriendo a mi habitación para ponerme un vestido blanco veraniego y unas sandalias que me había comprado la última vez que había ido a la tienda de segunda mano. Me recogí el pelo y luego me lo volví a soltar antes de maquillarme todo lo que pude en los dos minutos que me quedaban.

Gus se había arreglado un poco. Tenía el pelo igual de enmarañado, pero se había puesto una camisa azul con una escasez razonable de arrugas y se la había arremangado mostrando los antebrazos venosos y duros. El único saludo que recibí fue una inclinación de cabeza antes de que entrara por la puerta del conductor.

Yo me coloqué a su lado como mínimo el doble de incómoda de lo que había pensado que estaría en mi versión imaginaria de aquella situación. «¡Conejita estúpida, conejita estúpida, conejita estúpida!», me reproché.

Pero entonces pensé en cómo me había besado la barriga, con tanto cuidado y dulzura. ¿De verdad había rollos de una noche —o de una mañana— que parecían tan... reales?

Miré por la ventana y puse mi voz más despreocupada (muy poco acertada, un cero de diez):

—¿Todo bien?

—Ajá —respondió Gus.

Intenté leer su expresión. Supe que debía preocuparme, pero nada más.

Cuando llegamos a la calle de Pete y Maggie, ya estaba llena de coches. Gus aparcó al doblar la esquina y me guio por una puerta lateral que daba a uno de los caminos de su jardín.

No entramos por la puerta principal de la casa, sino que rodeamos el edificio y fuimos directos al jardín trasero.

Un coro de voces se alzó gritando el nombre de Gus. Cuando terminó, Pete cantó: «¡January!», y el resto de los invitados la imitaron. Había por lo menos veinte personas alrededor de un par de mesas cuadradas bajo una celosía cubierta de hiedra. Botellines de cerveza y vasos de plástico rojos llenaban las mesas cubiertas por manteles llenos de estrellas y, tal como se me había prometido, una mesa alargada a un lado del jardín estaba tan llena de bandejas de comida y latas de cerveza que unas cosas se amontonaban encima de otras.

—Ahí está el guapo de mi sobrino y su encantadora compañera.

Pete estaba al lado de la barbacoa, dándoles la vuelta a unas hamburguesas, y llevaba un delantal en el que ponía BESA A LA COCINERA. Había añadido ¡ES BROMA! ¡ESTOY FELIZMENTE CASADA! con rotulador, y Maggie llevaba también un delantal blanco cuyo mensaje estaba escrito todo a mano: BESA A LA GEÓLOGA. Los invitados estaban apiñados alrededor de una mesa cuadrada que había en la terraza de cedro tintado que quedaba en el centro del fantástico jardín y, un poco más allá, unos cuantos más chapoteaban en la enorme piscina azul.

—¡Espero que hayas traído el bañador! —le dijo Pete a Gus cuando él se inclinó para abrazarla evitando la paleta que llevaba en la mano. Ella le dio un sonoro beso en la mejilla y se echó un poco para atrás—. El agua está perfecta.

Yo miré a Gus.

—Pero ¿Gus tiene bañador?

—Técnicamente no —dijo Maggie acercándose para besar a su sobrino en la mejilla—, no tiene bañador.

Se volvió para darme uno a mí y continuó:

—Pero, aun así, nosotras tenemos uno aquí para él. ¡Era como un pez cuando era pequeño! Lo llevábamos a la piscina del pueblo y teníamos que poner una alarma para sacarlo de la piscina y que no se hiciera pis dentro. Sabíamos que nunca saldría por su propio pie.

—Esta historia es totalmente inventada —dijo Gus—. Eso no pasó.

—Te lo juro —insistió Maggie con su tono melancólico y etéreo—. No tendrías más de cinco años. ¿Te acuerdas, Gussy? Cuando eras pequeño, tú y Rose venían a la piscina con nosotras un par de días a la semana.

La expresión de Gus cambió. Fue algo tras sus ojos, como si estuviera cerrando una verja de metal tras ellos.

—No, no me suena nada.

¿Rose? El nombre real de Pete era Posy, un ramillete de flores, así que Rose debía de ser su hermana, la madre de Gus.

—Bueno, pero los hechos son los que son —continuó Maggie—. Tanto si ahora nadas como si no, antes te encantaba nadar. Y tienes el bañador esperándote en la habitación.

Luego me miró de arriba abajo.

—Seguro que podemos encontrar algo para ti también. Te vendrá un poco largo. Y un poco ancho. Eres muy menuda, ¿no?

—Pues no me lo parecía hasta este verano.

Maggie me pasó la mano por el brazo y sonrió serena.

—Eso es lo que pasa por vivir entre los holandeses de Michigan. Por aquí somos muy robustos. Ven y te presento a todo el mundo. Gussy, ven tú también a saludar.

Y con eso, nos llevó por todo el jardín trasero. Gus ya conocía a todo el mundo —eran, sobre todo, profesores de la universidad, sus parejas, sus hijos y dos hermanas de Maggie—, pero, al parecer, tenía muy poco que decirle a nadie aparte de dirigir un saludo educado. Darcy, la hermana menor de Maggie, era casi diez centímetros más alta que ella y tenía el pelo rubio pajizo y unos ojos azules enormes, mientras que Lolly era unos treinta centímetros más baja que Maggie y llevaba el pelo gris cortado recto a la altura del cuello.

—Tiene un síndrome terrible de hija mediana —me susurró Maggie al oído mientras nos guiaba a Gus y a mí hacia otro rincón del jardín donde unos niños jugaban a meter una bolsa llena de judías en un agujero. Dos de los labradores corrían afables de un lado a otro intentando con pocas ganas atrapar las bolsas que los niños les tiraban.

—Seguro que los dejan jugar —nos dijo Maggie señalándolos.

Gus dibujó una amplia sonrisa de esa forma poco común y sincera volviéndose hacia ella.

—Creo que mejor empezaremos tomándonos algo.

Ella le dio unas palmaditas en el brazo.

—Se nota que eres el ahijado de Pete. ¡Les serviré un poco de mi mundialmente famoso ponche azul!

Ella empezó a andar delante y, cuando la seguimos, Gus me lanzó una mirada conspiratoria avisándome de que la bebida estaría malísima, pero, después del tenso trayecto hasta allí, bastó con eso para que una ola de calor me recorriera el cuerpo hasta los pies.

—Mundialmente infame —me susurró.

—Oye, ¿tú sabes de qué roca está hecho este camino? —le dije también susurrando.

Él negó con la cabeza, incrédulo.

—Para que lo sepas: esa pregunta es lo único que no podría perdonarte nunca.

Habíamos dejado de andar en un recoveco formado por unas plantas exuberantes, fuera de la vista de los que jugaban con las bolsas de judías y de la terraza de madera.

—Gus —dije—. ¿Va todo bien?

Durante un instante, me lanzó una mirada intensa. Parpadeó y la expresión se desvaneció. La sustituyó una indiferencia metódica.

—Sí, no es nada.

—Pero sí que hay algo que no es nada —insistí yo.

Gus negó con la cabeza.

—No. No hay nada más que ponche azul y de eso habrá mucho. Intenta controlar el ritmo.

Empezó a andar hacia la terraza y tuve que seguirlo. Cuando llegamos, Maggie ya tenía preparados dos vasos llenos hasta el tope. Di un sorbo e hice lo que pude por no toser.

—¿Qué lleva?

—Vodka —contestó Maggie animada, contando los ingredientes con los dedos—. Ron de coco. Curasao azul. Tequila. Zumo de piña. Y un chorrito de ron normal. ¿Te gusta?

—Muy bueno —dije.

Olía a botella de acetona abierta.

—¿Gussy? —preguntó.

—Increíble —respondió él.

—Está mejor que el año pasado, ¿eh? —dijo Pete abandonando su puesto junto a la barbacoa para unirse a nuestro grupo.

—Por lo menos es más probable que le quite la pintura a un coche si se le cae encima —comentó Gus.

Pete soltó una carcajada y le dio una palmada a Gus en el brazo.

—¿Lo ves, Maggie? Ya te he dicho que se podría usar como combustible de avión.

Maggie sonrió sin molestarse por sus bromas y el sol iluminó la cara de Gus en el ángulo perfecto para revelar su hoyuelo secreto y aclararle los ojos, de color ámbar. Esos ojos se fijaron en mí y su ligera sonrisa se acentuó. No parecía otra persona.

Parecía más tranquilo, más seguro, como si todo aquel tiempo yo hubiera estado solo con su sombra. En aquel momento sentí que había descubierto algo escondido y sagrado, más íntimo que lo que había pasado entre nosotros en su casa. Era como si Gus hubiera descorrido las cortinas de una casa que yo había estado admirando desde fuera, con cuyo interior había soñado, pero había subestimado.

Acabábamos de hacerlo como si el mundo estuviera ardiendo a nuestro alrededor, pero, si alguna vez tenía la oportunidad de volver a besar a Gus, quería que fuera a aquella versión de él. La que no parecía tan cansada por el resto del mundo que tenía que apoyarse en todo para seguir en pie.

—... a lo mejor la primera semana de agosto, ¿no? —decía Pete.

Ella, Maggie y Gus me estaban mirando, esperando una respuesta cuya pregunta no había escuchado.

—A mí me va bien —dijo Gus—. ¿January?

Todavía parecía relajado, feliz. Sopesé mis opciones: acceder a algo sin tener ni la menor idea de qué era ese algo, admitir que no había prestado atención o intentar sonsacarles más información con algunas preguntas (que podían delatarme).

—¿Qué...? ¿A qué hora? —pregunté esperando haber elegido la opción buena y una pregunta con sentido.

—Entre semana solemos hacerlo a las siete, pero, como será fin de semana, puede ser a la hora que queramos. Tal vez siga siendo mejor hacerlo tarde. Al fin y al cabo, es un pueblo de playa y puede que a la gente del pueblo le guste leer, pero leen tumbados bocabajo sobre la arena.

—Creo que podría ser muy interesante —afirmó Maggie juntando las manos con suavidad—. Lo que hacéis, desde fuera, parece muy diferente, pero imagino que la mecánica interna sigue siendo muy similar. Es como la espectrolita y...

—Salud —dijo Gus.

—No, Gussy, no he estornudado —le dijo Maggie pedagógica—. La espectrolita es un mineral muy bonito...

—Es muy curioso —coincidió Pete—. Parece llegado del espacio exterior. Si tuviera que hacer una película de ciencia ficción pondría un planeta entero hecho de espectrolita.

—Hablando de ciencia ficción... —dijo Gus.

Me buscó con la mirada y supe que había encontrado una forma de desviar la conversación y alejarla de las piedras.

—¿Alguna ha visto *Contact*? Sale Jodie Foster. Es una película loca de huevos.

—Everett —dijo Pete—, ¡esa boca!

Maggie soltó una risa alegre y se tapó la boca con las manos. Llevaba las uñas pintadas de un blanco roto cremoso y salpicadas por estrellas azul claro. Ese día, Pete las llevaba de color granate. Me pregunté si las manicuras eran algo a lo que la había aficionado Maggie, una parte de su mujer que se le había pegado con los años. Siempre me había gustado esa idea, que dos personas se convertían en una. O, por lo menos, se entrelazaban, como las raíces de dos árboles.

—Bueno, volviendo a lo de antes —dijo Pete mirándome—. Puede que a las siete sea buena hora, para no quitarle a la gente mucho tiempo de playa.

—Genial —exclamé—. ¿Te importaría mandarme todos los detalles por correo para confirmarlo? Así compruebo la agenda cuando llegue a casa.

—No sé muy bien qué detalles. ¡Lo único que tienes que saber es a qué hora debes aparecer por allí! Maggie y yo pensaremos buenas preguntas que plantearte —repuso Pete.

Debió de notarse mi vacilación, porque Gus se me acercó un poco.

—Yo te mandaré el correo.

—Gus Everett, he visto todavía menos pruebas de que tengas correo electrónico que de que tengas un bañador —dije.

Se encogió de hombros y arqueó las cejas.

—Bueno, me alegro de no ser la única —comentó Pete—. ¡Cuando mandas tantos vídeos de perritos y no te contestan, empiezas a plantearte si esa persona intenta decirte algo con su silencio!

Gus le pasó un brazo por los hombros.

—Ya te he dicho que no miro el correo. Eso no significa que sea incapaz de mandar uno si me lo piden. En persona. Por un buen motivo.

—Los vídeos de perritos son un buen motivo para casi cualquier cosa —razonó Maggie.

—¿Para qué los queremos, si ya tenemos a sus perros correteando por aquí? —preguntó Gus.

—Y hablando de labradores —comentó Maggie—, ¿sabéis que la espectrolita también se llama labradorita y que...?

Gus me miró sonriendo. Resultó que tenía toda la razón. Tendríamos que haber evitado el tema de las piedras a toda costa. Me despisté bastante pronto cuando Maggie empezó a pasar de un mineral a otro cuando un detalle le recordaba a otros. Al cabo de un rato, hasta la mirada (en general, devota) de Pete pareció perderse.

—¡Madre mía! —dijo con poca discreción cuando alguien llegó rodeando la casa—. Será mejor que vaya a saludar a los invitados.

—Si quieres, ve a saludar —le comentó Gus a Maggie—, ¡no te preocupes por nosotros!

Maggie puso cara de estar ofendidísima.

—¡Nunca! —gritó aferrándose al brazo de Gus—. Puede que tu tía sea así de voluble, pero para mí no hay nadie más importante que tú, Gussy. Ni siquiera los labradores... Pero no se lo digas a ellos.

Me acerqué a Gus y le susurré:

—Ni siquiera la labradorita.

Él volvió la cara unos centímetros hacia mí y sonrió. Estaba tan cerca que lo veía desenfocado y el olor del ponche azul en sus labios azules hizo que la sangre me hirviera como si me hubiera inyectado petazetas.

—Entonces ¿yo voy justo después de los labradores? —bromeó un hombre que había en la mesa.

—No, no seas bobo, Gilbert —dijo Pete volviendo con los recién llegados con un ramo precioso en la mano—. Estás empatado con los labradores.

Gus me miró desde ahí arriba y su sonrisa se esfumó y dejó atrás una expresión torcida y pensativa. Estaba viendo cómo volvía a esconderse en sí mismo y sentí una necesidad repentina de intentar aferrarme a él, de agarrarlo para que se quedara.

Clavó los ojos en mí.

—Tengo que ir a sacar el ponche azul de mi cuerpo. ¿Estarás bien aquí sola?

—Claro —afirmé—. A no ser que vayas a entrar para esconder fotos de cuando eras pequeño. En ese caso, no, no estaré bien aquí sola.

—No voy a esconder nada.

—¿Seguro? —insistí tratando de hacerlo sonreír, que volviera a salir el Gus feliz y confiado—. Porque Pete me lo dirá. No tienes forma de ocultarlas.

Sonrió con un lado de la boca y le brillaron los ojos.

—Si quieres seguirme hasta el baño para asegurarte, es cosa tuya.

El corazón me dio un brinco.

—Vale.

—¿Vale? —dijo.

El calor ya me invadía el cuerpo bajo su aguda mirada.

—Gus —dije—, ¿te gustaría que fuera al baño contigo?

Él se rio. No se movió. Me recorrió con la vista de arriba abajo y de abajo arriba y luego contempló a Pete. Cuando me volvió a mirar, la sonrisa había desaparecido y el brillo de sus ojos se había ido sin dejar rastro.

—No, tranquila —repuso—. Ahora vuelvo.

Me tocó el brazo con suavidad, dio media vuelta y entró en la casa, dejándome más avergonzada de lo que lo había estado en mucho tiempo. O, por lo menos, de lo que lo había estado desde la noche en la que bebí vino del bolso en el club de lectura. Por desgracia, me imaginé que ahora volvería a ir por el mismo camino, intentando enterrar el recuerdo de lo que acababa de pasar.

Gus me había rechazado. Horas después de empotrarme contra una estantería, me había rechazado.

Aquello era mucho peor que el peor de los casos que mi cabeza había inventado cuando había sopesado los pros y los contras de empezar algo con Gus.

¿Por qué había dicho eso de que me había tenido ganas tanto tiempo? En el momento me había parecido muy sexy, pero ahora me hacía sentir como un cabo suelto que Gus por fin había podido atar. Mi estúpido defecto fatídico me había vuelto a traicionar.

Esperé unos minutos al lado de las puertas correderas de cristal con la cara ardiendo y la cabeza enterrada en el vaso. Di un respingo cuando me vibró el celular con un correo electrónico de Gus. Se me aceleró el corazón y luego me desilusioné cuando lo abrí. Solo decía:

Librería de Pete, 2 de agosto a las siete de la tarde.

Recordé lo que había dicho Maggie de que lo que hacíamos parecía tan diferente que sería muy interesante. Estaba casi segura de que me había comprometido a hacer una charla sobre libros con él.

«Conejita estúpida, conejita estúpida, conejita estúpida». Me había pasado un mes teniendo un contacto casi constante con Gus. Si me hubiera pasado un mes entero con la única compañía de una pelota de vóley cubierta de sangre, suponía que también habría llorado cuando se la llevara la marea.

Conocía a Gus. Sabía que su vida era complicada. Sabía que había construido unos muros tan gruesos a su alrededor que me costaría años cincelarlos para ver qué había al otro lado, y que su desconfianza del mundo era un rasgo casi definitorio. Sabía que no era la princesa mágica que podía arreglarlo todo simplemente siendo ella misma.

A la hora de la verdad, sabía muy bien quién era Gus Everett, pero eso no cambiaba nada. Porque, aunque lo más probable era que nunca aprendiera a ser romántico y bailar bajo la lluvia, a mí me gustaba Gus. Sin más. Tal como era.

Yo sola me había buscado aquel desengaño y ahora sospechaba que no podría hacer nada más que prepararme y esperar a sentirlo con toda la fuerza.

22
LA EXCURSIÓN

—¡Venga, Gussy, tírate!

Maggie salpicó el borde de la piscina, pero Gus apenas dio un paso atrás, negando con la cabeza y sonriendo.

—¿Qué, te da miedo que te estropee el permanente? —se burló Pete desde la barbacoa.

—¿Y de que entonces descubramos que te haces el permanente? —añadí.

Cuando sus ojos se volvieron hacia mí, me emocioné, pero enseguida me acordé de que el bañador dado de sí que me había prestado Maggie me hacía parecer un polo derretido envuelto en papel higiénico.

—Puede que me dé miedo que nadie ponga una alarma que me recuerde que tengo que salir e ir al baño —dijo Gus.

En la otra punta de la piscina, un niño flaco y una niña gordita se tiraron de bomba desde bordes opuestos y nos empaparon.

Gus me volvió a mirar.

—Y también está eso.

—¿El qué? ¿Pasárselo bien? ¿Te da miedo que sea contagioso?

—No, me da miedo que la piscina ya esté toda llena de pis. Disfrutad del baño.

Gus volvió a entrar en la casa y yo intenté no mirar más o menos cada minuto si había vuelto a salir.

Maggie encontró una pelota de playa y empezamos a pasárnosla. En cuanto me di cuenta, eran las cuatro y, como Sonya llegaba a las cinco, me retiré para cambiarme. Maggie también salió animada y tomó las toallas amarillas que habíamos dejado en el cemento alrededor de la piscina.

Me tapó los hombros con una antes de que pudiera tomarla de las manos y me llevó dentro.

—Puedes usar el baño de arriba —me dijo con una sonrisa amable que casi parecía un guiño.

—Ah —respondí incómoda—, vale.

Agarré mi ropa y me dirigí a la estrecha escalera de madera con escalones que crujían al pisarlos. Daban un giro de ciento ochenta grados y terminaban en el pasillo de la planta de arriba. El baño estaba al final, una monstruosidad de azulejos rosas que de tan fea al final parecía mona. Había dos puertas a un lado del pasillo y una tercera al otro, todas cerradas.

Era casi hora de irse. Tendría que llamar a todas las puertas hasta encontrarlo. Intenté no sentirme avergonzada ni herida, pero no me fue fácil.

«La primera vez que hablasteis, Gus te dejó claro que no era alguien de quien pudieras esperar nada, January. El tipo de hombre que ni tú podrías romantizar».

Me sequé con la toalla y me vestí en el baño, salí y llamé con suavidad a la primera puerta. No hubo respuesta, así que pasé a la que había al otro lado del pasillo.

Un «¿Sí?» apagado llegó del otro lado y abrí la puerta con cuidado.

Gus estaba en la cama individual que había en un rincón con las piernas estiradas y la espalda contra la pared. A su derecha, la persiana estaba algo abierta y en el suelo oscuro se formaban líneas de luz.

—¿Hora de irse? —preguntó rascándose la nuca.

Yo observé los muebles desparejados y la falta de plantas. En la mesita de noche había una lámpara con forma de balón de futbol y, enfrente de los pies de la cama, la pequeña estantería azul estaba llena de ejemplares de ediciones estadounidenses y extranjeras de los libros de Gus.

—¿Acaso has venido a reflexionar sobre tu propia mortalidad? —le pregunté señalando con la cabeza la estantería.

—Solo me dolía la cabeza —contestó él.

Me acerqué a la cama para sentarme a su lado, pero él se puso de pie antes de que yo llegara.

—Será mejor que me despida. Y tú también, si no quieres que Pete te ponga en la lista negra.

Y entonces salió de la habitación y yo me quedé allí sola. Me acerqué a la estantería. Encima había cuatro fotos enmarcadas. Una algo difuminada de un bebé con los ojos oscuros rodeado de falsas nubes esponjosas. La siguiente era de Pete y Maggie unos treinta años más jóvenes con gafas de sol encima de la cabeza y un niño pequeño con sandalias entre ellas. Por encima de su cabeza, entre los hombros de Pete y Maggie, se veía un trozo del castillo de la Cenicienta.

La tercera foto era mucho más vieja, un retrato sepia de una niña sonriente con el pelo oscuro y rizado y un hoyuelo. La cuarta era una foto de equipo, con niños y niñas con jerséis morados, todos en fila al lado de una Pete más joven y delgada que llevaba un silbato colgado del cuello y una gorra que casi le tapaba los ojos. Encontré a Gus enseguida, flaco y descuidado con una sonrisa tímida algo torcida hacia un lado.

Subieron voces de la planta de abajo.

—¿Seguro que no pueden quedarse? —decía Pete.

Dejé la foto, salí de la habitación y cerré la puerta detrás de mí.

Estuvimos en silencio los primeros minutos del trayecto de vuelta a casa, pero, al final, Gus preguntó:

—¿Te lo has pasado bien?

—Pete y Maggie son geniales —respondí sin comprometerme.

Gus asintió.

—Sí.

—Vale —dije sin saber qué más decir.

Me miró con una expresión severa que se suavizó un poco, pero apretó los labios y no volvió a mirarme.

Yo me centré en los edificios que pasaban deprisa por la ventanilla. Casi todas las tiendas habían cerrado, pero había habido un desfile mientras estábamos en casa de Pete y todavía había puestos de comida a ambos lados de la calle y familias vestidas de rojo, blanco y azul yendo de uno a otro con bolsas de palomitas y molinillos de viento con la bandera americana.

Tenía muchísimas preguntas, pero todas eran confusas, impreguntables. En la historia que me contaba, no quería ser la protagonista que dejaba que un malentendido estúpido estropeara algo tan claramente bueno, pero, en la vida real, prefería arriesgarme a que pasara eso y mantener la dignidad que seguir dándoselo todo mascado a Gus hasta que, al final, dijera la verdad y admitiera que no quería estar conmigo como yo quería estar con él.

«Más de una vez —pensé triste—. Compartiendo algo real, aunque no fuera perfecto».

Cuando aparcamos en la acera delante de nuestras casas (tardamos más de lo normal en llegar porque había mucha gente paseando por la calle), Gus dijo:

—Ya me dices algo de mañana.

—¿De mañana?

—De la excursión a New Eden. —Abrió la puerta del coche—. Si todavía quieres ir, dímelo.

¿Ya estaba? ¿Ahora tampoco tenía ningún interés en mí ni como compañera de investigación?

Salió del coche. Se había terminado. Eran las cinco de la tarde y cada uno se iba por su lado. El Cuatro de Julio, en un pueblo en el que yo no conocía a nadie que no fueran sus tías.

—¿Por qué no tendría que querer ir? —pregunté furiosa—. Ya te dije que sí. —Él ya estaba a medio camino de su casa. Se volvió y se encogió de hombros—. ¿Tú quieres que vaya? —intenté averiguar.

—Si tú quieres —dijo él.

—Eso no es lo que te he preguntado. Te he preguntado si quieres que vaya contigo mañana.

—Quiero que hagas lo que tú quieras.

Me crucé de brazos.

—A qué hora —escupí.

—Sobre las nueve —dijo él—. Supongo que nos llevará todo el día.

—Genial. Pues nos vemos.

Entré a mi casa y me puse a andar de un lado para otro enfadada y, cuando eso no funcionó, me senté delante de la computadora y tecleé furiosa hasta que cayó la noche. Cuando no conseguí sacar ni una amarga palabra más, me fui a la terraza a ver cómo los fuegos artificiales sobrevolaban el lago a toda velocidad y las chispas caían al agua como estrellas fugaces. Intenté no mirar hacia la casa de Gus, pero veía el brillo de la pantalla en la cocina de vez en cuando.

Gus seguía escribiendo a medianoche cuando Shadi me mandó un mensaje:

Bueno, pues ya está. Estoy enamorada.
DEP, Shadi.

Ya éramos dos.

Me desperté porque un trueno hizo temblar la casa y me levanté. Eran las ocho, pero la habitación seguía a oscuras por las nubes de tormenta.

Temblando, tomé la bata de la silla del tocador y corrí a la cocina para poner el agua a calentar. Rayos enormes saltaban del cielo al lago agitado y se veían destellos de luz por las puertas correderas como una serie de *flashes* de cámara. Lo observé estupefacta. Nunca había visto una tormenta sobre una gran masa de agua, por lo menos no fuera de una película. Me pregunté si aquello afectaría a los planes de Gus.

Tal vez sería mejor. Sería mejor si pudiera, básicamente, hacerme *ghosting*. Yo podría llamar y anular la charla en la librería y no volveríamos a vernos más y él podría seguir con su querida norma de no estar con nadie más de una vez y yo podría irme a Ohio y casarme con un representante de seguros, fuese lo que fuese eso.

Me preparé un café y me senté a trabajar y, una vez más, las palabras brotaron solas. Había llegado a las cuarenta mil palabras. El mundo de aquella familia se estaba viniendo abajo. La otra familia del padre de Eleanor había aparecido por el circo. Su madre había tenido un encontronazo con un espectador y estaba más tensa que nunca. Eleanor se había acostado con el chico de Tulsa y la habían visto volviendo a su tienda, pero el mecánico, Nick, la había encubierto.

Y los payasos. Casi los habían descubierto tras un momento de ternura en el bosque que había detrás del circo y habían terminado discutiendo por eso. Uno de los dos se había ido a un bar de la ciudad y había acabado durmiendo la mona en un calabozo.

No sabía cómo iba a concluir todo, pero sabía que tenía que ponerse peor. Para entonces ya eran las nueve y cuarto y no sabía nada de Gus. Fui hasta la cama deshecha y me senté, mirando por la ventana hacia su despacho. De su ventana salía la luz cálida de las lámparas.

Le mandé un mensaje.

¿Este tiempo interferirá con la investigación?

Supongo que no será una excursión muy
cómoda, pero yo iré de todas formas.

Pregunté:

¿Yo sigo invitada?

Claro.

Y, al cabo de un minuto, mandó otro mensaje:

¿Tienes botas de montaña?

Qué va.

¿Qué talla usas?

Un 38, ¿por? ¿Crees que igual
usamos la misma?

Le tomaré prestadas unas a Pete.

Y luego añadió:

Si aún quieres venir.

VAMOS A VER, ¿estás intentando
que no vaya?

Tardó mucho más de lo normal en contestar y la espera empezó a angustiarme. Aproveché para vestirme. Al final respondió:

No. Es que no quiero que
te sientas obligada a venir.

Yo vacilé, debatiendo qué hacer. Volvió a escribirme:

Claro que quiero que vengas, si tú quieres.

Contesté enfadada y aliviada a la vez:

Pues no está tan claro. No me lo habías
dejado nada claro.

¿Está claro ahora?

Un poco más.

Quiero que vengas.

Pues ve a por los zapatos.

Trae la computadora si quieres. Puede que
tenga que estar allí un buen rato.

Veinte minutos más tarde, Gus tocó el claxon desde la calle y yo me puse el impermeable y corrí bajo la lluvia. Se inclinó para abrir la puerta antes de que hubiera llegado al coche y yo la cerré al entrar y me quité la capucha. Dentro del coche había una buena temperatura, los cristales estaban empañados y el asiento de atrás estaba ocupado por linternas, una mochila grande, una más pequeña impermeable y un par de botas de montaña llenas de barro con cordones rojos. Cuando me vio mirarlas, dijo:

—Son un treinta y nueve... ¿Te irán bien?

Cuando lo miré, pareció asustarse un poco, pero fue un gesto tan leve que pude habérmelo imaginado.

—Por suerte para ti, he traído un par de calcetines gruesos por si acaso.

Me saqué los calcetines hechos una bola del bolsillo de la chaqueta y se los lancé. Él los agarró al vuelo y los desdobló.

—¿Qué habrías hecho si las botas hubieran sido pequeñas?

—Me habría cortado los dedos —dije impasible.

Sonrió por fin mirándome desde debajo de sus pestañas gruesas y negras como el azabache. Llevaba el pelo retirado de la frente como de costumbre y unas cuantas gotas de lluvia le habían salpicado la piel cuando yo había entrado. Al tragar, el hoyuelo de su mejilla apareció y luego se esfumó.

No soportaba lo que me hacía sentir eso. Una zanahoria tan diminuta no tendría que vencer al instinto de mi cerebro de conejita estúpida que me gritaba: «CORRE».

—¿Lista?

Asentí. Se sentó mirando hacia delante y nos alejamos de nuestras casas. La lluvia había amainado lo suficiente para que los limpiaparabrisas pudieran emitir su chirrido al rozar el cristal a un ritmo tranquilo, y nosotros entablamos una conversación cómoda hablando de nuestros libros y la lluvia y el ponche azul. Dejamos ese último tema bastante rápido. Al parecer, ninguno de los dos quería mencionar Ayer.

—¿Adónde vamos? —pregunté cuando llevábamos una hora en el coche y él salió de la autovía.

Por mi búsqueda en internet, sabía que New Eden quedaba, como mínimo, a una hora más en coche.

—No es uno de mis lugares para asesinar —me aseguró.

—¿Es una sorpresa?

—Si tú quieres que lo sea... Pero puede que te decepcione.

—¿Es el ovillo de lana más grande del mundo? —intenté adivinar.

Me miró de pronto con los ojos entrecerrados, evaluándome.

—¿Eso te decepcionaría?

—No —dije después de que el corazón me diera un salto—, pero he pensado que puede que tú pensaras que sí.

—Hay algunas maravillas que nadie puede presenciar sin echarse a llorar, January. Y un ovillo de lana gigante es una de ellas.

—Vale, dímelo.

—Vamos a poner gasolina.

Lo miré.

—Pues sí, me ha decepcionado.

—Igual que la vida.

—Otra vez con lo mismo no —supliqué.

Pasaron otros sesenta y tres minutos hasta que Gus salió de la autovía cerca de Arcadia y luego recorrimos otros veinticuatro kilómetros por carreteras secundarias que atravesaban el bosque antes de que tomara un camino embarrado y me dijera que metiera la computadora en la mochila impermeable.

—Este sí que es un buen lugar para asesinar —opiné cuando salimos.

Por lo que pude ver, allí no había nada aparte de una ladera empinada a la derecha y los árboles en la parte superior de la ladera.

—Supongo que alguien lo usará —dijo Gus, y se asomó al coche—, pero no es el mío. Venga, cámbiate los zapatos. Lo que queda tenemos que hacerlo a pie.

Gus se puso la mochila más grande y agarró una de las linternas y me dejó tomar la otra mochila una vez que me hube puesto los calcetines y las botas.

—Por aquí —me indicó empezando a subir directamente por la cuesta embarrada hacia el bosque.

Se volvió para tenderme la mano y, después de que yo me resbalase en el barro tres veces, consiguió subirme hasta el camino. O, al menos, eso es lo que parecía, aunque no había señales ni posibles razones para que allí comenzara un camino.

El bosque estaba en silencio, excepto por nuestros pasos pesados y nuestra respiración y el sonido de fondo de la llovizna salpicando las hojas. Yo llevaba la capucha puesta, pero la lluvia no caía, sino que llegaba en forma de neblina fina. Me había acostumbrado a los azules y los grises del lago, a los dorados del sol derramándose sobre el agua y las copas de los árboles, pero allí todo era más intenso y oscuro, todos los tonos de verde eran la versión más saturada de sí mismos.

Estaba más en paz de lo que lo había estado en dos días, por no decir en todo el año. La incomodidad entre Gus y yo quedó suspendida mientras caminábamos por aquel silencioso templo que era el bosque. El sudor se me acumuló alrededor de las axilas, en la frente y en la ropa interior hasta que me paré a quitarme la chaqueta. Sin decir nada, Gus se detuvo y se quitó también la suya. Vi aparecer una franja aceitunada de su vientre plano cuando se le subió la camiseta. Miré hacia otro lado cuando se la volvió a bajar.

Recogimos las mochilas y seguimos andando. Los muslos empezaron a quemarme y el sudor acumulado y la lluvia hacían que la camiseta de tirantes y los jeans se me pegasen a la piel. Hubo un momento en el que la lluvia volvió a arreciar y nos refugiamos encorvados en una cueva poco profunda unos minutos hasta que amainó el aguacero. El cielo gris dificultaba

303

calcular cuánto tiempo había pasado, pero supuse que habíamos estado al menos dos horas caminando entre árboles hasta que, por fin, el bosque se volvió menos espeso y el esqueleto calcinado de New Eden apareció ante nosotros.

—Joder —susurré, y me detuve al lado de Gus.

Asintió.

—¿Lo habías visto antes? —pregunté.

—Solo en fotos —respondió, y empezó a andar hacia la caravana chamuscada más cercana.

El segundo incendio, a diferencia del que causó el rayo, no había sido un accidente. La investigación policial había concluido que alguien había echado gasolina en todas las caravanas. El profeta, un hombre que se llamaba a sí mismo padre Abe, había muerto delante de la última caravana que se había incendiado, lo que llevó a las autoridades a especular que él había sido el que había prendido fuego a todo.

Gus tragó saliva. La voz le salió ronca cuando apuntó a la caravana de la derecha y dijo:

—Esa era la enfermería. Fueron los primeros.

«En arder», pensé. Me volví para esconder una arcada.

—Las personas son horribles —dijo Gus detrás de mí.

Yo me tragué la bilis. Me picaban los ojos. Me escocían las fosas nasales. Gus me miró de lado y su expresión se suavizó.

—¿Quieres que montemos la tienda?

Debió de ver la cara que puse, porque enseguida añadió:

—Para poder usar la computadora.

Señaló con la cabeza el cielo oscuro y agitado mientras se quitaba la mochila.

—No creo que esto vaya a amainar pronto.

—Pero aquí no —dije—. Plantar una tienda aquí en medio no me parece bien.

Asintió y seguimos andando, alejándonos hasta que ya no veíamos el poblado, hasta que casi podía fingir que estábamos en otro bosque, muy lejos de lo que había pasado en New Eden. Gus iba sacando palos de tienda de la bolsa y yo me acerqué para ayudar. Me temblaban las manos del frío y de la inquietud que me provocaba estar allí, y centré toda mi atención en montar la tienda e intentar bloquear el recuerdo de los restos quemados de la secta. La distracción solo duró unos minutos. Terminamos de montar la tienda y pusimos todas nuestras cosas a salvo del agua en el interior, excepto una libreta pequeña y un lápiz que Gus se sacó del bolsillo cuando volvimos al poblado.

Me lanzó una mirada incierta que no supe interpretar y se dirigió a una de las caravanas o, mejor dicho, a tres que habían unido con unos pasillos de contrachapado y lonas. Tragué saliva y lo seguí, pero, después de dar unos pasos, él se paró y se volvió hacia mí.

—Puedes volver a la tienda —dijo con la voz ronca—. No tienes por qué ver esto.

Se me hizo un nudo en la garganta. Estaba claro que yo no quería ver aquello, pero me molestó que hubiera dicho que yo no necesitaba verlo mientras que él estaba decidido a explorarlo. Se notaba que a él tampoco le gustaba nada estar allí. Y, aun así, allí estaba, enfrentándose a ello.

Siempre era así. Nunca apartaba la vista de nada. Puede que pensara que alguien tenía que ser testigo de la oscuridad o puede que esperara que, si miraba el vacío lo suficiente, sus ojos se acostumbrarían a la oscuridad y podría ver las respuestas que escondía.

«Las cosas malas pasan por este motivo —diría la oscuridad—. Este es el sentido que tiene todo».

Yo no podía esconderme de aquello. No podía dejar a Gus ahí solo. Si iba a descender al abismo, yo me ataría la misma cuerda a la cintura y bajaría con él.

Negué con la cabeza y fui a ponerme a su lado. Hundió la mirada para estudiarme con las pestañas curvadas hacia abajo, llenas de gotitas de lluvia, oscuras y pesadas contra sus mejillas aceitunadas.

Había muchas cosas que quería decir, pero lo único que conseguí sacar fue:

—Estoy aquí.

Y, cuando lo dije, frunció el ceño y se le tensó la mandíbula y me miró de esa forma tan particular de Gus que hizo que el nudo que tenía en la garganta subiera unos centímetros.

Asintió y volvió a contemplar la caravana, señalándola con el mentón.

—La casa del padre Abe. Al parecer, pedía consejo a un grupo de ángeles, así que necesitaba todo ese espacio.

Aparté la vista de Gus y miré la caravana ennegrecida. Al instante me sentí mareada y a la deriva, como si el ambiente siguiera saturado de dióxido de carbono y ceniza.

«¿Por qué pasan las cosas malas? —pensé—. ¿Cómo va a tener sentido todo esto?». Pero no apareció ante mí ninguna gran verdad. No había ninguna buena razón que explicase por qué ocurrió aquel desastre y no había ninguna razón que explicase por qué la vida de Gus había sido como había sido. Mierda, los R.E.M. tenían razón en *Everybody Hurts*: todas y cada una de las personas de este mundo van sufriendo por turnos. A veces lo único que podemos hacer es aferrarnos unos a otros hasta que la oscuridad nos escupe.

Gus parpadeó y se deshizo de su aturdimiento solemne. Se puso en cuclillas y garabateó en la libreta, que hacía equilibrios sobre su pierna, y yo me quedé de pie a su lado, con las piernas temblando, pero los ojos abiertos. «Estoy aquí —le dije en mi pensamiento—. Estoy aquí y yo también lo veo».

Nos movimos por el poblado así, en silencio, como fantasmas, y Gus intentaba que la lluvia no le mojara las notas mientras nos empapaba la ropa y la piel, y nos calaba hasta los huesos.

Cuando le habíamos dado una vuelta entera a todo el terreno, él volvió a encaminarse hacia la caravana apedazada del padre Abe y me miró por primera vez desde hacía dos horas.

—Hace mucho frío —dijo—. Deberías volver a la tienda.

Lo cierto era que hacía mucho frío. Se había levantado viento y la temperatura había empezado a bajar hasta el punto de que sentía los jeans como bolsas de hielo contra la piel, pero ninguna parte de mí pensaba que ese era el motivo por el que me echaba.

—Por favor, January —insistió Gus en voz baja.

Y fue el *por favor* lo que me hizo ceder. ¿Qué estaba haciendo? Gus me importaba, pero, si no quería que me aferrase a él, tenía que soltarlo.

—Vale —acepté con los dientes castañeando—. Me espero en la tienda.

Gus asintió, dio media vuelta y se alejó fatigosamente. Con una punzada de dolor en el corazón, volví a la tienda, me arrodillé y entré a gatas. Me acurruqué en posición fetal para calentarme y cerré los ojos escuchando la cortina de agua que caía sobre la lona. Intenté dejar que todos los pensamientos y sentimientos se alejaran, pero, en lugar de eso, me dio la impresión de que crecían conforme me iba quedando dormida y una ola oscura y creciente de emociones me empujó a un sueño inquieto.

Y luego el chirrido del cierre me sacó del sueño y abrí los ojos nublados y encontré a Gus agachado en la puerta de la tienda, chorreando.

—Hola.

Me salió una voz cavernosa. Me incorporé arreglándome el pelo mojado.

—Perdona que haya tardado tanto —dijo entrando y cerrando el cierre—. Tenía que hacer fotos exhaustivas, dibujar un mapa y todo eso.

Se sentó a mi lado y se desabrochó el cierre del impermeable, que se había vuelto a poner después de que nos hubiésemos separado.

Yo me encogí de hombros.

—No pasa nada. Ya me dijiste que nos llevaría todo el día.

Desvió la mirada hacia el techo de la tienda.

—Y me refería solo al día —aclaró—. Lo de la tienda era solo una precaución por el mal tiempo. Muchos años viviendo en Michigan.

Asentí como si lo entendiera. Pensé que tal vez lo entendía.

—En fin —dijo, y miró hacia donde yo tenía los pies—. Si estás lista, podemos volver.

Nos quedamos en silencio un momento.

—Gus —dije cansada.

—Dime.

—¿Puedes decirme qué pasa?

Él dobló las piernas y apoyó las palmas en el suelo, detrás de la espalda, mirándome. Respiró hondo.

—¿Qué parte?

—Todo —dije—. Quiero saberlo todo.

Negó con la cabeza.

—Ya te lo dije. Puedes preguntarme lo que quieras.

—Vale. —Intenté engullir el nudo del tamaño de un puño que tenía en la garganta—. ¿De qué iba lo de la llamada?

—¿De qué iba?

—No me hagas decirlo —susurré compungida. Pero él parecía todavía confundido. Apreté los dientes y cerré los ojos—. ¿Era Naomi?

—No —respondió.

Pero no era «No, ¿cómo puedes pensar eso?». Sonó más bien como «No, pero todavía me llama por teléfono» o «No, pero era otra persona a la que quiero».

Sentí un nudo muy tenso en el estómago, pero me obligué a abrir los ojos.

La frente de Gus se había arrugado y una gota le cayó por el afilado pómulo.

—Era mi amiga, Kayla Markham.

—¿Kayla?

Mi voz sonó temblorosa y patética. ¿El mejor amigo de Gus desde la preparatoria, Markham, era una mujer? Una expresión fugaz de comprensión pasó por la cara de Gus.

—No es... Es mi abogada. También es amiga de Naomi... Lleva nuestro divorcio.

—Ah —exclamé. Sonó débil y estúpido, justo como yo me sentía—. ¿Su amiga en común lleva el divorcio?

—Sé que es raro. —Se revolvió el pelo—. Se supone que es imparcial. Me monta una fiesta de cumpleaños enorme todos los años, pero luego tengo que ver fotos de ella y Naomi en Cancún una semana entera. Nunca hablamos del tema y, aun así, lleva el divorcio, es...

—¿Muy raro? —intenté adivinar.

Él exhaló de golpe.

—Muy raro.

Parte de la presión que sentía en el pecho desapareció, pero daba igual qué significara Kayla Markham para Gus, nada de eso cambiaba cómo se había portado el día anterior.

—Si no es por ella, ¿por qué intentas deshacerte de mí? —pregunté con voz temblorosa y baja.

Los ojos de Gus se ensombrecieron.

—January. —Negó con la cabeza—. No es eso.

—Sí que lo es —dije. Me había intentado convencer de no llorar, pero no sirvió de nada. En cuanto lo dije, surgieron las lágrimas y empecé a hablar con voz aguda—: Ayer me ignoraste. Intentaste que no quedáramos hoy. Me has mandado a la tienda cuando he tratado de quedarme contigo y... no querías que viniera. Tendría que haberte hecho caso.

—January, no. —Me puso las manos a ambos lados de la cara con torpeza y me levantó la frente para que nuestras miradas se encontraran—. No es eso en absoluto. —Me besó la frente—. No es por ti. Para nada.

Me besó la mejilla izquierda, llena de lágrimas, y atrapó otra lágrima que me caía por la derecha. Me atrajo hacia su pecho y me rodeó con los brazos, envolviéndome con su calor húmedo mientras me acariciaba la coronilla con la nariz y la boca.

—Me siento estúpida —lloriqueé—. Pensaba que de verdad...

—Y así es —se dio prisa por decir apartándose de mí—. January, no quería que vinieras hoy porque sabía que sería duro. No quería ser el motivo por el que te pasaras el día en un cementerio quemado. No quería que pasaras por esto. Ya está.

Me colocó un mechón de pelo detrás de la oreja y la dulzura del gesto solo hizo que las lágrimas cayeran más deprisa.

—Pero ayer no querías que estuviera en casa de Pete —insistí con la voz entrecortada—. Me invitaste, nos acostamos y cambiaste de idea.

Le tembló la boca en una clara expresión de pena.

—Sí que quería que estuvieras allí —susurró. Cuando otra lágrima me bajó por la mejilla la interceptó con el pulgar—. Mira, este divorcio se ha alargado tontamente. Yo esperaba que lo pidiera ella, pero no lo hizo y, no sé, a mí no me importó, así que no se lo pedí hasta hace unas semanas. Me dijo que firmaría los papeles si iba a tomarme algo con ella, así que me fui a Chicago a verla y, al volver, creía que estaba todo arreglado. Ayer me llamó Markham y me dijo que Naomi se lo había pensado mejor. Quiere «negociar algunos detalles»... Lo único que era de los dos eran unas ollas de cobre muy caras que tiene ella y los coches. No debería ser complicado, pero lo he retrasado demasiado y... —Se frotó la frente—. Y luego Markham me preguntó qué le contaba y le hablé de ti, de que estabas pasando el verano aquí y ella pensó que era mala idea...

—¿Mala idea?

Se me revolvió el estómago. Eso no me parecía muy imparcial. De hecho, sonaba muy parcial.

—Porque te vas —explicó Gus enseguida—. Y sabe... Sabe lo estúpido que me vuelvo cuando se trata de ti, que estaba loco por ti en la universidad y...

—Pero ¿qué dices? —lo interrumpí—. Si nunca me hablaste.

Soltó una risa irónica.

—¡Porque tú me odiabas! —soltó—. Llegaba tarde a clase para poder elegir el asiento según dónde te habías sentado tú y recogía a toda prisa para salir de clase contigo; una semana te pedí plumas todos los días y hacía ver que se me caían los libros como si estuviera en una película del Gordo y el Flaco cuando te quedabas atrás para estar los dos solos, y ¡tú ni me mirabas! No me mirabas ni cuando en clase trabajábamos en tus relatos y te estaba hablando a ti. Nunca descubrí qué te había hecho y luego te vi en esa fiesta y por fin me mirabas y... ¡Pues eso! ¡Que me vuelvo estúpido cuando se trata de ti!

Toda aquella información me turbó. Repasé todas las interacciones que podía recordar e intenté verlas como él las había descrito, pero en casi todas había sido yo la que se quedaba mirándolo y apartaba la vista cuando él se daba cuenta, celosa, frustrada y algo salida. Podía creerme que tal vez Gus me hubiera tenido ganas desde antes de la famosa fiesta de la fraternidad, porque a mí también me atraía, pero no me cuadraba nada más.

—Gus —dije—, mis relatos eran los únicos que criticabas. Te burlabas de mí.

Puede que nunca hubiera visto una expresión de conmoción tan clara.

—¡Porque era un jovencito! —exclamó, lo cual no explicó mucho, pero luego continuó—: ¡Tenía veintitrés años y era un elitista que pensaba que toda nuestra clase me hacía perder el tiempo, excepto tú! Pensaba que era evidente lo que sentía por ti y por tus textos. Pero ¡ese es el problema! No tenía ni idea de lo que te pasaba por la cabeza entonces, ni ahora...

—¿Qué crees que significa que te bajara los pantalones? —repliqué.

Se tocó el pelo de la coronilla.

—Eso es lo que intento decirte, lo que he intentado decirte desde que llegaste —dijo sin aliento—. No me acuerdo de cómo tiene que ir nada de esto ni de lo que se supone que tengo que hacer. Incluso antes de que Naomi y yo... January, yo no soy como Jacques.

—¿Qué quieres decir con eso? —pregunté dolida.

—No soy el tipo de hombre con quien las mujeres quieren salir —aclaró frustrado—. Nunca lo he sido. Soy el que buscan para enrollarse y mandarse mensajes borrachos y con el que quieren quedar para cambiar de aires cuando acaban de dejar una relación de siete años con un médico y no pasa nada, pero yo no quiero eso contigo, ¿vale? No puedo.

Algo me apretó la garganta y me estranguló la voz, que salió débil y endeble.

—¿Eso es lo que crees? ¿Que todo esto es una especie de crisis de identidad por la que estoy pasando?

Sentí su mirada pesada sobre mí y, por una vez, me pareció ver con claridad lo que había detrás de sus ojos. Sí, eso era justo lo que pensaba, que, igual que nuestra apuesta, Gus era algo que solo estaba probando mientras descansaba de mi yo de verdad. Como si estuviera en una versión invertida de *Come, reza, ama* que desaparecería tan rápido como había aparecido.

—Quiero ser tu hombre perfecto, January, joder, pero no puedo —continuó—. No lo soy.

«Yo no soy como Jacques». Yo había pensado que estaba insultando a Jacques o metiéndose conmigo por haber salido con alguien como él, pero no era eso.

Gus seguía pensando que le faltaba algo, una pieza especial que tenían los demás, lo que hacía que las personas se quedaran contigo. Y eso me rompió un poco el corazón. Me rompió el corazón saber que, cuando íbamos a la universidad, creyera que ni siquiera lo miraba.

Negué con la cabeza.

—No necesito que seas un hombre perfecto —dije con la voz llena de emoción, como si no fuera la frase más estúpida que había pronunciado en la vida.

—Sí —insistió él—. Todo lo que he hecho en las últimas veinticuatro horas te ha hecho daño, January. Quieres que sepa lo que esperas de mí y no lo sé. Quieres que sepa cómo hacer esto y no lo sé.

—No —dije—, solo quiero que me digas lo que sientes. Quiero saber qué es lo que quieres.

—Voy a cagarla —dijo con impotencia.

—¡Puede! —exclamé—. Pero eso no es lo que te he pedido. Dime lo que quieres, Gus. No lo que no puedes tener o lo que crees que yo quiero o por qué no me lo puedes dar. Tú dime qué necesitas por una vez. Es lo único que te pido.

—Te necesito a ti —confesó en voz baja—. De todas las formas posibles. Quiero que salgamos juntos y jugar con la puta pelota de playa en una piscina contigo, pero estoy en la mierda, January.

»Estoy atrapado en un matrimonio con una mujer que vive con otro, esperando que acabe. Me medico. Voy a terapia. Intento dejar de fumar y hasta aprender a meditar... Y, al mismo tiempo, mientras soy un despojo andante, quiero estar contigo de una forma que no sé si ninguno de los dos es capaz de asumir. No quiero hacerte daño y no quiero sentir cómo sería perderte.

Se detuvo un instante. En la luz apagada de la tienda, su cara era toda sombras angulosas, pero sus ojos vidriosos parecían titilar desde dentro. Respiró varias veces y dijo en un susurro:

—No es que no quiera estar contigo, January... Siempre lo he querido. Es solo que también quiero que seas feliz y me da miedo no llegar a ser nunca la persona que pueda hacerte feliz.

La intensidad de su mirada se apagó, como si hubiera quemado todo el combustible que contenía, y a mí me encantaban sus ojos así también, cálidos y sinceros y serenos. Le toqué las mejillas y él me miró a los ojos todavía respirando con dificultad. Una sensación de calidez me hirvió en el pecho y se extendió hasta los dedos mientras los apretaba contra su mandíbula angulosa.

—Pues déjame ser feliz contigo, Gus —dije, y lo besé con suavidad, como el ser único y delicado que era.

Me pasó las manos por la espalda y me atrajo hacia él.

23
EL LAGO

Gus me recostó en el suelo, con la mano todavía en mi nuca y los dedos enredados en mi pelo. Tiré para que se pusiera encima de mí mientras él tomaba el dobladillo de mi camiseta de tirantes y lo levantaba. Cuando me quitó la camiseta húmeda y la tiró a un lado, me tomó la cara entre las manos y me volvió a dar un beso, lento e intenso, espeso y áspero y perfecto como él. Me pasó la mano por el torso y volvió a bajar para desabrocharme los jeans mojados y, juntos, conseguimos quitarme las botas y los pantalones antes de que él me pusiera en su regazo.

—January —susurró en la oscuridad, como si fuera un hechizo o una plegaria.

Yo quería decirle su nombre completo así. Hacer que *Augustus* tuviera un significado diferente para él, pero sabía que eso llevaría tiempo y, por Gus, pensé que podía tener paciencia. Así que solo lo besé, le pasé los dedos por el vientre cálido para subirle la camiseta empapada, quitársela y tirarla encima de la mía. Nos tumbamos en la oscuridad, mirándonos, sin prisa y sin vergüenza.

En el sótano, parecía que teníamos prisa por devorarnos. Aquella vez era diferente. Ahora podía estudiar a Gus como siempre había querido, saborear todas las líneas angulosas que había observado a escondidas mientras sus manos repasaban las curvas de mis caderas y las ondulaciones de mis costillas con

315

la misma admiración silenciosa, con la mirada atenta detrás de las manos. Cada parte de mí que contemplaba parecía encenderse, toda la sangre de mi cuerpo corría a la superficie y se acumulaba ahí esperando que él la disipara con la boca o las manos.

Me hundió los labios en el lado del cuello y en la parte de delante y en el espacio entre mis pechos.

—Perfecta —susurró contra mi piel.

Rozó con las puntas de los dedos todos los lugares por los que habían pasado sus labios y nuestras miradas se encontraron.

—Eres perfecta —repitió con la voz áspera, y me dio un beso suave en los labios, tan lento y cálido que pensé que me derretía por dentro.

Me desabrochó el sujetador y me apretó contra él. Empecé a notar un pinchazo de deseo en la parte baja del vientre al sentir su pecho contra el mío y sus manos repasando mis costados. Estábamos calados hasta los huesos y sentíamos la boca y la piel resbaladizas y cálidas al acariciarnos y parar, al enredarnos y desenredarnos con los dedos, los labios, la lengua y las caderas.

Sabía a bosque, a pino y a rocío, y a canela y a él. Nos separamos lo suficiente para quitarle los pantalones y los calzoncillos, y de pronto lo tenía encima, con la boca subiendo por el interior de mi muslo mientras enrollaba las manos en mis bragas y me las bajaba. Sus labios se hundieron en mi tripa y descendieron por la curva que dibujaba. Ahogué un jadeo cuando su boca por fin se encontró conmigo y mis manos hallaron el camino hasta su pelo y su cuello mientras él me levantaba las caderas hacia su boca y todos los nervios de mi cuerpo querían encontrarse con él, todas las sensaciones se concentraban en ese punto.

Tiré de él hacia arriba, sus manos me dibujaron círculos en los pechos y yo le rodeé las caderas con las piernas y me froté contra él sintiendo cómo se estremecía.

—¿Condón? —susurré, y él fue por su mochila y rebuscó dentro mientras yo me arqueaba bajo su cuerpo.

Lo encontró y abrió el envoltorio y luego, en pocos segundos, se adentraba en mí, su boca descubría la mía, me pasaba las manos por el pelo y por la piel, yo sentía su aliento contra mi oreja, su nombre me recorría entera como un maremoto y su voz murmuraba el mío en la curva de mi cuello mientras él se introducía más y mandaba palpitaciones de placer por todo mi cuerpo. La lluvia caía a nuestro alrededor y yo me despojé de todo lo que no fuera Gus o aquel momento. Me perdí en él y, en lugar de intentar convencerme de que algún día todo iría bien, me centré en que, en aquel instante, todo iba bien.

Las manos de Gus encontraron las mías cuando la tensión creciente nos hizo estremecernos y aferrarnos al otro, jadeando y pegados y temblando. Cuando terminamos, no me soltó. Nos quedamos acostados uno al lado del otro debajo de la manta que sacó de la mochila, con las manos entrelazadas y las respiraciones aceleradas y sincronizadas.

Esa noche lo hicimos dos veces más: una hora más tarde, más o menos, cuando Gus interrumpió la conversación sobre la charla en la librería de Pete para besarme, y también más tarde, aturdidos por el sueño, cuando nos despertamos en la oscuridad enredados en el otro y desnudos, yo arrimándome a él y él con una erección.

Cuando acabamos, sacó una bolsa de nachos y un par de barritas energéticas de la mochila junto con las dos cantimploras que había llevado a la noche de country.

Me incorporé apoyándome en un codo para observarlo y él encendió una de las linternas y quedó iluminado con tonos rojos y dorados. Me tendió los nachos.

—¿Solo por precaución? —dije señalando las provisiones con la cabeza.

El hoyuelo de Gus se hizo más profundo. Me pasó una mano por el brazo y luego bajó por mi clavícula.

—Una precaución optimista. Es que ahora soy optimista.

Me llevó los dedos hasta el mentón y lo levantó para volverme a besar el cuello. Acercó la otra mano y me tomó ambos lados de la cara para darme un beso profundo y lento, y devorarme. Cuando se echó atrás, entrelazó los dedos en mi pelo y me pasó el pulgar por el labio inferior.

—¿Eres feliz, January?

—Muchísimo —dije—. ¿Y tú?

Me apretó contra él y me besó la sien. Su voz crepitó en mi oreja.

—Soy muy feliz.

Por la mañana, nos pusimos la ropa húmeda, recogimos nuestras cosas y anduvimos hasta el coche. El cielo estaba claro y despejado, y Gus encendió la radio y luego me dio la mano y las apoyamos en el cambio de marcha. Estábamos cubiertos de motas de la luz que pasaba entre los árboles y atravesaba el parabrisas.

En ese momento, sentí que tenía al Gus de casa de Pete. Y me sentí un poco más como la January de antes, la que podía dejarse llevar sin miedo. Busqué en mi interior esa sensación de angustia, de esperar que fuera a pasar algo malo. Podía encontrarla si me esforzaba lo suficiente, pero, por primera vez, no quería. Me parecía que aquel instante valía toda la pena que pudiera traerme después e intenté repetírmelo hasta estar segura de que lo recordaría si lo necesitaba.

Gus levantó mi mano de la palanca de velocidades y la apretó contra su boca mientras me miraba.

Esa noche, me percaté de que todo aquello podía desvanecerse, desaparecer delante de mí. Y había medio esperado que pasara cuando los primeros rayos de luz matutina alcanzaran la tienda y Gus se diera cuenta de lo que había hecho y, sobre todo, de todo lo que había dicho; pero, en lugar de eso, cuando había abierto los ojos, me había sonreído con los labios cerrados, me había abrazado y había frotado la cara contra el lado de mi cabeza, besándome el pelo.

En lugar de eso, estábamos en el coche y Gus Everett me había tomado de la mano y no me la soltaba.

Lo que había sucedido hacía dos días en su casa había parecido inevitable, un choque cuya trayectoria estaba marcada desde el principio del verano. En cambio, aquello era algo en lo que yo ni me había permitido soñar. No habría sabido cómo. Gus no se parecía a nadie de la historia que yo me había contado.

Paramos a desayunar en un bar de carretera y yo me escabullí al baño para llamar a Shadi. Las hermanas pequeñas del Sombrero Encantado (pronto tendríamos que empezar a llamarlo por su nombre, Ricky, si las cosas seguían así) compartían habitación con Shadi ante la insistencia de su madre, y ella se escabulló para hablar conmigo al final de la calle de la urbanización, pero seguía susurrando como si tuviera a toda la familia durmiendo amontonada encima de ella.

—¡Madre mía! —dijo entre dientes.

—Sí —dije yo.

—MADRE MÍÍÍÍÍÍA —repitió.

—Sí, Shad.

—Vaya tela.

—Vaya tela —coincidí.

—Qué ganas tengo de ir y verlo sorprendido por ti —declaró. Esa idea hizo que sintiera que mi interior burbujeaba.

—Ya veremos.

—No, ya veremos, no —repuso con decisión—. ¡Claro que sí! Ni Gus el Malo Sexy puede estar tan mal de la cabeza, *habibati*.

Una señora estaba llamando a la puerta del baño, así que nos despedimos deprisa diciéndonos «Te quiero» y «Adiós» y yo volví al asiento tapizado con un vinilo pegajoso y a la pila de tortitas y a Gus. Gus, sexy, despeinado, con una sonrisa letárgica, me volvió a tomar la rodilla por debajo de la mesa e hizo que me bajaran chispas por la panza y me subieran por los muslos. Quise volver al baño. Y que él viniera detrás.

Nuestra parada para desayunar se convirtió en una visita a la librería del pueblo de al lado, donde solo tenían mi primer libro y no había ningún expositor especial de *Las revelaciones*. Y esa visita se convirtió en una parada en un bar con terraza.

—¿Cuál es tu mala reseña favorita? —le pregunté.

Él sonrió para sí mientras pensaba, removiendo el whisky con ginger ale que tenía delante.

—¿En una revista o de un lector?

—Primero de un lector.

—Ya sé —dijo—. Estaba en Amazon. Una estrella: «No pedí este libro».

Yo me reí echando la cabeza hacia atrás.

—Me encantan las de gente que ha pedido el libro por error y luego dan su opinión basándose en lo diferente que era del libro que querían pedir.

La risa de Gus sonó como un traqueteo. Me tocó la rodilla por debajo de la mesa.

—A mí me gustan las que tratan de explicar lo que yo quería hacer. Como: «El autor intenta escribir como Franzen, pero no es ningún Franzen».

Yo hice como que me venían arcadas y Gus se tapó los ojos hasta que paré.

—Pero ¿lo intentabas?

—¿Escribir como Franzen? —Se rio—. No, January. Solo procuro escribir libros buenos. Que parezcan de Salinger.

Yo me eché a reír y él me devolvió una sonrisa. Volvimos a quedarnos en silencio, un silencio cómodo, mientras bebíamos.

—¿Puedo preguntarte algo? —dije al cabo de un minuto.

—No —respondió Gus inexpresivo.

—Genial —continué—. ¿Por qué intentaste alejarme de New Eden? Es decir, sé que me dijiste que no querías que tuviera que verlo y lo entiendo, pero hiciste la apuesta para convencerme de que el mundo era como tú decías que era, ¿no? Y tenías la oportunidad perfecta.

Se quedó en silencio un momento. Se pasó la mano por el pelo revuelto.

—¿De verdad crees que la hice por eso?

—A ver, espero que fuera al menos en parte un plan muy elaborado para acostarte conmigo —bromeé, pero su expresión era seria, incluso algo nerviosa.

Negó con la cabeza y miró hacia la ventana.

—Nunca he querido que vieras el mundo como yo lo veo —dijo.

—Pero la apuesta... —insistí intentando entenderlo.

—La apuesta fue idea tuya —me recordó—. Yo solo pensé que, tal vez, si tratabas de escribir lo que yo escribo... No lo sé, supongo que esperaba que te dieras cuenta de que no era lo tuyo —dijo, y se dio prisa en añadir—: ¡No porque no seas capaz! Sino porque tú no eres así. Tu forma de pensar las cosas no es esa. Siempre he pensado que tu forma de ver el mundo era... increíble.

Un leve rubor le subió a las mejillas aceitunadas y negó con la cabeza.

—Nunca he querido que la perdieras.

Sentí una maraña de emociones en la garganta.

—¿Aunque lo que veo no sea real?

El ceño y los labios de Gus se destensaron.

321

—Cuando quieres a alguien —dijo vacilante—, quieres hacer que vea el mundo de otra forma, darle sentido a todo lo feo y multiplicar las cosas buenas. Eso es lo que tú haces. Por tus lectoras. Por mí. Creas cosas bonitas porque amas el mundo y puede que el mundo no siempre sea como aparece en tus libros, pero... Creo que al escribirlos cambias un poquito el mundo. Y el mundo no puede permitirse perder algo así.

Se rascó la cabeza.

—Siempre he admirado eso. Tu forma de escribir siempre hace que el mundo parezca mejor y la gente, un poco más valiente.

Sentí calidez y humedad en el pecho, como si el bloque de hielo que había estado alojado en él desde que murió mi padre empezara a romperse, solo un poquito, y los trozos se derritieran. Lo cierto era que descubrir la verdad sobre mi padre había hecho que el mundo me pareciera oscuro y desconocido, pero ir descubriendo a Gus poco a poco había conseguido lo contrario.

—O puede que tenga razón —dije en voz baja— y a veces la gente es mejor y más valiente de lo que cree.

Una leve sonrisa pasó fugaz por sus labios y desapareció mientras pensaba.

—Creo que nunca he querido al mundo como tú. Recuerdo tenerle miedo. Y luego estar rabioso con él. Y luego... decidir que no me importase demasiado y ya está. Pero, no lo sé, tal vez cuando hago estas cosas, cuando hablo con gente como Ronald y ando entre caravanas calcinadas, hay una parte de mí que espera encontrar algo.

—¿Como qué?

Las palabras me salieron como un suspiro.

Él apoyó los codos en la mesa.

—Como el mundo sobre el que tú escribes. Una prueba de que el mundo no es tan malo como parece o de que es más bue-

322

no que malo, de que, si sumáramos todo..., toda la mierda y todas las flores silvestres, el resultado sería positivo.

Fui a cogerle la mano y me dejó. Tenía los ojos oscuros relajados y abiertos.

—Cuando me enteré de la aventura de mi padre, intenté hacer esos cálculos —admití—. ¿Hasta dónde podía haber llegado con sus mentiras y su infidelidad sin dejar de ser un buen padre? ¿Hasta qué punto podía haberse involucrado con Esa Mujer sin que eso significara que ya no quería a mi madre? O que no le gustaba su vida. Intenté calcular lo feliz que era, cuánto nos echaba de menos cuando se iba y, cuando me sentía especialmente mal, cuánto debía de odiarnos para querer hacer lo que hizo, pero nunca encontré las respuestas.

»Y, a veces, todavía las quiero y, otras veces, me aterra lo que podría descubrir, pero las personas no son problemas matemáticos. —Me encogí de hombros—. Puedo echar de menos a mi padre y odiarlo al mismo tiempo. Puedo estar preocupada por el libro y destrozada por mi familia y asqueada por la casa en la que estoy viviendo y, a pesar de todo eso, mirar el lago Michigan y sentirme sobrecogida por lo grande que es. Me pasé todo el verano pasado pensando que nunca volvería a ser feliz y, ahora, un año después, sigo angustiada y preocupada y enfadada, pero, en algunos momentos, también soy feliz. Las cosas malas no pueden cavar un pozo tan hondo que no haya nada que pueda volver a hacerte feliz. Por mucha mierda que haya, siempre habrá flores silvestres. Siempre habrá Petes y Maggies y tormentas en el bosque y rayos de sol reflejados en las olas.

Gus sonrió.

—Y sexo contra estanterías y en tiendas de campaña.

—Sí —dije—, a no ser que haya una segunda Edad de Hielo y el mundo se congele. Y, en ese caso, por lo menos habrá copos de nieve hasta el amargo final.

Gus me puso la mano en la mejilla.

—No necesito copos de nieve. —Me besó—. No mientras tenga mi enero, a mi January.

Holaaaaa, bombón. Solo quería confirmar que seguimos con la idea de la entrega del manuscrito para el 1 de septiembre. Sandy no deja de preguntar y yo hago de barricada humana que te la quita de encima con mucho gusto, pero está desesperada por comprarte algo y, si sigo prometiéndole un libro..., de verdad tiene que haber un libro al final de esto.

Gus se había quedado a dormir y, cuando me aparté para contestar el teléfono, se dio la vuelta, todavía dormido, para seguirme y apoyó la cara al lado de mi teta y la mano abierta sobre mi tripa desnuda.

Se me aceleró el corazón tanto por la emoción todavía nueva que me provocaba su cuerpo como por el mensaje que Anya me había mandado al celular. No podía mandarle el libro sin terminar. Era un milagro que no me hubiera echado ya y no podía ponerla en una situación complicada con Sandy Lowe sin intentar amortiguar el golpe. Me escabullí de las manos de Gus ignorando sus quejas, tomé la bata y le escribí a Anya de camino a la cocina:

Puedo hacerlo. Te lo prometo.

Me respondió:

El 1 de septiembre. Y esta vez
no se puede aplazar.

No me preocupé por preparar café. Ya estaba bastante despejada.

Me senté a la mesa y empecé a escribir. Cuando Gus se levantó, puso la tetera al fuego, volvió a la mesa y le dio un trago al botellín de cerveza que se había dejado ahí la noche anterior.

Levanté la mirada.

—Qué asco.

Él me tendió la cerveza.

—¿Quieres?

Le di un trago.

—Es peor de lo que me imaginaba.

Él me sonrió desde ahí arriba. Me raspó la clavícula con la mano, que bajó por mi cuerpo abriéndome la bata. Sus dedos se detuvieron en el cinturón y deshizo el nudo dejando que la tela se abriera. Me agarró por la cintura y me puso de pie.

Me hizo girar para ponerme de espalda a la mesa y me subió a ella acercándose a mí entre mis piernas. Agarró la bata por el cuello y me la bajó dejándome desnuda sobre la mesa.

—Estoy trabajando —susurré.

Él me levantó uno de los muslos y lo apoyó en su cadera acercándose más.

—¿Ah, sí?

Su otra mano pasó por mi pecho y tomó un pezón.

—Es verdad, que tienes que ganar una apuesta. Esto puede esperar.

Tiré de él.

—No, no puede esperar.

Centrarme era muy complicado.

O, mejor dicho, centrarme en algo que no fuera Gus era muy complicado. Decidimos que cada uno escribiría en su casa, lo cual habría podido ser una solución más eficaz si alguno de los dos tuviera autocontrol suficiente para no pasarse el día escribiendo notas.

Él escribió un día:

Qué ganas tengo.

Yo le respondí:

¿Desde cuándo es tan duro esto de escribir?

Él escribió:

Duro...

No era él siempre el instigador. El miércoles, tras resistirme tanto como pude, escribí:

Ojalá estuvieras aquí.

Y dibujé una flecha hacia abajo apuntándome a mí. Respondió:

Ojalá.

Y después:

Escribe dos mil palabras y luego hablamos.

Esa terminó siendo la clave para poder trabajar. Nos pusimos objetivos nuevos. Dos mil palabras y podríamos estar en la misma habitación. Cuatro mil y podríamos tocarnos.

Nuestro acuerdo parecía menos una carrera individual y más una en la que íbamos con una pierna atada a la del otro, todo trabajo en equipo y apoyo mutuo. Yo seguía decidida a ganar, pero ya no estaba segura de qué quería demostrar o a quién.

Por las noches a veces salíamos. Al restaurante tailandés en el que habíamos pedido comida a domicilio tantas veces, un lugar muy pintoresco en el que todo estaba bañado en oro y te sentabas en cojines en el suelo y pedías de un menú cuya cubierta imitaba el papiro. A la pizzería en la que habíamos pedido a domicilio tantas veces, un lugar menos pintoresco con sofás rojos de plástico e iluminación de sala de interrogatorios. También fuimos al Tipsy Fish, un bar del pueblo y, cuando entraba alguien que Gus conocía de por allí, Gus le saludaba con la cabeza sin apartar la mano de mí.

Incluso mientras jugábamos a dardos y luego al billar, estábamos tocándonos, claramente juntos, con la mano de Gus en mi cadera o apoyada con suavidad en la parte baja de la espalda por debajo de la camiseta, con mis dedos entrelazados con los suyos o enganchados a una trabilla de su pantalón.

La noche siguiente, cuando salíamos de Pizza My Heart, pasamos por delante de la librería de Pete y la vimos dentro con Maggie, tomándose una copa de vino en los sillones de la cafetería.

—Deberíamos saludar —sugirió Gus.

Nos colamos dentro.

—Es nuestro aniversario —explicó Maggie jovial.

—En North Bear Shores —añadió Pete—, del día que nos mudamos aquí. No nuestro aniversario aniversario. Eso es el 13 de enero.

—¿Qué dices? —contesté yo—. Es el día de mi cumpleaños.

—¿En serio? —Maggie parecía encantada—. Pues ¡claro! ¿Cómo no? El mejor día del año. No me extraña que Dios haya hecho algo así.

—Un día maravilloso —coincidió Pete.

Maggie asintió.

—Igual que hoy.

—Volvería a mudarme aquí —dijo Pete—. Es lo mejor que hemos hecho nunca, aparte de enamorarnos.

—Y adoptar a los labradores —añadió Maggie con aire pensativo.

—Y extender cierta invitación al club de lectura, que parece haber funcionado bien —agregó Pete con un guiño.

—Quieres decir engañarnos —dijo Gus sonriendo.

Me miró y yo me pregunté si estaríamos pensando lo mismo. Puede que mudarme allí o ir al club de lectura en casa de Pete aquella noche no fuera lo mejor que había hecho en la vida, pero era algo bueno. Lo mejor que había hecho, por lo menos, desde hacía unos años.

—Quedaos a tomar una copita rápida, Gussy —insistió Maggie sirviéndonos ya en los vasos de plástico transparente que usaban para el café con hielo.

Una copa se convirtió en dos, dos en tres, y Gus me subió a su regazo en el sillón de enfrente de ellas, que tenían las manos juntas, acomodadas entre sus dos sillones. Las de Gus me dibujaban círculos en la espalda despreocupadamente mientras iba pasando la noche y hablábamos y reíamos.

Nos fuimos a medianoche, cuando Pete por fin sentenció que tendrían que irse a casa a ver a los labradores y Maggie empezó a dar vueltas recogiendo las cosas, pero estábamos demasiado mareados para conducir, así que volvimos andando y soportando el calor y los mosquitos.

Y, mientras caminábamos, yo no dejaba de pensar «Casi lo quiero. Empiezo a quererlo. Lo quiero».

Y, cuando llegamos a las casas, las ignoramos y seguimos andando por el camino que bajaba al lago. Era viernes, al fin y al cabo, y seguíamos comprometidos con el acuerdo.

Nos quitamos la ropa y corrimos, gritando, hacia el agua helada tomados de la mano. Seguimos hasta que nos llegó a los muslos, a la cintura, al pecho. Nos castañeaban los dientes y sentíamos la piel viva con cada escalofrío mientras el agua helada nos zarandeaba hacia un lado y hacia el otro.

—Esto es horrible —dijo Gus jadeando.

—¡En mi cabeza no estaba tan fría! —chillé yo.

Gus me pegó a él, me abrazó y me frotó la espalda para calentarme la piel.

Y luego me dio un beso profundo y susurró:

—Te quiero.

Y, otra vez, con las manos en mi pelo y la boca en mis sienes y mejillas y mandíbula mientras pasaba una bolsa de plástico raída a la deriva por la superficie del agua:

—Te quiero. Te quiero.

—Lo sé.

Hundí los dedos en su espalda como si aferrarme a él pudiera detener el tiempo y mantenernos allí. A nosotros, al lago demasiado frío y a la basura que flotaba en él.

—Yo también te quiero.

—Y pensar —dijo— que me prometiste que no te enamorarías de mí.

—No quiero hacerlo —afirmé.

Gus y yo estábamos en la planta de arriba, delante del dormitorio principal.

—No tienes por qué —me recordó.

—Si tú puedes aprender a bailar bajo la lluvia...

—Todavía no lo he hecho... —me interrumpió.

—... yo puedo mirar de frente las cosas feas —terminé.

Abrí la puerta. Tuve que respirar unas cuantas veces antes de tranquilizarme lo suficiente para moverme. Había una cama grande de matrimonio contra la pared que teníamos enfrente, flanqueada por dos mesitas de noche turquesa a juego y lámparas cuyas pantallas estaban decoradas con cuentas azules y verdes. Había una reproducción enmarcada de un cuadro de Klimt colgada encima de la cabecera. Enfrente de la cama había una cómoda con un diseño de mediados del siglo xx que ocupaba toda la pared y, en un rincón, había una mesita redonda cubierta con un mantel amarillo y decorada con un montón de libros. Mis libros.

Por lo demás, la habitación era ordinaria e impersonal. Gus abrió uno de los cajones.

—Vacío.

—Ella lo ha vaciado ya.

Me tembló la voz. Gus me dirigió una sonrisa vacilante.

—Y ¿eso no es bueno?

Yo me acerqué y abrí los cajones uno a uno. Nada. En ninguno. Fui hasta la mesita de noche de la izquierda. No tenía cajones, solo dos estantes. En uno de ellos había una caja de porcelana.

Tenía que estar ahí. Lo que había estado esperando. La respuesta profunda y oscura que había esperado que apareciera ante mí todo el verano. La abrí.

Vacía.

—¿January?

Gus estaba al lado de la mesa redonda levantando el mantel. Desde el suelo, me miraba una caja fea y gris. Tenía un teclado numérico en la parte delantera.

—¿Una caja fuerte?

—O un microondas muy viejo —bromeó Gus.

Me acerqué despacio.

—Seguramente estará vacía.

—Seguramente —coincidió Gus.

—O habrá una pistola.

—¿Tu padre era de los que llevan pistola?

—En Ohio no.

En Ohio lo que le gustaban eran las biografías y pasar las noches cómodo en casa, dar la mano como se esperaba en las visitas al médico y asistir a clases de cocina mediterránea de una de esas cajas de experiencias. Era el padre que me despertaba antes de que saliera el sol para llevarme al agua y me dejaba manejar el barco. Por lo que yo sabía, dejar que una niña de ocho años condujera por un lago vacío en intervalos de veinte segundos era el límite de su impulsividad y su temeridad.

Pero todo era posible allí, en su segunda vida.

—No te muevas —dijo Gus.

Antes de que pudiera protestar, había salido de la habitación. Oí sus pasos por la escalera y, un momento más tarde, volvió con una botella de whisky.

—¿Para qué es eso? —pregunté.

—Para que no te tiemble el pulso.

—Pero ¿voy a sacarme una bala del brazo o qué?

Gus puso los ojos en blanco y destapó la botella.

—Para que no te tiemble el pulso al abrir la caja fuerte.

—Si bebiéramos batidos verdes como bebemos alcohol, seríamos inmortales.

—Si bebiéramos batidos verdes como bebemos alcohol, no podríamos levantarnos del excusado y eso no te sería de mucha ayuda en este momento —dijo Gus.

Agarré la botella y di un trago. Nos sentamos delante de la caja fuerte.

—¿Su cumpleaños? —propuso Gus.

Yo me eché hacia delante y pulsé el número. Unas luces rojas parpadearon y la puerta siguió cerrada.

—En casa, todos los códigos eran su aniversario —dije—. El de mis padres. Dudo que aquí funcione.

Gus se encogió de hombros.

—¿La fuerza de la costumbre?

Pulsé la fecha con pocas expectativas, pero de todos modos sentí un pinchazo en el estómago cuando parpadearon las luces rojas.

No estaba preparada para la nueva ola de celos que me alcanzó. No era justo que no hubiera podido conocerlo del todo. No era justo que Sonya hubiera tenido partes de él que yo ya no tendría nunca. Tal vez el código de la caja fuera una fecha importante para ellos, un aniversario o el cumpleaños de ella.

Fuera como fuera, ella sabría la combinación.

Lo único que tenía que hacer era mandarle un correo, pero no era algo que quisiera hacer.

Gus me acarició la parte interior del codo y me devolvió al presente.

—No tengo tiempo para esto. —Me puse de pie—. Tengo que acabar un libro.

«Esta semana», decidí.

Me dije a mí misma que lo importante era que la casa sería fácil de vender. Una caja fuerte no era nada, no me desbarataba los planes. La casa estaba casi vacía. Podía venderla y volver a mi vida.

Ahora, cuando pensaba en eso, tenía que hacer todo lo posible por evitar la pregunta de en qué lugar nos dejaría eso a Gus y a mí, por supuesto. Había ido allí a arreglar algunas cosas y, en lugar de eso, las había complicado más, pero no sabía bien cómo, en aquel caos, mi trabajo iba viento en popa. Escribía a un ritmo que no había alcanzado desde mi primer libro. Sentía que la historia me adelantaba a toda velocidad y hacía lo posible por seguirle el ritmo.

Desterré a Gus de la casa excepto una hora cada noche (poníamos una alarma y todo) y me pasaba el resto del tiempo escribiendo en el segundo dormitorio de arriba, donde lo único que veía era la calle de abajo. Escribía hasta altas horas de la noche y, cuando me despertaba, seguía donde lo había dejado.

No me quitaba los pantalones de chándal tirados y hasta juré que les buscaría un nombre mejor si conseguía acabar el libro, como si estuviera negociando con un dios interesadísimo por mi vestuario (nada minimalista).

No me duchaba, apenas comía. Tragaba agua y café, pero nada más sólido.

A las dos de la madrugada del sábado 2 de agosto, el día de la charla en la librería de Pete, por fin llegué al capítulo final de

SECRETOS_DE_FAMILIA.docx y me quedé mirando cómo parpadeaba el cursor.

Todo había terminado más o menos como me lo había imaginado. La pareja de payasos estaba a salvo, pero seguían llevando su vida a escondidas. El padre de Eleanor le había robado el anillo de boda a su madre y lo había vendido para darle a su otra familia el dinero que necesitaba. La madre de Eleanor seguía sin saber que la otra familia existía y creía que solo había dejado el anillo por algún sitio y que, tal vez, cuando sacaran las cosas en la próxima ciudad, caería de algún bolsillo o de entre unas toallas. En su corazón, el trozo de lana de colores que su marido le había atado en el dedo era suficiente para remplazarlo. Al fin y al cabo, muchas veces el amor no estaba hecho de cosas brillantes, sino de cosas prácticas, de cosas que envejecían y se oxidaban, pero que se podían reparar y pulir, de cosas que se perdían todos los días y que había que reponer.

Y Eleanor... Eleanor tenía el corazón destrozado.

El circo se iba. Tulsa se iba encogiendo detrás de ellos y la semana que habían pasado allí se desvanecía como un sueño al despertar. Ella miraba atrás sintiendo un dolor que pensaba que nunca dejaría de atravesarla.

Y ese era justo el punto en el que se suponía que tenía que dejarlo. Lo sabía.

Tenía una bonita cualidad cíclica. Había un equilibrio precario que quien leía podría imaginar derrumbándose en algún momento, cuando se hubieran terminado las páginas. O tal vez no.

Ya lo tenía, justo como debía ser, y sentía el pecho pesado, el cuerpo frío y los ojos llenos de lágrimas, aunque quizá más por agotamiento y por el ventilador del techo que por otra cosa.

Pero no podía dejarlo ahí. Porque, por muy bonito que fuera aquel momento en su tristeza, yo no me lo creía. No era el mundo que yo conocía. En este mundo perdemos cosas bonitas: años de

335

salud de una madre, la oportunidad de dedicarnos a lo que soñamos o a nuestro padre antes de tiempo; pero también encontramos otras: una cafetería con el peor café del mundo, un bar en el que hay noche de country y un vecino que es un desastre y también es guapísimo como Gus Everett. Puse las manos en el teclado y empecé a escribir.

Unos copos blancos comenzaron a revolotear a su alrededor, pegándose a su pelo y su ropa. Eleanor levantó la vista del camino polvoriento maravillándose por la repentina nevada. Pero no era nieve, claro. Era polen. Habían salido flores silvestres blancas a ambos lados de la carretera y el viento las sacudía.

Eleanor se preguntó cuál sería su próximo destino y cómo serían las flores allí.

Guardé el borrador y se lo mandé a Anya.

Asunto: Algo diferente
Por favor, no me odies.
Un beso,

J.

Me levanté temprano y fui veinte minutos en coche a imprimir el borrador en la empresa de mensajería más cercana solo para tenerlo entre las manos. Cuando volví, Gus me esperaba en el porche, tumbado en el sofá con el antebrazo cubriéndole los ojos. Lo levantó para mirarme y luego me sonrió y se incorporó dejándome espacio para que me sentara.

Puso mis piernas sobre su regazo y tiró de mí para que me acercara.

—¿Y bien? —dijo.

Dejé caer el montón de papel sobre su regazo.

—Ahora solo tengo que esperar a ver si Anya me echa. Y cuánto se enfada Sandy. Y si podemos vender el libro y tengo algo para sentirme superior.

—Anya no va a echarte —afirmó Gus.

—Y ¿Sandy?

—Es probable que se enfade —dijo—, pero has escrito un libro. Y escribirás más. Y seguro que alguno que ella querrá. Venderás el libro, aunque no tiene por qué ser antes de que yo venda el mío y, sea como sea, estoy seguro de que encontrarás algo para sentirte superior.

Me encogí de hombros.

—Haré todo lo que pueda. ¿Y tú? ¿Te queda poco?

—La verdad es que sí. Al menos para acabar el borrador. Lo tendré dentro de una semana o dos.

—Eso será más o menos lo que me llevará a mí fregar los platos que me he dejado por toda la casa esta semana.

—Estamos sincronizados —dijo Gus—. Es el destino.

—El destino suele hacer estas cosas, sí.

Nos separamos antes de la charla para prepararnos y, después de secarme el pelo tras una necesaria ducha, me tumbé en la cama, exhausta, y miré cómo daba vueltas el ventilador. La habitación me parecía diferente. Mi cuerpo me parecía diferente. Me podría haber convencido a mí misma de que le había robado las extremidades y la vida a otra persona y estaba encantada con ellas.

Me quedé dormida y me desperté una hora antes de la charla. Gus llamó a la puerta media hora más tarde y nos fuimos a pie a la librería. Normalmente, no me gustaba nada sudar antes de dar una charla, pero allí parecía importar menos. Todo el mundo iba algo sudoroso por North Bear Shores y no me apetecía demasiado ponerme el vestido negro tan rígido después de pasarme el verano en pantalones cortos y camiseta, así que me volví a poner el vestido blanco veraniego de segunda mano y las botas bordadas.

Cuando llegamos a la librería, Pete y Maggie nos llevaron al despacho a tomar una copa de champán.

—Para espantar los nervios —comentó Maggie animada.

Gus y yo intercambiamos una mirada. Los dos habíamos dado suficientes charlas para saber que, en pueblos como aquel, quienes se presentaban eran amigos y familia (al menos cuando sacabas el primer libro; después de eso, la mayoría ni se molestaba en aparecer) y quienes trabajaban en la librería. Maggie y Pete habían puesto el expositor de libros al lado del mostrador y habían preparado unas diez sillas, así que estaba claro que ellas también sabían cómo iba aquello.

—Qué pena que no haya clases en la universidad —dijo Pete, como si adivinara lo que estaba pensando—, si no, la librería estaría llena. A los profesores les gusta hacer obligatoria la asistencia a estas cosas. O, por lo menos, dar puntos por venir.

Maggie asintió.

—Yo la habría hecho obligatoria para mis alumnos.

—A partir de ahora meteré la labradorita en todos los libros —le prometí— solo para que tengas una excusa para hacerlos venir.

Se puso las manos en el corazón como si fuera la cosa más bonita que había oído en meses.

—Es la hora, chicos —anunció Pete, y salió la primera.

Había cuatro sillas más en fila tras el mostrador y Pete nos hizo pasar a Gus y a mí entre ella y Maggie, que nos «entrevistarían». Lauren y su marido estaban entre el público junto con un par de mujeres que reconocí de la barbacoa, y cinco desconocidos.

En general, prefería no conocer a tantas personas del público. De hecho, prefería no conocer a nadie, pero aquel ambiente parecía agradable, relajado.

Pete seguía de pie, dándole la bienvenida a todo el mundo. Yo miré a Gus y supe enseguida que algo iba mal.

Tenía la cara pálida y las manos en tensión. Toda la calidez se había esfumado, como si se hubiera escapado por una válvula. Susurré su nombre, pero él seguía con la vista clavada en el público. Seguí su mirada hasta una mujer pequeña con rizos casi negros y ojos azules a juego con sus pómulos elevados y su cara en forma de corazón. Me llevó unos segundos atar cabos, unos pocos segundos de feliz ignorancia antes de sentir que se me caía el alma a los pies.

El corazón me iba a toda velocidad, como si mi cuerpo lo entendiera antes de que mi cerebro fuera capaz de admitirlo. Miré a Maggie. Tenía los labios tensos y las manos apretadas en el regazo. Estaba tiesa y quieta, algo nada típico en ella, y Pete seguía hablando con seguridad. También pude ver el cambio en su lenguaje corporal, un poco como una postura de madre osa: una actitud protectora agresiva, como si estuviera lista para atacar.

Se sentó y recolocó la silla mientras se preparaba. Fue un gesto bastante normal, pero pensé que tal vez estaba alterada.

A mí el corazón seguía golpeándome el pecho con tanta fuerza que pensé que todo el público lo oiría, y empezaron a sudarme las manos.

Naomi era preciosa. Tendría que haberlo sabido. Supongo que ya lo sabía. Pero no esperaba verla. Y menos allí, sola, mirando a Gus así.

«Arrepentida —pensé. Y luego—: Hambrienta».

Se me revolvió el estómago. Había ido allí con una intención clara. Tenía que decirle algo a Gus.

Me entró miedo de vomitar allí mismo.

Pete había comenzado a hacernos preguntas. «¿Por qué no empiezan hablándonos un poco de sus libros?» o algo por el estilo.

Gus se volvió para mirarla. Estaba respondiendo. No oí lo que decía, pero el tono era tranquilo, mecánico, y luego me miró a mí esperando una respuesta y su cara era del todo inescrutable.

Era como la habitación principal de la casa de mi padre: impersonal, despojada de toda traza de humanidad. No había nada para mí en ella. De verdad pensé que terminaría vomitando.

Tragué saliva y empecé a describir mi último libro. Lo había hecho muchas veces, era casi como si tuviera un guion. Ni siquiera tenía que escucharme a mí misma, solo tenía que dejar que las palabras fueran saliendo.

Sentía muchas náuseas.

Y luego Pete planteó otra pregunta de una lista escrita a mano que tenía delante («Platíquenos de sus libros», «¿Cómo es su proceso de escritura?», «¿Por dónde empiezan?», «¿Cuáles son sus influencias?», etcétera) y, entre pregunta y pregunta, Maggie hizo contribuciones más místicas («Si su libro fuera una bebida, ¿qué sería?», «¿Alguna vez se imaginan dónde deberían leerse sus libros?», «¿Cómo es el proceso emocional de escribir un libro?», «¿Ha habido algún momento de su vida personal que hayan sido incapaces de capturar solo con palabras?»).

«Este momento sería bastante difícil», pensé.

¿De cuántas formas diferentes se podría escribir «Eleanor tenía muchísimas ganas de vomitar todo lo que había comido aquel día»?

Seguramente de muchas. El tiempo iba pasando poco a poco y yo no sabía si quería que pasara más deprisa o si lo que vendría después solo empeoraría las cosas.

Me dio la impresión de que la propia duda rompió el hechizo. La hora pasó. El puñado de personas que había venido se acercaba a hablar con nosotros y a que les firmáramos libros, y yo apretaba los dientes e intentaba bailar una coreografía social mientras, por dentro, pasaban plantas rodadoras por mi corazón desolado.

Naomi se quedó atrás, apoyada en una estantería. Me pregunté si Gus le habría pegado lo de apoyarse en los sitios o viceversa. Tenía miedo de seguir mirándola y reconocer más partes de Gus en ella cuando me había pasado la última hora intentando encontrar trazas de él en mí como una desesperada, encontrar una prueba de que había susurrado mi nombre contra mi piel con pasión aquella misma tarde. Pete había arrinconado a Naomi y procuraba sacarla de la librería, pero ella se negaba; luego se les unió Lauren para intentar que no montaran una escena.

Yo no oía lo que decían, pero veía cómo se le movían los rizos cuando asentía. El grupo alrededor de la mesa se iba disolviendo. Maggie estaba en la caja cobrándoles con los ojos claros fijos en la conversación que tenía lugar cerca de la puerta, en la otra punta de la librería.

Gus por fin me miró. Parecía que iba a darme una explicación, pero mi expresión debió de hacer que se lo pensara mejor. Carraspeó.

— Debería ir a comprobar por qué ha venido.

No dije nada. No hice nada. Él me sostuvo la mirada menos de dos segundos, se levantó y cruzó la librería. Tenía calor en la cara, pero el resto del cuerpo frío, temblando. Gus le dijo a Pete que se fuera y, cuando Pete me miró, yo no pude devolverle la mirada. Me levanté y entré deprisa por la puerta de la oficina y luego salí por la puerta de atrás que daba a un callejón en el que no había más que un par de contenedores.

Él no la había invitado. Eso lo sabía. Pero no podía saber qué le hacía sentir verla ni por qué había venido.

Naomi la fuerte, la guapa, cuya inescrutabilidad había fascinado a Gus. Naomi, la que no lo necesitaba ni había intentado salvarlo. A quien él no había tenido nunca miedo de romper. Con quien había querido pasar el resto de su vida. Con quien se habría quedado, a pesar de todo, si hubiera podido.

Deseaba gritar, pero lo único que era capaz de hacer era llorar. Se me había acabado la rabia y ahora lo único que me quedaba era el miedo. Puede que fuera lo que había tenido todo ese tiempo, escondido detrás de emociones más espinosas.

Sin saber muy bien qué hacer, volví a pie a casa. Era de noche cuando llegué y, como se me había olvidado dejar la luz del porche encendida, cuando alguien se levantó del sofá de mimbre, casi me caí por la escalera.

—¡Lo siento! —dijo la voz de mujer—. No quería asustarte.

Solo la había oído dos veces, pero su sonido se me había quedado grabado en el cerebro. Nunca la olvidaría.

—Esperaba que pudiéramos hablar —comentó Sonya—. No, necesito hablar contigo. Por favor. Cinco minutos. Hay muchas cosas que no sabes. Cosas que te ayudarán, creo. Esta vez lo he escrito todo.

25

LAS CARTAS

—No quiero oírlo —le dije.

—Lo sé —repuso Sonya—, pero le habré fallado a tu padre si no te lo digo.

Me reí con sorna.

—Ya, esa es la cosa. No tendrías que haber tenido siquiera la oportunidad de fallarle a mi padre.

—¿No tendría que haber tenido? Si empezaras por el principio de la vida de tu padre y la predijeras toda como «tendría que haber sido», puede que nunca hubiera conocido a tu madre. Puede que tú no hubieras nacido.

Sentí un zumbido por dentro cuando la rabia se apoderó de mí.

—¿Puedes irte de la puerta de mi casa, por favor?

—No lo entiendes.

Se sacó un trozo de papel doblado del bolsillo de los jeans y lo abrió.

—Por favor, cinco minutos.

Yo empecé a abrir la puerta, pero ella se puso a leer detrás de mí.

—Conocí a Walt Andrews cuando tenía quince años, en clase de Literatura. Fue mi primera cita, mi primer beso, mi primer novio. El primer hombre, o chico, al que le dije «Te quiero».

La llave se encalló en la cerradura. Dejé de moverme, estupefacta. Me volví hacia ella sin aliento. Sonya me lanzó una ojeada ansiosa y volvió a mirar la hoja.

—Rompimos varios meses después de que se fuera a la universidad. No supe nada de él en veinte años y, entonces, un día, me lo encontré aquí. Estaba de viaje de negocios a una hora al este de North Bear Shores y había decidido alargar su estancia un par de días. Decidimos ir a cenar. Estuvimos hablando horas antes de que admitiera que acababa de separarse.

»Cuando nos despedimos, los dos creíamos que no volveríamos a vernos. —Me miró—. Lo digo de verdad. Pero, cuando salía del pueblo, a tu padre se le averió el coche. —Volvió a estudiar la nota. Tenía lágrimas en los ojos—. Los dos estábamos heridos en aquel momento. Algunos días, lo que había entre nosotros era lo único bueno en mi vida.

»Empezamos a vernos todos los fines de semana. Hasta se pidió una semana de vacaciones y vino a buscar una casa. Las cosas avanzaban deprisa. ¡Todo era muy fácil! No te cuento nada de esto para hacerte daño, pero de verdad pensaba que la vida nos había dado una segunda oportunidad. Pensaba que nos casaríamos.

Dejó de hablar solo un segundo y negó con la cabeza. Se dio prisa por seguir antes de que pudiera pararla.

—Pidió un traslado a la oficina de Grand Rapids. Se compró la casa, esta casa. En aquel momento estaba hecha un desastre, se caía a pedazos, pero yo era más feliz de lo que lo había sido en años. Tu padre hablaba de traerte aquí, de traer el barco y pasarnos todo el verano en él, los tres. Yo pensaba: «Voy a vivir aquí hasta el día que me muera con un hombre que me quiere».

—Estaba casado —susurré. Me parecía que se me iba a venir abajo la garganta—. Seguía casado.

«Gus sigue casado», pensé.

La emoción crecía dentro de mí. Quería odiarla. La odiaba. Y también sentía su dolor mezclándose con el mío. Sentía toda la emoción de un nuevo amor, uno que te curaba, una segunda oportunidad con alguien de quien casi te habías olvidado. Y sentía el dolor de cuando su vida «real» volvía a aparecer, la angustia de saber que tenía un pasado con otra persona, una relación que la tuya no podía cambiar.

Sonya cerró los ojos con fuerza.

—No me parecía real hasta que diagnosticaron el cáncer a tu madre.

Aquella palabra seguía haciéndome estremecer. Intenté esconderlo. Volví a forcejear con la llave, pero ahora se me habían acumulado tantas lágrimas en los ojos que no veía nada.

Sonya siguió leyendo, ahora más deprisa.

—Seguimos en contacto unos meses. No estaba seguro de lo que iba a pasar. Solo sabía que tenía que estar a su lado y no había nada que yo pudiera hacer al respecto. Las llamadas se volvieron más escasas y luego dejaron de llegar. Y, un día, me mandó un correo solo para decirme que ella estaba mucho mejor. Y que a ellos les iba mucho mejor.

Yo había dejado de intentar abrir la puerta, sin querer. Me había vuelto hacia ella, con los mosquitos y las polillas zumbando a mi alrededor.

—Pero eso fue hace años.

Asintió.

—Y cuando volvió el cáncer, me llamó. Estaba desolado, January. No fue porque me echara de menos, eso lo sabía. Fue por ella. Tenía mucho miedo y, la siguiente vez que pasó por aquí por trabajo, accedí a verlo. Él buscaba consuelo y yo... había empezado a salir con un amigo de Maggie, un buen hombre, viudo. Todavía no era nada serio, pero yo sabía que podía llegar a serlo. Y puede que eso me diera un poco de miedo, o puede que una parte de mí siempre fuera a querer a tu padre, o que fuéramos egoístas y débiles. No lo sé. Y no voy a hacer como si lo supiera.

»Pero te diré algo: esa segunda vez no me hice ilusiones de cómo acabarían las cosas. Si tu padre hubiera perdido a tu madre, no habría podido ni mirarme y, de todas formas, yo no habría podido creerme que me quería. Fui una distracción y puede que hasta yo misma creyera que se lo debía.

»Y, cuando empezó a arreglar la casa, supe sin que me lo dijera que no era para nosotros. Y volvió a pasar lo mismo cuando tu madre fue recobrando la salud. El tiempo entre visitas se fue alargando. Las llamadas escasearon y dejaron de llegar. Esa vez ni siquiera recibí un correo. Puedo decirte que no queríamos hacerle daño a nadie. Aquí no hay respuestas fáciles. Sé que no debería tener derecho a estar desolada, pero lo estoy.

»Estoy desolada y enfadada conmigo misma por haberme metido en esta situación y me siento humillada por estar aquí contigo...

—Entonces ¿qué haces aquí? —quise saber. Negué con la cabeza. Me sacudió otra ola de rabia—. Si se había terminado como dices, ¿cómo es que tenías esa carta?

—¡No lo sé! —gritó, y al instante los ojos se le inundaron de lágrimas que empezaron a caerle por la cara, rápidas e incesantes—. Puede que quisiera que tuvieras la casa, pero pensase que tu madre no tendría la fuerza de decirte que existía o que no estaba bien pedirle a ella que lo hiciera. Puede que pensara que, si te mandaba la llave y la carta a ti, no habría nadie aquí intentando convencerte de que lo perdonaras. ¡No lo sé, January!

«Es verdad, mi madre nunca me lo habría contado», pensé enseguida. Hasta que me lo había dicho Sonya, mi madre no había sido capaz de hablar del tema, de confirmarlo o de explicármelo. Quería recordar todas las cosas buenas. Quería aferrarse a ellas tanto que no pudieran desvanecerse y no soltarlas ni un poco para que no quedara espacio para las partes de él en las que todavía le dolía pensar.

Sonya sollozó y se secó los ojos inundados de lágrimas.

—Lo único que sé es que, cuando murió, su notario me mandó la carta, la llave y una nota de Walt en la que me pedía a mí que te diera las dos cosas. Y yo no quería... He pasado página. Por fin estoy con alguien a quien quiero, por fin soy feliz, pero él se había ido y no podía decirle que no. A él no. Deseaba que supieras la verdad, que lo supieras todo, y quería que siguieras queriéndolo después de saberlo. Creo que me mandó para que me asegurase de que lo perdonabas. —La voz le tembló peligrosamente—. Y puede que yo haya venido porque necesito que alguien sepa que yo también lo siento, que yo también lo echaré de menos siempre. Puede que quiera que alguien entienda que soy una persona, no solo el error de otro.

—Me da igual que seas una persona —escupí. Y, al momento, me di cuenta de que era verdad. No odiaba a Sonya. Ni siquiera la conocía. Aquello no tenía nada que ver con ella. Las lágrimas me caían más deprisa y me hacían respirar con dificultad—. Es por él. Son todas las cosas que nunca podré saber sobre él o preguntarle siquiera. ¡Es lo que le ha hecho a mi madre! Nunca sabré cómo crear una familia o qué puedo creerme, si es que puedo creer algo, de lo que he aprendido de ellos. Ahora tengo que pensar en cada recuerdo y preguntarme qué era mentira. Ya no puedo conocerlo más. No lo tengo. Ya no lo tengo.

Ahora las lágrimas eran un torrente. Tenía la cara empapada. La línea de puntos de dolor con la que había estado viviendo un año parecía haberse roto y haberme partido de arriba abajo.

—Ay, cielo —dijo Sonya en voz baja—. Nunca podemos conocer del todo a las personas a las que queremos. Cuando las perdemos, siempre hay más cosas que podríamos haber sabido, pero eso es lo que intento decirte. Esta casa, este pueblo, esta vista... eran una parte de él que quería compartir contigo. Y estás aquí, ¿no? Estás aquí y tienes la casa en la playa que a él le encantaba en un pueblo que le encantaba y tienes todas las cartas y...

—¿Las cartas? —dije—. Tengo una carta.

Pareció sorprendida.

—¿No has encontrado las otras?

—¿Qué otras?

Parecía confundida de verdad.

—No la has leído. La primera. No la has leído.

Claro que no la había leído, porque era el último trozo de él que me quedaba por descubrir y no estaba lista para ello. Hacía más de un año que había muerto y seguía sin estar lista para despedirme. Quería decirle muchas cosas, pero no adiós. La carta estaba en el fondo de la caja, donde había pasado todo el verano.

Sonya tragó saliva, dobló la carta y la metió en el bolsillo de su jersey ancho.

—Te quedan partes de él, eres la última persona en el mundo que tiene partes de él, y, si no quieres mirarla, es cosa tuya, pero no hagas como si no te hubiera dejado nada.

Se volvió para irse. Eso era todo lo que tenía que decir y yo había dejado que lo soltara. Me sentía estúpida, como si hubiera perdido una especie de juego cuyas normas nadie me había explicado, pero, al mismo tiempo, aunque seguía tambaleándome por el dolor que sentía, después de que Sonya hubiera arrancado el coche y se hubiera ido, continuaba en pie.

Había tenido la conversación que llevaba todo el verano temiendo. Había entrado en las habitaciones que tenía cerradas. Me había enamorado y había sentido cómo se me rompía el corazón y seguía en pie. Ya no quedaba ninguna mentira bonita que contarme. Y yo seguía en pie.

Me volví hacia la puerta con resolución renovada y entré. Fui directa por la casa a oscuras hasta la cocina y bajé la caja. Una capa de polvo había cubierto el sobre. Soplé para quitarlo y levanté la solapa, que no estaba sellada, para sacar la carta. La leí ahí mismo, de pie, inclinándome encima del fregadero con una sola luz amarilla encendida sobre mí.

Me temblaban las manos con tanta fuerza que era difícil saber qué ponía.

Aquella noche. Aquella noche había sido casi tan mala como la noche que lo perdimos o la de su funeral. En cualquier otra situación, lo único que hubiera querido habría sido estar con mis padres.

No, ahora también quería estar con mis padres. Quería tener a mi padre con su pijama raído y las piernas cruzadas encima del sofá leyendo una biografía de Marie Curie. Y me encantaría tener a mi madre dando vueltas a su alrededor con ropa de deporte quitándoles el polvo obsesivamente a los marcos de fotos que había encima de la chimenea mientras canturreaba la canción favorita de mi padre: *It's June in January, because I'm in love.*

Aquella había sido la escena que me había encontrado cuando había vuelto por sorpresa el primer Acción de Gracias desde que me había ido a la universidad, cuando una oleada de nostalgia me había hecho tomar la decisión de ir a pasar las vacaciones en casa en el último momento. Cuando había abierto la puerta de casa y había entrado con la bolsa de viaje, mi madre había gritado y se le había caído el bote de limpiacristales al suelo. Mi padre había bajado las piernas del sofá y me había mirado con los ojos entrecerrados desde la otra punta de la sala de estar inundada de luz dorada.

—¿No me engañan los ojos? —dijo—. ¿Es mi querida hija, reina pirata de los mares?

Los dos corrieron hacia mí, me abrazaron y yo me puse a llorar, como si solo pudiera comprender del todo cuánto los había echado de menos cuando por fin estábamos juntos. Ahora volvía a estar destrozada y necesitaba a mis padres. Quería sentarme en el sofá entre ellos, que mi madre me tocara el pelo y contarles que la había cagado, que me había enamorado de alguien que había hecho todo lo posible por disuadirme. Que había terminado sin blanca. Que mi vida se desmoronaba y no tenía ni idea de cómo arreglarlo. Que tenía el corazón más roto de lo que jamás lo había tenido y me daba miedo ser incapaz de arreglarlo.

Agarré con fuerza la hoja de libreta que tenía delante y parpadeé para despejarme las lágrimas lo suficiente para empezar a leer.

La carta, como el sobre, llevaba la fecha de mi vigesimonoveno cumpleaños, el 13 de enero, siete meses largos después de que muriera mi padre, lo que le dio un toque onírico y surrealista a todo aquello cuando empecé a leer.

Querida January:

Por lo general, aunque no siempre, te escribo estas cartas en tu cumpleaños, pero todavía falta mucho para que cumplas veintinueve y quiero estar listo para poder darte esta carta y todas las demás en ese momento, así que este año empiezo pronto.

Esta contiene una disculpa y no me gusta nada darte un motivo para odiarme justo antes de que celebremos tu cumpleaños, pero intento ser valiente. A veces me preocupa que la verdad no valga el dolor que provoca. En un mundo perfecto, no sabrías nada de mis errores. O, mejor dicho, ni siquiera los habría cometido.

Pero no ha sido así, claro, y me he pasado años dándole vueltas a qué decirte. Pienso mucho en que quiero que me conozcas. Puede que te parezca egoísta, y lo es, pero no solo es egoísta, January. Cuando la verdad salga a la luz, no quiero que te destroce. Quiero que sepas que mi amor por ti ha sido más grande que mis errores, más grande que cualquier cosa buena o mala que haya hecho. Del todo inquebrantable. Me da miedo lo que te puede hacer la verdad. Me da miedo que no puedas quererme como soy, pero tu madre tuvo la oportunidad de decidirlo por ella misma y tú también la mereces. 1401, Queen's Beach Lane. La caja fuerte. El mejor día de mi vida.

Subí corriendo la escalera y giré para ir al dormitorio principal. El dobladillo del mantel seguía pisado con el reloj para que se pudiera ver la caja. El corazón me latía con fuerza. Esta vez tenía que acertar. Pensé que el cuerpo se me partiría en dos por el peso que sentiría en el pecho si no acertaba. Pulsé el número, el mismo que estaba garabateado en la esquina superior derecha de la carta. Mi cumpleaños. Parpadearon unas luces verdes y la cerradura hizo clic.

Había dos cosas en la caja: una pila gruesa de sobres unidos con una goma verde grande y una llave con un llavero azul de PVC. Impresas en blanco sobre la superficie estaban las palabras PUERTO DEPORTIVO SWEET HARBOR, NORTH BEAR SHORES.

Saqué el montón de cartas y me quedé contemplándolas. Todas llevaban mi nombre escrito con distintos bolígrafos y la letra se volvía más clara y decidida a medida que iba mirando las más antiguas. Me apreté los sobres contra el pecho y me salió un sollozo. Él los había tocado.

A lo largo del verano se me había ido olvidando eso de la casa, pero aquello era diferente. Llevaba mi nombre, era un trozo de él que había tallado y me había dejado a mí.

Y supe que podía sobrevivir a leerlas por todas las cosas a las que ya había sobrevivido. Podía afrontarlo todo. Me levanté con dificultad y tomé las llaves al salir por la puerta. El GPS de mi celular encontró el puerto sin dificultades. Estaba a cuatro minutos. Doblé dos esquinas y ya estaba en el estacionamiento oscuro. Había dos coches más, supuse que de trabajadores, pero, cuando avancé por el embarcadero, no apareció nadie para decirme que me fuera. Estaba sola, con el leve chapoteo del agua contra los pilares del embarcadero y el choque suave de los barcos contra la madera.

No sabía qué buscaba, pero sabía que buscaba algo. Agarraba las cartas con fuerza con una mano mientras recorría el embarcadero y todas las ramificaciones que salían del muelle principal.

Y, de pronto, ahí estaba, todo blanco con letras azules y con las velas plegadas. JANUARY.

Subí con paso vacilante, me senté en el banco y miré el agua.

—Papá —susurré.

No estaba segura de qué creía que había después de la muerte, si es que había algo, pero pensé en el tiempo y me imaginé aplanándolo para que todos los momentos en aquel espacio se volvieran uno. Casi podía oír su voz. Casi podía sentirlo poniéndome la mano en el hombro.

Volví a sentirme perdida. Cada vez que empezaba a saber por dónde ir, me daba la impresión de que acababa más perdida. ¿Cómo podía confiar en lo que teníamos Gus y yo? ¿Cómo podía fiarme de mis propios sentimientos? Las personas eran complicadas. No eran problemas matemáticos, eran montones de emociones y decisiones y suerte tonta. El mundo también era complicado, no era una preciosa película francesa algo difuminada, sino un desastre horrible con trazas de luz y amor y sentido.

Una brisa agitó las cartas que tenía en el regazo. Me aparté el pelo de los ojos lacrimosos y abrí el primer sobre.

Querida January:

Hoy has nacido. Te esperaba desde hacía meses. No ha sido una sorpresa. Tu madre y yo teníamos muchas ganas de tenerte incluso antes de que empezaras a existir.

Lo que no me esperaba era sentirme como si hoy también hubiera nacido yo.

Me has convertido en una persona nueva: el padre de January. Y sé que seré esta persona el resto de mi vida. Te estoy mirando, January, mientras escribo esto, y apenas soy capaz de escribir.

Estoy anonadado, January. No sabía que podía ser esta persona. No sabía que podía sentir todo esto. No me puedo creer que algún día vayas a ponerte una mochila y a saber agarrar un lápiz o a opinar sobre cómo te gusta llevar el pelo. Te miro y no me puedo creer que vayas a ser más fantástica de lo que ya eres.

Diez dedos de las manos. Diez dedos de los pies. Y, aunque no tuvieras ninguno, seguirías siendo la cosa más impresionante que he visto.

No puedo explicarlo. ¿Tú lo sientes? Ahora que ya tienes edad para leer esto y para saber quién eres, ¿tienes esa palabra que se me escapa, la palabra para eso que te hace diferente de todo lo demás?

Supongo que debería contarte algo sobre mí, sobre quién soy en este momento mientras te veo dormir en el pecho de tu madre.

Bueno, pues encantado de conocerte, January. Soy tu padre, el hombre que has creado de la nada con tan solo tus deditos de las manos y de los pies.

Una cada año, siempre escritas ese día.

January, hoy cumples un año. ¿Quién soy hoy, January?
Soy la mano que te guía cuando das tus pasos torpes. Hoy
tu madre y yo hemos hecho espaguetis, así que supongo
que se podría decir que también soy chef. Tu chef personal.
Nunca me ha gustado mucho cocinar, pero supongo que es
lo que hay.

Feliz segundo cumpleaños, January. El pelo se te ha os-
curecido mucho. No te acordarás de cuando eras rubia,
¿no? Me gusta más así. Te queda muy bien. Tu madre dice
que te pareces a su abuela, pero yo creo que eres más como
mi madre. Ella también te habría querido. Intentaré ha-
blarte un poco de ella. Era de un lugar llamado North Bear
Shores. De ahí vengo yo también. Yo vivía allí cuando te-
nía tu edad. Era muy malo a los dos años, según me decía
siempre mi madre. Me imagino que gritaba hasta desma-
yarme, pero eso debía de ser, por lo menos en parte, por mi
hermano mayor, Randy. Un poquito imbécil, pero hay que
quererlo. Ahora vive en Hong Kong porque es «super-
guay».

January, no me puedo creer que tengas cuatro años. Ya
tienes forma de persona. Supongo que siempre la has teni-
do, pero ahora más que nunca.
Cuando yo tenía cuatro años destrocé mi triciclo. Iba
por un muelle de camino al faro que había al final. Mi
madre se había distraído con una amiga y yo pensé que
estaría muy bien saltar del muelle pedaleando para ver si

iba lo bastante deprisa para seguir rodando por encima del agua. Como el Correcaminos. Ella me vio en el último momento y gritó mi nombre. Cuando intenté volverme para mirarla tiré del manillar y terminé empotrándome en el faro. Así es como me hice la gran cicatriz rosa que tengo en el codo. Supongo que ahora ya no es tan grande. O, más bien, que ahora tengo el codo un poco más grande. La semana pasada tú te abriste la cabeza en la chimenea. No fue terrible, ni siquiera te pusieron puntos, pero tu madre y yo lloramos toda la noche cuando te dormiste.

Nos sentíamos fatal. A veces, January, cuando eres padre te sientes como un niño a quien alguien ha dejado a cargo de otro niño por error. «¡Buena suerte!», te dice el imprudente desconocido antes de darte la espalda para siempre. Me temo que siempre cometeremos errores. Espero que se vuelvan más y más pequeños al hacernos mayores. O más viejos, que lo de crecer ya se nos ha acabado.

¡Ocho! ¡Tienes ocho años y eres más lista que el hambre! No dejas de leer, January. A mí no me gustaba nada leer a los ocho años. La verdad es que se me daba fatal, y Randy y Douglas eran crueles y se burlaban de mí, aunque ahora Douglas es manso como un corderito. Supongo que, si se me hubiera dado mejor, me habría gustado más. O viceversa. Mi padre era un hombre ocupado, pero fue quien me enseñó a leer, January. Y, desde que empezó, no dejaba que mi madre me dijera nada de lectura. «Bueno, cuando tengas edad, la que te enseñará a conducir seré yo», me decía ella. Tu libro favorito ahora mismo es El árbol generoso. Madre mía, January, ese libro me parte el alma. *Tu madre es un poco como ese árbol y me preocupa que tú también lo seas. No me malinterpretes, ser generoso es bueno, pero, aun así... Ojalá pudieras ser un poco más dura, como tu padre. Es por tu propio bien.*

¿Sabes qué? Cuando tenía ocho años robé por primera vez. No lo justifico, claro está, pero el objetivo de esto es la sinceridad. Robé chicle de la tienda de chucherías de toda la vida que había en la calle principal de North Bear Shores. Me encantaba esa tienda. Tenían unos ventiladores enormes para que el chocolate no se derritiera en verano y, los días que mi madre estaba ocupada, mis hermanos y yo nos íbamos allí para no pasar tanto calor. Nunca me pareció muy divertido ir a la playa solo. Puede que ahora me pareciera diferente. Hace tiempo que no voy. Tu madre y yo hemos pensado en llevarte pronto.

January, tienes trece años y eres más valiente de lo que nadie a los trece años tendría que serlo. Hoy, no sé quién soy. Sigo siendo tu padre, claro. Y el marido de tu madre. Pero, January, a veces la vida es muy dura. A veces te exige tanto que empiezas a perder partes de ti. Yo estoy perdido, January. ¿Te acuerdas del faro del que te hablé? Creo que te hablé de él. A veces pienso que tú eres ese faro. «Sigue mirando a January —me digo—. No dejará que te extravíes. Si te centras en January, no te apartarás demasiado de tu camino». Pero puede que haya estado tan centrado que me he chocado de pleno contra ti.

Y le he hecho lo mismo a tu madre. Sé que este año has pasado mucho miedo, pero, por favor, recuerda que, de una forma u otra, tu madre y yo volveremos a encontrar el camino a nosotros mismos y al otro. Por favor, no tengas miedo, pequeñita mía, mi reina pirata de los mares. De una forma u otra, todo irá bien.

A los dieciséis me dieron mi primer beso, January. La chica se llamaba Sonya y era espigada y serena.

Tu cumpleaños no es hasta dentro de unos meses, pero tengo que escribir esto ahora. Hoy te vas a la universidad, January, y tengo miedo de que eso me mate. No puedo decirte eso, claro. Te sentirías muy culpable y no deberías. Estás haciéndolo bien, se mire por donde se mire. Siempre has sido muy lista. Debes ir a la universidad. Y no te vas para siempre, pero, cuando te levantes esta mañana y cojamos el coche y vayamos hacia el norte, no te miraré por el retrovisor. Y, cuando leas esto (¿¿¿cuándo será???), piensa en aquel día. ¿Te darás cuenta de que no puedo mirarte? No creo, tú misma estás muy nerviosa, pero, si te acuerdas, ahora ya sabes por qué. Me da miedo dar media vuelta y volver las tres horas en coche si muestras algún tipo de vacilación. Quiero quedarme contigo para siempre. ¿Quién soy yo sin ti?

Tendrías que estar haciendo un máster y lo sabemos, January. Puto cáncer. Ya eres adulta, así que, cuando leas esto, ya no te escandalizaré escribiendo palabrotas. Y los dos sabemos que estás más que familiarizada con la palabra cáncer. Pues eso, puto cáncer. Tengo que ser sincero, January. Siento que nuestras vidas están implosionando y una parte de mí quiere mandarte muy muy lejos hasta que la implosión termine.

Te dije que te diría la verdad, así que ahí va. Si la escribo aquí, sé que no voy a poder retirarla. Algún día leerás esto. Algún día lo sabrás.

Estoy engañando a tu madre. Algunas veces me siento como si buscara consuelo y otras me parece que me estoy castigando. Y aún hay otros días en los que me pregunto si todo es una forma de decirle al universo que le den. «Si quieres destrozarme la vida, yo puedo destrozármela más y mejor».

Algunos días pienso que estoy enamorado de Sonya. Sonya, así se llama. Hace tiempo estuve enamorado de ella, cuando éramos niños. Creo que te lo dije en una carta cuando cumpliste dieciséis años. A esa edad la besé. Sé que no quieres oírlo, pero creo que necesito decirlo. Estoy enamorado de una versión de mí mismo que no puede existir en este infierno. ¿Crees que soy horrible, January? No pasa nada si lo crees. He sido horrible en muchos momentos de mi vida.

Quiero volver a ser el hombre que tu madre me hizo: su nuevo marido. El hombre que tú me hiciste: el padre que te adora. Estoy buscando algo de mí mismo que perdí y no es justo para nadie.

Si pudiera recuperar el pasado, aquellos años maravillosos antes de que volviera el cáncer, lo haría sin pensar. Voy a arreglar esto. No me des por perdido, January. Este no es el final de la historia.

January, hoy cumples veintiocho.

Cuando yo tenía veintiocho, mi preciosa mujer dio a luz a nuestra hija. Este mismo día. El 13 de enero, considerado por muchos el mejor día de la historia. A veces pienso en cómo serán tus hijos. *No necesariamente con Jacques, aunque me parecería bien.*

Me imagino una niña que se parece a January. Puede que tenga diez dedos en las manos y diez dedos en los pies, pero, aunque no tenga ninguno, será perfecta. Y pienso en la mujer que serás para ella, en el tipo de madre que serás.

Cuando pienso en eso, January, casi siempre lloro, porque sé que lo harás mejor que yo y ese pensamiento me alivia mucho, pero, aunque no lo hagas mejor, aunque cometas errores como los que yo cometí, te conozco, January.

Te conozco mucho mejor de lo que tú me conoces a mí, y lo siento, pero, si tenía que haber algún desequilibrio, no puedo decir que me sepa mal que la balanza se haya inclinado hacia mí.

¿Recuerdas tu primera ruptura? La mencioné en la carta de cuando cumpliste diecisiete. Estabas hecha polvo. Tu madre llamó a Taco Bell y se hizo pasar por ti, diciendo que estabas demasiado enferma para ir a trabajar.

En ese momento, estuve enamoradísimo de ella. Sabía justo lo que tenía que hacer. La forma como te cuidó... No hay palabras.

Lo sabe, por cierto. Sabe todo lo que te he contado. Me dejó tomarme mi tiempo para contártelo. Me da miedo que se avergüence, que crea que todo el mundo se compadecerá de ella. Ya sabes que no lo soporta. No está segura de que tengas que saberlo. Puede que no. Y, si es así, lo siento, pero supongo que quería que vieras toda la verdad.

Si crees que la historia termina mal, es porque todavía no ha terminado.

Desde que empecé a escribir estas cartas he sido un millón de cosas diferentes, algunas bonitas y otras feas.

Pero hoy, en tu vigésimo octavo cumpleaños, me siento el mismo hombre que hace todos aquellos años.

Mirándote. Contándote los deditos. Preguntándome qué es lo que te hace tan diferente del resto del mundo. No sé cuándo ha pasado, pero vuelvo a ser feliz. Creo que, aunque las cosas no sigan así, siempre llevaré conmigo este momento. ¿Cómo puedo estar triste habiendo visto a mi niña crecer y convertirse en la mujer que es?

January, tienes veintiocho años y yo soy tu padre.

26

LA MEJOR AMIGA

Me tumbé en la cubierta y miré las estrellas. Unas nubes esponjosas y oscuras cruzaban el cielo ocultándolas una a una y yo lo observaba como una cuenta atrás, aunque no sabía para qué. Las cartas estaban amontonadas a mi alrededor, todas desdobladas y leídas. Dos horas no habían sido suficientes para pasar página, pero era un tiempo que no me esperaba pasar con él. Palabras silenciadas que por fin me había dicho. Me sentía como si hubiera viajado en el tiempo.

Sentía que era una herida medio curada que había vuelto a quedarse en carne viva. Tenía *Everybody Hurts* en la cabeza. Entendía por qué la idea de que tu sufrimiento no es único podía ser un consuelo.

Era algo que hacía que el sufrimiento pareciera a la vez más grande y más pequeño. Más pequeño, porque todo el mundo sufre. Más grande, porque por fin era capaz de admitir que todos los otros sentimientos en los que me había estado centrando eran una distracción del dolor más profundo.

Mi padre se había ido. Y siempre lo echaría de menos.

Y tenía que vivir con eso.

Tomé el celular y abrí la *app* de YouTube. Escribí *Everybody Hurts* y la escuché allí mismo en el altavoz del celular. Cuando terminó, la volví a poner.

El dolor tuvo un ritmo sosegado. Me parecía casi como si estuviera haciendo ejercicio: sentía una quemazón creciente en los músculos y articulaciones. Una vez, cuando tuve cefalea tensional una buena temporada, mi médica me dijo que el dolor era la forma que tenía el cuerpo de pedirnos que lo escucháramos.

—A veces es un simple aviso —me contó—. Y a veces es como una valla publicitaria.

Yo no sabía cuál era el propósito de aquel dolor, pero pensé: «Si lo escucho, que se quede satisfecho y acceda a volver a esconderse un tiempo».

Tal vez aquella noche de sufrimiento me daría al menos un día de alivio.

La canción volvió a terminar. La puse otra vez.

Era una noche fría. Me pregunté cuánto frío haría en enero. Quería verlo. Sería otra parte de él que podría conocer.

Recogí las cartas y los sobres, los ordené en una pila y me levanté para irme a casa, pero, entonces, cuando pensé en la casa en la orilla del lago, una extraña variación de aquel dolor agudo resonó en mi interior, *Gus en re menor.*

Me sentí como si me estuviera derrumbando, como si me hubieran arrancado el tejido conjuntivo entre las costillas izquierdas y derechas y fuera a partirme por la mitad.

Hacía horas que nos habíamos separado. No había recibido ninguna llamada, ni siquiera un mensaje. Pensé en su expresión cuando había visto a Naomi, como si fuera una aparición. Una aparición menuda y preciosa a la que había querido tantísimo que se había casado con ella. Tantísimo que quería solucionar las cosas cuando ella le había dejado el corazón hecho pedazos.

Rompí a llorar otra vez, tanto que no veía.

Abrí la conversación con Shadi y escribí:

Te necesito.

Pasaron segundos antes de que respondiera:

Cojo el primer tren.

Me quedé mirando el teléfono un segundo más. Solo había otra persona con la que de verdad quería hablar en aquel momento. Apreté el contacto y me puse el teléfono a la oreja. Estábamos en mitad de la noche. No esperaba que respondiera, pero, al segundo tono, descolgó el teléfono.

—¿Janie? —susurró mi madre enseguida—. ¿Estás bien?

—No —gemí.

—Cuéntamelo, cariño —me pidió. Oí cómo se incorporaba, el frufrú de las sábanas y el débil clic de la lámpara de la mesita de noche al encenderla—. Estoy aquí, cariño. Tú cuéntamelo todo.

La voz me salió aguda cuando empecé por el principio:

—¿Sabías que Jacques rompió conmigo en un *jacuzzi*?

Mi madre ahogó un grito.

—¡El muy rastrero!

Y luego le conté el resto. Se lo conté todo.

Shadi llegó a las diez de la mañana con una bolsa de viaje en la que habría podido dormir cómodo un jugador de la NBA y una caja llena de alimentos frescos. Cuando abrí la puerta y me la encontré en el porche soleado, lo primero que hice fue asomarme a la caja y preguntar:

—¿No traes alcohol?

—¿Sabes que hay un mercado increíble a dos calles de aquí? —dijo ella entrando deprisa—. ¿Y que creo que el único conductor de Uber que hay aquí sufre pérdida de visión?

Intenté reírme, pero el simple hecho de verla hacía que se me llenaran los ojos de lágrimas.

—Ay, cariño —dijo Shadi, y dejó la caja en el sofá antes de envolverme en un abrazo que era todo agua de rosas y aceite de coco—. Lo siento mucho —susurró jugando con mi pelo con dulzura, como una madre.

Se echó atrás y me tomó de los brazos, observándome.

—Lo bueno es —continuó en voz baja— que tienes la piel como la de un bebé. ¿Qué has estado comiendo?

Yo señalé la caja llena de calabacitas y otras verduras y dije:

—Ya te digo que eso no.

—La dieta de la escritora, ¿no? —adivinó.

Y, cuando asentí, me dio unas palmaditas en el brazo y se fue hacia la cocina moviendo la caja en brazos por el camino.

—Ya me lo imaginaba. Antes del alcohol y las lágrimas, necesitas verduras. Y supongo que unos huevos o algo más.

Se paró en seco cuando llegó a la cocina, ahogando un grito bien por el tamaño, la decoración y las vistas o porque la tenía hecha un verdadero asco.

—Vaaaale —exclamó recuperándose mentalmente mientras sacaba las verduras y las dejaba en el único trozo de la barra que quedaba a la vista—. ¿Qué tal si te cambias los pantalones y yo empiezo a preparar el *brunch*?

—¿Qué tienen de malo estos? —dije señalando los pants—. Ahora son mi uniforme oficial, porque soy una tirada.

Shadi puso los ojos en blanco y repicó con las uñas pintadas de azul sobre la barra.

—En serio, Janie, no hace falta que vayas de punta en blanco, pero no voy a cocinarte nada hasta que te pongas, al menos, unos pantalones que tengan un botón o un cierre.

En ese momento, me gruñó el estómago como si intentara convencerme, y yo me di la vuelta y me fui al dormitorio de la planta baja. Había un puñado de camisetas arrugadas que Gus había dejado las dos últimas semanas en el suelo y ninguno había recogido, y las amontoné a patadas detrás de la puerta del armario, donde no tendría que verlas, y luego me puse unos jeans cortados y una camiseta de Ella Fitzgerald.

Preparar el *brunch* nos llevó una hora y media, y luego Shadi insistió en que termináramos de fregarlo todo antes de empezar a comer.

—Mira esta pila —intenté razonar con ella señalando una torre inclinada de cuencos con restos de cereales—. Llegará la Navidad y todavía no habremos acabado.

—Entonces me alegro de haberme traído el abrigo —respondió Shadi encogiéndose de hombros tranquilísima.

Al final, solo nos llevó media hora meterlo todo en el lavaplatos y fregar lo que no había cabido. Cuando terminamos de comer, Shadi insistió en limpiar toda la casa. Lo único que quería hacer yo era tumbarme en el sofá, ponerme un montón de papas fritas en el pecho y comérmelas mientras veía *realities*, pero resultó que Shadi tenía razón. Limpiar fue una distracción mucho mejor.

Por una vez, no pensé en las mentiras de mi padre o en Sonya viniendo a hablar conmigo en el funeral. No repetí en mi cabeza trozos de la pelea con mi madre en el coche y no me vino a la mente la sonrisa preciosa y arrepentida en los gruesos labios de Naomi. No me preocupé por el libro ni por lo que pensaría Anya ni por lo que haría Sandy. No pensé en nada.

Mientras limpiaba entré en trance. Deseé poder quedarme en una cámara criogénica emocional que me permitiera pasar durmiendo la peor parte del dolor que estaba evitando.

La primera llamada de Gus llegó a las once y no contesté. No hubo otra hasta al cabo de veinte minutos, y, cuando llegó esa, que hizo que me diera un vuelco el corazón, no dejó mensaje en el contestador ni me mandó ninguno al celular.

Apagué el teléfono y lo metí en un cajón de la cómoda de mi dormitorio. Shadi y yo decidimos no hablar de ello, de Gus el MS, del Sombrero Encantado ni de nada más, hasta que hubiéramos acabado con el trabajo, lo cual resultó una buena norma, porque la limpieza estaba ayudando a anestesiarme y, cada vez que mi mente hacía ademán de pensar en Gus, el efecto anestésico se me pasaba un poco.

A las seis, Shadi decidió que habíamos terminado y me desterró a la ducha mientras ella empezaba a hacer la cena. Preparó *ratatouille*, porque, al parecer, tenía el antojo desde que había visto *Ratatouille* con las hermanas pequeñas de Ricky el fin de semana del Cuatro de Julio.

—Puedes hablarme de él —le aseguré cuando estábamos cada una sentada a un lado de la mesa, yo de espaldas a la casa de Gus a pesar de que la casa y las persianas estaban cerradas—. Sigo queriendo escuchar lo feliz que eres.

—Después de cenar —dijo Shadi.

Y, de nuevo, tenía razón. Resultó que necesitaba aquello, otra comida a base de verduras mientras charlábamos tranquilas sobre cosas sin importancia. Cosas que habíamos visto que publicaban en las redes nuestros excompañeros de clase, libros que había estado leyendo ella, series que había estado viendo yo (solo *Veronica Mars*).

Después de cenar, el cielo se nubló y, mientras yo fregaba los platos y cubiertos y Shadi preparaba sazeracs, empezó a llover de buena gana y los restallidos de truenos lejanos atravesaron la casa como miniterremotos. Cuando hube secado la fuente del *ratatouille* y la hube guardado en el armario a la derecha del horno, Shadi me dio mi vaso y nos fuimos al sofá en el que yo había pasado mi primera noche y nos acurrucamos cada una en una punta, con los pies juntos bajo una manta.

—A ver —dijo—. Empieza por el principio.

27
LA LLUVIA

Estuvimos hablando toda la noche mientras las tormentas iban y venían como olas, siempre trayendo nuevos truenos y relámpagos justo cuando parecía que amainaba. Nuestra conversación duró todo ese rato, con pausas para llorar y las que hizo Shadi para prepararnos más copas.

En el tiempo que llevábamos siendo amigas, yo había sido testigo de cinco de sus rupturas de las que te destrozan la vida.

—Ya era hora de que me pidieras algo —me aseguró Shadi—. Necesitaba que lloraras un montón para poder pedirte que me consueles cuando Ricky me deje hecha un asco.

—¿Va a dejarte hecha un asco? —le pregunté sorbiendo los mocos.

Shadi soltó un suspiro profundo.

—Casi seguro.

Tenía la costumbre de enamorarse de gente que no tenía ningún interés por enamorarse. Siempre empezaba como algo sin ataduras, un lío que, por casualidad, enraizaba. Al final, siempre había algo que se interponía, algo que había estado presente desde el principio, pero que no había parecido un problema en aquel momento, cuando no había ningún compromiso.

Hubo un cocinero adicto a las pastillas, un *skater* alcohólico, el tutor de un programa extraescolar para jóvenes desfavorecidos que prometía mucho, pero que, al final, le dijo a Shadi que la quería en la misma frase en la que admitió que prefería seguir soltero unos cuantos años más...

Mi mejor amiga desorientaba a los hombres de Chicago. Era excéntrica y escandalosa, tendía a beber mucho y le gustaba pasarse toda la noche de fiesta; estaba cómoda con los líos sin compromiso y siempre era la persona más divertida y ofensiva, y publicaba selfis desnuda cada dos por tres. Era enigmática, lo más cercano al estereotipo de fantasía masculina que había visto fuera de una película, pero, en el fondo, era una romántica empedernida.

Cuando conectaba con alguien, se abría como una rosa y mostraba el corazón más tierno, puro, desinteresado y leal que yo había conocido. Y, cuando los hombres-niños con los que acababa saliendo por azar veían esa parte de ella, solían acabar prendadísimos de ella y ella de ellos. Y soñaban con un futuro que ninguno de los dos buscaba al principio.

—Ojalá pudiera hacer algo, lo que fuera, para evitarlo —dijo ella.

—Eso no te lo crees ni tú —repuse para picarla, y poco a poco se le fue formando una sonrisa en el rostro.

—Me encanta enamorarme y a la vez no lo soporto.

—Ya somos dos —dije—. Los hombres son lo peor.

—Lo pe-or.

Nos quedamos en silencio unos segundos. Las lágrimas de las mejillas se me habían secado y había empezado a salir el sol, pero las nubes de tormenta lo tapaban y difuminaban la luz azulada que entraba entre las láminas de las persianas e iluminaba el sofá.

—Oye —soltó ella al final—. Creo que ya era hora.

—¿De qué? —pregunté yo.

—De que te enamoraras —dijo—. Te conozco desde hace un montón y no había podido verlo. Ya era hora.

—Ya me conocías antes de Jacques. Lo viste.

—Sí —convino Shadi encogiéndose de hombros—. Sé que querías a Jacques. Y puede que al final lo que acabas sintiendo sea lo mismo, pero de él nunca te vi enamorarte.

—Entonces ¿enamorarse es la parte que duele? —pregunté riéndome sin ganas—. Y si terminas queriendo a alguien sin que duela, ¿no te has enamorado?

—No —dijo Shadi con seriedad—. Enamorarse es la parte que te deja sin aliento. Es la parte en la que no te puedes creer que la persona que tienes delante exista y, además, se haya cruzado en tu camino. Tiene que hacerte sentir afortunada de estar viva en ese momento y ese lugar.

Las lágrimas me nublaron la vista. Sí, había sentido aquello con Gus, pero también me había pasado antes.

—Te equivocas cuando dices que no me has visto pasar por eso —dije, y Shadi ladeó la cabeza, pensativa—. Así es como me sentí cuando te conocí a ti.

Dibujó una sonrisa y me lanzó uno de los cojines del sofá.

—Te quiero, Janie —declaró.

—Yo te quiero más.

Después, la sonrisa se desvaneció y Shadi negó con la cabeza.

—Seguro que él también te quiere —me dijo con sinceridad—. Puedo sentirlo.

—Si ni siquiera nos has visto juntos —señalé—. Si ni lo conoces.

—Puedo sentirlo. —Hizo un gesto hacia la pared justo cuando otro trueno hacía temblar la casa y un rayo cortaba el cielo—. Emana de su casa. Es que soy médium.

—Y ¿así es como me das esa noticia bomba? —bromeé.

—Pues sí —dijo Shadi—. Ahí lo dejo.

Puede que hubieran pasado segundos desde el momento en el que por fin me dormí en el sofá y el momento en el que empezaron los golpetazos en la puerta, o puede que hubieran pasado horas. La sala de estar continuaba cubierta de sombras tormentosas y los truenos seguían haciendo temblar el suelo.

Shadi se incorporó de pronto al otro lado del sofá y se apretó la manta contra el pecho. Puso los ojos verdes como platos la segunda vez que sonaron los golpes.

—¿Van a matarnos con un hacha? —me preguntó con un susurro en la oscuridad.

Luego oí su voz al otro lado de la puerta:

—January.

Shadi se echó para atrás hasta que tocó el brazo del sofá.

—Es él, ¿verdad?

Él volvió a llamar y yo me levanté sin saber qué hacía, qué debía hacer, qué quería hacer. Miré a Shadi, preguntándoselo todo en silencio.

Ella se encogió de hombros cuando volvimos a oír los golpes.

—Por favor —profirió Gus—. Por favor, January, no seguiré pidiéndotelo si no quieres, pero habla conmigo, por favor.

Dejó de hablar y el lamento del viento se alargó como una elipsis que suplicaba que dijera algo más. Sentía como si la garganta se me hubiera venido abajo, como si tuviera que tragar los escombros varias veces antes de que me pudieran salir las palabras.

—¿Tú qué harías? —le pregunté a Shadi.

Ella respiró hondo.

—Ya sabes lo que haría, Janie.

Me lo había dicho aquella noche: «Ojalá pudiera hacer algo, lo que fuera, para evitarlo». Lo gracioso era que podía hacer algo para evitarlo, pero, aun así, nunca conseguía dejar de responder a los mensajes y las llamadas, no era capaz de convencerse de no ir a visitar a la familia de un nuevo rollo durante las vacaciones y era imposible que no se aferrara a la posibilidad del amor.

Yo no sabía —ni podía saber— lo que iba a decirme Gus sobre la noche anterior, sobre Naomi o sobre lo que quedaba entre nosotros. No podía saberlo, pero podía sobrevivir a ello.

Volví a pensar en aquel momento en el coche en el que intenté grabar el recuerdo en mi mente para poder decirme, al mirar atrás, que había valido la pena.

Que durante unas semanas había sido más feliz que en todo el año.

«Sí —pensé—. Es verdad».

Me quedé sin aliento, como si hubiera vuelto a meterme corriendo y desnuda en las frías olas del lago Michigan. Me sentí agradecida por tener a Shadi allí, por haber leído las cartas de mi padre y por haberme mudado al lado de Augustus Everett.

Fuera lo que fuera lo que viniera a continuación, podía sobrevivir a todo, como había hecho Shadi tantas veces.

Para cuando me di cuenta de eso, había pasado un minuto entero sin que sonaran más golpes en la puerta ni gritos, y se me aceleró el corazón cuando salí corriendo hacia la puerta mientras Shadi aplaudía desde el sofá como si estuviera viendo una carrera olímpica desde las gradas.

Abrí la puerta de par en par, pero el porche, oscuro y tormentoso, estaba vacío. Corrí descalza hacia la escalera y observé el jardín, la calle y la escalera de la casa de Gus.

No se lo veía por ninguna parte. Bajé corriendo la escalera en un gesto temerario y, a medio camino, atajé por el césped, con los dedos hundiéndoseme en el barro. Ya había llegado al jardín de Gus cuando me di cuenta: su coche no estaba allí.

Se había ido. Llegaba tarde. No estaba segura de si me había vuelto a poner a llorar o si ya había gastado todas las lágrimas.

Arqueé las costillas, me dolía todo lo que contenían. Me temblaban los hombros y tenía la cara mojada, pero puede que fuera por el aguacero que caía en nuestra callecita, al lado de la playa. Estaba toda anegada y una corriente se llevaba a toda prisa hojas y basura.

Yo quería gritar. Había sido muy paciente con Gus todo el verano. Le había dicho que lo sería y lo había sido, y ahora había vuelto a encerrarme en mí misma en lo que seguramente era nuestra última oportunidad.

Me apreté el dorso de la mano contra la boca cuando un sollozo roto me salió del pecho. Quería dejarme caer sobre el césped empantanado y que me absorbiera. «Si fuera el suelo, sentiría aún menos que cuando estaba limpiando», pensé.

O tal vez sentiría todas las pisadas, todos los pies que caminaban sobre mí, pero tal vez eso era mejor que la desolación de aquel momento.

Porque sabía que Shadi tenía razón. Me había enamorado. Por fin. Había sido cosa del destino que mi camino se hubiera cruzado con alguien a quien podía querer como quería a Gus Everett, y me seguía sintiendo afortunada y, a la vez, devastada.

Se encendió una luz en el límite de mi campo de visión y me di la vuelta esperando encontrar a Shadi en el porche, pero la luz no venía del porche de mi casa.

Venía del de la de Gus.

Y entonces empezó a sonar la música a tanto volumen como la primera noche. Como si hubiera un festival en nuestra calle.

Oí la voz de Sinéad O'Connor y los primeros versos tristes de *Nothing Compares 2 U*.

Se abrió la puerta y él salió a la luz, tan empapado como yo, aunque, no sé cómo, su pelo ondulado y canoso seguía desafiando a la gravedad, levantándose en ángulos extraños como si se acabara de despertar.

Con la canción todavía llenando la calle, solo interrumpida por el estruendo lejano y ocasional de la tormenta que se retiraba, Gus vino hacia mí bajo la lluvia. Parecía tener tan poco claro si reír o llorar como yo en aquel momento y, cuando estuvo delante de mí, intentó decir algo, pero se dio cuenta de que la canción estaba demasiado alta para hablar a un volumen normal. Yo temblaba y me castañeaban los dientes, pero no era por el frío. Me sentía más bien como si estuviera fuera de mi cuerpo, lejos.

—¡No he planeado esto nada bien! —gritó, por fin, por encima de la música, señalando con el mentón hacia su casa.

Una sonrisa me pasó fugaz por el rostro, aunque sentí un pinchazo de dolor en el abdomen.

—He pensado... —Se pasó la mano por el pelo y miró a nuestro alrededor—. No sé. He pensado que podríamos bailar.

Se me escapó una carcajada que nos sorprendió a los dos y la cara de Gus se iluminó al oírla. En cuanto desapareció el último rastro de risa, las lágrimas volvieron a llenarme los ojos y noté escozor en la nariz.

—¿Vas a bailar conmigo bajo la lluvia? —le pregunté con la voz espesa.

—Te lo prometí —repuso serio, y me sujetó por la cintura—. Te dije que aprendería.

Negué con la cabeza y me esforcé por que la voz no se me cortara.

—No estás obligado a cumplir ninguna promesa, Gus.

Poco a poco, me atrajo hacia él y me rodeó con los brazos. El frío de la lluvia solo mitigó un poco el calor que desprendía.

—Lo que importa no es la promesa —murmuró justo encima de mi oreja derecha mientras empezaba a balancearse, meciéndome de un lado a otro en una aproximación dulce a un baile, lo contrario que aquella noche en la fiesta de la fraternidad—. Es que te la hice a ti.

A January la blanda. January, la que nunca podía esconder lo que pensaba. January, a quien siempre había tenido miedo de romper.

Se me hizo un nudo en la garganta. Casi me dolía que me abrazara así sin saber qué era lo que iba a decirme o si aquella sería la última vez que me abrazaría. Intenté decir algo para insistir en que no me debía nada, que entendía que las cosas eran complicadas.

No conseguí emitir sonido alguno. Tenía la mano en mi pelo. Volví a cerrar los ojos para contener otro torrente de lágrimas y enterré la cara en su hombro empapado.

—Pensaba que te habías ido. Tu coche... —Se me apagó la voz.

—Está atrapado en una cuneta. Y está lloviendo como si fuera a acabarse el mundo.

Me dedicó una sonrisa forzada, pero yo no fui capaz de devolvérsela.

La canción había terminado, pero seguíamos meciéndonos, aferrándonos al otro, y yo temía el momento en el que se separaría de mí y, al mismo tiempo, apreciaba aquel momento en el que todavía no lo había hecho.

—Te he estado llamando —dijo.

Y yo asentí porque no fui capaz de decir «Lo sé».

Me esforcé por meter aire en los pulmones y pregunté:

—¿Era Naomi?

No especifiqué que me refería a la mujer preciosa que había ido a la charla, pero no hacía falta.

—Sí —respondió Gus en voz baja.

Durante unos segundos ninguno de los dos dijo nada.

—Quería hablar —explicó por fin—. Fuimos a tomar algo al lado.

«Sigo en pie», pensé. Bueno, no exactamente. Estaba apoyada, dejando que él llevara gran parte de mi peso, pero estaba viva. Y Shadi estaba en casa, esperándome. Estaría bien.

—Quiere volver contigo —conseguí decir.

Quería preguntarlo, pero salió más bien como una afirmación.

Gus se apartó lo suficiente para mirarme a los ojos, pero yo no le devolví la mirada. Mantuve la mejilla pegada a su pecho.

—Se ve que Parker y ella rompieron hace un tiempo —aclaró Gus volviendo a apoyar la barbilla en mi cabeza. Me apretó la espalda con más fuerza—. Dice... Dice que lo lleva pensando mucho tiempo, pero que quería esperar. Asegurarse de que no era solo un lío por despecho.

—¿Cómo vas a ser tú un lío por despecho? —pregunté—. Si eres su marido.

Su risa ronca resonó por mi cuerpo.

—Yo le dije algo parecido. —Se me encogió el estómago—. No es mala persona —dijo Gus como si estuviera defendiéndola ante mí.

Se me revolvieron las tripas.

—Me alegra oírlo.

—¿En serio? —preguntó Gus ladeando la cabeza—. ¿Por qué?

—No deberías estar casado con una capulla, supongo. Nadie debería, excepto puede que otros capullos.

—Bueno, de eso se trata —añadió en voz baja—. Me preguntó si algún día podría perdonarla. Y creo que podría. Algún día. —Yo no dije nada—. Y luego me preguntó si me veía volviendo a estar con ella y... me lo imagino. Creo que es posible.

Pensé que tal vez debería decir algo. ¿«Oh»? ¿«Vale»? ¿«Pues bueno»? El sufrimiento no parecía satisfecho con lo que había escuchado. Aulló dentro de mí.

—Gus —susurré, y cerré los ojos cuando empezaron a caerme lágrimas cálidas por la mejilla. Negué con la cabeza.

—Me preguntó si podíamos arreglar el matrimonio —murmuró.

Dejé caer los brazos. Me aparté de él, secándome la cara mientras ponía distancia entre nosotros. Me quedé mirando el césped inundado y mis dedos embarrados.

—No esperaba oírla decir eso nunca —comentó Gus sin aliento—. Y no sé... Necesitaba tiempo para aclararlo todo. Así que vine a casa y... empecé a darle vueltas a todo. Y quería llamarte, pero me parecía muy egoísta hacer que me ayudaras a aclararme. Así que ayer me pasé el día pensando —dijo—. Al principio pensé... —Se detuvo otra vez y sacudió la cabeza compulsivamente—. Pensé que sí, que puedo volver a estar con Naomi, pero, aunque pudiéramos estar juntos, no creo que pudiera volver a casarme. Fue todo demasiado complicado y doloroso. Y luego pensé más en eso y me di cuenta de que no era cierto.

Apreté los ojos cuando lucharon por salir más lágrimas. «Por favor, para», quería rogarle, pero me sentía atrapada en mi propio cuerpo, prisionera.

—January —pidió en voz baja—, mírame.

Yo negué con la cabeza. Oí sus pasos por el césped. Me tomó las manos sin vida.

—Lo que quiero decir es que era cierto, pero sobre ella y yo. No sobre ti. —Abrí los ojos y lo miré a la cara, borrosa tras las lágrimas. Tragó saliva y apretó la mandíbula—. Nunca había conocido a nadie a quien se le dé tan bien ser mi persona favorita. Cuando pienso en estar contigo todos los días, ninguna parte de mí siente claustrofobia. Y cuando pienso en tener que discutir como lo hacíamos Naomi y yo, no me asusta. Porque confío en ti más de lo que he confiado nunca en nadie, ni siquiera en Pete.

»Cuando pienso en ti, January, y pienso en hacer la colada contigo e intentar hacer dietas asquerosas de batidos verdes *detox*, solo siento felicidad. Veo el mundo diferente de lo que pensaba que podría ser y no quiero buscar lo que está roto o lo que podría ir mal. No quiero prepararme para lo peor y perderme el poder estar contigo.

»Quiero ser el que te da lo que te mereces y quiero dormir a tu lado todas las noches y ser la persona con quien te desahogas de las cosas de los libros, y no creo que nunca pueda llegar a merecer nada de eso y sé que esto que hay entre nosotros no es algo seguro, pero es lo que quiero intentar. Porque sé que el tiempo que pueda pasar queriéndote valdrá lo que pueda venir después.

Se parecía mucho a lo que yo había pensado hacía un momento y también cuando volvíamos de New Eden, cuando estábamos tomados de la mano apoyados en la palanca, pero ahora sonaba diferente, me parecía un poco amargo.

—Valdrá la pena —volvió a decir, en voz más baja, con más urgencia.

—Eso no puedes saberlo —susurré.

Me aparté de él poco a poco, secándome las lágrimas de los ojos.

—Vale —murmuró Gus—, no puedo saberlo, pero lo creo. Lo veo. Déjame demostrarte que tengo razón. Déjame demostrarte que puedo quererte para siempre.

—Los dos somos un desastre —dije con un hilo de voz—. No eres solo tú. Quería pensar que sí, pero no. Mi vida está en ruinas. Siento que tengo que volver a aprenderlo todo, sobre todo cómo estar enamorada. No sé ni por dónde empezar.

Gus me apartó las manos de la cara, surcada por las lágrimas. Esbozaba una sonrisa tenue, pero, incluso bajo la luz nublada de la mañana, podía ver el hoyuelo que se le formaba en la mejilla. Llevó las manos hasta mis caderas, tiró de mí con suavidad y me apoyó la barbilla en la cabeza.

—Por aquí —me susurró en el pelo.

Me dio un vuelco el corazón. ¿Era posible lo que me proponía? Quería que fuera así, quería a Gus en todas las facetas de mi vida, como él había dicho.

—Cuando te veo dormir —confesó con voz temblorosa—, me invade la alegría de que existas.

Volvieron a llenárseme los ojos de lágrimas que luchaban por caer.

—Y ¿si no somos felices para siempre, Gus? —musité.

Él lo pensó con las manos todavía acariciándome y agarrándome y apretándome como si no pudieran estarse quietas. Sus ojos oscuros se centraron en los míos. Cuando levanté la mirada, la suya era esa sexy y mala, pero ahora parecía menos sexy y mala, y más... de Gus.

—Pues lo mejor será que disfrutemos de ser felices por ahora —propuso Gus.

—Felices por ahora.

Saboreé las palabras, me las pasé por el paladar como si fueran vino. La única promesa que tenemos en la vida es el momento que vivimos. Y yo era feliz.

Feliz por ahora.

Podía vivir con eso. Podía aprender a vivir con eso.

Poco a poco, empezó a mecerme otra vez. Yo le pasé los brazos por el cuello y dejé que los suyos me rodearan la cintura y nos quedamos ahí, aprendiendo a bailar bajo la lluvia.

—¿Lista? —preguntó Gus.

Yo abracé la prueba de imprenta de *La gran familia Marconi* contra el pecho. Sospechaba que nunca estaría lista. Ni para aquel libro ni para él. Entregárselo al mundo sería como tirarme de cabeza de un avión y solo esperaba que hubiera algo abajo que decidiera frenar la caída.

—¿Y tú? —le pregunté a Gus.

Ladeó la cabeza mientras lo pensaba. Él acababa de pasar a la fase de corrección de estilo del libro, así que su manuscrito estaba literalmente sujeto con pinzas en lugar de tener la encuadernación barata de libro de bolsillo que usaban para las pruebas de imprenta.

Al final, yo había vendido el libro tres semanas antes que él, pero el suyo se había vendido por un poco más de dinero y los dos habíamos decidido dejar de lado lo de los seudónimos. Habíamos escrito unos libros de los que estábamos orgullosos y, aunque eran diferentes de lo que solíamos escribir, seguían siendo nuestros.

Era raro no ver el solecito sobre unas olas, el logo de Sandy Lowe, en el lomo, donde lo habían llevado todos mis libros, pero sabía que el próximo, *Cascarrabias*, lo llevaría, y eso me hacía sentir bien.

Cascarrabias les encantaría a mis lectoras. A mí también me encantaba. Ni más ni menos de lo que me gustaba *La gran fami-*

lia Marconi, pero tal vez era más protectora con los Marconi que con mis otros protagonistas, porque no sabía cómo los juzgarían.

Anya había insistido en que «quien no quiera envolver a los Marconi en la seda más suave y darles de comer uvas, una a una, son asnos para cuya boca no está hecha la miel, no te preocupes». Me lo había dicho esa mañana, cuando me había mandado la primera reseña del adelanto, que había sido positiva en general, excepto cuando describía a los personajes como «incómodos» y a Eleanor como «algo estridente».

—Creo que sí —respondió Gus, y me tendió su montón de páginas.

No tenía motivo para preocuparse, y me dije a mí misma que yo tampoco lo tenía. Ese año había leído sus dos libros y él ya se había leído los míos antes y, de momento, la escritura del otro no nos había provocado ninguna repulsa.

De hecho, leer *Las revelaciones* había sido un poco como nadar por la mente de Gus. Era desgarrador y bonito, pero graciosísimo en algunos momentos y muy raro en muchos otros.

Yo le di mi libro y él sonrió al ver la cubierta ilustrada, las rayas verticales del circo que terminaban rizándose abajo y atando a las siluetas de los personajes entre ellas, uniéndolas.

—Es un buen día —dijo Gus.

A veces lo decía, a menudo cuando estábamos haciendo cualquier cosa mundana, como meter los platos en el lavavajillas o quitarle el polvo al recibidor de su casa con la ropa asquerosa de hacer la limpieza puesta. Desde que había vendido la casa de mi padre en febrero había pasado mucho tiempo en la casa de la playa de Gus, pero él también venía a mi departamento en el centro. Estaba encima de la tienda de música y, durante el día, mientras trabajábamos en mi mesita del desayuno, oíamos a universitarios que se paraban a probar baterías que nunca lograrían meter en la habitación de la residencia. Incluso cuando nos molestaba era algo que compartíamos.

Lo cierto es que a Gus y a mí a veces nos gustaba hacer el gruñón juntos.

Por la noche, cuando cerraba la tienda, los dueños, un hermano y una hermana de mediana edad que llevaban dilataciones de marfil a juego en la oreja, siempre subían la música —Dylan o Neil Young y Crazy Horse o los Rolling Stones— y se sentaban en la escalera de atrás y compartían un porro. Gus y yo nos sentábamos en el balcón diminuto encima de ellos y dejábamos que el olor y la música subieran hasta nosotros.

—Es un buen día —decía él.

O, si había cerrado la puerta del balcón y nos habíamos vuelto a quedar encerrados fuera, decía algo como «Qué día de mierda».

Y entonces bajaba por la escalera de incendios hasta donde estaban fumando los hermanos y les preguntaba si podía pasar por la tienda para subir por la escalera del edificio y ellos le decían:

—Claro.

Y, al cabo de un minuto, aparecía por detrás de mí con una cerveza fresca en la mano.

A veces echaba de menos la cocina de mi antigua casa, los azulejos blancos y azules pintados a mano, pero aquellas últimas semanas, cuando empezaba el verano, había oído el griterío y las risas de la familia de seis que se quedaba allí y me había imaginado que apreciarían el toque de los azulejos tanto como yo. Quizá, algún día, uno de los cuatro niños les describiría aquellos diseños meticulosos a sus propios hijos, un recuerdo de la infancia que había conseguido mantenerse vívido mientras el resto se volvían imprecisos y borrosos.

—Sí que es un buen día —coincidí.

381

El día siguiente era el aniversario de cuando Naomi había dejado a Gus, la noche de su trigésimo tercer cumpleaños, y por fin le había dicho a Markham que prefería no hacer una gran fiesta.

—Solo quiero sentarme en la playa y leer —le había dicho. Y ese había sido nuestro plan desde hacía dos semanas: por fin nos intercambiaríamos los libros y los leeríamos al aire libre. Sin duda me sorprendió que lo propusiera. Aunque a los dos nos encantaban las vistas, ese último año había observado que Gus no mentía cuando dijo lo poco que iba a la playa. Le parecía que por el día había demasiada gente y por la noche, total, hacía demasiado frío para nadar. En enero y febrero pasamos mucho más tiempo allí, caminando al lado de las olas heladas, abriendo los brazos en la orilla del mundo, mirando con los ojos entrecerrados cómo se iba la luz con las chaquetas ondeando.

El lago se congelaba tanto que podíamos andar más allá del faro contra el que mi padre había estampado el triciclo. Y, es más, el agua se helaba tan arriba y la nieve se acumulaba tanto encima que podíamos llegar a pie hasta la parte superior del faro como si fuera parte de una civilización perdida enterrada debajo de nosotros. Y Gus me pasaba el brazo por el cuello y tarareaba: *It's June in January, because I'm in love.*

Me había tenido que comprar un abrigo más grande. Uno que parecía un saco de dormir con mangas. Tenía la capucha forrada de pelo y anillos rellenos de plumón hasta los tobillos y, aun así, a veces tenía que ponerme varias capas de sudaderas y camisetas debajo.

Pero el sol... Joder, el sol era increíble esos días de invierno. La luz reverberaba contra todas las aristas de los cristales y salía despedida con más fuerza que cuando llegaba. Era como estar en otro planeta, solos Gus y yo, más cerca de una estrella de lo que nunca lo habíamos estado. Las caras se nos dormían tanto que no sentíamos que nos caía la moquita, y, cuando volvíamos a casa, teníamos los dedos amoratados (tanto si llevábamos guantes como si no) y las mejillas sonrojadas y encendíamos la chimenea de gas y caíamos derrotados en el sofá, temblando y con los dientes castañeando y con el cuerpo demasiado entumecido para desvestirnos y abrazarnos debajo de las mantas con ningún tipo de delicadeza.

—January, January —canturreaba Gus con los dientes castañeando por el frío—. Aunque no haya copos de nieve, tendremos enero todo el año.

Antes no me gustaba el invierno, pero ahora lo entendía. Sentarnos sobre una manta en la arena aquella noche estaba bien, pero compartíamos las olas centelleantes con un montón de personas más. Los gritos y chillidos entre olas que rompían en la orilla eran otro tipo de belleza, se parecían más a esas noches en las que me sentaba en el patio trasero de casa de mis padres y oía a los hijos de los vecinos perseguir a las luciérnagas. Me alegraba que Gus quisiera probarlo.

Estuvimos leyendo un par de horas y volvimos a casa a oscuras como pudimos. Dormí en su casa aquella noche y, cuando me desperté, él ya se había levantado y oí el borboteo de la cafetera que venía de la cocina.

Volvimos a la playa aquella tarde y nos sentamos uno al lado del otro a leer. Me pregunté qué pensaría del final de mi libro, si le parecería demasiado forzado o si lo decepcionaría que no me hubiera atrevido a escribir un final infeliz de verdad.

Pero su libro era más corto y acabé antes, con una carcajada que lo hizo levantar la mirada de la página sobresaltado.

—¿Qué? —preguntó.

Negué con la cabeza.

—Te lo digo cuando termines.

Me tumbé en la arena y miré el cielo de color lavanda. El sol había empezado a ponerse y hacía rato que habíamos merendado. Me rugió el estómago. Sofoqué otra carcajada.

El libro nuevo de Gus, con el título provisional de *La taza ya está rota*, no tenía nada de comedia romántica, aunque presentaba un hilo romántico muy potente entretejido en la trama y se había acercado muchísimo a desarrollar un final feliz.

El protagonista, Travis, se había ido de la secta con todas las pruebas que necesitaba. Hasta había convencido a Doris de que se marchara con él. Y fueron felices, muy felices, pero no durante más de una o dos páginas antes de que el meteorito apocalíptico que el profeta había predicho alcanzara la Tierra.

El mundo no había terminado; de hecho, Travis y Doris habían sido las únicas víctimas mortales. El meteorito no alcanzó el poblado, sino que cayó en el bosque de al lado de la carretera por la que iban ellos. Ni siquiera los había matado el meteorito, sino la distracción que había provocado. Los ojos de Travis se habían apartado de la carretera a la que tanto le había costado llegar.

La rueda derecha se le había salido a la cuneta y, cuando había rectificado con demasiado ímpetu, se había estampado contra un tráiler que pasaba a toda velocidad en dirección contraria. El coche se había parado de golpe, aplastado como una lata.

Cerré los ojos ante aquel cielo oscuro y me tragué la risa. No sabía por qué no podía parar, pero pronto aquel sentimiento me creció en el abdomen y me di cuenta de que no estaba riendo. Estaba llorando. Me sentí a la vez derrotada y comprendida.

Enfadada, porque esos personajes se merecían algo mejor que lo que les había tocado, pero, en cierto modo, su experiencia me consolaba. «Sí —pensé—. Así es muchas veces la vida». Haces todo lo que puedes por sobrevivir y te acaba saboteando algo que se escapa a tu control, incluso una parte oscura de ti mismo.

A veces es tu cuerpo. Tus células se convierten en veneno y se enfrentan a ti. O un dolor crónico que te brota del cuello y te vuelve al cráneo hasta que te parece que te clavan unas uñas en el cerebro.

A veces es la lujuria o el sufrimiento o la soledad o el miedo lo que te saca de la carretera y te lleva a algo que te has pasado meses o años evitando. Contra lo que has estado luchando.

Al menos lo último que habían visto, el meteorito cayendo a la Tierra, los había distraído por su belleza. No habían tenido miedo. Se habían quedado fascinados. Tal vez eso fuera todo lo que se podía desear en la vida.

No sabía cuánto tiempo había estado ahí tumbada, con lágrimas cayéndome en silencio por las mejillas, pero sentí que un pulgar atrapaba una y abrí los ojos y vi la cara dulce de Gus. El cielo se había oscurecido y era de un azul intenso. Ver ese color en la piel de alguien revolvería el estómago. En aquella situación era precioso. Es curioso cómo las cosas pueden repelernos en algunos contextos y ser maravillosas en otros.

—Eh —me dijo con cariño—, ¿qué pasa?

Yo me senté y me sequé la cara.

—Muy feliz el final ese —le contesté.

Gus frunció el ceño.

—Es un final feliz.

—¿Para quién?

—Para ellos —repuso—. Son felices. No se arrepienten de nada. Y han ganado. Y ni siquiera lo han visto venir. Para nosotros, viven en ese momento para siempre, así de felices. Juntos y libres.

Un escalofrío me recorrió los brazos. Sabía lo que quería decir. Siempre había agradecido que mi padre se hubiera ido mientras dormía. Esperaba que la noche anterior él y mi madre hubieran visto algo en la tele que lo hubiera hecho reír tanto que hubiera tenido que quitarse las gafas y secarse las lágrimas de los ojos. O algo donde saliera un barco. Esperaba que hubiera tomado un martini de los que preparaba mi madre de más para que no hubiera sentido ninguna preocupación al meterse en la cama que no fuera que por la mañana tal vez no se levantaría hecho una rosa.

Se lo había dicho a mi madre cuando había ido a verla por Navidad. Ella había llorado y me había abrazado con fuerza.

—Fue algo así —me prometió—. Una gran parte de nuestras vidas fue algo así.

Las conversaciones sobre él iban y venían. Aprendí a no forzarlas. Ella aprendió a soltar todo lo que se había guardado, poco a poco, y también que a veces está bien dejar que entre un poco de fealdad en tu historia, que eso no te quitaba toda la belleza.

—Es un final feliz —repitió Gus volviéndome a traer a la playa—. Además, ¿tu final qué, eh? Todo queda atado y bien atado.

—Qué va —dije—. El único chico al que Eleanor pensó siquiera que quería se ha casado.

—Sí, y ella y Nick acabarán juntos seguro —opinó Gus—, se nota desde el principio. Es evidente que él la quiere y ella a él.

Yo puse los ojos en blanco.

—Creo que estás proyectando.

—Puede ser —dijo sonriéndome.

—Supongo que los dos hemos fracasado —declaré poniéndome en pie.

Gus me siguió. Empezamos a subir por el camino sinuoso y lleno de raíces.

—Yo no lo veo así. Creo que he escrito mi versión de un final feliz y tú has escrito la tuya de uno triste. Teníamos que escribir algo en lo que creyéramos.

—Y tú sigues pensando que el mejor final para una historia de amor consiste en que un meteorito choque contra la Tierra.

Gus se rio.

Se nos había olvidado dejar la luz del porche encendida, pero no podíamos tropezar con nada. Él nunca había tenido muebles en el porche. Cuando yo le había dado los de mi padre a Sonya, habíamos decidido ahorrar para comprarnos unos, pero se nos había olvidado enseguida. Gus metió por fin la llave en la cerradura y luego se paró para mirarme en la oscuridad antes de girarla. Me puso la mano en la mejilla y su boca cálida besó la mía. Cuando se apartó, se le enredó mi pelo en la barba y me dijo en voz baja:

—Si me cayera un meteorito mientras voy contigo en el coche, pensaría que habría muerto por todo lo alto.

Todavía sentía calor en las mejillas cuando me decía cosas como esa. La sensación de que tenía lava en el estómago seguía apareciendo. Abrió la puerta y me tomó de la mano cuando entramos. Dejó los manuscritos en el zapatero de detrás de la puerta antes de tender la mano para encender la luz y un coro de voces se alzó gritando: «¡SORPRESA!».

Yo me eché atrás confundida. Pete y Maggie y mi madre con su nuevo corte de pelo ondulado por encima de los hombros y los pantalones de lino que se ponía siempre que viajaba, Shadi y su nuevo novio el Hombre Lobo Sexy de Luisiana (ahora ya tan metido en su vida que solíamos llamarlo por su nombre real, Armand) y Kayla Markham estaban en el despacho, sonriendo como si estuvieran posando para la valla publicitaria de un dentista, con copas de champán en la mano y, tal vez lo más desconcertante, con ropa que recordaba un poco a la de los piratas. Había un cartel cargado de espumillón colgado encima de la puerta que tenían detrás en el que, con letras coloridas, ponía FELIZ ANIVERSARIO. De todos los grandes gestos que había visto, aquel era el más extraño.

—¿Qué...? —dije sin estar muy segura de cómo seguir—. Esto es... ¿Qué?

Gus estaba a mi lado y, cuando alcé los ojos para mirarlo, sonrió con un lado de la boca.

—Tengo una buena idea, January —me dijo, y luego su cara empezó a bajar conforme se iba arrodillando delante de mí.

Yo tenía la mano entre las suyas y me di cuenta de que estaba temblando. O estaba temblando él, o los dos. Me miró desde abajo iluminado por la luz cálida del despacho.

Me salió un hilo de voz:

—¿Otra película de *Piratas del Caribe*?

Él me dirigió una gran sonrisa, tan grande que creía que, si me asomaba a su garganta, podía verle latir el corazón.

—January Andrews, hace un año te conocí por segunda vez y eso me ha cambiado la vida. Y no me importa cómo termine mientras pueda pasarla toda a tu lado.

Se metió la mano en el bolsillo y sacó un pequeño cuadrado blanco, un trozo de hoja de libreta tan arrugado que parecía como si lo hubieran doblado y desdoblado cientos de veces. Poco a poco, lo desdobló una vez más y me mostró las dos palabras que había escritas en grandes letras negras.

CÁSATE CONMIGO.

Tal vez debería haberme tomado el tiempo de contestarle por escrito, pero en lugar de eso me aferré a él y lo besé.

—Sí —dije con la boca sobre la suya, y luego—: Sí, sí.

Pete y Maggie nos vitorearon. Mi madre aplaudió. Shadi se lanzó a abrazarme.

En los libros, siempre me había parecido que los felices para siempre eran un nuevo comienzo, pero yo no me sentí así. Mi felices para siempre era un hilo de muchos felices por ahora unidos entre sí que empezaba no hacía un año, sino treinta años antes. Mi felices para siempre ya había empezado, por lo que ese día no fue ni un final ni un principio.

Fue solo otro buen día. Un día perfecto. Un felices por ahora tan grande y profundo que sabía —o, más bien, creía de verdad— que no tenía que preocuparme por el mañana.

AGRADECIMIENTOS

Detrás de cada libro que llega al mundo hay un montón de gente que lucha por él y este libro no podría haber tenido mejores guardianes a cada paso. Muchísimas gracias, en primer lugar, a mi maravillosa editora, Amanda Bergeron, cuya destreza, pasión y bondad ha hecho que cada minuto que he pasado trabajando en este libro haya sido todo un placer. Nadie podría haber comprendido o refinado el corazón de la historia de January y Gus como tú y estaré siempre agradecida de que te hayan tenido a ti. Sigo con estrellitas en los ojos por haber podido trabajar contigo.

Gracias también al resto del inimitable equipo de Berkley: Jessica McDonnell, Claire Zion, Cindy Hwang, Grace House, Martha Cipolla y todos los demás. Me siento afortunadísima de haber encontrado un hogar y una familia entre ustedes.

A la primera persona que leyó este libro antes de que lo fuera, Lana Popovic, muchas gracias por creer siempre siempre en mí y por inspirar a la mejor agente ficticia del mundo, Anya.

Gracias también a mi agente de ensueño, Taylor Haggerty. Has sido una luz que me ha guiado durante todo este proceso y soy consciente en lo más profundo de que *La novela del verano* no podría ser lo que es sin ti y sin el resto de la gente increíble que trabaja en Root Literary: Holly Root, Melanie Castillo y Molly O'Neill. Muchísimas gracias también a mi expertísima agente de derechos extranjeros, Heather Baror, y al resto de Baror International, así como a Mary Pender, de UTA, que ha sido un apoyo increíble para mí desde que emprendí este viaje.

También debo darle las gracias a mi amiga Liz Tingue, una de las primeras personas que apostó con firmeza por mí y por mis libros. De verdad, nada de esto habría podido pasar sin ti. Te estaré siempre agradecida tanto a ti como a Marissa Grossman por estar de mi lado desde el principio.

Hay muchas otras personas que han sido esenciales en mi crecimiento como escritora y como persona, pero tengo que dar las gracias sobre todo a Brittany Cavallaro, Parker Peevyhouse, Jeff Zentner, Riley Redgate, Kerry Kletter, Adriana Mather, David Arnold, Janet McNally, Candice Montgomery, Tehlor Kay Mejia y Anna Breslaw, por ser unos amigos tan maravillosos y proporcionarme una comunidad de escritores tan maravillosa y llena de vida. Son todos divertidos, apasionados, graciosos y tienen un talento increíble. Y eso sin hablar de lo guapísimos que son.

Y, por supuesto, no podría escribir sobre la familia, la amistad y el amor si no fuera por la familia, los amigos y la pareja tan espectaculares que tengo.

Gracias a mis abuelos, padres, hermanos y al montón de perros que siempre me han rodeado de amor. A Megan y a Noosha, las mujeres cuya amistad me ha enseñado cómo escribir sobre mejores amigas. Y al amor de mi vida, Joey, al que se le da tan bien ser mi persona favorita. Cada momento contigo es el felices por ahora más grande y profundo con el que habría podido soñar. Contigo en mi vida, es difícil no ser una romántica empedernida.

Tengo una amiga que piensa que la película *El resplandor* es de risa loca. Dice que no puede verla sin reírse. Su parte favorita es cuando Shelley Duval encuentra el manuscrito en el que ha estado trabajando Jack Nicholson todo el invierno y se da cuenta de que en todas las páginas está escrita la misma frase una y otra vez. Es un momento escalofriante, porque el personaje es consciente de cuál es el estado mental de su marido.

Pero, para mi amiga, también es un chiste buenísimo.

Me dice que es una película entera sobre un escritor que está bloqueado. Si, como dicen, las cosas más graciosas tienen algo de verdad, sí, es un momento gracioso. Porque, cuando trabajas en algo tan grande como un libro, hay un montón de momentos en los que dejas de ver con claridad el trabajo, en los que no tienes ni idea de lo que haces, en los que casi te convences de que todas esas ideas geniales que tenías antes de empezar en realidad eran una basura.

Hay momentos en los que quizá no te sorprendería mucho darte cuenta de que has escrito «No por mucho madrugar amanece más temprano» dos mil millones de veces. Hay momentos en los que toda tu casa puede empezar a parecerte un poco encantada, como si el papel pintado del pasillo pudiera ser la manifestación de los enredos de la trama que no consigues desenredar y hubiera cobrado vida y te fuera asfixiando poco a poco.

Y tiene cierta gracia, si tienes un humor algo retorcido, la idea de que tal vez toda esa película de miedo trate de lo solitario, confuso y perturbador que puede ser bloquearse y no ser capaz de escribir.

Cuando mis amigos me preguntan de qué va *La novela del verano* les digo que va sobre una desilusionada escritora de novelas románticas y un escritor de novelas literarias que hacen un trato para intercambiar géneros literarios durante el verano. Cuando otros escritores me preguntan de qué va *La novela del verano* les digo que sobre el bloqueo a la hora de escribir.

Todo el verano que estuve escribiendo *La novela del verano* lo pasé sin una pizca de energía ni inspiración. Sentía como si no tuviera nada más que decir, no había personajes nuevos rondándome la cabeza ni una historia que me muriera por contar. Y, aun así, con la llegada repentina del calor me entraron ganas de escribir.

Cada vez que hay un cambio de estación, me pasa. Tanto la transformación de los olores y colores de la naturaleza como el aire, que transmite algo diferente, siempre me dan ganas de crear.

Intenté hacer un maratón de Netflix. Intenté enfrascarme en una lectura veraniega fresca y ligera. Intenté convencerme a mí misma de hacer yoga o sacar al perro a pasear. Di muchas vueltas improductivas por la casa y me tumbé en varias posturas en el suelo.

Pero lo único que quería hacer era trabajar.

Lo cual no habría sido un problema si hubiera tenido alguna idea para un libro.

Por más que me estrujara el cerebro, hiciera lluvias de ideas y buscara en Google tonterías como «sobre qué debería escribir», no encontraba ni una pizca de inspiración.

Por eso, claro está, lo único sobre lo que podía escribir era sobre no poder escribir. No me parecía buena idea. Y, desde luego, no parecía algo que pudiera convertirse en un libro, pero era lo único que tenía.

Así que empecé a escribir sobre una escritora bloqueada. Y pensé en todas las veces que me había bloqueado yo, todas las estaciones en las que las palabras no querían salir y la trama no se desenredaba y pensé en todas las razones distintas por las que nos bloqueamos, en lo creativo y en otros ámbitos.

Las cosas que surgen en la vida y que nos ponen muy difícil hacer lo que nos importa. Las crisis que nos hacen cuestionarnos si de verdad nos importa algo o si está bien que nos siga importando cuando parece que el mundo se desmorona a nuestro alrededor.

Cuestioné mi bloqueo. Me pregunté cómo se relacionaba con el resto de las partes de mi vida. Y en qué parecía disonar del resto de ella.

Y, cuanta más curiosidad me entraba, más inspiración me llegaba. January creció mucho más allá de mí, era un personaje real y completo. Una mujer espinosa, complicada y desconsolada con una historia rica e importante.

Se convirtió en una escritora de novela romántica, lo cual yo no me consideraba en ese momento. Mis preguntas cambiaron: ¿qué haría que le costara escribir? ¿Qué tendría que pasar para que dudara de si podría volver a escribir algún día? ¿Cómo se relaciona el bloqueo con el resto de las cosas que pasan en su vida? ¿Qué sería lo que la haría volver a luchar por ella misma y por lo que quiere?

A veces perdemos la capacidad de crear solo porque estamos cansados. Necesitamos descansar y recuperarnos. En cambio, otras veces, no podemos seguir adelante porque hay preguntas complicadas que tenemos que hacernos primero, obstáculos en el camino que tenemos que superar o muros que debemos derrumbar, porque hay preguntas que piden ser abordadas.

Y, cuando tenemos el valor necesario para hacerlo, podemos crear algo bello, algo que no sabíamos que éramos capaces de hacer antes de empezar.

Así que, sí, a veces crear es una historia de terror.

Pero, otras veces, nos enamoramos perdidamente.

Sea como sea, seguramente nos reiremos.